文学经典读本系列

当代文学经典读本

孙 郁 编著

北京大学出版社
PEKING UNIVERSITY PRESS

图书在版编目(CIP)数据

当代文学经典读本/孙郁编著. —北京：北京大学出版社,2015.1
(博雅导读丛书)
ISBN 978-7-301-25206-2

I.①当… II.①孙… III.①中国文学—当代文学—文学欣赏 IV.①I206.7

中国版本图书馆 CIP 数据核字(2014)第 278041 号

书　　　名	当代文学经典读本 DANGDAI WENXUE JINGDIAN DUBEN
著作责任者	孙　郁　编著
责 任 编 辑	艾　英
标 准 书 号	ISBN 978-7-301-25206-2
出 版 发 行	北京大学出版社
地　　　址	北京市海淀区成府路 205 号　100871
网　　　址	http://www.pup.cn　新浪微博:@北京大学出版社
电 子 信 箱	pkuwsz@126.com
电　　　话	邮购部 010-62752015　发行部 010-62750672 编辑部 010-62756467
印 刷 者	北京虎彩文化传播有限公司
经 销 者	新华书店
	965 毫米×1300 毫米　16 开本　20 印张　320 千字 2015 年 1 月第 1 版　2022 年 1 月第 4 次印刷
定　　　价	59.00 元

未经许可，不得以任何方式复制或抄袭本书之部分或全部内容。
版权所有，侵权必究
举报电话：010-62752024　电子信箱：fd@pup.pku.edu.cn
图书如有印装质量问题，请与出版部联系，电话：010-62756370

目 录

导　言 ··· 1

第一章　台静农 ··· 1
　酒旗风暖少年狂
　　——忆陈独秀先生 ·· 2

第二章　孙　犁 ··· 8
　书衣文录(节选) ·· 9

第三章　张爱玲 ·· 15
　忆胡适之(存目) ·· 15

第四章　张中行 ·· 18
　故园人影 ·· 18

第五章　张承志 ·· 25
　金钉夜曲勾镰月(存目) ··· 25

第六章　史铁生 ·· 28
　我与地坛 ·· 29

第七章　王小波 ·· 45
　沉默的大多数 ··· 45

第八章　木　心 ·· 57
　一饮一啄 ·· 57

第九章　北　岛 ·· 74
　回　答 ··· 74
　宣　告
　　——献给遇罗克 ·· 76

第十章　舒　婷 …… 78
　　致橡树 …… 78
　　馈　赠 …… 80

第十一章　王　蒙 …… 83
　　风筝飘带 …… 83

第十二章　汪曾祺 …… 99
　　受　戒 …… 100

第十三章　白先勇 …… 116
　　游园惊梦 …… 116

第十四章　铁　凝 …… 134
　　哦,香雪 …… 134

第十五章　刘震云 …… 145
　　一地鸡毛 …… 146

第十六章　王安忆 …… 183
　　发廊情话 …… 183

第十七章　阿　城 …… 198
　　棋　王 …… 198

第十八章　莫　言 …… 228
　　透明的红萝卜(存目) …… 228

第十九章　陈忠实 …… 231
　　白鹿原(节选) …… 231

第二十章　贾平凹 …… 263
　　古炉(节选) …… 264

第二十一章　阎连科 …… 307
　　四书(存目) …… 308

导　言

　　一般来说,当代文学始于1949年末,是社会主义时期的一种汉语书写形态。它是现代文学的一个延续,但格局完全不同于以往,内蕴发生了重要的变化。新中国成立初期,唯一性与纯粹性成了一种标志,作家转向的问题就提出来了。文学由个性的体现变成了载道的工具,于是红色文学一家独唱,灰色的、个人主义的作品均让位于集体主义与社会主义精神,思想愈发明确,精神是高蹈于革命的舞台上的。"五四"时代的奔放之情开始隐退,列宁主义与毛泽东思想的话语方式主宰了大陆的文坛。

　　有着相当写作经验的人,意识到先前的理念已失去效应。曹禺、沈从文、茅盾、萧军等人已没有了旧日的潇洒。文学被赋予了相当多的使命,消遣与智性的表达让位于现实的体现。文学是听从外在世界的召唤,还是听从内心的召唤,一时成了问题。热爱新社会的知识分子在迅速调整思路,此外别无他路。老舍在新人新事上下功夫,巴金也只好到朝鲜的前线去找新的题材,李劼人下笔犹豫不决,对新生活的扫描远不及对旧日子的勾勒,不久便终止了创作。作家的路,变得不那么容易走,处处有埋伏,路路是陷阱,仿佛蜀道般难矣哉。

　　但对那些了解百姓生活的作家而言,有另一番体验。他们的生命就顺应在一种历史的进程里。孙犁的小说、赵树理的速写、王愿坚的笔记,都是那时候精神的折射,有了一种纯度。由于社会的变更,旧文人的思路受到限制。在热情的青年作家眼里,这是历史的逻辑,抗拒是不行的。这时候我们看到了许多新的作家,宗璞、王蒙、刘绍棠等都在那时贡献了有热度的作品,革命的必然性在其文字里多少都有些表述。

　　那时候的小说理念是受苏联影响的,但格式却被延安时代形成的逻辑所限定。苏联的小说有丰厚的传统,到后来托尔斯泰与陀思妥耶夫斯基也被渐渐扬弃了。列宁主义进入文坛后,只有高尔基勉强可以算作革命文学,19世纪之前的许多文章都成了扫除的对象。因为社会革命的到来涉及意识形态的变革,文学被纳入到这样的过程中。个体生命的智性闪烁成了一个消极的问题,小说的题材与表现都受到了限制。后来出现的《青春之歌》《林海雪原》《红旗谱》以及《海岛女民兵》《欧阳海之歌》,乃革命理念与社会道德要求的体现,文学承载的社会使命超过了民国小说的自我中心和写实的向度。

但在港澳台地区、欧美的华人那里,文学的生态是另一种样式,在冷战的影子下,文学书写有了不同于大陆的色调。台静农、张爱玲、陈映真、白先勇以特别的文笔,显示了他们心中的政治。只是旧文人的趣味尤在,没有与民国的心境完全隔绝,在质感上有了很东方的意味。他们中的许多人表面上是一种平静与淡雅,而精神里的苍凉感一时挥之不去。在这些华人写作里,没有政治的政治也成了作品的灵魂。

对比海外与大陆记忆的不同,能够感受到中国文学与社会环境的深切联系。当唯道德化与唯意识形态化成了主导,文学只能成为统治阶级精神的奴仆。"文革"期间文学一片萧条。除了浩然的写作外,可以阅读的小说殊少。那些先验为主的作品,只是泥土气的诗意的点燃,精神是单调和寡趣的。1976年之后,思想渐渐解放,遂有了《班主任》《伤痕》《回答》《致橡树》一类作品。接着我们听到了归来者的歌唱。艾青、巴金、王蒙、汪曾祺、宗璞、张贤亮等都有出人意料的佳作问世。《春之声》《绿化树》《三生石》《受戒》等俘虏了那么多的读者。较之于五六十年代的文学,文人气与精神厚度都不甚相同了。

那时候的作品被政治和历史的责任所包围,还是一种拨乱反正和思想出口的寻找,人们借用小说的形式去思考更为复杂的人生。在小说本体层面探索的人,还不是很多。这里值得一提的是汪曾祺,他第一个从远离流行色的层面,去思考小说的方式;把明清的语言和民国的语言杂糅在一起,便有了异样的声音在。汪曾祺的小说平淡而有内涵,幽默、灵动的愁思与乡土的意象交叉,有田园般宁静的美。他放弃流行了几十年的语言方式,把士大夫的词语和民间的调子引入小说的语境里,味道便非同寻常了。此后一批有潜力的作家,在文体上呈现出一种美质,林斤澜、阿城、高晓声都有不凡的小说为人所喜爱,一时间旧式白话小说复活了。

实在说来,能像汪曾祺那样思考问题的人毕竟很少,因为大家都还不是文章家。吸引人的视野的,还是个性的话题,即沿着"五四"的路前行。80年代是小说自觉成长的时期,乡土的与先锋的、古典的与逍遥的作品都出现了。接着我们看到了域外文学的渗透,许多作家身上都有着他们的影子。巴别尔、马尔克斯、尤瑟纳尔、卡尔维诺、略萨的文本开始吸引着人们。莫言、余华、王小波都流动着他们的血液。那时候涌现出一批先锋派的作家,刘索拉、徐星、马原都有不错的作品问世,精神的跨度已非前代人可相提并论。不久又有寻根文学的出现,他们在故土里提纯意象的努力,寓言里的不可理喻的存在,似乎在暗示多样的可能。

这些新出的作家多多少少有形式主义的痕迹,在谋篇布局上颇为用心。莫言的光彩与声音,王安忆的文体,马原的叙述逻辑,阿城的气韵,都是独步文坛的舞蹈,让人叹之爱之。阎连科的结构方式,格非的哲学气质,王小波的癫狂笑声,给小说注入了异样的血液。较之于民国的小说,这些作品的内蕴和形式都很是不同了。

远离政治的书写,其实是寻找失落的传统。杨绛、张中行、张承志、张炜、韩少功的散文都有难言的隐喻,汪曾祺、孙犁、木心、林斤澜的小说在乡土和怪诞里叙述人间的故事,不少都意味深长。那些作者厌恶虚伪的存在,故在宁静之中表达其对世界的态度。乡土小说与寻根小说,有意以出离现实的笔触写人写事,其实也是苦涩记忆的一部分。他们对世间变故的描述,是有着大的哀凉的。

六十余年间,文学的多种可能已经出现。大致说来,有载道意味的作家,宗璞、王蒙、阿来是其间的代表;有乡土的文人,汪曾祺、孙犁、贾平凹、铁凝可以归为此类;写实的有陈忠实、高晓生、刘震云、王安忆、刘恒、刘庆邦、路遥;写意的有白先勇、阿城、叶广芩、莫言、王小波、格非等。这样的划分未必准确,或者说遗漏了一些人,但大致可以看到风格的多样及其价值。

许多作家给我们带来了惊喜。贾平凹、莫言、王小波、史铁生、阎连科、王安忆、刘震云的笔墨,是一个时代精神的高度呈现。贾平凹的小说有神异的底蕴,说狐谈鬼时,谣俗之调悠然地响着,吟哦着秦地百姓的苦乐。其文字有明清的味道,杂以民国之风,是乡下的晚唱,缠绕着神异之曲。但他并未逃逸出我们的社会,其《秦腔》《带灯》的社会隐含是十分巨大的。而《古炉》明暗交错的存在乃一曲绝唱,诚为近年小说的高峰无疑。贾平凹的文字显示了汉语写作的魅力。他的存在,非寻常人可以比肩,鲁迅、周作人以来的笔触在中断多年后,终于因他的存在,衔接了一条文明的通道。莫言的小说是一个异类,他的想象和力量感,是汉代之后最为迷人的景观。他的作品是鲁迅的底色,服装呢,乃马尔克斯式的,而皮肤则纯然的故土特征。莫言对人间丑陋与美色的描述极具诗意,狂欢的调子和魔幻的舞蹈出现在笔底,巍巍然有高山境界。从《透明的红萝卜》到《檀香刑》,乃乡土的摇滚,唱出了一个世纪的不幸与求索。与他同龄的作家王安忆,一直摸索着一条属于自己的路,自《小鲍庄》到《天香》,跨度很大,幽深的历史灵思在她那里出现了。我们读王安忆,有时候会觉出和张爱玲的联系,虽然她缺少一种冷酷与绝然的笔触,但委婉间的沧桑与悠然之意,在作品里飘来飘去,给读者久久的感念。

文学是一种世界图景的截取,剪裁之刀何处落下,都非随意为之的。我们看刘恒写《伏羲伏羲》,乃人性的歌咏,用意颇深;他在《虚证》里的残忍之笔,分明有了鲁迅的气息。刘震云从《塔铺》《一地鸡毛》到《一句顶一万句》《我不是潘金莲》,把人性世界的复杂与趣事勾勒得栩栩如生,一个民族的不幸和生生不息的存在,被再现出来。阎连科的小说几乎篇篇有挑战性。《日光流年》《受活》《丁庄梦》《四书》,都是向极限挑战的文本。他对现实绝然的态度,和那种常人无法忍受的拷问,我们只有在鲁迅、莫言那里才能够看到。而他把那些不幸的历史更为立体地还原了,有时妙意迭出。这几个作家都非象牙塔中人,精神显得异常幽深。他们的审美,都和故土的经验相关,而文本内在的潜质,似乎还没有全部释放出来。

这里不能不提的是王小波。他的《黄金时代》《青铜时代》等作品,是有很深的历史感与想象力的。这个早逝的作家具有卡尔维诺式不可思议的伟力,其亵渎神灵的笔触令人想起拉伯雷的小说《巨人传》。他写小说是一种美的精神的外溢,其间是自愿与自己的智力结构为敌,超越于想象与词语的维度,向着更高的审美高地挺进。他的随笔也常常石破天惊,不断嘲笑我们历史中的假正经,以及人性里的虚伪。面对那些丑陋的存在的时候,他是笑与癫狂的,以智性的词语述说着我们生活里可怕的一页。这样的超智慧的跳跃,把一个时代的本色点化出来了。他由此成了一个奇特的存在。

小说的地域特征,是被一些作家所注意的。叶广芩的京味儿,从老舍那里出来,又从老舍那里走开,形成了自己的词语链。迟子建的东北风情,阿来的西藏记忆,张炜的山东调子,我们何曾能够忘记?阿来写西藏,真乃神笔也,所歌所舞,天意的雪花与阳光均在,是离太阳最近的童谣,弹奏着高原的神曲。

在众多的小说家被日常生活吸引的时候,精神天空的太阳被漠视了。我们在许多作家的文本里很少看到精妙的形而上的文本,或者说很少有人进入对存在的实有与虚无的拷问。可以提到的作家或许只有史铁生。他是独自沉浸在自我世界的文人的歌咏者,其文本在整个文坛是独特的。史铁生在小说和散文里抒发的情思,由社会命运到个体命运,近乎神学的文本。他在《我与地坛》《务虚笔记》等作品里形成的思路,是对唯物主义理念下的小说时空的颠覆。史铁生对人生的追问,其实是对词语的追问,他对表达的有限性的焦虑,一直让人感到幽玄的美。那些哲学家关注的话题在他笔下获得了一种感性的力量,似乎印有尼采的影子,也有卡夫卡的不安。他由自己的残疾而推向社会的病态,由社会的病态进入对存在的意义的拷问。这种写作,在他是自然的,丝毫没有扭捏别扭的痕迹。在诸多文字里,沉郁而苍凉的气息缭绕着人间的宿命。史铁生恢复了神秘的写作的快慰,为唯心主义作了证明。这个为存在价值而写作的人,把人间虚幻的景观一个个消解掉了。

与史铁生个体受难的感受不同的是那些对历史作还原的作品。刘庆邦、苏童、李佩甫、杨显惠等,记录了人间惨烈的一幕。刘庆邦对煤矿工人的描述,杨显惠笔下的西北的死难者,都是有相当的力度的。这些作家的身上有左翼文化的基因,看人看事不定于一尊,感性的体验是教科书里没有的存在。苏童《河岸》对"文革"生活的奇异描述,是带着痛感的思考的,在灰暗的记忆里保留着爱意。李佩甫《羊的门》所写的社会腐败与官场的沉降之文,都有忧患之闪烁。杨显惠《夹边沟记事》则是一段苦难史的流露,无数冤魂的散落中有人间最为可怕的记忆,作家的良知也历历在目矣。

我们翻看几十年的作品,写实者有之,务虚者偶在,承受沉重者多多,隐逸地自唱自乐亦为数不少。一方面是古小说的影子,孙犁、汪曾祺、阿城、贾平凹流着前人的血液;另一方面有西洋文学的痕迹,莫言、余华、格非等都幻化过洋人的形式,采众长而为己用,成一时气象。近年来小说的数量大增,作家队伍开始分化,流派也出现了多种,笔记体、翻译体、说书体的作品一一展现在读者面前。

诗歌领域也有重要的景观。从艾青到北岛,从穆旦到海子,有着可圈可点的成就。散文、报告文学、科幻小说,都有好的成就在。六十年间的文学,样式由单一到多样,题材也由简单到复杂,可以说有了各类可能性。但中国当代文学最大的问题是人们对母语的感受力下降,作家能够成为文体家者甚少。这与教育里缺乏文章学的理念有关,和社会流行的八股理念也多有牵连。文体表面看是词语的问题,其实是精神境界的问题。好作家未必都是文体家,而文体家一定是好的作家。木心在美国期间写下的作品,都是文体家的笔记,有着与人不同的个性。他写诗、画画,也做小说,都是与国内文坛毫不一样的格式。木心是跳出历史语境,以上帝般的神笔瞭望人间的人。他自己伤痕累累,可我们在文章里却看不到什么,真的奇哉怪矣。在他作品里不仅有生活的记忆,也有文章游戏里的智慧观照,把汉语的潜能袒露出来。文学写作不都是记录生活,还有对精神体操的描述。把写作当成一种精神的攀援,那就比先前的现实主义与浪漫派的文本更有意味了。

文学家的路,难以定位,大家各有所爱,不妨自由放步,各自走去就好。莫言以狂放、魔幻而快意书写,大的自在自不必说。贾平凹在佛音与古韵里出没,且走且喜,于空幻里得大自在,流溢着旧文人的气息。阎连科在幽深的路上独自吟哦,空旷辽阔的夜空有他的灵魂在,思想星光般闪耀,亦可说是一种自我的燃烧。王安忆自变化里与苍生对白,上海气与古典美缓缓而来,有自觉的诗学追求。此外,我们还看到无数更年轻的作家走在小说的路上,词语与情思别有天地,超越前人的态势也渐渐露出端倪。他们在各自的路上前行,也留下了各自的遗产,成了我们这个时代的雕像。说小说家有一个民族心史的隐秘其实是对的,但他们真正的价值或许是在一种幻象里救出自我或救出别人。几代人的写作,留下了这样的痕迹。在枯燥无味的生活里,他们给无意义的生活带来了意义,只是与道学家所讲的价值有所不同罢了。

当代文学令人眼花缭乱,似乎迷津多多,但亦非无迹可求。六十余年的历史,可总结的经验与教训很多。试验与失败,探索与追求,留在无数人有温度的文字里。读诸多作家的文本,深处有一种时代的投影,可以了解几代人的智性过程和趣味的走向,也可以知道我们的母语发展中的明与暗。中华文明的延续,一直涉及母语表达的可能性问题。阅读当代文本,细察其间的急缓、强弱之境,才知道我们今天应做些什么,避免些什么。如是,方能够拓新途于野径,得妙意于笔间,真的"郁郁乎文哉"也。

2013 年 1 月 23 日

【拓展阅读】

1. 洪子城:《中国当代文学史》,北京大学出版社 2000 年版。
2. 陈思和:《中国当代文学史教程》,复旦大学出版社 2008 年版。
3. 陈晓明:《中国当代文学主潮(第二版)》,北京大学出版社 2013 年版。
4. 程光炜:《文学讲稿:"八十年代"作为方法》,北京大学出版社 2009 年版。

第一章　台静农

台静农(1903—1990),字伯简,笔名青曲、孔嘉等,安徽省六安叶集人。著名作家、学者。早年受鲁迅影响,曾到北京大学国文系旁听,不久成为未名社成员。因参与出版俄国文学著作活动,曾被捕入狱。此间所出版的短篇小说集《地之子》《建塔者》,成为20年代乡土文学的代表作家之一。另外编有《关于鲁迅及其著作》一册,内收有关《呐喊》的评论和鲁迅访问记等文章共14篇,1926年7月由北京未名社出版,为最早的鲁迅研究资料专集。

台静农书法、绘画均好,古典文学研究亦多佳作。曾先后在辅仁大学、齐鲁大学、山东大学、厦门大学等校任教。抗日战争爆发后赴四川,在白沙女子师范学院任中文系主任。抗战胜利后,应当时任台湾省编译馆馆长的许寿裳的邀请,到该馆任职。后又随许寿裳转至台湾大学中文系任教,任中文系教授兼系主任。晚年出版有书艺论文集《静农书艺集》、散文集《龙坡杂文》、学术论文集《静农论文集》等,在台湾享有很高的学术声誉。

台静农和鲁迅、陈独秀、沈尹默等老一代文人有深切交往。后因政治黑暗,专事学术。其治学中有阔大的情思,对历史的读解,带有现实的情怀。偶尔发表的文章,读人很深,话语含而不露。他以为独立精神,乃是人间至宝。将"五四"精神实质内化到学术思考里,是台静农后来的自觉选择。他读古书,但不滞泥;弄书画,却无老气。每读其文,都感到冲荡气韵,字里行间有别样的意味。他的学问非道学气,亦无旧学究的老气。他勾勒的"五四"人物,洋洋洒洒,有回肠荡气之态。他崇尚魏晋文风,文字流着逆俗气息,一看便有狂放色调,其文对历史人物点点滴滴的描述,给读者留下很深的印象。

酒旗风暖少年狂
——忆陈独秀先生

一九三七年七七事变发生，抗战开始，仲甫先生被释出狱，九月由南京到武汉。次年七月到重庆，转至江津定居。江津是一沿江县城，城外德感坝有一临时中学，皆是安徽流亡子弟，以是安徽人甚多。而先生的老友邓初（仲纯）医师已先在此开设一医院，他又是我在青岛山东大学结识的好友。家父也因事在江津，我家却住在下流白沙镇。这一年重庆抗战文艺协会举行鲁迅先生逝世二周年纪念，主其事者老舍兄约我作鲁迅先生生平报告，次日我即搭船先到江津，下午入城，即去仲纯的医院，仲纯大嚷"静农到了"。原来仲甫先生同家父还有几位乡前辈都在他家，仲甫先生听家父说我这一天会由重庆来，他也就在这儿等我。这使我意外的惊喜，当他一到江津城，我就想见到他，弥补我晚去北京，不能做他的学生，现在他竟在等着见我，使我既感动又惊异。而仲甫先生却从容谈笑，对我如同老朋友一样，刚未坐定，他同我说："我同你看柏先生去"，不管别人，他就带我走了。

柏先生名文蔚，字烈武，安徽寿县人，满清末年与仲甫先生同在芜湖安徽公学任教，此校为当时"革命活动之中心及文化运动之总汇"（郅玉汝《陈独秀年谱》）。仲甫先生带我走进柏先生住的小旅馆，他正在伏案挥毫为人家写对联。我在小学时，就知道他是寿县起义元勋，今已英雄老去，伟岸长髯，用红线绳扎起，戴僧帽，有江湖道士气。当辛亥革命成功，柏先生任安徽都督，仲甫先生为秘书长，不过半年时间，宋教仁被杀，北洋军阀掀起极大的反动压力，柏先生被免职，而仲甫遂亡命上海，以文字鼓吹新思想，办《新青年》，然后去北大任文科学长，五四运动时散发传单被拘留了两个多月。再回到上海更积极于政治行动，一九三三年被捕入狱，一九三七年八月因抗战获释。此二十多年中柏、陈两先生没有机会相见的，这次柏先生来江津，想是特来访老友的，我也有幸一见"寿春倡义闻天下"（仲甫诗）的老将，得谢仲甫先生。

仲甫先生在江津城定居之后，我们父子约他来白沙镇看看，江津到白沙的水路约三小时。这一天我们父子到江边等他，独自一人来没有他的女伴。我家住在江边柳马冈一栋别墅小洋楼，是租邓燮康君的。晚饭后，我们父子陪他聊天，他谈笑自然，举止从容，像老儒或有道之士，但有时目光射人，则令人想像到《新青年》时代文章的叱咤锋利。

我一时想起他少年时的诗学，因问他，听说先生早年在龙眠山朝夕背诵杜诗，那作的诗一定不少。他听了笑了。于是我拿出纸笔来，他写了游西湖韬光与虎跑三首律诗，一首是与曼殊的绝句：

偕曼殊自日本归国舟中

身随番舶朝朝远，魂附东舟夕夕还；
收拾闲情沉逝水，恼人新月故湾湾。

于是停下笔来，谈起这一诗的故实。某年他同曼殊、邓以蛰（邓仲纯三弟）自日本回国，船上无事，曼殊喜欢说在日结交的女友如何如何，而仲甫先生与邓以蛰故说不相信，不免有意挑动曼殊，开他玩笑，曼殊急了，走进舱内，双手捧出些女人的发饰种种给他两人看，忽地一下抛向海里，转身痛哭，仲甫说来已经几十年前的事了，神色还有些黯然。

次晨，我准备纸笔，请他写字，因他早年喜欢书法，并用功于篆字。他以行草写了一幅四尺立轴，他说多年没有玩此道，而体势雄健浑成，使我惊异，不特见其功力，更见此老襟怀，真不可测。又写了一副对联，联文云：

坐起忽惊诗在眼，醉归每见月沉楼。

首句是明人诗，次句是他的诗，这是他早年集的，还没有忘记。题款称我父亲为"丈"，称我为"兄"，我们父子当时都说他太客气！其实他还大我父亲三岁，这是传统的老辈风范，而我却不觉有些惶悚。

仲甫的老友章士钊（行严），在一九一三年他在上海创《甲寅》杂志，仲甫参与其事，以精悍的文笔，抨击北洋军阀的反动，影响全国。可是一九二一年以后，他依附段祺瑞，为段的临时执政府的教育与司法的两部之长，恢复《甲寅》杂志由月刊为周刊，力倡以柳宗元文为模范，一九二六年三月十八日以北京学生为政治腐败请愿，竟在执政府前横被枪杀，此一惨案，震动全国，而身为教育、司法两部部长的章士钊，亦随此反动政权，一败涂地。

一九一七至一九三三年十五六年间，他们两人间在思想与政治方面，背道而驰，令人不可想像。直至一九三三年仲甫先生被捕，章士钊以法律家的观点，发表一篇精辟的长文，为仲甫申诉。郅玉汝的《陈独秀年谱》谓"被告方面延有章士钊、吴之屏、鼓望邺等律师五人代为辩护"，据我所知这是出于章的主动，非如一般情形由被告延聘律师。这看出两人不因多年相左，而失去旧日的交情，尤当患难之时，表现了平生风义。

抗战时，两人都到了重庆，仲甫住进医院，章士钊去看他，他向仲甫说："你很好！我像小瘪三样。"

"你找弱男回来管管好了。"

"那更糟,越管越坏。"

弱男是清季名公子又是诗人吴彦复的女儿,章氏夫妇早不住在一起,他是有姨太太的。

陈、章两人结交的年代,一九〇三年章与张继、何梅士在上海创《国民日报》,仲甫即亦参加,时陈二十五岁,章二十三岁。后两年又同在上海学习炸药以图暗杀组织。足见两人早年是朋友又是同志,后来分张,仲甫为追求他的理想,垂老入狱,犹孜孜于文字学研究。章则一失足,便掉进泥坑而不自拔。"小瘪三"是自嘲,也是对老友说真心话。"小瘪三"是上海滩的话,意思就是混了。

吾师沈尹默先生是仲甫少年在杭州时的朋友,后来又在北京大学同事,仲甫再回到上海后,他们两人大概就没有见面了。抗战后,沈先生到重庆时,仲甫已定居江津,又没有机会见面。

他们两人在杭州时正是年少,过的是诗酒豪情的生活,如仲甫诗云:

垂柳飞花村路香,酒旗风暖少年狂;

桥头日系青骢马,惆怅当年萧九娘。

当时他有《杭州酷暑寄怀刘三沈二》与《夜雨狂歌答沈二》两诗,"沈二"即尹默先生。这首"夜雨狂歌",极瑰丽奇诡,以长吉的诞幻、嗣宗的咏怀,合为一手者:

夜雨狂歌答沈二

黑云压地地裂口,飞龙到海势蚴蟉。

喝日退避雷师吼,两脚踏破九州九。

九州嚣隘聚群丑,灵琐高扁立玉狗。

烛龙老死夜深黝,伯强拍手满地走。

竹斑未灭帝朽骨,来此浮山去已久。

雪峰东奔朝岣嵝,江上狂夫碎白首。

笔底寒潮撼星斗,感君意气进君酒。

滴血写诗报良友,天雨金粟泣鬼母。

黑风吹海艳地纽,羿与康回笑握手。

此诗作于一九一五年,明年办《新青年》,于是以雷霆万钧之力,反封建,反传统,倡文学革命,实践了"笔底寒潮撼星斗"。

二十年后,两先生避地入蜀,虽不在一地,通了消息后,亦有倡和,先是仲甫"依韵和尹默兄"的五言古诗,末四句云:"但使意无违,王乔勿久待,俯仰无愧怍,何用违吝悔。"犹见此老磊落倔强之气。

后来仲甫先生有四首绝句寄沈尹默先生,沈先生也有和作。陈先生诗云:

> 湖上诗人旧酒徒,十年匹马走燕吴;
> 于今老病干戈目,恨不逢君尽一壶。
>
> 村居为爱溪山尽,卧枕残书闻杜鹃;
> 绝学未随明社屋,不辞选懦事丹铅。
>
> 哀乐渐平诗兴减,西来病骨日支离;
> 小诗聊写胸中意,垂老文章气益卑。
>
> 论诗气韵推天宝,无那心情属晚唐;
> 百艺穷通偕世变,非因才力薄苏黄。

毕竟"烈士暮年",另是一种境界。"不辞选懦事丹铅"者是说他正在撰述的《小学识字教本》,此书至仲老逝世,仅完成十之八九。书至于"垂老文章气益卑"与"百艺穷通偕世变"云云,感慨尤深。

有次仲老要我将他的诗转寄给尹默先生,信笔谈到沈先生的书法,也可看出此老对于书法的见解,这当然是他早年的修养如同他的诗学,思想文章虽有激变,而艺术的趣味却未曾磨灭。现将仲老的信抄录于后,以存掌故:

> 尹默先生住渝何处,弟不知,兄如知之,乞将答诗转去,为荷。尹默字素来工力甚深,非眼面朋友所可及,然其字外无字,视三十年前无大异也。存世二王字,献之数种近真,羲之字多为米南宫临本,神韵犹在欧、褚所临兰亭之下,即刻意学之。字品终在唐贤以下也,尊见以为如何?

仲老晚年想写两部书,一是中国史,一是中国文字书,他给我的信曾说:"中国文化在文史,而文史中所含乌烟瘴气之思想,也最足毒害青年,弟久欲于此二者各写一有系统之著作,以竟《新青年》之未竟之功。文字方面而始成一半,史的方面更未有一字,故拟油印此表(《中国古史表》)以遗同好,免完全散失也。"这是他将旧作《中国古史表》托我交编译馆为之油印的信,就便提到他晚年要写出古史与文字的两部著作,这在平常谈话中也不止一次的说出他的志愿。他以为在中国长期的封建社会形成的学术思想,有些乌烟瘴气,再不能让它继续下去毒害青年,这是《新青年》时代所未曾做到的,也就是他虽在衰病的晚年不能放弃的责任。

书名《小学识字教本》者,以古人童年时初学习认字为"小学",汉以后则以研究文字为"小学",仲老之书以"小学"名有双关的意思。"教本"者:是为小学教师所用。自叙云:

> 本书取习用之字三千余,综以字根及本字根凡五百余,是为一切之基本形义,熟习此五百数十字,其余三千字乃至数万字,皆可迎刃而解,以一切字皆字根所结合,而孳乳者也。

这是极科学的方法,使两千年来的文化遗产,由芜杂而有体系可寻。尤其是下一代儿童能循此学习,当省却许多脑力。仲老在《新青年》时代摧腐推新,晚年犹为下一代着想,如此精神,能不令人感激。

当他计划写此书时,在重庆的北大老学生劝他将稿子卖给编译馆,他们知道此老生活只靠一二老友接济,其他馈赠,皆一概拒绝。而仲老接受卖给编译馆者,则为我当时在编译馆有些方便,如交出的原稿要改正与借参考书及向馆方有事接洽等等。但我不是该馆正式人员,而是沦陷区的大学教授被安置那里,没有工作约束,可自由读书做自己的事。

(原载一九九○年十一月十日、十一日台北《联合报》副刊;
选自《龙坡杂文》,三联书店 2002 年版。)

【简析】

台静农早期以小说闻世,后潜心学术,涉猎金石,隐名于台北校园。晚年写了多篇记人作品,几乎篇篇都好。台静农写人,有自己的叙述策略,不碰台湾的政治,而文化的情怀里有与现实的对话,魏晋文化的味道深含其间。他晚年与张大千过从甚密,写过多篇关于书画的文章。从这些遗稿里,能够看到其精神走向,苍老里有悲苦的意蕴在,给人久远的回味。

从早年的激进青年,到晚年走向书斋,其间经历的苦楚是巨大的。从他的文章里能够感受到其内心的复杂情感。他的文章从容老到,没有迂腐气,内在的精神里有文化的抱负。他谈历史的文章,都非士大夫的雅趣,有经历苦难的感受,对旧时代的人与事自有一番理解。"五四"文化的传统后来分解成不同的流派,有的在政治文化的层面,有的在学术的层面。台静农欣赏陈独秀,原因是,他们都从政治文化中退出,进入文化史的研究,其间的趣味、理念都有呼应处,彼此是互相理解的。《酒旗风暖少年狂》写出陈独秀志不拘检的一面,一个狂士的形象呼之欲出。

"五四"落潮后,文人分化,政党文化渐渐占领主流舞台,知识分子退居到边缘世界。陈独秀被开除出党,又多次被国民党羁押,情怀却没有改变。他批评国民党,也批评斯大林的政治理念,精神便从社会漩涡里跳出来,可以冷眼看世,而文化眼光也越发敏锐,诗文中多见奇气。读书人的本色与斗士的本色均在,乃一代豪杰的代表。台静农深知其价值,对其内心多有理解,欣赏的是无伪人格后狂狷的诗人境界。他觉得陈独秀的身上有迷人的东西,那种失败的英雄的思想,有逆俗之美。自古豪杰多寂寞,而寂静里的文字与声音,便有了世间罕有的非同寻常的意味。

台静农的笔法,举重若轻,写人与事并不用力,却有分量。文字里有"五四"后的人文地图的影子,一个时代的文化氛围不经意间体现出来,且有滋有味。一般的怀人散文,常写人的经历、感情、价值,而台静农的文字却回避了这些,有了另类的意蕴。写人的过程,其实是写文化的趣味、历史的厚度。把陈独秀放在一个大的文化漩涡里,其品位、诗性都在学识与诗句里透出来,这是他高于别人的地方。

【思考题】

1. 台静农写陈独秀的气质,颇为传神。文章对其革命的精神所述不多,而对其学术精神与诗文品格多有介绍。你从其文章里是否看到了陈独秀的精神特点?

2. 本文写人所涉猎的人与事颇多。作者回避了许多意识形态的话语,不过文章中也有自己的价值趋向在,你如何看他的价值趋向与审美取向的统一?

【拓展阅读】

1. 林文月:《台先生和他的书房》,《联合文学》1985年9月号。
2. 启功:《平生风义兼师友——怀龙坡翁》,《启功全集》第4卷,北京师范大学出版社2010年版。

第二章　孙　犁

孙犁(1913—2002),原名孙树勋,河北省安平县人。当代著名文学家,中共党员、抗日老战士,被誉为"荷花淀派"(又名"白洋淀派")的创始人。

孙犁是自学成才的作家。1927年开始文学创作。1933年保定育德中学毕业后流浪于北平,在图书馆读书或在大学旁听,曾用笔名"芸夫"在《大公报》上发表文章。其文字受京派的影响,但又因为有泥土气与底层精神,遂注入鲜活的气息,与鲁迅的传统汇合了。

抗战爆发后,他加入救亡的队伍,在冀中区从事文化工作。1944年赴延安,在鲁迅艺术文学院学习和工作,发表了著名的《荷花淀》《芦花荡》等短篇小说。1945年回冀中农村,1949年起主编《天津日报》的《文艺周刊》。曾任中国作家协会理事、作协天津分会副主席等职。1956年起因病辍笔。1977年以后又写了不少散文和评论以及少量小说。

孙犁的作品是小桥流水式的,非宏大叙事,但其浓厚的乡情与爱意深深打动了读者。《白洋淀纪事》(1958)是最负盛名且最能代表他创作风格的一部小说与散文合集。作品从多方面勾勒了时代和社会的历史风俗画面,充满浪漫主义气息和乐观精神,以明丽流畅的笔调,秀雅、隽永的风格,生动的情节和丰富鲜明的劳动者形象,在读者中间引起了强烈反响。

"文革"期间,孙犁受到冲击,对生活的感受开始发生变化。晚年所写作品,沉郁、峻急,多肃杀之风。其小品有晚明之风,又多了鲁迅式的悲苦,但战士的信念不变,精神的力度使文章别具风格。

孙犁的其他作品包括长篇小说《风云初记》、散文集《津门小集》《耕堂散文》等,有《孙犁文集》《孙犁全集》行世。

书衣文录(节选)

序

  七十年代初,余身虽"解放",意识仍被禁锢。不能为文章,亦无意为之也。曾于很长时间,利用所得废纸,包装发还旧书,消磨时日,排遣积郁。然后,题书名、作者、卷数于书衣之上。偶有感触,虑其不伤大雅者,亦附记之。此盖文字积习,初无深意存焉。

  今值思想解放之期,文路广开,大江之外,不弃涓细。遂略加整理,以书为目,汇集发表,借作谈助。蝉鸣寒树,虫吟秋草,足音为空谷之响,蚯蚓作泥土之歌。当日身处非时,凋残未已,一息尚存,而内心有不得不抒发者乎?路之闻者,当哀其遭际,原其用心,不以其短促零乱,散漫无章而废之,则幸甚矣。

一九七九年五月二日灯下记

小说旧闻钞

  费慎祥印本,版权页有鲁迅印章。一九七三年十月一日,雨中无事,为家人出纳图书,见此本破碎,且有将干之糊,无用之纸,因为装修焉。

中国小说史略

  此书系我在保定上中学时,于天华市场(也叫马号)小书铺购买,为我购书之始。时负笈求学,节衣缩食,以增知识。对书籍爱护备至,不忍其有一点污损。此书历数十年之动荡,仍在手下,今余老矣,特珍视之。凡书物与人生等,聚散无常,或屡收屡散。得之艰不免失之易;得之易更无怪失之易也。此是童年旧物,可助回忆,且为寒斋群书之最长者。

时一九七三年十二月二十一日晚。
室内十度,传外零下十四度云

鲁迅书简(许广平编)

  余性憨直,不习伪诈,此次书劫,凡书目及工具书,皆为执事者攫取,偶有幸存,则为我因爱惜用纸包过者。因此得悟,处事为人,将如兵家所云,不厌伪装乎。

此书厚重,并未包装,安然无恙,殆为彼类所不喜。当人文全集出,书信选编寥寥,令人失望,记得天祥有此本,即跑去买来,视为珍秘。今日得团聚,乃为裹新装。

一九七四年一月二日晚间无事记

鲁迅小说里的人物

今日下午偶检出此书。其他关于鲁迅的回忆书籍,都已不知下落。值病中无事,粘废纸为之包装。并想到先生一世,惟热惟光,光明照人,作烛自焚。而因缘日妇、投靠敌人之无聊作家,竟得高龄,自署遐寿。毋乃恬不知耻,敢欺天道之不公乎!

一九七四年十一月二十三日

越缦堂詹詹录

今日星期,下午无事而不能静坐阅书,适此书在手下,为觅得此种纸包装。越缦堂日记,久负盛誉,余曾于北京文学研究所借来翻阅,以其部头大,影印字体不清,未积极购求之。后以廉价购得日记补十余册,藉见一斑。后又从南方书店函购此部,虽系抄录,然以铅印,颇便阅览。鲁迅先生对此日记有微言。然观其文字,叙述简洁,描写清丽,所记事端,均寓情感。较之翁文恭、王湘绮之日记,读来颇饶兴味,可谓日记体中之洋洋者矣。

此公在清末,号为大名士,读书精细,文字生动,好自夸张,颇喜记述他人对他的称赞。这种称赞,多是有求于他,他却即当真收受,满心高兴,看来很是天真。其实,在当时,所谓名士,喜怒笑骂,都是有为而发,并能得到价钱,且能得到官做。细读清朝公私文书,此点甚明,所谓一时代有一时代的风习也。

一九七四年十一月二十四日

海上述林(上卷)

余在安新县同口镇小学任教时,每月薪给二十元,节衣缩食,购置书籍。同口为镇,有邮政代办所,余每月从上海函购新出版物,其最贵重者,莫如此书。此书出版,国内进步知识分子,莫不向往。以当时而论,其内容固不待言,译者大名,已具极大引力;而编者之用心,尤为青年所感激;至于印刷,空前绝后,国内尚无第二本。余得到手,如捧珍物,秘而藏之,虽好友亦吝于借观也。

一九三七年暑假,携之归里。值抗日烽火起,余投身八路军。家人将书籍藏于草屋夹壁,后为汉奸引敌拆出,书籍散落庭院。其装帧精致者均不见,此书金字绒面,更难幸脱,从此不知落于何人之手。余不相信身为汉奸者,能领略此书之内容,恐遭裂毁矣。其余书籍,有家人用以烧饭者,有换取熟肉、挂面者,土改时遂全部散失。余奔走四方,亦无暇顾念及此。

一九四九年冬季进天津,同事杨君管接收,一日同湘洲造彼,见书架上插此书两册。我等从解放区来,对此书皆知爱慕而苦于不可得。湘洲笑顾我曰:还不拿走一本!我遂抽出一本较旧者,杨君笑置之。即为此册。

后,余书增多,亦不甚注意。且革命不断,批判及于译者,此书已久为人所忘,青年人或已不知此曾赫赫之书名。世事之变化无常,于书亦然乎?

昨晚检出修治。偶见文中有"过时的人物"字样,深有所感。

青年时惟恐不及时努力,谓之曰"要赶上时代",谓之曰"要推动时代的车轮"。车在前进,有执鞭者,有服役者,有乘客,有坠车伤毙者,有中途下车者,有终达目的地者。遭遇不同,然时代仍奋进不已。

回忆在同口教书时,小镇危楼,夜晚,校内寂无一人。萤萤灯光之下:一板床,床下一柳条箱。余据一破桌,摊书苦读,每至深夜,精神奋发,若有可为。至此已三十九年矣。

今日用皮纸粘连此书前后破裂处,并糊补封套如衲衣,亦不觉夜深。当初购置此书之人,尚在人间乎?

一九七四年十二月二十九日记

鲁迅全集

一九六六年夏秋之交,每个人都会感到:运动一开始,就带有林彪、"四人帮"那股封建法西斯的邪气。

那时,我每天出去参加学习。家人认为:我存有这些书,不是好事。正好小孩舅父在此,就请他把线装书抱到后面屋子里,前屋装新书的橱子,玻璃门都用白纸罩盖。这真是欲盖弥彰,不过两天,我正在外面开会,机关的文革会,就派红卫兵来,把所有的书橱,加上了封条。

我回到家来,内弟以为我平日爱惜这些东西,还特别安慰了我几句。其实,当时我已顾不上这些。因为,国家民族的命运,尚不知如何也。

住在同院的机关领导人,也赶来看望了一下。当然,彼此心照,都没有说什么。运动之始,文革会,乃是"御用",观机关红卫兵队长由总务科长兼任,即可了然。人们根据旧黄历,还以为抛出几个文艺界人物,即可搪塞。殊不知道此次林、四之用心,是要把所有共产党干部"一勺烩"。

秋冬之交,造反派以"压缩"为名,将后面屋隔断。每日似有人在其中捆绑旧书。后又来前屋抄书,当时我的女孩在场,以也是红卫兵的资格问:

"鲁迅的书,我可以留下吗?"

答曰:

"可。"

"高尔基的呢?"

"不行。"

执事者为一水管工人,在当时情况下,其答对,我以为是很有水平的。因此,"高尔基"被捆载而去,"鲁迅"得以留在家中。

人、事物、事情的发展变化,都是辩证的、无常的。你以为被捆绑去的,就是终身不幸;而留在家中的,就能永远幸福吗? 大不然也。

捆绑去的,受到的待遇是"监护"。它们虽然经历了几年的播迁,倒换了几家的仓库,遇见过风吹雨打,虫咬鼠龁。但等到落实政策,又被"光荣的"护送归来,虽略有残缺,但大体无伤。

留在家中的,因为没有了书橱,又屡次被抄家,这些书,就只好屈尊,东堆一下,西放一下。有时与煤炭为伍,有时与垃圾同箱。长期掷于床铺之下,潮湿发霉,遇到生炉缺纸时,则被撕下几页,以为引火之助,化为云烟。

当初这些书,在我手中,珍如拱璧,处以琉璃。物如有知,当深感前后生活之大变,一如晴雯之从怡红院被逐出也。

被迫迁居以来,儿媳掌家,对寒舍惜书传统,略无所知。因屋小无处堆放,乃常借与同学同事,以致大多不知下落。一日竟将此书之封套,与废物同弃于院中。余归而检存之,不无感慨焉。

此书有详注,虽有小疵,究系专家所作,舍此,无以明当时社会及文坛上之许多典故也。

一九七六年

钦定元王恽承华事略补图

余购置旧籍,最初按照鲁迅日记中之书账,按图索骥,颇为谨慎。后遂泛滥,漫无系统。鲁记中有此书名,然无补图字样,不知究系此本否。今已忘记此书来处,定价颇昂,似钦定原本,内府所出,纸墨甚佳。至于补图,余以外行,不能领略其妙处。看列表诸馆臣名,已系清之末年。国事日非,空存形式,敷文偃武,均成点缀耳。

一九七五年一月二十七日下午装讫记

小约翰

此鲁迅先生译文之原刊本。我青年时期,对先生著作,热烈追求,然此书一直未读。不认真用功,此又一证。此本得之天祥市场,似李君家物。大概转多手而致污损,非经多人热心阅读也。前借给同院一青年,以无兴趣而归还。先生当时,如此热爱这本书,必有道理。今日为之装新,并思于衰老之年,阅读一遍,以期再现童心,并进入童话世界。

一九七五年五月十四日下午记

鲁迅致增田涉书简

黄秋耘寄赠。鲁迅书简补遗一书,余未购得,金镜生前,曾托其代觅一册,秋耘或忆及此而寄赠,不可定也。金镜已作古,音容渺茫,不得再见矣,掷笔黯然。

一九七五年九月十一日

释迦如来应化事迹

余不忆当时为何购置此等书,或因鲁迅书账中有此目,然不甚确也。久欲弃之而未果。今又为之包装,则以余之无聊赖,日深一日,四顾茫茫,即西天亦不愿去。困守一室,不啻画地为牢。裁纸装书,亦无异梦中所为。

一九七六年二月七日

近思录

昨日又略检鲁迅日记书账,余之线装旧书,见于账者十之七八,版本亦近似。新书多账所未有,因先生逝世后,新出现之本甚多也。因此,余愈爱吾书,当善保存,以证渊源有自,追步先贤,按图索骥,以致汗牛充栋也。

(选自《孙犁全集》第2卷,人民文学出版社2004年版。)

【简析】

从战争里成长起来的作家,后来多躺在功劳簿上,停止不前了。孙犁不是这样的人。他自认是一个失败的人,忧郁、焦虑一直伴随着他。文章也日渐深邃、迷茫,有着不可言说的痛楚。他把己身的苦和周围的生活连在了一起,述说着人生的不可琢磨性和悲剧性。《书衣文录》分明像一位苦行僧的独白,吟哦的正是人间的谶语。"黄卷青灯,寂寥有加,长进无尺寸可谈,愧当如何?"这里既无士大夫气,又无军人的野气,孙犁让我们感受到了精神煎熬的哀哭,和人失去故园的怅惘。

孙犁的文章,气脉上直追鲁迅,而章法上得益于明清笔记,间杂野史平话的余绪,自成一体。他精于小说,又深味理论,所以创作也来得,研究亦精到。有时二者浑然一体,文章给人以久久的回忆。1949年进城之后,他一直处于厌烦与不安之中,对都市颇不适应。孙犁以为,自己更适宜去写乡村,而都市则把自己的灵光磨没了。所以,到了晚年,除了写一点乡村记忆的文字,他主要的工作是读旧书,看古董,沉浸在时光的旧迹中。他按照鲁迅的书账目录去购书,经史子集、金石美术、农桑畜牧,能得到的都通读一过,并把感想写到文中。以作家的身份走进学术,又以学术的眼光从事写作,于是便有了诗人的性情与史家风范的交融,文字日趋老到,太史公的苍冷与鲁夫子的苛刻深染于身,读之如置荒野,有空旷寒冷的感觉。孙犁写村妇之美是一绝,而言谈历史掌故,臧否人物,亦多妙笔。《书衣文录》里谈士大夫的著述,多反讽之词、旁敲之意,然又不故弄玄虚,通篇是溅血的文字,参透了历史,也激活了历史。

这些文字是一个特殊时期的文人精神的记录。在思想不得畅达、精神受到摧残的年代,一个思考者的文本里折射出复杂的情感体验。汉语的幽玄、明快与深远之意味,从苦涩里飘来,有无穷的回味余地。孙犁作为一名文体家,其作品的审美品位,给荒凉的时代带来了一抹微光。

【思考题】

1. 孙犁是一个文章家,他是左翼作家中少见的有学识的人。《书衣文录》有一种书卷气,却无士大夫的意味,你认为原因何在?

2. 有人认为孙犁晚年的文字带有鲁迅的风骨,冷峻与孤独的精神闪现其间。你如何理解他对鲁迅文本的理解?

3.《书衣文录》都是精神的碎片,却一唱三叹,有无穷的回味之境。这与京派的文本是否有关联?你如何看待他的趣味与京派文人的异同?

【拓展阅读】

1. 铁凝、贾平凹等:《百年孙犁》,百花文艺出版社2013年版。
2. 孙晓玲:《布衣:我的父亲孙犁》,三联书店2011年版。

第三章　张爱玲

张爱玲(1920—1995)，本名张煐，上海人。祖父张佩纶是清末名臣，祖母李菊耦是朝廷重臣李鸿章的长女。曾入香港大学文学院学习，后受战争影响，回到上海，就读于圣约翰大学，但是两个月后就因为经济窘困辍学，开始从事文学创作。在1943年和1944年两年中，得以连续发表多篇轰动性的中短篇小说，包括《沉香屑 第一炉香》《倾城之恋》《心经》《金锁记》等，在沦陷时期的上海一举成名。1944年，结识汪精卫政权宣传部次长、作家胡兰成，开始与之交往。1946年，与电影导演桑弧合作写作剧本，颇为成功。1949年上海政权更替后，留在上海。

1952年7月，她只身离开中国大陆，迁居到香港。在香港期间，任职于美国新闻处，并开始创作小说《秧歌》与《赤地之恋》。后移居美国，从事写作与学术研究工作。1961年，哥伦比亚大学东亚系教授夏志清出版《中国现代文学史》，对张爱玲的作品给予高度评价，认为"她的意象不仅强调优美和丑恶的对比，也让人看到在显然不断变更的物质环境中，中国人行为方式的持续性。她有强烈的历史意识，她认识过去如何影响着现在——这种看法是近代人的看法"。此后她受到大陆读者的关注，成为颇受读者喜爱的作家。

2007年著名导演李安将其小说《色·戒》改变成电影，轰动一时；2009年，她创作于1970年的小说《小团圆》首次出版发行，引起热议。

忆胡适之(存目)

(选自《张爱玲散文》，浙江文艺出版社2000年版。)

【简析】

"五四"以后的文章，除周氏兄弟外，大多是讲究一点套路的，后来产生了各种"腔"。张爱玲没有这些，她没有什么派别，亦未加入什么团体，自己写的就是心灵深处的东西。我看她的书,觉得这个人是宁静的、傲视天下的独行者,她也有悲悯,但没有底层人的寒伧感,那就有几分顾影自怜的样子了。她读人的时候,很是刻毒,连灵魂后的影子也不放过,将阴暗的东西一并钩出,也够得上是灵魂的审判者了。让人难忘的是,她写身边的人物,那么从容,不冷不热,而深意在焉。看她笔下的世界,都平静得很,没有感情的燃烧。张爱玲将己身之苦,都隐到了人物与霓虹灯的后面,以致抓不到她的思绪。作家做到此点,便羚羊挂角,无迹可求了吧。

张爱玲对人作温和素描的文章不多,独对胡适有一种特别的感受,也许都是飘泊者的原因吧。她的文章的冷气在这里不多,趣味再次显示出魅力来。张爱玲对人性失望的时候多,独对日常生活的一些细节有点儿兴趣。比如谈吃,讲风俗,就颇多味道。这个笔法,也用到此文中。她对文人批评的时候居多,尤其对新文人,有不少微词。比如对周作人谈吃的文字,就有不满,以为炒冷饭多了,未免乏味;对周作人的学生沈启无,亦多讽刺之语,言外是有自恋之处吧。但她对胡适的勾勒,近乎圣人,笔法多了神圣的感觉。这在张爱玲那里是罕见的现象。她内心柔和的部分,亦在此间。

胡适晚年在美国的日子,可以用凄苦来形容。张爱玲的文字记录了这一页。她写胡适,都是不关紧要的闲笔,似乎都是枝枝叶叶。但这些碎片,都是他们彼时内心最为重要的一隅。坦率说,胡适的文字很难唤起她审美的美感,但其学术牵涉的精神逻辑,以及人格的力量还是打动她的。这让人想起萧红对鲁迅的回忆文字,都传神有趣,苍凉的人生背后的苦味,以及那苦味背后的美,真切地流动着。

张爱玲写到胡适的死,只是简要几笔,笔触有旷世的凄凉。一个巨大的精神存在,在她那里消失了。胡兰成说张爱玲是冷冷看世的人,但我们在此却窥见了一个通情达理的、温和的张爱玲的形象。胡适的阅读趣味与张爱玲差异很大,即便是同样欣赏近代文学,着眼点亦有差异。张爱玲的文章,仅抓住他们之间仅有的一点文字上的联系,却铺陈出一个动人的故事,那不是传奇,都是日常的印象,又仅仅是生命中短暂的痕迹,却美丽得动人。胡适形象的可爱、可亲的一面,于此得以证实。

【思考题】

1. 张爱玲的文章有闲笔。写及胡适的时候,都非胡适生平的要点,印象也仅限于美国时期的几次交往;谈及胡适的学问,不讲其要义,而是谈自己对其所涉文学作品的印象,却达到很好的效果。你如何理解她的叙述策略?

2. 张爱玲很会节制自己的笔墨,写胡适的表情颇为传神,一切尽在不言之中。她对人物特点的把握是局部的、特写的。在人物回忆的文章里,她没有任何俗套。你认为张爱玲文章中暖色的表达,与其一贯的审美风格有何区别?

3. 胡适的思想是自由主义的,张爱玲对他的肯定是基于自由主义的立场吗?

【拓展阅读】

1. 王德威:《张爱玲再生缘》,《如此繁华》,上海书店出版社2006年版。
2. 杨泽编:《阅读张爱玲》,广西师范大学出版社2003年版。

第四章　张中行

张中行(1909—2006),原名张璇,学名张璿,字仲衡,后因名难认,以字的简化"中行"行世,河北省香河县人。著名学者、哲学家、散文家。1935年毕业于北京大学中国语言文学系,曾任教于天津南开中学、保定中学、贝满女中,担任过《世间解》主编。1949年后任人民教育出版社编辑、特约编审。主要从事语文、古典文学及思想史的研究。曾参加编写《汉语课本》《古代散文选》等。合作编著《文言文选读》《文言读本续编》;编著《文言常识》《文言津逮》《佛教与中国文学》等。主要作品有《负暄琐话》《负暄续话》《负暄三话》《禅外说禅》《文言和白话》《作文杂谈》《顺生论》《文言常识》等。20世纪八九十年代的"负暄三话"备受好评,奠定了他当代散文大家的地位。

张中行是少有的几位有哲学意味的作家之一。他对康德、罗素很有研究,对旧学心得亦深。在他那里,一切都是自然的、平淡的,他以布衣之躯,追问生命的形而上价值,对存在与虚无均有自己的特别看法。他研究国学,但又能够跳出圈子,不是信徒,成了外观者。他研究西洋哲学、心理学,非食洋不化,而是转化为东方式的体悟,用启悟的文笔去表达思辨的内容。他留意于野史,于山林野叟中常得到些有趣的话题。他不拘于礼法,思想也非定于一尊,而是博取种种杂学之外,注重于性灵的东西。他的文章受到周作人的暗示,又多了西洋玄学的内蕴。他把西洋形而上的东西与东方式的体悟结合于一体,遂达到一种新的境界,成为当代散文家中难得的存在。

故园人影

《老子》第八十章:"小国寡民,使有什伯(十百,多种)之器而不用。使民重死而不远徙,虽有舟舆,无所乘之,虽有甲兵,无所陈之。使人复结绳而用之,甘其食,美其服,安其居,乐其俗,邻国相望,鸡犬之声相闻,民至老死不相往来。"我有时很欣赏这段话。不是对"发"以及现代化的享受有什么可以一言以蔽之的意见，而是对自己经历的相去日以远的过去有些怀念。这过去，有人，有地，有事，自然未必都是可意的，但"家有敝帚，享之千金"，有些竟是常浮上心头，忘不掉。索性就写下一点点，也许未必有人愿意看，那就算作自己的温旧梦也好。梦太多，要选择。人影像真切，头绪简单，决定只说人。人也太多，又要选择，想只说一时浮上心头的三位。以交往的多少和远近为序。

王 二

由大范围说起。我的家乡是北京东南近二百里的一个小村庄，名石庄。石庄者，石姓聚居的一个小村落也。推想起初没有外姓人，由我儿时算起，至多不过百年前吧，村的偏西部迁入外姓两家，我们张家和另一家王家。都在街北，我家偏东，往西隔一家是王家。论家道，我家是小康，王家很穷困。可是两家关系不坏，感情融洽，来往很多。王家，与我祖父同行辈的那个老人，也许活到花甲左右吧，故去。只留下一个儿子，名王瑚；混上个女人，西北方某村的，耳聋，村里都叫她王聋子。依乡村的礼俗，当面，我叫她王大婶，一直到现在，印象还很清楚。因为她家没有磨，磨面，要到我家后院的磨房，其时，乡村妇女都是小脚，只有她穿木底鞋，由外走来，踏堂屋的砖地，发出清脆的嘎嘎声。他们夫妇都和善，得我家一点帮助，总是感激不尽的样子。他们都早死，生三个孩子，都是男的。大的名福来，年龄与我相仿，刚成年就故去。二的名福顺，成年大以后才成了家，村里人都称他为王二。三的名福成，不知同谁合不来，一怒离开家，到外面去闯天下。所以王氏弟兄，我印象深的，与我交往多的，只有王二。他忠厚、朴实、勤勉，因为几代与我家关系深，见面呼我为二哥，看得出来，心情是恭敬加更多的亲热。他当然也务农，农闲时候卖零吃食，不过是花生、瓜子、萝卜之类。养一头驴，有的货，如萝卜，要到西边二十里外的索庄去驮，他说，卖就要卖好的，赚点钱，不能亏心。我小学念完以后到外面上学，先是通县，后是北京，其时交通不便，离开家门，要到三十里外京津公路的河西务站去上汽车，这三十里旱路，常常是用王家的驴，王二去送。我跨上驴背，他后面跟着，让他骑一会儿，他坚决不肯，说走惯了，不累。寒暑假回家，晚饭后是说闲话时候，串门，最常去的是王二家。后期他成了家，妻子比他更朴实，更热情。还是那样穷，土房，简陋，屋里几乎没有东西。可是我愿意到那里坐一坐，以吟味其他处所不再能见到的古风。其后，正如其他到外面混的人一样，我离家乡越来越远了，也就很少能见到王二。是五十年代初,曾被扫地出门的我的二老故土难离,又到家乡去住,我去探望,当然又要到王二家去看看。他们夫妇年才近不惑,已经显得苍老,仍然很穷,两三个孩子,食不能饱,衣不能暖。谈起世道,也有不少感慨。还谈到土改,说分了些东西,趁夜间无人,都隔墙给扔回去,他说:"我再穷,也不能要人家的东西。"我看看他,叹了口气,没说什么。是七十年代初吧,听说他老伴下地做生产队派的什么活,光脚,被什么扎破,没有医疗条件,竟得了破伤风,死了,不久,也许心情受打击太重了吧,他也死了,留下三个还不能自立的孩子。

长海舅舅

他是个难于理解而可怜的老人,比我总要大几十岁吧,住在对门,我幼年时期几乎天天看见他,可是连姓名也不知道。情况要由对门的石家说起。我很小时候,对门住着母子四人,母亲寡居,我家说到她,称为对门老奶奶,老者,是因为她的丈夫排行第末。何时丧夫,可以由最幼孩子的年岁推算出来,大概是五六年前吧。三个孩子都是男的,最大的乳名长海。孩子未成人,惟一的强劳动力死去,家境本来就不好,其困苦可想而知。是为解救无劳动力的困苦呢,还是这位老人无依无靠、走投无路呢,不知道,总之,经过协商,这位老人连人带财产都迁来,与我们称为老奶奶的他的胞妹合伙,共同过困苦的日子。村里添了外来人,以熟代生,都称他为长海舅舅。他个子不高,略驼背,面容黑而且粗,在我们一群顽童的眼里,是个很不讨人喜欢的人物。他身体像是并不健壮,到我们一群孩子上小学时候,他就不怎么下地干活,而经常是坐在街北的墙下,既像愁闷又像沉思的样子。他几乎永远不说话,也没有人理他。估计到他妹妹家里也是这样,因为无用了,也就很难看到好的脸色。好脸色是精神方面的安慰,得不到,没办法,也许他真就能"安之若命"了吧?更可悲的是退一步,想吃一顿饱饭也办不到。忘记是谁,当作笑话,说听长海舅舅说:"要是黑面饼卷小葱蘸酱,那还有个饱啊!"其后,他身体更坏,先是很少出来,终于卧床不起了。是拘于礼俗还是实用主义呢,有那么一天,把他抬上牛车,送回本村了,听说不久就死去,大概终于没有吃到黑面饼卷小葱蘸酱吧?为死者设想,安息了也就罢了,可是问题偏偏留给生者。我有时想到他,那落魄无告的样子仍然清晰,心里就不能释然。系念什么?是有时形而上,想到命运、机遇、衷乐、荣辱之类,有时形而下,比如吃烤鸭、薄饼卷鸭肉,其旁边有葱蘸酱,就不由得想到黑面饼卷小葱蘸酱的愿望,也就不能不慨叹,人生,长也罢,短也罢,幸也罢,不幸也罢,总的说,终归是太难了。

严氏大姐

　　说这位,出了村,到东北方八里以外的外祖家,村名杨家场。外祖家也是小户人家,可是地势好,住在村西端路南,出村北望,不远就是运河支流青龙湾的南堤,白沙岭上是一望无际的柳树林。外祖父姓蓝,行二,与大外祖父合住一个院子。我小时候,大外祖父一支只有大舅父、大舅母夫妇和他们的两个儿子。大儿子学名文秀,严氏大姐是他的妻室。这种关系,为什么不称表嫂而称为大姐?说来话长。她是我们村东南某村的人,幼年父母双亡,无人抚育,经人说合,送往大舅父母家作童养媳。童养媳,成婚前的名分是家中的女儿,记得长于我七八岁,所以见面呼为大姐。其后成年、完婚,农村称为圆房,大舅母说,叫大姐惯了,不必改了,所以一直称为大姐。依旧俗,我出生后常到外祖家去住,到能觉知,有情怀,就对这位大姐印象很深。来由之一是她长得很美,长身玉立,面白净,就是含愁也不减眉目传情的气度。来由之二是她性格好,深沉而不瑟缩,温顺而不失郑重,少说话,说就委婉得体。依常情,童养媳的地位卑下,因为是无家的,又名义为女儿而非亲生,日日与未来的公婆和丈夫厮混,境况最难处,可是这位大姐像是一贯心地平和而外表自然。她结婚的时候,我十岁上下,其后不很久我离开家乡,就几乎看不到她了。可是有时想到她,联想到人生的种种,就不免有些感伤。这感伤可以分为人己两个方面。人,即大姐方面,是天生丽质,而没有得到相应的境遇。就我习见的少女时期说,现在想,她处理生活的得体,恐怕是"良贾深藏若虚"。所藏是什么?也许是"忍"吧?如果竟是这样,那就真如形容某些见于典籍的佳人所常说,性高于天,命薄如纸了。再说关于己的。也是现在回想,常见到她的时候,后期,她年方二八或二九,我尚未成年,还不知道所谓爱情是怎么回事,可是她住东房,我从窗外过,常常想到室内,她活动的场所,觉得有些神秘。这种心情,可否说是一种朦胧的想望?如果也竟是这样,在我的生活经历中,她的地位就太重要了,《诗经》所谓"靡不有初"是也。但无论如何,这总是朦胧的,过些时候也就淡薄了。一晃到了七十年代初,我由干校改造放还,根据永远正确的所谓政策,我要到无亲属的家乡去吃一日八两的口粮。第一次回去,人报废,无事可做,想以看久别的亲友为遣,于是又想到外祖家的大姐。她还健在吗?于是借一辆自行车代步,路也大变,问人,循新路前往。进村就找到,表兄和大姐都健在,在原宅院以西的小园盖了新房,在北房的西间招待我。大姐年近古稀,仍保留不少当年的风韵。谈起多年来的生活,说还勉强,只是大跃进时期粮食不够,吃些乱七八糟的,胀肚。关心我,又不便深问,表现为无可奈何的样子。午后作别,她送我到村外。我上了车,走一段路,回头看,她还站在那里。就这样我们见了最后一面。其后,依照又一次正确的政策,我回到北京,可是从另一个外祖家表弟的口中,间或听到她的消息,都是不幸的。先是她的儿妇被一个半精神病人暗杀,事就发生在她的宅院里。其后表兄先她而去。再其后是不很久,她也下世了,其时是七十年代晚期,大概活了七十五六岁吧。年过古稀,不为不寿,可是我想到她的天赋,她的一生,总是不免于悲伤,秀才人情,勉强凑了一首七绝,词句是:"黄泉紫陌断肠分,闻道佳城未作坟(因不得占耕地)。宿草萋萋银钏冷,此生何处吊媭君(《楚辞》,女媭,姐也)?"算作我虽然远离乡井,却没有忘掉她。

(选自张中行《负暄三话》,中华书局2006年版。)

【简析】

　　张中行出身在乡下,早期记忆就多了一种乡土的气息。他一生没有摆脱这些乡土里质朴的东西。关于家乡的环境,他有很好的记录。在描绘那些岁时、人文的时候,他的心是很平静的,既非歌咏也非厌弃,透着哲人的冷峻。比如乡野间的人神杂居,关帝庙和土地庙的存在,都是乡土社会恒常的东西。旧时代的乡下,孩子记忆里的美丽都是这些东西,张先生涉猎这些时也没有特别的贡献,只是平和地描述。

　　在他的回忆录里,像"五四"那代人一样,照例少不了对岁时、节气、民风的观照。他对婚丧、戏剧、节日、信仰的勾画,差不多是旧小说常见的。比如对杨柳青绘画的感受,完全是天然的,靠直觉判断问题。与鲁迅当年的体味很是接近。回忆旧时的生活,他丝毫没有夸大幼时记忆的地方,写童心时亦多奇异的幻想。在他的笔下,几乎没有八股和正宗文化的遗痕,教化的语调是看不到的。我注意到他对神秘事物的瞭望,有许多含趣的地方。比如对鬼狐世界的遐想,对动物和花鸟世界的凝视,都带着诗意的成分。他那么喜欢《聊斋志异》,谈狐说鬼之间,才有大的快慰。那神态呈现出自由的性灵,也是乡土社会与潦倒文人的笔墨间碰撞出的智慧的召唤。讲到农村的节令、族属、乡里,冷冷的笔法也含有脉脉的情愫。他不太耽于花鸟草虫的描写,虽然喜欢,却更愿意瞭望沉重的世界,那里才有本真吧。谈到乡下人的生活,主要强调其中的苦难。中国的农民实在艰难,几乎没有多少平静的日子,天灾、人祸、连年的饥饿等等,都在他笔下闪动着。当他细致地再现那些不堪回首的往事时,我们几乎能感受到散发出的令人窒息的气息。《流年碎影》里的生活，苦多于乐，灾盛于福，是明显的。那些被诗人和画家们美化了的村寨，在他的视野里被悲凉之雾笼罩住了。

德国作家黑塞在小说里写过诸多苦难的袭扰，在残疾和病态里人的挣扎和求索，带有悲凉的色彩。可在那悲凉的背后，却有亮亮的光泽在，那是人性的不安的心的摇动，给人以大的欣慰。张中行的作品也有苦而咸的味道，朦胧的渴望是夹带其间的。但他没有德国人那么悠然，中国的乡间不会有温润的琴声和走向上帝的祥和。乡村社会的大苦，练就了人挣扎的毅力，谁不珍惜这样的毅力呢？所以一面沉痛着，一面求索着，就那么苦楚地前行着。他常讲起叔本华的哲学。那个悲观主义的思想者的思绪，竟在空无的土地上和沉寂的时光里凝成了一首诗。

农民的劳作，在天底下是最不易的。但更让人伤感的是人命运的无常。乡土社会的单纯里也有残酷的东西，他后来讲了很多。印象是《故园人影》里，勾勒了几个可怜的好人，在那样贫穷和封闭的环境里，一切美好的都不易生长，许多人就那么快地凋零了。于是感叹道：人生，长也罢，短也罢，幸也罢，不幸也罢，总的说，终归是太难了。这难的原因，是人的欲望没有多少达成的出口，大家都在可怜的网里无奈地存活着。饥饿、灾荒、兵乱，没有谁能够阻止。村民的阿Q相多少还是有些。所以，张中行从乡下走出，其实也是寻梦，希望从外面的世界找到什么。但农民的朴素和真挚，还是深深地传染给了他。晚年讲到故土的时候，他还不断称赞道，乡下简朴、无伪的生存方式，是合乎天意的，大可不必铺张浪费。要说故乡给他带来了什么，这算是一点吧。

我有时在他的文字里，感受到了一股强烈的泥土和流水的气息。不论后来的学识怎样地增长着，林间小路的清香和青纱帐里的风声，还是深嵌在那流转不已的美文中。中国的读书人，大凡从乡野里走出的，都有一点泥土的气味。孙犁如此，赵树理如此，张中行亦如此。在讲着那么深的学问的时候，还能从他那里隐约地领略到剥啄声和野草的幽香，且有大的悲悯情怀，这非一般的作家可以做到。

【思考题】

1. 张中行虽然也像一些乡土作家一样关注底层生活，但多了一丝哲思的存在。这与一般的京派散文家大不相同，是他的特殊贡献。一般写农民生活，不会把叔本华的哲学投射其间，张中行在小人物那里，也悟出大的哲学，这是他与其他读书人不同的地方。就散文而言，这类作品很难归类。你觉得他的散文感人的原因何在？

2. 张中行作品的笔法受到了周作人的影响，文风里有苦雨斋的痕迹；但其文字没有贵族感，学识却深藏其间。他的寒士意识里的诗情，拓展了散文书写的空间，你如何评价其文字的品格？

3. 在许多文章里，张中行有"知其不可奈何而安之若命"的感叹。《故园人影》写天命下的小民，多凄苦之音。他的叙述语态也有愤懑与不平，但态度与左翼文学传统迥异。他写政治文化环境里的人生，却跳出政治语境为之，遂有了悲天悯人的大境界。你觉得这种选择的妙处何在？

【拓展阅读】

1. 孙郁、刘德水编：《说梦楼里张中行》，中国工人出版社2007年版。
2. 孙郁：《张中行别传》，人民文学出版社2009年版。

第五章　张承志

张承志(1948—　)，原籍山东济南，生于北京，回族。1967年清华附中毕业后在内蒙古乌珠穆沁插队为牧民，先后在北大历史系、中国历史博物馆、中国社会科学院等处学习和工作。在考古学、历史学、文学之间游弋，文字冲荡回旋，有浩然气韵。主要作品有《骑手为什么歌唱母亲》《北方的河》《黄泥小屋》等，长篇小说《金牧场》《心灵史》有相当的影响力。散文集《清洁的精神》《波斯的礼物》《日本留言》《你的微笑》等亦被读者所喜爱。

张承志一直在底层民众之间思考、写作，文字有回肠荡气之美。他视野开阔，对中亚文明史与西亚历史、南美历史均有研究。他的作品里没有流行色的存在，坚守的是自己的良知与信仰。

许多思想家的理论与文本都影响过他。但最感动他的是西部中国的人文传统。他的许多作品讴歌了西北土地上的人民，借着那些没有被污染的精神，他以旗为笔，写下了诸多迷人的文字，给文坛带来了不小的冲击力。

金钉夜曲勾镰月（存目）

（选自张承志《绿风土》，作家出版社1992年版。）

【简析】

张承志蔑视世俗的东西，他在散文中曾把世界分为"圣界"与"俗界"，"圣界"的一切是难以被世俗的人们理解的，只有扬弃沉积于人心底的俗气，才有可能抵达并享有"圣界"。张承志对中亚文明的审美态度，正是在这个意义上形成的。太多的雕饰、太多的实用主义，不可能唤起他的情绪，没有朴素的、原始的冲动力的民族激情，就没有张承志赖以生存的艺术世界。他寻找的，恰恰是被几千年古文明遗忘的那个伟大的"圣界"。

中亚土地上的一切，满足了他的这一渴求和梦想。因此，在大西北与内蒙古草原,他发现了那么多鲜为人知的景观。在张承志看来,人本色的、富有灵性的东西是最为宝贵的,这并不由物质文明的程序来决定,也不依赖于一种正宗的文化体系。在中国边塞的少数民族那里,他捕捉到了中原文明中难以找到的神异的性灵。张承志的感叹是真诚的,他在维吾尔人的内心中发现了一种只可意会、不可言传的力量,他为之激动,是出于好奇与悲悯的情感,还是一种纯粹的超功利的审美意欲?张承志对美的认识与欣赏,把传统的尺度扭弯了,这崭新的角度给人以面貌一新的感觉。他是真正了解塞外世界的人,是理解大漠惊沙与草原、冰山上劳作的人们的艺术家。因此,他在对这一文明表示出崇高敬意的同时,掩饰不住对"俗界"的冷傲态度。无论西方文明有着怎样灿烂的昨天和现在,他都不轻易低下自己高贵的头。因为他有自己的价值王国,自己的美的世界,这一切,是任何外来文明都无法代替的。因此,他十分尊重每个民族特有的东西,他觉得只有抛开了概念的东西而用心去体悟对方,才能获得真义。从情感上去理解而不是从先验的法则去领会,这是十分重要的。所以,他认为,外国人很难弄明白中国人核心的东西。同样,中原人多少年来也未能真正读懂边塞民族的精神。这一点,他感到十分的遗憾。在《美文的沙漠》中,张承志认为美文是不可译的,一旦人们把译笔伸入到民族的心境、情绪、生活方式等方面时,注定出现一种无力感。每个民族潜在意识的微妙部分,是无法用机械的语言转化出来的。张承志认为,母语复杂的、难以表述的内蕴,只能被操作母语的人们所领悟。离开了这种感悟,表面的译介将失去它的价值。

张承志是感受型的作家,他太强调作家的自我体验了,也恰恰是这种神秘的自我体验,为他提供了一般人难以得到的东西。他相信只有母语才能给他提供那些新鲜、活跃、深奥、明快的感受,这是任何别的文化力量无法代替的。这种自信在张承志那里极为浓郁,在向旧的传统进行挑战的过程中,他不自觉地又陷入了他所钟爱的异域新传统的排他性之中。但这些并不影响其文本特殊的美。在一个精神齐一的时代,他呈现出个性主义者的魅力。

【思考题】

1. 张承志的语言沉郁冲荡,有欲言又止的隐喻。这种语体部分得到了鲁迅语体的暗示。你认为张承志的精神与鲁迅的相似处在什么地方?

2. 与一般的左派作家不同,张承志的信仰主要表现在个体的选择里。他与异域风情的对话,更多在信仰的层面。他的独白感人的力量是否来自信仰的层面?

3. 张承志批评了汉文明,这些与其内心的神性意识关系很深,你怎样理解他文气里的神性因素?

【拓展阅读】

1. 郜元宝:《张承志:无神时代的精神圣徒》,《不够破碎》,吉林出版集团有限公司2009年版。

2. 孙郁:《绿风土:张承志的圣火》,《百年苦梦》,广西师范大学出版社2008年版。

第六章　史铁生

　　史铁生(1951—2010),原籍河北涿县,生于北京。1967 年清华附中毕业,1969 年去延安插队为知青,1972 年因病引起瘫痪,不久开始文学创作,自称"职业是生病,业余是写作"。1979 年第 2 期《当代》发表处女作《法学教授及其夫人》,从此走上文坛。其作品充满哲理性和宗教色彩。出版中短篇小说集《我的遥远的清平湾》《礼拜日》《命若琴弦》等,长篇小说《务虚笔记》,散文集《病隙碎笔》《我与地坛》等。《我的遥远的清平湾》发表在《青年文学》1983 年第 1 期,《奶奶的星星》发表在《作家》1984 年第 2 期,分获当年全国优秀短篇小说奖。《老屋小记》获首届鲁迅文学奖。

　　此后,他的许多作品因为带有形而上的意味,加上不断追问自我与人的感知极限,被读者持续关注。《我与地坛》成了他标志性的作品。在最初的写作里,我们看到了一个忧郁、清纯的史铁生,《遥远的清平湾》的笔意是爱意的流盼,在无奈里有空寂的一面。后来,在《来到人间》《命若琴弦》中,有对残疾人不公正命运的宣泄,已经深意袭人了。《老屋小记》《我与地坛》《关于詹牧师的报告文学》里,试验性的笔触开始出现,有了先锋派的意味。到了《中篇1 或短篇4》《务虚笔记》,就带有玄学的特点了。至于《病隙碎笔》,分明暗含爱默生、尼采独语的体式。他进入了恍兮惚兮的世界,与形而上学为伍了;不再是宿命的寓言,而是自身的追问。他的路向完全变了。

　　在远离厉害冲突的年月,他成了我们这个时代的旁观者。许多热闹的存在在他的眼里都失去了意义。他十分欣赏弗兰克的那句话,生命的意义不是被给与的,而是被提出的。于是在写作里,作为一个提问者,他进入了与当代社会的对话中。

我与地坛

一

　　我在好几篇小说中都提到过一座废弃的古园,实际上就是地坛。许多年前旅游业还没有开展,园子荒芜冷落得如同一片野地,很少被人记起。

　　地坛离我家很近。或者说我家离地坛很近。总之,只好认为这是缘分。地坛在我出生前四百多年就坐落在那儿了,而自从我的祖母年轻时带着我父亲来到北京,就一直住在离它不远的地方——五十多年间搬过几次家,可搬来搬去总是在它周围,而且是越搬离它越近了。我常觉得这中间有着宿命的味道:仿佛这古园就是为了等我,而历尽沧桑在那儿等待了四百多年。

　　它等待我出生,然后又等待我活到最狂妄的年龄上忽地残废了双腿。四百多年里,它一面剥蚀了古殿檐头浮夸的琉璃,淡褪了门壁上炫耀的朱红,坍圮了一段段高墙又散落了玉砌雕栏,祭坛四周的老柏树愈见苍幽,到处的野草荒藤也都茂盛得自在坦荡。这时候想必我是该来了。十五年前的一个下午,我摇着轮椅进入园中,它为一个失魂落魄的人把一切都准备好了。那时,太阳循着亘古不变的路途正越来越大,也越红。在满园弥漫的沉静光芒中,一个人更容易看到时间,并看见自己的身影。

　　自从那个下午我无意中进了这园子,就再没长久地离开过它。我一下子就理解了它的意图。正如我在一篇小说中所说的:"在人口密聚的城市里,有这样一个宁静的去处,像是上帝的苦心安排。"

　　两条腿残废后的最初几年,我找不到工作,找不到去路,忽然间几乎什么都找不到了,我就摇了轮椅总是到它那儿去,仅为着那儿是可以逃避一个世界的另一个世界。我在那篇小说中写道:"没处可去我便一天到晚耗在这园子里。跟上班下班一样,别人去上班我就摇了轮椅到这儿来。""园子无人看管,上下班时间有些抄近路的人们从园中穿过,园子里活跃一阵,过后便沉寂下来。""园墙在金晃晃的空气中斜切下一溜阴凉,我把轮椅开进去,把椅背放倒,坐着或是躺着,看书或者想事,撅一权树枝左右拍打,驱赶那些和我一样不明白为什么要来这世上的小昆虫。""蜂儿如一朵小雾稳稳地停在半空;蚂蚁摇头晃脑捋着触须,猛然间想透了什么,转身疾行而去;瓢虫爬得不耐烦了,累了,祈祷一回便支开翅膀,忽悠一下升空了;树干上留着一只蝉蜕,寂寞如一间空屋;露水在草叶上滚动,聚集,压弯了草叶轰然坠地摔开万道金光。""满园子都是草木竞相生长弄出的响动,窸窸窣窣窸窸窣窣片刻不息。"这都是真实的记录,园子荒芜但并不衰败。

除去几座殿堂我无法进去,除去那座祭坛我不能上去而只能从各个角度张望它,地坛的每一棵树下我都去过,差不多它的每一米草地上都有过我的车轮印。无论是什么季节,什么天气,什么时间,我都在这园子里待过。有时候待一会儿就回家,有时候就待到满地上都亮起月光。记不清都是在它的哪些角落里了,我一连几小时专心致志地想关于死的事,也以同样的耐心和方式想过我为什么要出生。这样想了好几年,最后事情终于弄明白了:一个人,出生了,这就不再是一个可以辩论的问题,而只是上帝交给他的一个事实;上帝在交给我们这件事实的时候,已经顺便保证了它的结果,所以死是一件不必急于求成的事,死是一个必然会降临的节日。这样想过之后我安心多了,眼前的一切不再那么可怕。比如你起早熬夜准备考试的时候,忽然想起有一个长长的假期在前面等待你,你会不会觉得轻松一点儿?并且庆幸并且感激这样的安排?

剩下的就是怎样活的问题了。这却不是在某一个瞬间就能完全想透的,不是能够一次性解决的事,怕是活多久就要想它多久了,就像是伴你终生的魔鬼或恋人。所以,十五年了,我还是总得到那古园里去,去它的老树下或荒草边或颓墙旁,去默坐,去呆想,去推开耳边的嘈杂理一理纷乱的思绪,去窥看自己的心魂。十五年中,这古园的形体被不能理解它的人肆意雕琢,幸好有些东西是任谁也不能改变它的。譬如祭坛石门中的落日,寂静的光辉平铺的一刻,地上的每一个坎坷都被映照得灿烂;譬如在园中最为落寞的时间,一群雨燕便出来高歌,把天地都叫喊得苍凉;譬如冬天雪地上孩子的脚印,总让人猜想他们是谁,曾在哪儿做过些什么,然后又都到哪儿去了;譬如那些苍黑的古柏,你忧郁的时候它们镇静地站在那儿,你欣喜的时候它们依然镇静地站在那儿,它们没日没夜地站在那儿从你没有出生一直站到这个世界上又没了你的时候;譬如暴雨骤临园中,激起一阵阵灼烈而清纯的草木和泥土的气味,让人想起无数个夏天的事件;譬如秋风忽至,再有一场早霜,落叶或飘摇歌舞或坦然安卧,满园中播散着熨帖而微苦的味道。味道是最说不清楚的,味道不能写只能闻,要你身临其境去闻才能明了。味道甚至是难于记忆的,只有你又闻到它你才能记起它的全部情感和意蕴。所以我常常要到那园子里去。

二

现在我才想到,当年我总是独自跑到地坛去,曾经给母亲出了一个怎样的难题。

她不是那种光会疼爱儿子而不懂得理解儿子的母亲。她知道我心里的苦闷,知道不该阻止我出去走走,知道我要是老待在家里结果会更糟,但她又担心我一个人在那荒僻的园子里整天都想些什么。我那时脾气坏到极点,经常是发了疯一样地离开家,从那园子里回来又中了魔似的什么话都不说。母亲知道有些事不宜问,便犹犹豫豫地想问而终于不敢问,因为她自己心里也没有答案。她料想我不会愿意她跟我一同去,所以她从未这样要求过,她知道得给我一点儿独处的时间,得有这样一段过程。她只是不知道这过程得要多久和这过程的尽头究竟是什么。每次我要动身时,她便无言地帮我准备,帮助我上了轮椅车,看着我摇车拐出小院;这以后她会怎样,当年我不曾想过。

有一回我摇车出了小院,想起一件什么事又返身回来,看见母亲仍站在原地,还是送我走时的姿势,望着我拐出小院去的那处墙角,对我的回来竟一时没有反应。待她再次送我出门的时候,她说:"出去活动活动,去地坛看看书,我说这挺好。"许多年以后我才渐渐听出,母亲这话实际上是自我安慰,是暗自的祷告,是给我的提示,是恳求与嘱咐。只是在她猝然去世之后,我才有余暇设想。当我不在家里的那些漫长的时间,她是怎样心神不定坐卧难宁,兼着痛苦与惊恐与一个母亲最低限度的祈求。现在我可以断定,以她的聪慧和坚忍,在那些空落的白天后的黑夜,在那不眠的黑夜后的白天,她思来想去最后准是对自己说:"反正我不能不让他出去,未来的日子是他自己的,如果他真的在那园子里出了什么事,这苦难也只好我来承担。"在那段日子里——那是好几年前的一段日子,我想我一定使母亲做过最坏的准备了,但她从来没有对我说过:"你为我想想。"事实上我也真的没为她想过。那时她的儿子还太年轻,还来不及为母亲想,他被命运击昏了头,一心以为自己是世上最不幸的一个,不知道儿子的不幸在母亲那儿总是要加倍的。她有一个长到二十岁上忽然截瘫了的儿子,这是她惟一的儿子;她情愿截瘫的是自己而不是儿子,可这事无法代替;她想,只要儿子能活下去哪怕自己去死呢也行,可她又确信一个人不能仅仅是活着,儿子得有一条路走向自己的幸福;而这条路呢,没有谁能保证她的儿子最终能找到——这样一个母亲,注定是活得最苦的母亲。

有一次与一个作家朋友聊天,我问他学写作的最初动机是什么?他想了一会儿说:"为我母亲。为了让她骄傲。"我心里一惊,良久无言。回想自己最初写小说的动机,虽不似这位朋友的那般单纯,但如他一样的愿望我也有,且一经细想,发现这愿望也在全部动机中占了很大比重。这位朋友说:"我的动机太低俗了吧?"我光是摇头,心想低俗并不见得低俗,只怕是这愿望过于天真了。他又说:"我那时真就是想出名,出了名让别人羡慕我母亲。"我想,他比我坦率。我想,他又比我幸福,因为他的母亲还活着。而且我想,他的母亲也比我的母亲运气好,他的母亲没有一个双腿残废的儿子,否则事情就不这么简单。

在我的头一篇小说发表的时候,在我的小说第一次获奖的那些日子里,我真是多么希望我的母亲还活着。我便又不能在家里待了,又整天整天独自跑到地坛去,心里是没头没尾的沉郁和哀怨,走遍整个园子却怎么也想不通:母亲为什么就不能再多活两年?为什么在她儿子就快要碰撞开一条路的时候,她却忽然熬不住了?莫非她来此世上只是为了替儿子担忧,却不该分享我的一点点快乐?她匆匆离我去时才只有四十九岁呀!有那么一会儿,我甚至对世界对上帝充满了仇恨和厌恶。后来我在一篇题为《合欢树》的文章中写道:"坐在小公园安静的树林里,我闭上眼睛,想:上帝为什么早早地召母亲回去呢?很久很久,迷迷糊糊地,我听见了回答:'她心里太苦了。上帝看她受不住了,就召她回去。'我似乎得到一点儿安慰,睁开眼睛,看见风正从树林里穿过。"小公园,指的也是地坛。

只是到了这时候,纷纭的往事才在我眼前幻现得清晰,母亲的苦难与伟大才在我心中渗透得深彻。上帝的考虑,也许是对的。

摇着轮椅在园中慢慢走,又是雾罩的清晨,又是骄阳高悬的白昼,我只想着一件事:母亲已经不在了。在老柏树旁停下,在草地上在颓墙边停下,又是处处虫鸣的午后,又是鸟儿归巢的傍晚,我心里只默念着一句话:可是母亲已经不在了。把椅背放倒,躺下,似睡非睡挨到日没,坐起来,心神恍惚,呆呆地直坐到古祭坛上落满黑暗然后再渐渐浮起月光,心里才有点儿明白,母亲不能再来这园中找我了。

曾有过好多回,我在这园子里待得太久了,母亲就来找我。她来找我又不想让我发觉,只要见我还好好地在这园子里,她就悄悄转身回去,我看见过几次她的背影。我也看见过几回她四处张望的情景,她视力不好,端着眼镜像在寻找海上的一条船,她没看见我时我已经看见她了,待我看见她也看见我了我就不去看她,过一会儿我再抬头看她就又看见她缓缓离去的背影。

我单是无法知道有多少回她没有找到我。有一回我坐在矮树丛中,树丛很密,我看见她没有找到我;她一个人在园子里走,走过我的身旁,走过我经常待的一些地方,步履茫然又急迫。我不知道她已经找了多久还要找多久,我不知道为什么我决意不喊她——但这绝不是小时候的捉迷藏,这也许是出于长大了的男孩子的倔强或羞涩?但这倔强只留给我痛悔,丝毫也没有骄傲。我真想告诫所有长大了的男孩子,千万不要跟母亲来这套倔强,羞涩就更不必,我已经懂了可我已经来不及了。

儿子想使母亲骄傲,这心情毕竟是太真实了,以致使"想出名"这一声名狼藉的念头也多少改变了一点儿形象。这是个复杂的问题,且不去管它了罢。随着小说获奖的激动逐日暗淡,我开始相信,至少有一点我是想错了:我用纸笔在报刊上碰撞开的一条路,并不就是母亲盼望我找到的那条路。年年月月我都到这园子里来,年年月月我都要想,母亲盼望我找到的那条路到底是什么。母亲生前没给我留下过什么隽永的哲言,或要我恪守的教诲,只是在她去世之后,她艰难的命运、坚忍的意志和毫不张扬的爱,随光阴流转,在我的印象中愈加鲜明深刻。

有一年,十月的风又翻动起安详的落叶,我在园中读书,听见两个散步的老人说:"没想到这园子有这么大。"我放下书,想,这么大一座园子,要在其中找到她的儿子,母亲走过了多少焦灼的路。多年来我头一次意识到,这园中不单是处处都有过我的车辙,有过我的车辙的地方也都有过母亲的脚印。

三

如果以一天中的时间来对应四季,当然春天是早晨,夏天是中午,秋天是黄昏,冬天是夜晚。如果以乐器来对应四季,我想春天应该是小号,夏天是定音鼓,秋天是大提琴,冬天是圆号和长笛。要是以这园子里的声响来对应四季呢?那么,春天是祭坛上空漂浮着的鸽子的哨音,夏天是冗长的蝉歌和杨树叶子哗啦啦地对蝉歌的取笑,秋天是古殿檐头的风铃响,冬天是啄木鸟随意而空旷的啄木声。以园中的景物对应四季,春天是一径时而苍白时而黑润的小路,时而明朗时而阴晦的天上摇荡着串串杨花;夏天是一条条耀眼而灼人的石凳,或阴凉而爬满了青苔的石阶,阶下有果皮,阶上有半张被坐皱的报纸;秋天是一座青铜的大钟,在园子的西北角上曾丢弃着一座很大的铜钟,铜钟与这园子一般年纪,浑身挂满绿锈,文字已不清晰;冬天,是林中空地上几只羽毛蓬松的老麻雀。以心绪对应四季呢?春天是卧病的季节,否则人们不易发觉春天的残忍与渴望;夏天,情人们应该在这个季节里失恋,不然就似乎对不起爱情;秋天是从外面买一棵盆花回家的时候,把花搁在阔别了的家中,并且打开窗户把阳光也放进屋里,慢慢回忆慢慢整理一些发过霉的东西;冬天伴着火炉和书,一遍遍坚定不死的决心,写一些并不发出的信。还可以用艺术形式对应四季,这样春天就是一幅画,夏天是一部长篇小说,秋天是一首短歌或诗,冬天是一群雕塑。以梦呢?以梦对应四季呢?春天是树尖上的呼喊,夏天是呼喊中的细雨,秋天是细雨中的土地,冬天是干净的土地上的一只孤零的烟斗。

因为这园子,我常感恩于自己的命运。

我甚至现在就能清楚地看见,一旦有一天我不得不长久地离开它,我会怎样想念它,我会怎样想念它并且梦见它,我会怎样因为不敢想念它而梦也梦不到它。

四

现在让我想想,十五年中坚持到这园子来的人都是谁呢?好像只剩了我和一对老人。

十五年前,这对老人还只能算是中年夫妇,我则货真价实还是个青年。他们总是在薄暮时分来园中散步,我不大弄得清他们是从哪边的园门进来,一般来说他们是逆时针绕这园子走。男人个子很高,肩宽腿长,走起路来目不斜视,膀以上直至脖颈挺直不动,他的妻子攀了他一条胳膊走,也不能使他的上身稍有松懈。女人个子却矮,也不算漂亮,我无端地相信她必出身于家道中衰的名门富族;她攀在丈夫胳膊上像个娇弱的孩子,她向四周观望似总含着恐惧,她轻声与丈夫谈话,见有人走近就立刻怯怯地收住话头。我有时因为他们而想起冉阿让与柯赛特,但这想法并不巩固,他们一望即知是老夫老妻。两个人的穿着都算得上考究,但由于时代的演进,他们的服饰又可以称为古朴了。他们和我一样,到这园子里来几乎是风雨无阻,不过他们比我守时。我什么时间都可能来,他们则一定是在暮色初临的时候。刮风时他们穿了米色风衣,下雨时他们打了黑色的雨伞,夏天他们的衬衫是白色的裤子是黑色的或米色的,冬天他们的呢子大衣又都是黑色的,想必他们只喜欢这三种颜色。他们逆时针绕这园子一周,然后离去。他们走过我身旁时只有男人的脚步响,女人像是贴在高大的丈夫身上跟着漂移。我相信他们一定对我有印象,但是我们没有说过话,我们互相都没有想要接近的表示。十五年中,他们或许注意到一个小伙子进入了中年,我则看着一对令人羡慕的中年情侣不觉中成了两个老人。

曾有过一个热爱唱歌的小伙子,他也是每天都到这园中来,来唱歌,唱了好多年,后来不见了。他的年纪与我相仿,他多半是早晨来,唱半小时或整整唱一个上午,估计在另外的时间里他还得上班。我们经常在祭坛东侧的小路上相遇,我知道他是到东南角的高墙下去唱歌,他一定猜想我去东北角的树林里做什么。我找到我的地方,抽几口烟,便听见他谨慎地整理歌喉了。他反反复复唱那么几首歌。"文化革命"没过去的时候,他唱"蓝蓝的天上白云飘,白云下面马儿跑……"我老也记不住这歌的名字。"文革"后,他唱《货郎与小姐》中那首最为流传的咏叹调。"卖布——卖布嘞,卖布——卖布嘞!"我记得这开头的一句他唱得很有声势,在早晨清澈的空气中,货郎跑遍园中的每一个角落去恭维小妇。"我交了好运气,我交了好运气,我为幸福唱歌曲……"然后他就一遍一遍地唱,不让货郎的激情稍减。依我听来,他的技术不算精到,在关键的地方常出差错,但他的嗓子是相当不坏的,而且唱一个上午也听不出一点儿疲惫。太阳也不疲惫,把大树的影子缩小成一团,把疏忽大意的蚯蚓晒干在小路上。将近中午,我们又在祭坛东侧相遇,他看一看我,我看一看他,他往北去,我往南去。日子久了,我感到我们都有结识的愿望,但似乎都不知如何开口,于是互相注视一下终又都移开目光擦身而过;这样的次数一多,便更不知如何开口了。终于有一天——一个丝毫没有特点的日子,我们互相点了一下头,他说:"你好。"我说:"你好。"他说:"回去啦?"我说:"是,你呢?"他说:"我也该回去了。"我们都放慢脚步(其实我是放慢车速),想再多说几句,但仍然是不知从何说起,这样我们就都走过了对方,又都扭转身子面向对方。他说:"那就再见吧。"我说:"好,再见。"便互相笑笑各走各的路了。但是我们没有再见,那以后,园中再没了他的歌声,我才想到,那天他或许是有意与我道别的,也许他考上了哪家专业的文工团或歌舞团了吧?真希望他如他歌里所唱的那样,交了好运气。

还有一些人,我还能想起一些常到这园子里来的人。有一个老头,算得一个真正的饮者;他在腰间挂一个扁瓷瓶,瓶里当然装满了酒,常来这园中消磨午后的时光。他在园中四处游逛,如果你不注意你会以为园中有好几个这样的老头,等你看过了他卓尔不群的饮酒情状,你就会相信这是个独一无二的老头。他的衣着过分随便,走路的姿态也不慎重,走上五六十米路便选定一处地方,一只脚踏在石凳上或土埂上或树墩上,解下腰间的酒瓶,解酒瓶的当儿眯起眼睛把一百八十度视角内的景物细细看一遭,然后以迅雷不及掩耳之势倒一大口酒入肚,把酒瓶摇一摇再挂向腰间,平心静气地想一会儿什么,便走下一个五六十米去。还有一个捕鸟的汉子,那岁月园中人少,鸟却多,他在西北角的树丛中拉一张网,鸟撞在上面,羽毛戗在网眼里便不能自拔。他单等一种过去很多而现在非常罕见的鸟,其他的鸟撞在网上他就把它们摘下来放掉,他说已经有好多年没等到那种罕见的鸟了,他说他再等一年看看到底还有没有那种鸟,结果他又等了好多年。早晨和傍晚,在这园子里可以看见一个中年女工程师,早晨她从北向南穿过这园子去上班,傍晚她从南向北穿过这园子回家,事实上我并不了解她的职业或者学历,但我以为她必是学理工的知识分子,别样的人很难有她那般的素朴并优雅。当她在园子穿行的时刻,四周的树林也仿佛更加幽静,清淡的日光中竟似有悠远的琴声,比如说是那曲《献给艾丽丝》才好。我没有见过她的丈夫,没有见过那个幸运的男人是什么样子,我想像过却想像不出,后来忽然懂了想像不出才好,那个男人最好不要出现。她走出北门回家去,我竟有点儿担心,担心她会落入厨房,不过,也许她在厨房里劳作的情景更有另外的美吧,当然不能再是《献给艾丽丝》,是个什么曲子呢?还有一个人,是我的朋友,他是个最有天赋的长跑家,但他被埋没了。他因为在"文革"中出言不慎而坐了几年牢,出来后好不容易找了个拉板车的工作,样样待遇都不能与别人平等,苦闷极了便练习长跑。那时他总来这园子里跑,我用手表为他计时,他每跑一圈向我招一下手,我就记下一个时间。每次他要环绕这园子跑二十圈,大约两万米。他盼望以他的长跑成绩来获得政治上真正的解放,他以为记者的镜头和文字可以帮他做到这一点。第一年他在春节环城赛上跑了第十五名,他看见前十名的照片都挂在了长安街的新闻橱窗里,于是有了信心。第二年他跑了第四名,可是新闻橱窗里只挂了前三名的照片,他没灰心。第三年他跑了第七名,橱窗里挂前六名的照片,他有点儿怨自己。第四年他跑了第三名,橱窗里却只挂了第一名的照片。第五年他跑了第一名——他几乎绝望了,橱窗里只有一幅环城赛群众场面的照片。那些年我们俩常一起在这园子里待到天黑,开怀痛骂,骂完沉默着回家,分手时再互相叮嘱:先别去死,再试着活一活看。现在他已经不跑了,年岁太大了,跑不了那么快了。最后一次参加环城赛,他以三十八岁之龄又得了第一名并破了纪录,有一位专业队的教练对他说:"我要是十年前发现你就好了。"他苦笑一下什么也没说,只在傍晚又来这园中找到我,把这事平静地向我叙说一遍。不见他已有好几年了,现在他和妻子和儿子住在很远的地方。

这些人现在都不到园子里来了,园子里差不多完全换了一批新人。十五年前的旧人，现在就剩我和那对老夫老妻了。有那么一段时间，这老夫老妻中的一个也忽然不来，薄暮时分惟男人独自来散步，步态也明显迟缓了许多，我悬心了很久，怕是那女人出了什么事。幸好过了一个冬天那女人又来了，两个人仍是逆时针绕着园子走，一长一短两个身影恰似钟表的两支指针；女人的头发白了许多，但依旧攀着丈夫的胳膊走得像个孩子。"攀"这个字用得不恰当了，或许可以用"搀"吧，不知有没有兼具这两个意思的字。

五

我也没有忘记一个孩子——一个漂亮而不幸的小姑娘。十五年前的那个下午，我第一次到这园子里来就看见了她，那时她大约三岁，蹲在斋宫西边的小路上捡树上掉落的"小灯笼"。那儿有几棵大栾树，春天开一簇簇细小而稠密的黄花，花落了便结出无数如同三片叶子合抱的小灯笼，小灯笼先是绿色，继而转白，再变黄，成熟了掉落得满地都是。小灯笼精巧得令人爱惜，成年人也不免捡了一个还要捡一个。小姑娘咿咿呀呀地跟自己说着话，一边捡小灯笼；她的嗓音很好，不是她那个年龄所常有的那般尖细，而是很圆润甚或是厚重，也许是因为那个下午园子里太安静了。我奇怪这么小的孩子怎么一个人跑来这园子里？我问她住在哪儿？她随指一下，就喊她的哥哥，沿墙根一带的茂草之中便站起一个七八岁的男孩，朝我望望，看我不像坏人便对他的妹妹说："我在这儿呢！"又伏下身去，他在捉什么虫子。他捉到螳螂、蚂蚱、知了和蜻蜓，来取悦他的妹妹。有那么两三年，我经常在那几棵大栾树下见到他们，兄妹俩总是在一起玩，玩得和睦融洽，都渐渐长大了些。之后有很多年没见到他们。我想他们都在学校里吧，小姑娘也到了上学的年龄，必是告别了孩提时光，没有很多机会来这儿玩了。这事很正常，没理由太搁在心上，若不是有一年我又在园中见到他们，肯定就会慢慢把他们忘记。

那是个礼拜日的上午。那是个晴朗而令人心碎的上午，时隔多年，我竟发现那个漂亮的小姑娘原来是个弱智的孩子。我摇着车到那几棵大栾树下去，恰又是遍地落满了小灯笼的季节；当时我正为一篇小说的结尾所苦，既不知为什么要给它那样一个结尾，又不知何以忽然不想让它有那样一个结尾，于是从家里跑出来，想依靠着园中的镇静，看看是否应该把那篇小说放弃。我刚刚把车停下，就见前面不远处有几个人在戏耍一个少女，做出怪样子来吓她，又喊又笑地追逐她拦截她，少女在几棵大树间惊惶地东跑西躲，却不松手揪卷在怀里的裙裾，两条腿袒露着也似毫无察觉。我看出少女的智力是有些缺陷,却还没看出她是谁。我正要驱车上前为少女解围,就见远处飞快地骑车来了个小伙子,于是那几个戏耍少女的家伙望风而逃。小伙子把自行车支在少女近旁,怒目望着那几个四散逃窜的家伙,一声不吭喘着粗气,脸色如暴雨前的天空一样一会儿比一会儿苍白。这时我认出了他们,小伙子和少女就是当年那对小兄妹。我几乎是在心里惊叫了一声,或者是哀号。世上的事常常使上帝的居心变得可疑。小伙子向他的妹妹走去。少女松开了手,裙裾随之垂落了下来,很多很多她捡的小灯笼便洒落了一地,铺散在她脚下。她仍然算得上漂亮,但双眸迟滞没有光彩。她呆呆地望着那群跑散的家伙,望着极目之处的空寂,凭她的智力绝不可能把这个世界想明白吧?大树下,破碎的阳光星星点点,风把遍地的小灯笼吹得滚动,仿佛暗哑地响着无数小铃铛。哥哥把妹妹扶上自行车后座,带着她无言地回家去了。

  无言是对的。要是上帝把漂亮和弱智这两样东西都给了这个小姑娘,就只有无言和回家去是对的。

  谁又能把这世界想个明白呢?世上的很多事是不堪说的。你可以抱怨上帝何以要降诸多苦难给这人间,你也可以为消灭种种苦难而奋斗,并为此享有崇高与骄傲,但只要你再多想一步你就会坠入深深的迷茫了:假如世界上没有了苦难,世界还能够存在么?要是没有愚钝,机智还有什么光荣呢?要是没了丑陋,漂亮又怎么维系自己的幸运?要是没有了恶劣和卑下,善良与高尚又将如何界定自己又如何成为美德呢?要是没有了残疾,健全会否因其司空见惯而变得腻烦和乏味呢?我常梦想着在人间彻底消灭残疾,但可以相信,那时将由患病者代替残疾人去承担同样的苦难。如果能够把疾病也全数消灭,那么这份苦难又将由(比如说)相貌丑陋的人去承担了。就算我们连丑陋,连愚昧和卑鄙和一切我们所不喜欢的事物和行为,也都可以统统消灭掉,所有的人都一样健康、漂亮、聪慧、高尚,结果会怎样呢?怕是人间的剧目就全要收场了,一个失去差别的世界将是一潭死水,是一块没有感觉没有肥力的沙漠。

  看来差别永远是要有的。看来就只好接受苦难——人类的全部剧目需要它,存在的本身需要它。看来上帝又一次对了。

  于是就有一个最令人绝望的结论等在这里:由谁去充任那些苦难的角色?又有谁去体现这世间的幸福、骄傲和快乐?只好听凭偶然,是没有道理好讲的。

  就命运而言,休论公道。

那么,一切不幸命运的救赎之路在哪里呢?

设若智慧或悟性可以引领我们去找到救赎之路,难道所有的人都能够获得这样的智慧和悟性吗?

我常以为是丑女造就了美人。我常以为是愚氓举出了智者。我常以为是懦夫衬照了英雄。我常以为是众生度化了佛祖。

六

设若有一位园神,他一定早已注意到了,这么多年我在这园里坐着,有时候是轻松快乐的,有时候是沉郁苦闷的,有时候优哉游哉,有时候惶惶落寞,有时候平静而且自信,有时候又软弱,又迷茫。其实总共只有三个问题交替着来骚扰我,来陪伴我。第一个是要不要去死,第二个是为什么活,第三个,我干吗要写作。

现在让我看看,它们迄今都是怎样编织在一起的吧。

你说,你看穿了死是一件无需乎着急去做的事,是一件无论怎样耽搁也不会错过的事,便决定活下去试试?是的,至少这是很关键的因素。为什么要活下去试试呢?好像仅仅是因为不甘心,机会难得,不试白不试,腿反正是完了,一切仿佛都要完了,但死神很守信用,试一试不会额外再有什么损失。说不定倒有额外的好处呢是不是?我说过,这一来我轻松多了,自由多了。为什么要写作呢?作家是两个被人看重的字,这谁都知道。为了让那个躲在园子深处坐轮椅的人,有朝一日在别人眼里也稍微有点儿光彩,在众人眼里也能有个位置,哪怕那时再去死呢也就多少说得过去了。开始的时候就是这样想,这不用保密,这些现在不用保密了。

我带着本子和笔,到园中找一个最不为人打扰的角落,偷偷地写。那个爱唱歌的小伙子在不远的地方一直唱。要是有人走过来,我就把本子合上把笔叼在嘴里。我怕写不成反落得尴尬。我很要面子。可是你写成了,而且发表了。人家说我写的还不坏,他们甚至说:真没想到你写得这么好。我心说你们没想到的事还多着呢。我确实有整整一宿高兴得没合眼。我很想让那个唱歌的小伙子知道,因为他的歌也毕竟是唱得不错。我告诉我的长跑家朋友的时候,那个中年女工程师正优雅地在园中穿行;长跑家很激动,他说好吧,我玩命跑,你玩命写。这一来你中了魔了,整天都在想哪一件事可以写,哪一个人可以让你写成小说。是中了魔,我走到哪儿想到哪儿,在人山人海里只寻找小说。要是有一种小说试剂就好了,见人就滴两滴看他是不是一篇小说;要是有一种小说显影液就好了,把它泼满全世界看看都是哪儿有小说。中了魔了,那时我完全是为了写作活着。结果你又发表了几篇,并且出了一点儿小名,可这时你越来越感到恐慌。我忽然觉得自己活得像个人质,刚刚有点儿像个人了却又过了头,像个人质,被一个什么阴谋抓了来当人质,不定哪天被处决,不定哪天就完蛋。你担心要不了多久你就会文思枯竭,那样你就又完了。凭什么我总能写出小说来呢?凭什么那些适合做小说的生活素材就总能送到一个截瘫者跟前来呢?人家满世界跑都有枯竭的危险,而我坐在这园子里凭什么可以一篇接一篇地写呢?你又想到死了。我想见好就收吧。当一名人质实在是太累了太紧张了,太朝不保夕了。我为写作而活下来,要是写作到底不是我应该干的事,我想我再活下去是不是太冒傻气了?你这么想着你却还在绞尽脑汁地想写。我好歹又拧出点儿水来,从一条快要晒干的毛巾上。恐慌日甚一日,随时可能完蛋的感觉比完蛋本身可怕多了,所谓不怕贼偷就怕贼惦记,我想人不如死了好,不如不出生的好,不如压根儿没有这个世界的好。可你并没有去死。我又想到那是一件不必着急的事。可是不必着急的事并不证明是一件必要拖延的事呀?你总是决定活下来,这说明什么?是的,我还是想活。人为什么活着?因为人想活着,说到底是这么回事,人真正的名字叫做:欲望。可我不怕死,有时候我真的不怕死。有时候——说对了。不怕死和想去死是两回事,有时候不怕死的人是有的,一生下来就不怕死的人是没有的。我有时候倒是怕活。可是怕活不等于不想活呀!可我为什么还想活呢?因为你还想得到点儿什么,你觉得你还是可以得到点儿什么的,比如说爱情,比如说价值感之类,人真正的名字叫欲望。这不对吗?我不该得到点儿什么吗?没说不该。可我为什么活得恐慌,就像个人质?后来你明白了,你明白你错了,活着不是为了写作,而写作是为了活着。你明白了这一点是在一个挺滑稽的时刻。那天你又说你不如死了好,你的一个朋友劝你:你不能死,你还得写呢,还有好多好作品等着你去写呢。这时候你忽然明白了,你说:只是因为我活着,我才不得不写作。或者说只是因为你还想活下去,你才不得不写作。是的,这样说过之后我竟然不那么恐慌了。就像你看穿了死之后所得的那份轻松?一个人质报复一场阴谋的最有效的办法是把自己杀死。我看出我得先把我杀死在市场上,那样我就不用参加抢购题材的风潮了。你还写吗?还写。你真的不得不写吗?人都忍不住要为生存找一些牢靠的理由。你不担心你会枯竭了?我不知道,不过我想,活着的问题在死前是完不了的。

这下好了,您不再恐慌了不再是个人质了,您自由了。算了吧你,我怎么可能自由呢？别忘了人真正的名字是：欲望。所以您得知道，消灭恐慌的最有效的办法就是消灭欲望。可是我还知道，消灭人性的最有效的办法也是消灭欲望。那么，是消灭欲望同时也消灭恐慌呢？还是保留欲望同时也保留人生？

我在这园子里坐着，我听见园神告诉我：每一个有激情的演员都难免是一个人质。每一个懂得欣赏的观众都巧妙地粉碎了一场阴谋。每一个乏味的演员都是因为他老以为这戏剧与自己无关。每一个倒霉的观众都是因为他总是坐得离舞台太近了。

我在这园子里坐着，园神成年累月地对我说：孩子，这不是别的，这是你的罪孽和福祉。

七

要是有些事我没说，地坛，你别以为是我忘了，我什么也没忘，但是有些事只适合收藏。不能说，也不能想，却又不能忘。它们不能变成语言，它们无法变成语言，一旦变成语言就不再是它们了。它们是一片朦胧的温馨与寂寥，是一片成熟的希望与绝望，它们的领地只有两处：心与坟墓。比如说邮票，有些是用于寄信的，有些仅仅是为了收藏。

如今我摇着车在这园子里慢慢走，常常有一种感觉，觉得我一个人跑出来已经玩得太久了。有一天我整理我的旧相册，看见一张十几年前我在这园子里照的照片——那个年轻人坐在轮椅上，背后是一棵老柏树，再远处就是那座古祭坛。我便到园子里去找那棵树。我按着照片上的背景找很快就找到了它，按着照片上它枝干的形状找，肯定那就是它。但是它已经死了，而且在它身上缠绕着一条碗口粗的藤萝。有一天我在这园子里碰见一个老太太，她说："哟，你还在这儿哪？"她问我："你母亲还好吗？""您是谁？""你不记得我，我可记得你。有一回你母亲来这儿找你，她问我您看没看见一个摇轮椅的孩子？……"我忽然觉得，我一个人跑到这世界上来玩真是玩得太久了。有一天夜晚，我独自坐在祭坛边的路灯下看书，忽然从那漆黑的祭坛里传出一阵阵唢呐声；四周都是参天古树，方形祭坛占地几百平方米空旷坦荡独对苍天，我看不见那个吹唢呐的人，惟唢呐声在星光寥寥的夜空里低吟高唱，时而悲怆时而欢快，时而缠绵时而苍凉，或许这几个词都不足以形容它，我清清醒醒地听出它响在过去，响在现在，响在未来，回旋飘转亘古不散。

必有一天，我会听见喊我回去。

那时您可以想像一个孩子,他玩累了可他还没玩够呢,心里好些新奇的念头甚至等不及到明天。也可以想像是一个老人,无可置疑地走向他的安息地,走得任劳任怨。还可以想像一对热恋中的情人,互相一次次说"我一刻也不想离开你",又互相一次次说"时间已经不早了",时间不早了可我一刻也不想离开你,一刻也不想离开你可时间毕竟是不早了。

我说不好我想不想回去。我说不好是想还是不想,还是无所谓。我说不好我是像那个孩子,还是像那个老人,还是像一个热恋中的情人。很可能是这样:我同时是他们三个。我来的时候是个孩子,他有那么多孩子气的念头所以才哭着喊着闹着要来,他一来一见到这个世界便立刻成了不要命的情人,而对一个情人来说,不管多么漫长的时光也是稍纵即逝,那时他便明白,每一步每一步,其实一步步都是走在回去的路上。当牵牛花初开的时节,葬礼的号角就已吹响。

但是太阳,它每时每刻都是夕阳也都是旭日。当它熄灭着走下山去收尽苍凉残照之际,正是它在另一面燃烧着爬上山巅布散烈烈朝辉之时。那一天,我也将沉静着走下山去,扶着我的拐杖。有一天,在某一处山洼里,势必会跑上来一个欢蹦的孩子,抱着他的玩具。

当然,那不是我。

但是,那不是我吗?

宇宙以其不息的欲望将一个歌舞炼为永恒。这欲望有怎样一个人间的姓名,大可忽略不计。

(选自《史铁生文集》,北京燕山出版社2008年版。)

【简析】

《我与地坛》乃一曲咏叹,在半个世纪以来的文学中是罕见的。其文体和意境都与当时的文学相距甚远。他开始拷问自己,一切都归于自己,也许能够发现诸多问题。他说:"时间限制了我们,习惯限制了我们,谣言般的舆论让我们陷于实际。"那个远离我们的模糊的世界,也许才有本我。

于是他由自己的有限,看到了生命的有限,也由此,沿着没有路的荒原,看到了存在的悖谬。人的不幸是在这样的有限里,却丝毫也不觉得。在很无奈地进入到这样的有限的时候,却省悟到直面它的快感。

不错,他开始拒绝那些所谓美满的话语。只有残缺才是真实的。悲剧常常出现在幻象的预期里,只有清醒于缺欠才可能避免妄念。当诗人顾城死去的时候,他就感叹道,那原因是制造了一个圆满的梦,结果一切空无:

看顾城的书时,我心里一直盼望着他的梦想能够实现。但这之前我已经知道了那结尾是一次屠杀,因此我每看到一处美丽的地方,都暗暗希望就此打住,停下来,就停在这儿,你为什么不能就停在这儿呢?于是我终于看见,那美丽的梦想的后面,还有一颗帝王的心:强制推行,比梦想本身更具诱惑。

这句话里有他的老到与沉稳。他的目光的透彻,和他文本的稚气不太协调。虚妄来自康德所说的那个先验性的范畴,撕碎它才能进入真实,可是没有语言,没有这样的先验的符号,我们又怎样思维?这是个难题。史铁生在此停住了。他竭力向着那个认知的极限眺望,其创作的渴望就缠绕在这里。

史铁生提问的几乎都是文学中最棘手的难题:存在与乌有,纯洁与罪过,询问与走失……答案也许没有,而在文字的穿越中却让我们看到了写作的反常规的惬意,那就是带着遗憾向着未知的陌生领域挺进。

在史铁生那里,闪现的是陷于绝境中的人顽强地生存下来的信念。这一点,使他将自我与人类的困境联系了起来,在一定程度上讲,他的气质里流动着人类共有的悲哀。他的文字疏散着对彼岸的渴望,以及无法抵达这一渴望的悲凉。生命的炽热欲求在寒冷的空间被凝成霜粒,不可知的未来正将人引向空无之所在。他的作品,故事是单调的,但内蕴竟如此丰富。而有时,艺术的界限被踏破了,使你不知道是诗呢还是散文,是小说呢还是随笔。形式对他并不重要,重要的是那颗漂泊的心。技巧、主义、思潮、热点均与其无缘,他的世界只有生命与苍穹。

史铁生以其岑寂的声色,将己身的苦难与人类的苦难汇于同一个调色板上,在静静的荒凉里感受到了时间,倾听着生命慢慢的流逝声,倾听着岁月在自己躯体上划过。一个灵魂又一个灵魂隐去了,一个场景又一个场景消失了,但唯有那颗心,它的脉息还弥散在空中,你可以在其间感受到其余温。当自觉地意识到人为什么活着,或者活着的指向是些什么的时候,语言似乎已丧失意义。在喧哗消失的地方,心性才会浮出世间。《我与地坛》对生命的垂思已远远超越了理性的大限,那个世界拒绝谎言、拒绝确切,一切都是流动的,像肖邦的夜曲,宁静中隐含着悠远的韵致,你会感受到生命的无常、欲望的无常,但只有意志——善良意志与自由意志——却预示着永恒。

【思考题】

1. 史铁生在文章里表达了一种对形而上的存在理解的冲动,你认为这种冲动是否是作品感人的主要原因?如果不是,那么是什么使作品具有如此感人的力量?

2.《我与地坛》是如何处理人的有限性这个话题的?史铁生的独思脱离了一般载道文章的窠臼,有了一种向"圣界"挺进的激情。这种激情和左翼文化的关联大否?如果没有关联,如何理解他的审美精神的特别性?

【拓展阅读】

1. 张新颖:《平常心与非常心——史铁生论》,《栖居与游牧之地》,学林出版社1994年版。

2. 孙郁:《通往哲学的路》,《百年苦梦》,广西师范大学出版社2008年版。

第七章　王小波

　　王小波(1952—1997)，北京人。当代著名作家、学者。幼年受到科学理念的熏陶，对文学亦多趣味。年轻时在云南农场做过知青，插过队，做过工人、老师。1978年参加高考，考取中国人民大学，就读于贸易经济系商品学专业。1984年赴美国匹兹堡大学东亚研究中心留学，得到历史学家许倬云的指点。留学期间写作风格开始变化，文笔日趋聪慧老到。1988年与妻子一道回国，任北京大学社会学所讲师。1991年任中国人民大学会计系讲师，同年小说《黄金时代》获第十三届《联合报》文学奖中篇小说大奖。1992年1月，与妻子李银河合著的《他们的世界——中国男同性恋群落透视》出版。不久辞去教职，开始了自由撰稿人的生涯。自此至去世近五年间，写出了他一生最主要的著作。1995年5月，小说《未来世界》获第十六届《联合报》文学奖中篇小说大奖。1997年4月11日因心脏病突发逝世于北京。就在他离世后不久，与张元合著的电影剧本《东宫·西宫》在阿根廷国际电影节上获得最佳编剧奖。

　　王小波的审美方式完全不同于以往的悲情主义传统，其戏谑、癫狂、洒脱的身姿在其身后被人们广泛接受。他一方面继承了罗素的科学主义精神，另一方面衔接了拉伯雷的诗意表达方式。这种远离流行色的智慧表达方式，击中了社会问题的本质，而他所呈现的智慧与趣味，也给枯燥无趣的文坛带来了新风。

沉默的大多数

一

　　君特·格拉斯在《铁皮鼓》里，写了一个不肯长大的人。小奥斯卡发现周围的世界太过荒诞，就暗下决心要永远做小孩子。在冥冥之中，有一种力量成全了他的决心,所以他就成了个侏儒。这个故事太过神奇,但很有意思。人要永远做小孩子虽办不到,但想要保持沉默是能办到的。在我周围,像我这种性格的人特多——在公众场合什么都不说,到了私下里则妙语连珠,换言之,对信得过的人什么都说,对信不过的人什么都不说。起初我以为这是因为经历了严酷的时期("文革"),后来才发现,这是中国人的通病。龙应台女士就大发感慨,问中国人为什么不说话。她在国外住了很多年,几乎变成了个心直口快的外国人。她把保持沉默看做怯懦,但这是不对的。沉默是一种生活方式,不但是中国人,外国人中也有选择这种生活方式的。

我就知道这样一个例子:他是前苏联的大作曲家萧斯塔科维奇。有好长一段时间他写自己的音乐,一声也不吭。后来忽然口授了一厚本回忆录,并在每一页上都签了名,然后他就死掉了。据我所知,回忆录的主要内容,就是谈自己在沉默中的感受。阅读那本书时,我得到了很大的乐趣——当然,当时我在沉默中。把这本书借给一个话语圈子里的朋友去看,他却得不到任何的乐趣,还说这本书格调低下,气氛阴暗。那本书里有一段讲到了苏联三十年代,有好多人忽然就不见了,所以大家都很害怕,人们之间都不说话。邻里之间起了争纷都不敢吵架,所以有了另一种表达感情的方式,就是往别人烧水的壶里吐痰。顺便说一句,苏联人盖过一些宿舍式的房子,有公用的卫生间、盥洗室和厨房,这就给吐痰提供了方便。我觉得有趣,是因为像萧斯塔科维奇那样的大音乐家,戴着夹鼻眼镜,留着山羊胡子,吐起痰来一定多有不便。可以想见,他必定要一手抓住眼镜,另一手护住胡子,探着头去吐。假如就这样被人逮到揍上一顿,那就更有趣了。其实萧斯塔科维奇长得什么样,我也不知道。我只是想象他是这个样子,然后就哈哈大笑。我的朋友看了这一段就不笑,他以为这样吐痰动作不美,境界不高,思想也不好。这使我不敢与他争辩——再争辩就要涉入某些话语的范畴,而这些话语,就是阴阳两界的分界线。

看过《铁皮鼓》的人都知道,小奥斯卡后来改变了他的决心,也长大了。我现在已决定了要说话,这样我就不是小奥斯卡,而是大奥斯卡。我现在当然能同意往别人的水壶里吐痰是思想不好,境界不高。不过有些事继续发生在我身边,举个住楼的人都知道的例子:假设有人常把一辆自行车放在你门口的楼道上,挡了你的路,你可以开口去说——打电话给居委会;或者直接找到车主,说道:同志,"五讲四美",请你注意。此后他会用什么样的语言来回答你,我就不敢保证。我估计他最起码要说你"事儿",假如你是女的,他还会说你"事儿妈",不管你有多大岁数,够不够做他妈。当然,你也可以选择沉默的方式来表达自己对这种行为的厌恶之情：把他车胎里的气放掉。干这件事时，当然要注意别被车主看见。还有一种更损的方式，不值得推荐，那就是在车胎上按上个图钉。有人按了图钉再拔下来，这样车主找不到窟窿在哪儿，补带时更困难。假如车子可以搬动，把它挪到难找的地方去，让车主找不着它，也是一种选择。这方面就说这么多，因为我不想教坏。这些事使我想到了福柯先生的话：话语即权力。这话应该倒过来说：权力即话语。就以上面的例子来说，你要给人讲"五讲四美"，最好是戴上个红箍。根据我对事实的了解，红箍还不大够用，最好穿上一身警服。"五讲四美"虽然是些好话，讲的时候最好有实力或者说是身份作为保证。话说到这个地步，可以说说当年和朋友讨论萧斯塔科维奇，他一说到思想、境界等等，我为什么就一声不吭——朋友倒是个很好的朋友，但我怕他挑我的毛病。

一般人从七岁开始走进教室，开始接受话语的熏陶。我觉得自己还要早些，因为从我记事时开始，外面总是装着高音喇叭，没黑没夜地乱嚷嚷。从这些话里我知道了土平炉可以炼钢，这种东西和做饭的灶相仿，装了一台小鼓风机，嗡嗡地响着，好像一窝飞行的屎壳郎。炼出的东西是一团团火红的粘在一起的锅片子，看起来是牛屎的样子。有一位手持钢钎的叔叔说，这就是钢。那一年我只有六岁，以后有好长一段时间，一听到钢铁这个词，我就会想到牛屎。从那些话里我还知道了一亩地可以产三十万斤粮，然后我们就饿得要死。总而言之，从小我对讲出来的话就不大相信，越是声色俱厉，嗓门高亢，我越是不信。这种怀疑态度起源于我饥饿的肚肠。和任何话语相比，饥饿都是更大的真理。除了怀疑话语，我还有一个恶习，就是吃铅笔。上小学时，在课桌后面一坐定就开始吃。那种铅笔一毛三一支，后面有橡皮头。我从后面吃起，先吃掉柔软可口的橡皮，再吃掉柔韧爽口的铁皮，吃到木头笔杆以后，软糟糟的没什么味道，但有一点香料味，诱使我接着吃。终于把整支铅笔吃得只剩了一支铅芯，用橡皮膏缠上接着使。除了铅笔之外，课本、练习本，甚至课桌都可以吃。我说到的这些东西，有些被吃掉了，有些被啃得十分狼藉。这也是一个真理，但没有用话语来表达过：饥饿可以把小孩子变成白蚁。

这个世界上有个很大的误会，那就是以为人的种种想法都是由话语教出来的。假设如此，话语就是思维的样板。我说它是个误会，是因为世界还有阴的一面。除此之外，同样的话语也可能教出些很不同的想法。从我懂事的年龄起，就常听人们说：我们这一代，生于一个神圣的时代，多么幸福，而且肩负着解放天下三分之二受苦人的神圣使命，等等。同年龄的人听了都很振奋,很爱听,但我总有点疑问,这么多美事怎么都叫我赶上了。除此之外,我以为这种说法不够含蓄。而含蓄是我们的家教。在三年困难时期,有一天开饭时,每人碗里有一小片腊肉。我弟弟见了以后,按捺不住心中的狂喜,冲上阳台,朝全世界放声高呼:我们家吃大鱼大肉了!结果是被我爸爸拖回来臭揍了一顿。经过这样的教育,我一直比较深沉。所以听到别人说我们多么幸福,多么神圣,别人在受苦,我们没有受等等,心里老在想着:假如我们真遇上了这么多美事,不把它说出来会不会更好。当然,这不是说,我不想履行自己的神圣职责。对于天下三分之二的受苦人,我是这么想的:与其大呼小叫说要去解放他们,让人家苦等,倒不如一声不吭,忽然有一天把他们解放,给他们一个意外惊喜。总而言之,我总是从实际的方面去考虑,而且考虑得很周到。幼年的经历、家教和天性谨慎,是我变得沉默的起因。

二

在我小时候,话语好像是一池冷水,它使我一身一身起鸡皮疙瘩。但不管怎么说吧,人来到世间,仿佛是来游泳的,迟早要跳进去。我可没有想到自己会保持沉默直到四十岁,假如想到了,未必有继续生活的勇气。不管怎么说吧,我听到的话也不总是那么疯,是一阵疯,一阵不疯。所以在十四岁之前,我并没有终身沉默的决心。

小的时候,我们只有听人说话的份儿。当我的同龄人开始说话时,给我一种极恶劣的印象。有位朋友写了一本书,写的是自己在"文革"中的遭遇,书名为《血统》。可以想见,她出身不好。她要我给她的书写个序。这件事使我想起来自己在那些年的所见所闻。"文革"开始时,我十四岁,正上初中一年级。有一天,忽然发生了惊人的变化,班上的一部分同学忽然变成了红五类,另一部分则成了黑五类。我自己的情况特殊,还说不清是哪一类。当然,这红和黑的说法并不是我们发明出来,这个变化也不是由我们发起的。在这方面我们毫无责任。只是我们中间的一些人,该负一点欺负同学的责任。

照我看来,红的同学忽然得到了很大的好处,这是值得祝贺的。黑的同学忽然遇上了很大的不幸,也值得同情。不等我对他们一一表示祝贺和同情,一些红的同学就把脑袋刮光,束上了大皮带,站在校门口,问每一个想进来的人:你什么出身?他们对同班同学问得格外仔细,一听到他们报出不好的出身,就从牙缝里迸出三个字:"狗崽子!"当然,我能理解他们突然变成了红五类的狂喜,但为此非要使自己的同学在大庭广众下变成狗崽子,未免也太过分。当年我就这么想,现在我也这么想:话语教给我们很多,但善恶还是可以自明。话语想要教给我们,人与人生来就不平等。在人间,尊卑有序是永恒的真理,但你也可以不听。

我上小学六年级时,暑期布置的读书作业是《南方来信》。那是一本记述越南人民抗美救国斗争的读物,其中充满了处决、拷打和虐杀。看完以后,心里充满了怪怪的想法。那时正在青春期的前沿,差一点要变成个性变态了。总而言之,假如对我的那种教育完全成功,换言之,假如那些园丁、人类灵魂的工程师对我的期望得以实现,我就想象不出现在我怎能不嗜杀成性、怎能不残忍,或者说,在我身上,怎么还会保留了一些人性。好在人不光是在书本上学习,还会在沉默中学习。这是我人性尚存的主因。至于话语,它教给我的是:要横扫一切牛鬼蛇神,把"文化革命"进行到底。当时话语正站在人性的反面上。假如完全相信它,就不会有人性。

三

现在我来说明自己为什么人性尚存:"文化革命"刚开始时,我住在一所大学里。有一天,我从校外回来,遇上一大伙人,正在向校门口行进。走在前面的是一伙大学生,彼此争论不休,而且嗓门很大;当然是在用时髦话语争吵,除了毛主席的教导,还经常提到"十六条"。所谓十六条,是中央颁布的展开"文化革命"的十六条规定,其中有一条叫做"要文斗,不要武斗",制定出来就是供大家违反之用。在那些争论的人之中,有一个人居于中心地位。但他双唇紧闭,一声不吭,唇边似有血迹。在场的大学生有一半在追问他,要他开口说话,另一半则在维护他,不让他说话。"文化革命"里到处都有两派之争,这是个具体的例子。至于队伍的后半部分,是一帮像我这么大的男孩子,一个个也是双唇紧闭,一声不吭,但唇边没有血迹,阴魂不散地跟在后面。有几个大学生想把他们拦住,但是不成功,你把正面拦住,他们就从侧面绕过去,但保持着一声不吭的态度。这件事相当古怪,因为我们院里的孩子相当的厉害,不但敢吵敢骂,而且动起手来,大学生还未必是个儿,那天真是令人意外的老实。我立刻投身其中,问他们出了什么事,怪的是这些孩子都不理我,继续双唇紧闭,两眼发直,显出一种坚忍的态度,继续向前行进——这情形好像他们发了一种集体性的癔症。

有关癔症,我们知道,有一种一声不吭,只顾扬尘舞蹈;另一种喋喋不休,就不大扬尘舞蹈。不管哪一种,心里想的和表现出来的完全不是一回事。我在北方插队时,村里有几个妇女有癔症,其中有一位,假如你信她的说法,她其实是个死去多年的狐狸,成天和丈夫(假定此说成立,这位丈夫就是个兽奸犯)吵吵闹闹,以狐狸的名义要求吃肉。但肉割来以后,她要求把肉煮熟,并以大蒜佐餐。很显然,这不合乎狐狸的饮食习惯。所以,实际上是她,而不是它要吃肉。至于"文化革命",有几分像场集体性的癔症,大家闹的和心里想的也不是一回事。当然,这要把世界阴的一面考虑在内。只考虑阳的一面,结论就只能是:当年大家胡打乱闹,确实是为了保卫毛主席,保卫党中央。

但是我说的那些大学里的男孩子其实没有犯癔症。后来,我揪住了一个和我很熟的孩子,问出了这件事的始末;原来,在大学生宿舍的盥洗室里,有两个学生在洗脸时相遇,为各自不同的观点争辩起来。争着争着,就打了起来。其中一位受了伤,已被送到医院。另一位没受伤,理所当然地成了打人凶手,就是走在队伍前列的那一位。这一大伙人在理论上是前往某个机构(叫做校革委还是筹委会,我已经不记得了)讲理,实际上是在校园里做无目标的布朗运动。这个故事还有另一个线索:被打伤的学生血肉模糊,有一只耳朵(是左耳还是右耳已经记不得,但我肯定是两者之一)的一部分不见了,在现场也没有找到。根据一种阿加莎·克里斯蒂式的推理,这块耳朵不会在别的地方,只能在打人的学生嘴里,假如他还没把它吃下去的话;因为此君不但脾气暴躁,急了的时候还会咬人,而且咬了不止一次了。我急于交待这件事的要点,忽略了一些细节,比方说,受伤的学生曾经惨叫了一声,别人就闻声而来,使打人者没有机会把耳朵吐出来藏起来,等等。总之,此君现在只有两个选择,或是在大庭广众之中把耳朵吐出来,证明自己的品行恶劣,或者把它吞下去。我听到这些话,马上就加入了尾随的行列,双唇紧闭,牙关紧咬,并且感觉到自己嘴里仿佛含了一块咸咸的东西。

现在我必须承认,我没有看到那件事的结局;因为天晚了,回家太晚会有麻烦。但我的确关心着这件事的进展,几乎失眠。这件事的结局是别人告诉我的:最后,那个咬人的学生把耳朵吐了出来,并且被人逮住了。不知你会怎么看,反正当时我觉得如释重负:不管怎么说,人性尚存。同类不会相食,也不会把别人的一部分吞下去。当然,这件事可能会说明一些别的东西:比方说,咬掉的耳朵块太大,咬人的学生嗓子眼太细,但这些可能性我都不愿意考虑。我说到这件事,是想说明我自己曾在沉默中学到了一点东西。你可以说,这些东西还不够;但这些东西是好的,虽然学到它的方式不值得推广。

我把一个咬人的大学生称为人性的教师,肯定要把一些人气得发狂。但我有自己的道理:一个脾气暴躁、动辄使用牙齿的人,尚且不肯吞下别人的肉体,这一课看起来更有力量。再说,在"文化革命"的那一阶段里,人也不可能学到更好的东西了。

有一段时间常听到年长的人说我们这一代人不好,是"文革"中的红卫兵,品格低劣。考虑到红卫兵也不是孤儿院里的孩子,他们都是学校教育出来的,对于这种低劣品行,学校和家庭教育应该负一定的责任。除此之外,对我们的品行,大家也过虑了。这是因为,世界不光有阳的一面,还有阴的一面。后来我们这些人就去插队。在插队时,同学们之间表现得相当友爱,最起码这是可圈可点的。我的亲身经历就可证明:有一次农忙时期我生了重病,闹得实在熬不过去了,当时没人来管我,只有一个同样在生病的同学,半搀半拖,送我涉过了南宛河,到了医院。那条河虽然不深,但当时足有五公里宽,因为它已经泛滥得连岸都找不着了。假如别人生了病,我也会这样送他。因为有这些表现,我以为我们并不坏,不必青春无悔,留在农村不回来;也不必听从某种暗示而集体自杀,给现在的年轻人空出位子来。而我们的人品的一切可取之处,都该感谢沉默的教诲。

四

有一件事大多数人都知道:我们可以在沉默和话语两种文化中选择。我个人经历过很多选择的机会,比方说,插队的时候,有些插友就选择了说点什么,到"积代会"上去"讲用",然后就会有些好处。有些话年轻的朋友不熟悉,我只能简单地解释道:积代会是"活学活用毛主席著作积极分子代表大会",讲用是指讲自己活学活用毛主席著作的心得体会。参加了积代会,就是积极分子。而积极分子是个好意思。另一种机会是当学生时,假如在会上积极发言,再积极参加社会活动,就可能当学生干部,学生干部又是个好意思。这些机会我都自愿地放弃了。选择了说话的朋友可能不相信我是自愿放弃的,他们会认为,我不会说话或者不够档次,不配说话。因为话语即权力,权力又是个好意思,所以的确有不少人挖空心思要打进话语的圈子,甚至在争夺"话语权"。我说我是自愿放弃的,有人会不信——好在还有不少人会相信。主要的原因是进了那个圈子就要说那种话,甚至要以那种话来思索,我觉得不够有意思。据我所知,那个圈子里常常犯着贫乏症。

二十多年前,我在云南当知青。除了穿着比较干净、皮肤比较白皙之外,当地人怎么看待我们,是个很费猜的问题。我觉得,他们以为我们都是台面上的人,必须用台面上的语言和我们交谈——最起码在我们刚去时,他们是这样想的。这当然是一个误会,但并不讨厌。还有个讨厌的误会是:他们以为我们很有钱,在集市上死命地朝我们要高价,以致我们买点东西,总要比当地人多花一两倍的钱。后来我们就用一种独特的方法买东西:不还价,甩下一叠毛票让你慢慢数,同时把货物抱走。等你数清了毛票,连人带货都找不到了。起初我们给的是公道价,后来有人就越给越少,甚至在毛票里杂有些分票。假如我说自己洁身自好,没干过这种事,你一定不相信,所以我决定不争辩。终于有一天,有个学生在这样买东西时被老乡扯住了——但这个人决不是我。那位老乡决定要说该同学一顿,期期艾艾地憋了好半天,才说出:哇!不行啦!思想啦!斗私批修啦!后来我们回家去,为该老乡的话语笑得打滚。可想而知,在今天,那老乡就会说:哇!不行啦!"五讲"啦!"四美"啦!"三热爱"啦!同样也会使我们笑得要死。从当时的情形和该老乡的情绪来看,他想说的只是一句很简单的话,那一句话的头一个字发音和洗澡的澡有些相似。我举这个例子,绝不是讨了便宜又要卖乖,只是想说明一下话语的贫乏。用它来说话都相当困难,更不要说用它来思想了。话语圈子里的朋友会说,我举了一个很恶劣的例子——我记住这种事,只是为了丑化生活;但我自己觉得不是的。

　　我在沉默中过了很多年:插队,当工人,当大学生,后来又在大学里任过教。当教师的人保持沉默似不可能,但我教的是技术性的课程,在讲台上只讲技术性的话,下了课我就走人。照我看,不管干什么都可以保持沉默。当然,我还有一个终生爱好,就是写小说。但是写好了不拿去发表,同样也保持了沉默。至于沉默的理由,很是简单。那就是信不过话语圈。从我短短的人生经历来看,它是一座声名狼藉的疯人院。当时我怀疑的不仅是说过亩产三十万斤粮、炸过精神原子弹的那个话语圈,而是一切话语圈子。假如在今天能证明我当时犯了一个以偏概全的错误,我会感到无限的幸福。

五

　　我说自己多年以来保持了沉默,你可能会不信;这说明你是个过来人。你不信我从未在会议上"表过态",也没写过批判稿。这种怀疑是对的:因为我既不能证明自己是哑巴,也不能证明自己不会写字,所以这两件事我都是干过的。但是照我的标准,那不叫说话,而是上着一种话语的捐税。我们听说,在过去的年代里,连一些伟大的人物都"讲过一些违心的话",这说明征税面非常的宽。因为有征话语捐的事,不管我们讲过什么,都可以不必自责:话是上面让说的嘛。但假如一切话语都是征来的捐税,事情就不很妙。拿这些东西可以干什么？它是话,不是钱,既不能用来修水坝,也不能拿来修电站;只能搁在那里臭掉,供后人耻笑。当然,拿征募来的话语干什么,不是我该考虑的事;也许它还有别的用处我没有想到。我要说的是:征收话语捐的事是古已有之。说话的人往往有种输捐纳税的意识,融化在血液里,落实在口头上。在这方面有个例子,是古典名著《红楼梦》。在那本书里,有两个姑娘在大观园里联句,联着联着,冒出了颂圣的词句。这件事让我都觉得不好意思:两个十几岁的小姑娘,躲在后花园里,半夜三更作几句诗,都忘不了颂圣,这叫什么事？仔细推敲起来,毛病当然出在写书人的身上,是他有这种毛病。这种毛病就是:在使用话语时总想交税的强迫症。

我认为,可以在话语的世界里分出两极。一极是圣贤的话语,这些话是自愿的捐献。另一极是沉默者的话语,这些话是强征来的税金。在这两极之间的话,全都暧昧难明:既是捐献,又是税金。在那些说话的人心里都有一个税吏。中国的读书人有很强的社会责任感,就是交纳税金,做一个好的纳税人——这是难听的说法。好听的说法就是以天下为己任。

我曾经是个沉默的人,这就是说,我不喜欢在各种会议上发言,也不喜欢写稿子。这一点最近已经发生了改变,参加会议时也会发言,有时也写点稿。对这种改变我有种强烈的感受,有如丧失了童贞。这就意味着我违背了多年以来的积习,不再属于沉默的大多数了。我还不至为此感到痛苦,但也有一点轻微的失落感。开口说话并不意味着恢复了交纳税金的责任感,假设我真是这么想,大家就会见到一个最大的废话篓子。我有的是另一种责任感。

几年前,我参加了一些社会学研究,因此接触了一些"弱势群体",其中最特别的就是同性恋者。做过了这些研究之后,我忽然猛省到:所谓弱势群体,就是有些话没有说出来的人。就是因为这些话没有说出来,所以很多人以为他们不存在或者很遥远。在中国,人们以为同性恋者不存在。在外国,人们知道同性恋者存在,但不知他们是谁。有两位人类学家给同性恋者写了一本书,题目就叫做 Word is out。然后我又猛省到自己也属于古往今来最大的一个弱势群体,就是沉默的大多数。这些人保持沉默的原因多种多样,有些人没能力,或者没有机会说话;还有人有些隐情不便说话;还有一些人,因为种种原因,对于话语的世界有某种厌恶之情。我就属于这最后一种。作为最后这种人,也有义务谈谈自己的所见所闻。

六

我现在写的东西大体属于文学的范畴。所谓文学,在我看来就是:先把文章写好看了再说,别的就管他妈的。除了文学,我想不到有什么地方可以接受我这些古怪想法。赖在文学上,可以给自己在圈子中找到一个立脚点。有这样一个立脚点,就可以攻击这个圈子,攻击整个阳的世界。

几年前,我在美国读书。有个洋鬼子这样问我们:你们中国那个阴阳学说,怎么一切好的东西都属阳,一点不给阴剩下? 当然,她这样发问,是因为她正是一个五体不全之阴人。但是这话也有些道理。话语权属于阳的一方,它当然不会说阴的一方任何好话。就是夫子也未能免俗,他把妇女和小人攻击了一通。这句话几千年来总被人引用,但我就没听到受攻击一方有任何回应。人们只是小心提防着不要做小人,至于怎样不做妇人,这问题一直没有解决。就是到了现代,女变男的变性手术也是一个难题,而且也不宜推广——这世界上假男人太多,真男人就会找不到老婆。简言之,话语圈里总是在说些不会遇到反驳的话。往好听里说,这叫做自说自话;往难听里说,就让人想起了一个形容缺德行为的顺口溜:打聋子骂哑巴扒绝户坟。仔细考较起来,恐怕聋子、哑巴、绝户都属阴的一类,所以遇到种种不幸也是活该——笔者的国学不够精深,不知这样理解对不对。但我知道一个确定无疑的事实:任何人说话都会有毛病,圣贤说话也有毛病,这种毛病还相当严重。假如一般人犯了这种病,就会被说成精神分裂症。在现实生活里,我们就是这样看待自说白话的人。

如今我也挤进了话语圈子。这只能说明一件事:这个圈子已经分崩离析。基于这种不幸的现实,可以听到各种要求振奋的话语:让我们来重建中国的精神结构,等等。作为从另一个圈子里来的人,我对新圈子里的朋友有个建议:让我们来检查一下自己,看看傻不傻,疯不疯? 有各种各样的镜子可供检查自己之用:中国的传统是一面镜子,外国文化是另一面镜子。还有一面更大的镜子,就在我们身边,那就是沉默的大多数。这些议论当然是有感而发的。几年前,我刚刚走出沉默,写了一本书,送给长者看。他不喜欢这本书,认为书不能这样来写。照他看来,写书应该能教育人民,提升人的灵魂。这真是金玉良言。但是在这世界上的一切人之中,我最希望予以提升的一个,就是我自己。这话很卑鄙,很自私,也很诚实。

(选自《王小波文集》第 4 卷,中国青年出版社 1999 年版。)

【简析】

  无论在小说还是随笔里,王小波都喜欢寓言式的体例,以此来观照我们的世界。他的寓言都和身体的痛感有关。他常常从"我"畸形的内心出发来映衬对象世界,而自己的畸形反而照出对象同样的畸形。于是那些"圣界"的灵光就消失了。这种对抗是智力间的辩驳,有着哲学与心理学的张力。在精神被普遍的反道德化词语包围的时候,他从精神洞穴里凿出了一扇天窗,将阳光照进来。那些黑暗里的存物一个个圆形毕露。此时,他获得了一种快意。从照妖镜式的反光里,历史被改写了。

  尤瑟纳尔与卡尔维诺都是学者型的作家,对王小波有很深的影响。他们笔下奇异的镜头和不可思议的境界,是中国作家中没有的。前者有厚重的历史感,精神可以穿越历史的盲点,直抵思想的彼岸;后者在寓言化的写作里,真假难辨,神乎其文,有高远的气韵,展开的是开阔的境界。这两个作家对王小波是迷人的存在,他们把历史模糊化的同时,却将思想现实化了。一方面是虚构的迷宫,你不觉得是乏味,一切都那么有趣;另一方面,仿佛是今天生活的一部分,内涵就宽阔得多了。

  《沉默的大多数》的基本理念,就有卡尔维诺的影子。卡尔维诺的叙述是超逻辑的,但内中的学识也让人敬佩不已。王小波在许多方面领略到其中的妙意,并且把它慢慢地中国化了。《帕洛马尔》是卡尔维诺的有趣作品,在王小波看来,卡尔维诺从人不合时宜的思想与言行里,发现了世间的荒谬。卡尔维诺的描述乃是对流行色的抗拒,其间的片断虽然是感性十足的舞蹈,但思想者的形影历历在目。他一方面有哲学家的天赋,思考的问题玄之又玄;另一方面又在小说里发挥了想象的力量,把精神延伸到不可思议的时空里。《我们的祖先》《意大利童话》都有出奇之笔。在《命运交叉的城堡》里,卡尔维诺以天才的手段,打破以往的叙述模式,迷宫般的线路、荒诞的存在之网、人在怪异与死灭间往来穿梭等等,把小说当成了智力的游戏。王小波看到这里时一定是开心的,他从卡尔维诺的作品里看到了叙述的无限可能性。于是在《青铜时代》中我们读出了另一种叙述之维:八股的精神在那里死去了,英雄的血色也无影无踪了。世界开始变得怪异,古今中外的一切都可以在此交汇。自由的旗帜在飘扬着,所有的悔恨、无奈、暗算都被击成粉末。王小波在与卡尔维诺的对话里,发现了与中国历史对话的途径。自己的精神就生长在这样高妙的哲思里。

  《沉默的大多数》的基本理念,乃"文革"经验的外化。王小波从卡尔维诺的世界回到自身,把己身的经验与自由的思想连接起来,有了一种异样的穿透力。在王小波眼里,流行的表达是先验的存在,迎合这种表达是一种自我的丧失。而那些没有表达的大多数人,可能才是本真的保存者。他们要么是清醒的思想者,要么是奴性的顺民。但沉默本身,就与外在的异化存在保持了距离。中国文化的惯性中,言语是皇家与儒家思想的一部分。表达是回应,或者是一种替圣人言道的过程。自己的声音却消失了。在沉默和话语之中,我们选择什么呢?这是一个中国式的哲学问题。在思想齐一的时代,个体的追问、思考,己身的体悟所升华的话语,才可能有生命的温度。但是,现在我们已经丧失了这样的温度。王小波所要做的,就是在无趣、无智的话语世界,增加一道亮光,刺破天幕,将鲜活的精神之火引到灰暗的王国。

【思考题】

  1. 王小波对表达与沉默的关系作了有趣的阐述,他的文章对流行文化表达了一种揶揄的态度。他属于"沉默的大多数"的一员吗?怎样看待他对虚伪的表达方式的态度?他自身的写作风格在审美的维度上多了前人所没有的东西,你能够说说其中的原因吗?

  2. 在审美原则上,王小波拒绝以作品提升别人,给读者指出出路,而是要表达一种智慧和趣味。他认为写文章最要紧的是提升自己,而非提升他人。你如何理解这句话?

  3. 王小波一再强调"沉默的大多数"里,可能有流行色所没有的真意在。这里的"大多数"与毛泽东的"人民"的概念是否相似?他如何处理个人与大多数人的关系?

【拓展阅读】

  1. 戴锦华:《智慧戏谑——阅读王小波》,《当代作家评论》1998年第2期。

  2. 艾晓明:《世纪之交的文学心灵》,见《王小波研究资料》(上),天津人民出版社2009年版。

第八章 木 心

　　木心(1927—2011),原名孙璞,浙江乌镇人。早年毕业于上海美专,1982年定居纽约,2006年归国。性喜绘画,诗、小说、俳句、散文都写得深切。早期的文字多已散佚,现在能读到的多是他五十岁以后的作品,且均是远离故国的精神走笔。智者的诙谐和坦然相间于一体,古希腊哲理与六朝之文、文艺复兴的烛光与"五四"遗响、日本的俳句和法国的诗画,都能从中感受到。主要作品有《我的纷纷情欲》《哥伦比亚的倒影》《穷美卡随想录》《温莎墓园日记》《素履之往》《即兴判断》《西班牙三棵树》《鱼丽之宴》等。

　　木心的作品都很有特点,他不屑于小花小草的吟哦,时空在他那里是阔大的,自己也阔大得如庄子笔下的鲲鹏,五光十色而又不失本态,诗文里多是力之美和情之美。艾青也是从绘画走向文学的,他的文字高贵气与古典之美杂糅,色彩与线条渗透到汉字里。较之于艾青,木心多的是哲学,他把油画和古汉语、现代口语及西方哲学的顿悟交织一体,那是老老实实地划地为牢的作家所望尘莫及的。中国的作家一写作就定位成作家状,不太顾及别一世界的思想。艾青、李金发等都太像文学,文学得很美。木心没有职业意识,太不像文学却真正走进了文学。所以他的杂,与知堂很近,又不满于书卷气,从文化的流浪里洗去士大夫的痕迹,在"五四"的余脉里走向了西方个性主义的传统。近五十年的文学书写,几乎还没有这样的人物。废名之后,语言带有幽玄之味者,木心是一个。

一饮一啄

你是含苞欲放的哲学家

爬满薜荔的墙内　有一番人事

好看的人　咬指甲时尤其好看
·
夜渐渐亮了　芥川才写这种句子
·
蹲在潜艇的机械丛里　想念牛排之畔的荷兰芹
·
阳光下晾干的亵衫　亚当最初的香味
·
穷得晚餐后饮苦艾酒吸摩洛城堡牌雪茄
·
那要看樱花树下有没有自己
·
修路工橙黄的背心　交通红绿灯　不是色彩
·
橡皮外套的气息毫无情趣
·
西方早已文明　尚留下舐食指拇指的小野蛮
·
粼粼在雪地中的深碧池塘
·
微雨夜　树丛间传来波兰的心悸
·
日日价勤于读报的厌世者呵
·
公园石栏上伏着两个男人　毫无作为地容光焕发
·
你煽情　我煽智
·
飞来又飞去的才是天使
·
富贵之家　贫贱之家　灯光都是暗暗的
·

那口唇美得已是一个吻

凝坐灯下　愈来愈艳地一阵　不见了

昨夜有人送我归来　前面的持火把　后面的吹笛

问何所嗜　予嗜离题　尤其在情爱上

老鼠从帽子中忽的窜出　拿破仑吓了一跳

秋天的风都是从往年的秋天吹来的

不嫉妒别人与你相对谈笑　我只爱你的侧影

圣洁的心　任何回忆都显得是纵欲

一个酒鬼哼着莫扎特踉跄而过　我觉得自己蠢极了

骑着白马入地狱　叼着纸烟进天堂

红裤绿衫的非洲少年倚在黄墙前露着白齿向我笑

凡林荫道转角有一小教堂的　都很美

陌路人忧伤地走近来　走近来　向我笑了笑

不偏食　尤其在哲学桌子上

雨后　总像有谁离去了

取心花怒放的怒字

没有比春夏秋冬的次序更如人心意
·
野蔷薇开白花　古女子蒸之以泽发
·
微风善记忆
·
玫瑰之蕊　以为世界是玫瑰色的
·
貌合神离固遗憾　神合貌离亦怅惘
·
士马精妍　四个字凑在一起真熨帖
·
颤巍巍的老态　从前我以为是装出来的
·
汉家多礼　称愚人曰笨伯
·
云影暗了街这头　那头的房子亮得很
·
展示品禁止接触　我抚摸了安徒生的手提箱
·
某人写传记　实在是自我炒鱿鱼
·
动物从不一边走一边吃东西的
·
有的朋友　犹如厨房砧板　不能无不必多
·
铜绿的绿是铜不愿意的绿
·
小小水榭　我和你夏了一夜　再夏一夜
·
石洗蓝布多口袋的马甲　又入世　又出世

儿时　看武打戏似的读诸子百家
·

孟子曰　存夜气　我对肖邦一笑
·

任何东西进了博物馆都有王者相
·

史家切忌吏气
·

一双鞋就是一个时代　时代只一个　鞋倒有两只
·

自我流放者视归如死
·

须眉浓郁的青年　支票上　暴风雨签名
·

要恭维残障人的长寿真为难呵
·

招徕游客的仿古马车　两束寒伧的纸花
·

寂寞无过于呆看恺撒大帝在儿童公园骑木马
·

贫穷有时也是一种浪漫
·

路人之悦目　皆因都在过程中　未露恶意
·

然后　五只鸟这样斜飞过树梢
·

春雨绵绵　隔墙牛叫　床上欢娱无尽
·

炎阳下芭蕉的绿是故意的绿
·

这种人的爱　邮票背面的胶质

又来一个羞答答的厚颜无耻者
·

邮差开启路角满满的信箱　人类真噜哖
·

她斜肩提包疾步而来　深深吸口烟　难哪
·

盲者之妻天天浓妆艳抹
·

小包放进大包里就安心了　大包遭劫
·

那脸　淡漠如休假日的一角厂房
·

穿件黎明似的丝衫　牵条黑夜般的大狗
·

乐于走进没有顾客的商店
·

生命树渐渐灰色　哲学次第绿了
·

橐橐清脆履声　什么事都有办法解决似的
·

首度肌肤之亲是一篇恢宏的论文
·

楼下黑管呜呜然　楼上往事如烟
·

说直爽　他是汽车加油站那种直爽
·

人们都不感觉到邮局的凄惨神奇
·

思想会冻　好多哲学著作是冻疮
·

晴秋上午　随便走走　不一定要快乐
·

我就把人类看做粮仓中的饿殍

·

霓虹灯　商业的弄臣

·

你已落到了街面橱窗中的三桅大帆船的地步

·

这样走过来　我知道　坏人

·

时装　多半是上当的意思

·

人的肉体的风景呀

·

曳着拖鞋进教堂　她毕竟与上帝是一家人

·

美国鬼节　一片阳气

·

有人这样写　天蓝色的天

·

不太好看的人最耐看

·

修道院的屋子在修道

·

原谅亚里士多德　他泛滥　未能停蓄

·

平民文化一平下去就再也起不来了

·

很多科学家在哲学上是票友

·

古文今文焊接得好　那焊疤极美

·

中国需要上中下三等启蒙

·

花谢后　叶子不再谦逊
·

琅琅上口的成语　最消磨志气
·

衣袋里的尘屑是哲理性的
·

论精致　命运最精致
·

修改文句的过程是个欲仙欲死的过程
·

在植物动物看来　人的服装化妆统统失败
·

暴徒的一身壮丽肌肉是无辜的
·

艺术家是用艺术来埋怨上帝的
·

五月　草木像是下次不再绿了似的狂绿
·

夜夜而不夜于夜
·

活在自然美景中　人就懒　懒就善
·

啊神啊　你曾以人的名义存在
·

洁癖之女　最喜男中之尤脏者
·

无头的天鹅与无头的苍蝇是一样的
·

罪人进了天堂　会比在地狱更痛苦
·

有神论分两种　直接有神论　间接有神论
·

历史无新事　历史也不抄袭
·

彼等正在热中于描写男骗子和女骗子的爱
·

常常　哈瓦那摩洛城堡牌雪茄显得是一件大事

容易钟情的人　是无酒量的贪杯者
·

初恋多半是面向对象的自恋
·

真实的爱情是飒爽的　哥德明审
·

有知之为有知　在其知无知之所以无知
·

无知之为无知　在其不知有知之所以有知
·

余师雪而鄙残雪
·

一个体贴入微的大逆不道者
·

决战于帷幄之中运筹于千里之外的年轻人哪
·

当仁不让　就是当不仁不让　不让其不仁
·

或人想作宗师　急急乎去搜罗一代

女人守口如瓶　然后把瓶交给别人

有为而骗的人到后来会无为而骗
·

此人确有一望无际的小聪明
·

贝多芬钢琴奏鸣曲第廿八号　哲学的滋味

同上作品　也应说是一种可以咬嚼的潇洒

在耶稣的眼里　一切人都是病人

耶稣是医生　自己幻想出来的医生

明人刻书　书亡　今人译书　书瘫

她贱　他犯贱

要言不烦地一直噜哝下去　文学家之宿命

人权纲目太粗　才有女权之说

春秋论神智器识季札第一　魏晋论才调风度嵇康第一

敏于受影响　烈于展个性　风格之诞生

艺术是光明磊落的隐私

孩子的假笑　老人的羞涩

得不到快乐而仍然快乐的才是悲观主义

愚者斥智者为异己分子

安徒生（H. C. Andersen）初到中国时　大家叫他英国安徒生

假如老虎背个包在森林里走　多难看

胖姑袭花衫　花都胖起来

·

从没见过一个十分狡猾的人后来成了疯子

·

葱油面饼的热香　最人间味

·

寂寞　多半是假寂寞

·

知与爱永成正比　这是意大利产的好公式

·

恐怕不是代沟　是弱水一片

·

凡是主义都是别扭的　主义　就是闹别扭的意思

·

本能地反对一切既成见解　美丽的法国夫人如是说

·

晨起洗澡　把夜洗掉

·

迂腐并非下流　中国就有一种下流而迂腐的东西

·

脏到了眼镜片也不拭干净

·

据自诉　他之所以无志　是因为怕得罪人

·

老夫妻的脸总相像　走路姿势尤其像

·

糊涂不是单数　必要复数　才真的糊涂了

·

这是一种口唱光明脚向黑暗走去的奇异动物

·

平易近人　近什么人　如果所近非人

·

木匠死了　烟斗放在床边　温热的

把顿悟纳入渐悟中　犹卵之在窝

桃树不说我是创作桃子的　也没有参加桃子协会

健康是一种麻木

像卡夫卡那样　是很累呵

汤显祖的简札可读性颇高　你说呢

西青散记　有些片段像纪德的地粮

看在莫扎特的面上　善待这个世界吧

巴黎灰濛濛冷得出奇　不　用心工作

耶诞近了　食品店又要用棉花冒充雪花了

手忙脚乱地爱过一夜　从此没见面

弱者与弱者的舐犊情深或相濡以沫　只会更弱

精神世界是不是也有统一场呢

人　自从有了镜子才慢慢像样起来

全世界选定的健美先生　一枪立毙

克尔凯郭尔　卡夫卡　他们真难受

艺术　以魔性呈现神性

·

实在不习惯于地上走　鹰说

·

王实甫比关汉卿更懂事些

·

悲苦　使人精致　使人粗糙

·

宗教是云　艺术是霞

·

有见卧佛　曰　此子疲于津梁矣　卧　始津梁矣

·

知识不必多　盈盈然即可

·

庶民有雪亮的眼睛　庶民无远见　庶民无记忆

·

自尊　实在是看得起他人的意思

·

英雄第一次遇上命运　命运阅英雄多矣　英雄必败于命运

·

文学　哲学　一入主义便不足观

·

卖座鼎沸　票房寥落　是同一个戏在两个地方上演的实况

·

淫荡者找到了心上人便会从此忠贞

·

歌唱家的声带也不是她的　国王右手的食指也不是他的　到了那一天

·

母爱是一种忘我的自私

·

人生恰如监狱中的窳劣伙食　心中骂　嘴里嚼

如将文学比作药　也只供内服　不可外敷

听得见的是修辞　听不见的是诗

以众生的愚昧来反衬一己之明慧　这种宿命真可悲

途遇畴昔之情人　路的景色变了一变

希腊的夕阳至今犹照着我的背脊

夏季的树　沉静　像著作已富的哲人

美的脸　美的肢体　衰老时常会刻毒地自我讥讽

禅或道　宜作方法论不宜作目的论

列宁的额头消失　普希金的颊须永存

狗咬狗　那么谁是狗呢　咬起来就知道谁是狗了

鲜艳的色　面积过大会感到恐怖

现代艺术　思无邪　后现代艺术　思有邪　再下去呢　邪无思

女人最喜欢那种笑起来不知有多坏的男人

忠厚朴讷是奸险之徒的包装

裸鸡在明煌的烤箱中转呀转　好像很幸福　谁幸福

我是一只厌恶花朵的蜜蜂

端坐而等待开幕　音乐响着响着　特别感到自己人格的独立性的酸楚

凡·高不过是在用画笔说　这样　这样　自然就更自然

虚荣没有什么不好　只是光荣没有份了

性无能事小　爱无能事大

滥情非多情　亦非薄情　滥情是无情　以滥充情

老实人不会说俏皮话　最俏皮的人惯说老实话

现代的那种住房　一家一套　平安富裕地苦度光阴

矫健者的背沟　削至腰部的那种遒紧的清虚　每次都令人心折

至多是这样说　逝者的生命延续在存者的身上

爱情如雪　新雪丰美　残雪无奈

我的幸福都是"幸福"　去掉""　就不幸福了

（选自木心《素履之往》，广西师范大学出版社2007年版。）

【简析】

　　木心的俳句，几乎篇篇藏针，有一点鲁迅杂感的深切、蒙田随笔的隽永，以及尼采的出其不意。文字笼古今于瞬间，以刹那间的灵动闪出智者的思想。木心讨厌一切体系，绝不做大而无当的宏论。他的杂感都是哲思与诗话式的，仿佛是庄子的奇句、禅师的一念，但绝不道学气和象牙塔气。他眼里的流行语和俗念，在许多方面把人间世的面目颠倒了。自己要做的是，把逻辑的幻象从日常生活中解放出来。这两个方面，是对先验认知形式的一次换血。在反逻辑的诘难、归谬、置换里，汉语的基石被重新调试了。之所以石破天惊地独语着，是因为他能用超地域的、历史的眼光打量中国的经验，不信时下的解说，远离腐儒的陈词。他以为古希腊哲人还在守着本真，后来的哲学家大多成了名利场中人，寻求什么专利去了。所以，他在自己的著作里,对世间的人与事进行了重新的书写。不是顺着什么说什么,而是逆着什么说什么。他的书写有一个相同的特征,那就是对世俗经验的改写。在他笔下,一般人的认知方式受到嘲笑。在作品里张扬的是心智的快感,类似于笛卡尔"人是植根于肉体机器中的心智"的思想,对流行多年的黑格尔式的绝对理念作了一次大胆的颠覆。当人们从民族国家的概念出发去呈现自己的意识时,他坚持的却是"个人"。这个赤裸裸的"个人"从审美的王国散出的是智性的愉悦。木心的"个人"不是自我的惆怅及感伤主义,在深处是被智性化了的审美独立体。那是对尼采式超人的渴望还是对鲁迅笔下过客的认同,尚不好说,我猜想他狂草之后必有一点得意:在这个世界里,有什么比"个人"的审美狂欢更有意味?

  木心与钱锺书一样,喜谈艺术,其随感里的谈艺部分和《谈艺录》异曲同工。不过他不是借着古人的诗文表达己意,思想没有黏附在别人的躯体上。这一点他比钱氏率真,除了读书所得外,其生命体味的部分是书斋里人难及的。他独抒性灵,宛如狂客,信步于南北东西。借着古人的语录谈今人之事,可以藏拙,那是钻网子的办法,木心可能并不喜欢。明清以来的文人多通于此路,闪烁其词的著述可谓多矣。这位老人的随感写于域外,在美国琼美卡那间房子里,毫无内心之累,放言无忌,游走于精神的海岸。看那些关于文学的顿悟,其实也是留下了美术创作的经验,是五十年来少见的语录笔记。这些笔记的特点是裸露思想,不是遮掩意识,是对见识极限的冲撞而非信念的自律。艺术美学的底部也是人生哲学。但木心不愿从俗谛里考察历史原委,以显学者的高贵。品味世间文学与绘画,非点起上帝般的明烛不可洞悉底色。艺术家已经是俗世的上帝,因为他们创造了诗意的世界,把人提升到精神的彼岸。木心无意中也成了上帝的上帝,在艺术大师面前指指点点,看高人之得失。在人们尽情礼赞的狂欢里,他是冷眼笑谈的看客,自有精神的独行路。在人们自以为得到真理的年月,他却破帽遮颜,沦于暗地而不失光泽。似乎是看不起史学家的笔墨,认为历史多是盲点的堆砌,惟有艺术之光可照耀人们,他不安于史学家和学人的苟且。现实人的翅膀已经折断,没有几个人能飞腾起来,而艺术必须飞腾。和钱锺书不同的是,他甩掉了学人的面具,生命便是诗、色彩、音律以及哲思。只有照亮黑暗的精神才是真精神,而世人在精神洞穴里苟且得太久了。

【思考题】

  1. 这里的修辞感觉是超常的。他常常撕裂汉语的格式,在魔幻般的组合里重新召唤精神的隐喻。你认为木心的修辞特点何在?

2. 木心的作品常常以多个意象的叠加造成一种奇特的审美效果。你如何看这些审美尝试?

3. 在俳句里表达哲学的意象是木心的特点。这些表达的手段有绘画的因素和玄学的因素。你觉得其间的最佳效果是怎样形成的?

【拓展阅读】

1. 孙郁、李静编:《读木心》,广西师范大学出版社2009年版。
2. 《温故·木心纪念专号》,广西师范大学出版社2012年版。

第九章　北　岛

北岛(1949—　)，原名赵振开，曾用笔名石默，祖籍浙江湖州，生于北京，中国当代著名诗人。"朦胧诗派"代表人物之一，代表作有《回答》《一切》等。

他1969年高中毕业后成为建筑工人，后作过翻译，并短期在《新观察》杂志担任编辑。1978年与芒克等人创办《今天》杂志。1989年移居国外，曾任教于加利福尼亚大学戴维斯分校，还曾担任斯坦福大学、加利福尼亚大学伯克利分校、香港中文大学客座教授。

诗集有《陌生的海滩》(1978)、《北岛诗选》(1986)、《在天涯》(1993)、《午夜歌手》(1995)、《零度以上的风景线》(1996)、《开锁》(1999)等，译诗集《现代北欧诗选》、《索德·格朗诗选》(1987)。另有小说集《波动》(1984)、《归来的陌生人》(1987)、《蓝房子》(1999)，散文集《失败之书》(2004)、《青灯》(2008)、《午夜之门》(2009)。与李陀合作主编了《七十年代》(2009)。北岛的作品已被译成二十多种文字出版，多次获诺贝尔文学奖提名。

北岛的出现，是一种叛逆的象征。他背后是无数沉默的思考者。他的一些有分量的作品写于"文革"后期，影响最大也是在那个时期。那是被压抑的精神的喷发，带着亮色在暗夜里闪闪发光。在思想转变的时代还没有到来的时候，他的作品踏出了一代人觉醒的足音。

回　答

卑鄙是卑鄙者的通行证，
高尚是高尚者的墓志铭，
看吧，在那镀金的天空中，
飘满了死者弯曲的倒影。

冰川纪过去了,
为什么到处都是冰凌?
好望角发现了,
为什么死海里千帆相竞?

我来到这个世界上,
只带着纸、绳索和身影,
为了在审判前,
宣读那被判决的声音:

告诉你吧,世界
我——不——相——信!
纵使你脚下有一千名挑战者,
那就把我算作第一千零一名。

我不相信天是蓝的,
我不相信雷的回声,
我不相信梦是假的,
我不相信死无报应。

如果海洋注定要决堤,
就让所有的苦水都注入我心中,
如果陆地注定要上升,
就让人类重新选择生存的峰顶。

新的转机和闪闪星斗,
正在缀满没有遮拦的天空。
那是五千年的象形文字,
那是未来人们凝视的眼睛。

宣 告
——献给遇罗克

也许最后的时刻到了
我没有留下遗嘱
只留下笔,给我的母亲
我并不是英雄
在没有英雄的年代里
我只想做一个人

宁静的地平线
分开了生者和死者的行列
我只能选择天空
决不跪在地上
以显出刽子手们的高大
好阻挡那自由的风

从星星的弹孔里
将流出血红的黎明

(选自《北岛作品精选》,长江文艺出版社2011年版。)

【简析】

　　北岛的诗句背后有一种自信的元素,奴性的基因稀少。在诗里,作者不是逃逸现实,而是对存在发出疑问,丝毫没有顺应时代流行色的气息,而是有一种挑战存在的勇气。这使他的文字具有一种哲学的意味,流行了多年的口号文学是虚假的或者伪饰的,但北岛却是血管里流淌着热气的声音。从一种虚幻进入到清醒的盘诘,这是中国百年来新诗一次新的转向,北岛以悲壮之姿,把那些荒诞无耻的文学远远地抛到后面。

　　他的诗句乃一种格言体的展示。"文革"的许多诗句也是格言体的,所不同者乃是后者的思考来自生命自身,而非先验的外化。这里又回到了"五四"的语境,而力度比"五四"那代人的诗句更为苍劲。因为在他眼里,"五四"的消失也就是个人的消失。当个人消失的时候,诗意是虚假的。

《回答》是叛逆者的宣言,作者对荒谬所做出的理解,撕裂了虚伪的语言的外表,完全裸露出内心的真意。这些词语建立在无数灵魂毁灭的残酷里,建立在微笑消失的枯寂中。《宣告》乃对死者的敬意,可是内中却升腾出自由的旋律。作者明确说,"在没有英雄的年代里/我只想做一个人"。普普通通的话语间,却有极不普通的隐含,一段萎靡岁月的不屈的歌声,就这样诞生了。北岛的作品乃灰暗时代的一缕光明,他在发现与体悟里,对灰暗存在的批判毫不留情,可内心却有一种渴望。《回答》与《宣言》在审美的维度上都非一种独创。我们在德国画家凯绥·珂勒惠支的版画语言里,就感受过这样的意象。俄国诗人勃洛克的作品,早已预示着类似的神往之情。这种诗意的表达,乃大爱者的精神展示,北岛不过是回归失去的精神而已。

在北岛的文字间,我们嗅出了阳刚之美的气息。反"文革"的另类书写在他那里以哲思的方式完成了。不了解"文革",就不可能深味北岛那些诗人的价值。他们是最早在语言上颠覆一个时代的先驱。"文革"诗歌是口号加虚假理念的产物,鲜活的生活质感殊少。那是反智的文字书写,逃离人间困境的词语把人的精神窒息到一个无我的秩序里。我们只有了解了这段历史,才能够懂得北岛那代人写作的价值,他终结了那种虚假,以自己的哲思与激情唤出灵魂里的爱欲,于是一个灿烂的意象和雄浑的旋律诞生了。他的文字铁锤般落地有声,阳刚的力量里有浩大的情思在。而那些独白又非理论的罗列,其间智性攀援的影子也晃动在历史的深处。这是一种出离苦难的呐喊,叫出了地底的声音与企盼。这些带着血的蒸汽的声音催生了一个时代的预言,一个囚牢的诗歌时代终于终结了。

【思考题】

1. 北岛作品动人的地方,是否包含俄国诗歌的传统因素?他的审美品格是否与苏俄艺术存在相似性?
2. "文革"文学是一种先验理念的外化。北岛在颠覆"文革"话语的时候,是否也有自己的先验理念?
3. 你如何理解"朦胧诗"对80年代思想解放的价值?

【拓展阅读】

1. 杨匡汉:《中国新诗学》,人民出版社2004年版。
2. 徐晓:《半生为人》,同心出版社2007年版。
3. 张清华:《近三十年的诗歌》,见《中国优秀诗歌1978—2008》,现代出版社2009年版。

第十章 舒 婷

舒婷(1952—),原名龚佩瑜,祖籍福建省泉州市,现居福建省厦门市,当代著名女诗人,"朦胧诗派"代表人物之一。她 1969 年到闽西农村下乡插队,务农期间即开始诗歌创作。1972 年返城后做过泥水工、浆洗工等。70 年代末开始在《诗刊》发表诗歌作品,引起人们的关注。代表作有《致橡树》等著有诗集《双桅船》《会唱歌的鸢尾花》《始祖鸟》,散文集《心烟》《硬骨凌霄》《露珠里的"诗想"》《舒婷文集》(3 卷)、《真水无香》等。

舒婷的作品似流动的水,完全是心性自如的弹奏,在那个时代如空谷足音。她使用的意象贴切自然,有一种高贵的美。那是我们在穆旦那代人那里才能够读到的词语,而她却把这类存在召唤出来。舒婷面对生活,是好奇的瞭望,我们依稀可以感到她好奇中的神往。她仿佛置身在流行的语境之外打量人间,即便是在污浊之地,也蒸发了那些浊气,把灵动的爱意引到我们的世界。

舒婷在描绘自然的时候,有宗教般的虔诚。那些句子跳动着天使似的灵性。译诗里有类似的意象,比如普希金,比如雪莱。但那是另一种文本,似乎与我们的母语隔着重重山峦。舒婷改写了那些意象,从内心激活了词语,将典丽的情思中土化了。也就是说,把白话文的内在隐含从洋调子里解救出来,输入民族的血液。那些诗句诞生在口语里,而非译本里,甚至超过了穆旦的感觉,飘动着一代青年的情思。新诗在那时候能够焕然如同新生,她可谓功莫大焉。

致橡树

我如果爱你——
绝不像攀援的凌霄花,
借你的高枝炫耀自己;
我如果爱你——

绝不学痴情的鸟儿，
为绿阴重复单调的歌曲；
也不止像泉源，
常年送来清凉的慰藉；
也不止像险峰，
增加你的高度，衬托你的威仪。
甚至日光。
甚至春雨。
不，这些都还不够！
我必须是你近旁的一株木棉，
作为树的形象和你站在一起。
根，紧握在地下，
叶，相触在云里。
每一阵风过，
我们都互相致意，
但没有人
听懂我们的言语。
你有你的铜枝铁干
像刀，像剑，
也像戟；
我有我红硕的花朵，
像沉重的叹息，
又像英勇的火炬。
我们分担寒潮、风雷、霹雳；
我们共享雾霭、流岚、虹霓，
仿佛永远分离，
却又终身相依。
这才是伟大的爱情，
坚贞就在这里：
爱——
不仅爱你伟岸的身躯，
也爱你坚持的位置，足下的土地。

一九七七年三月二十七日

馈　赠

我的梦想是池塘的梦想
生存不仅映照天空
让周围的垂柳和紫云英
把我吸取干净吧
缘着树根我走向叶脉
凋谢于我并非悲伤
我表达了自己
我获得了生命

我的快乐是阳光的快乐
短暂,却留下不朽的创作
在孩子双眸里
燃起金色的小火
在种子胚芽中
唱着翠绿的歌
我简单而又丰富
所以我深刻

我的悲哀是候鸟的悲哀
只有春天理解这份热爱
忍受一切艰难失败
永远飞向温暖、光明的未来
啊,流血的翅膀
写一行饱满的诗
深入所有心灵
进入所有年代

我的全部感情
都是土地的馈赠

一九八〇年一月

（选自《舒婷精选集》,北京燕山出版社 2006 年版。）

【简析】

在诗中回到我们自己的内心是多么重要。而从内心里拓出绿色并非一件易事。舒婷在文本里保持了婉约的品格,柔和与坚毅的气质使其获得了独立的品质。她偶也歌唱伟岸的存在,但确是己身的体味,发自心灵深处的浩叹,那真是热血的喷涌,思绪与诗意来自一个温情的世界。这时候你会感到她寂寞里的淡淡忧伤,思绪里不免沉重的盘诘。但她依然不放弃个人主义的冥思,把自己的主体意识高扬起来,于是一篇篇内心的独白便诞生了。

在 70 年代中期,她的表述就已经开始与时代偏离了,完全是内心隐秘的袒露,没有杂思,也看不到虚假的梦。她巧妙幻化着前辈翻译的诗歌的句子,拜伦、雪莱、普希金的题旨被她借用过来,思绪完全变了。舒婷的诗乃禁锢时代的一种渴求,其表达有紧张里的脱魅。阴雨的天幕上终于有了阳光的投射,人抬起了自己的头而看到上苍的曙色。于是我们感受到久违的暖意,一切都那么美地流转着,温和、亲切、欣然。心之旷野有了绿色,我们完全被这样的颜色俘虏了。

我在她的许多作品里读出忧郁的美,跳跃的句子是在潮湿的天气里寻找阳光的渴念。《当你从我的窗下走过》仿佛夜里的火,暖着寒冷的人们,那是普希金式的自信与坦然,在无望里有燃烧的冲动。心在向四方洞开,囚禁的网无法抵挡光芒的辐射。《会唱歌的栀尾花》印着柔情,且非孤苦的自恋,你会感到那心绪的伟大。《馈赠》里的句式是哲学的,以隐喻的笔挑开思想的帷幕,在表达里获得生命,是多么自信的独白。而《致橡树》里托喻的笔法,已消失了缠绵的语调,其间的坚毅之姿,那么强地刺激着我们的神经,自由而欢快。她的许多比喻都是新的。比如"阳光,蛇一样/在阴冷的墙根游动";比如"把自己影在惊惶的声音里/犹如守着一座座/空城";比如"伞状的梦/蒲公英一般飞逝/四周一片环形山"。在题赠友人的诗句里,对理性和新审美意象的把握完全是古典美的流露,而且有着现实的情怀。我们在"文革"期间能够看到这样的句子么?即使在 50 年代,也难以与类似的意象相逢吧。舒婷的奇妙表达,颠覆了一个时代的话语方式。后来诗歌的变化,都是以她和北岛为起点的。

在一个粗俗的年月,她写出了精神的幽婉与通往无限的可能性;我们那时候已习惯了口号与先验理念的复制,却忘掉了诗句乃对陌生王国的飞驰。这个时候舒婷来了,在一个无我的文坛,开始了独吟者的歌唱。我们惊叹于她的选择,一切都那么坦诚、谦逊,美丽的声音天籁般响在沉闷的世界中。这才是汉语世界应当有的诗,才是美的历程的一部分。可是那些主流的诗坛却漠视她的存在,以为乃异端者流。最初的时候,舒婷被看成小资产阶级的诗人,是远离大众的多余的人。批评她的人敌视自我的表达,拒绝私人空间的拓展,并以为只有公共话语的空间,才能够表达精神的亮度。可是她却坚守着营垒,建筑起纯粹审美的世界,在文字里不可阻挡地描画着内心的情思。不管外在的力量如何扭曲着自己的天空,她知道歌吟的价值。那些温润的词语驱赶着阴冷的存在,预示着冬要过去,开花的日子终究要来。她也因此,变为最早迎来春天的人。

【思考题】

1. 舒婷的诗歌吸收了前辈诗人的营养。她受哪位诗人影响最大?她与前辈诗人不同的审美精神何在?

2. 50年代之后,诗歌中的自我被大众所代替。舒婷的写作恢复了自我意识的个体性表达。你认为这种表达里是否还有左翼诗歌中的使命感和价值走向?

3. 和北岛不同,舒婷的诗句有明亮、幽婉的情调,个体的生命质感强烈。说说她与北岛的差异在哪里。

【拓展阅读】

1. 洪子诚:《当代中国文学的艺术问题》,北京大学出版社1986年版。

2. 程光炜:《文学讲稿:"八十年代"作为方法》,北京大学出版社2009年版。

第十一章 王　蒙

王蒙(1934—　)，祖籍河北沧州，生于北京，中国当代作家、学者。他1948年入党，1953年创作长篇小说《青春万岁》。1956发表短篇小说《组织部来了个年轻人》，由此被错划为"右派"。1958年后在京郊劳动改造。1962年调入北京师范学院任教。1963年起赴新疆生活、工作十多年。1979年调入北京市作协。1983—1986年任《人民文学》主编。1986年当选中共中央委员，任中国作协副主席、书记处书记。同年6月任文化部部长，1989年卸任。主要作品有长篇小说《季节四部曲》《青狐》《尴尬风流》等，中篇小说《布礼》《蝴蝶》《杂色》《相见时难》《名医梁有志传奇》等，小说集《冬雨》《坚硬的稀粥》《加拿大的月亮》等，诗集《旋转的秋千》，作品集《王蒙小说报告文学选》《王蒙中篇小说集》《王蒙选集》等，散文集《轻松与感伤》《一笑集》，文艺论集《当你拿起笔……》《文学的诱惑》《风格散记》《王蒙谈创作》等，专著《红楼启示录》《王蒙评点红楼梦》《东施效颦话语词》《王蒙新世纪讲稿》等，自传《半生多事》《大块文章》《九命七羊》。

王蒙在上世纪80年代最早将意识流理念输入自己的小说中，一时卷起旋风，对流行的文学模式的撼动是无比巨大的。他那时候的系列作品，都在格式上呈现出一种力量，以智性的叙事与精神的独白打动了读者。那正是变革的初期，他的作品以出格的词语、模糊逻辑与非逻辑的方式，颠覆了一个时代的书写。

风筝飘带

在红地白字的"伟大的中华人民共和国万岁"和挨得很挤的惊叹号旁边，矗立着两层楼么高的西餐汤匙与刀、叉，三角牌餐具和她的邻居星海牌钢琴、长城牌旅行箱、雪莲牌羊毛衫、金鱼牌铅笔……一道，接受着那各自彬彬有礼地俯身吻向她们的忠顺的灯光，露出了光泽的、物质的微笑。瘦骨伶仃的有气节的杨树和一大一小的讲友谊的柏树，用零乱而又淡雅的影子抚慰着被西风夺去了青春的绿色的草坪。在寂寥的草坪和阔绰的广告牌之间，在初冬的尖刻薄情的夜风之中，站立着她——范素素。她穿着杏黄色的短呢外衣，直缝如注的灰色毛涤裤子和一双小巧的半高跟黑皮鞋。脖子上围着一条雪白的纱巾，叫人想起燕子胸前的羽毛，衬托着比夜还黑的眼睛和头发。

"让我们到那一群暴发户那里会面吧！"电话里，她对佳原那么说。她总是把这一片广告牌叫作"暴发户"，对于这些突然破土而出的新偶像既亲且妒。"多看两眼就觉得自己也有钢琴了。"佳原这样说过。"当然，老是念'不是你吃掉我，就是我吃掉你'，自己也会变成狼。"她说。

过了二十多分钟了，佳原还没有来。他总是迟到。傻子，该不是又让人讹上了吧？冬天清晨，他骑着车去图书馆，路过三王坟，看到一个被撞倒在路旁、哼哼唧唧的老太婆。撞人的人已经逃之夭夭。他便把秃顶的老太太扶起，问清住址，把自己的自行车放在路边锁上，搀着老太太回家。结果，老太太的家属和四邻把他包围了，把他当作肇事者。而老眼昏花的老太太，在周围人们的鼓励和追问下，竟然也一口咬定就是他撞的。是老年人的错乱吗？是一种视生人为仇的丑恶心理吗？当他说明这一切，说明自己只是一个助人的人的时候，有一位嗓音尖厉的妇人大喊："这么说，你不成了雷锋了么？"全场哄然，笑出了眼泪。那是一九七五年，全民已经学过一段荀子，大家信仰性恶论。

他总是不按时赴约，总是那么忙。连眼镜框上的积垢和眼镜片上的灰尘都没有时间擦拭。在认识他以前，素素可从来不忙。她的外衣一枚扣子松了，滴拉耷拉，她不缝。主要是除了她的奶奶，这个城市对于她是冷淡的，不欢迎的。城市轰她走，她才十六岁。然而说轰是不公正的。礼炮在头顶上轰鸣，铜号在原野上召唤。还有红旗、红书、红袖标、红心、红海洋。要建立一个红彤彤的世界。在这个世界里九亿人心齐得像一个人。从八十岁到八岁，大家围一个圈，一同背诵语录，一同"向左刺！""向右刺！""杀！杀！杀！"她渴望有这样一个世界胜过从前渴望有一个双铃大风筝。红彤彤的世界是什么样子她没有看到，她倒是看到了一个绿的世界：牧草，庄稼。她欢呼这个绿世界。然后是黄的世界：枯叶、泥土、光秃秃的冬季。她想家。还有黑的世界，那是在和她一道插队的知识青年，陆续通过"门子"走掉之后。她得了维生素甲缺乏症，视力一度受损。

她把关于红彤彤的世界的梦丢在绿色的、黄色的和黑色的迭替里。从此她食欲不振，胃功能紊乱，面容消瘦。除了红的梦，她还丢失了、抛弃了、被大喊大叫地抢去了或者悄没声息地窃走了许多别的颜色的梦。白色的梦,是水兵服和浪花;是医学博士和装配工;是白雪公主。为什么每一颗雪花都是六角形而又变化无穷呢?大自然不也具有艺术家的性格吗?蓝色的梦,关于天空,关于海底,关于星光,关于钢,关于击剑冠军和定点跳伞,关于化学实验室、烧瓶和酒精灯。还有橙色的梦,对了,爱情。他在哪儿呢!高大、英俊、智慧、善良,他总是憨笑着……我在这儿呢?她向着天坛的回音壁呼喊。

爸爸和妈妈用尽了一切办法,使出了一切解数,调动了一切力量,她回到了这个曾经慷慨地赐予了她那么多梦的城市。终于,爸爸也知道这是不可避免的了。为了回城而过五关、斩六将的故事也是一个陌生的、荒唐的梦。她不留恋这些梦了,她也不再留恋牧马铁姑娘的称号和生活,她很少说起这种称号和生活的各个侧面的迥然不同的颜色。一个多面多棱旋转柱。

她回来了,失去了许多色彩,增加了一些力气,新添了许多气味。油烟、蒜泥、炸成金黄的葱花。酒呃、蒸气、羊头肉切得比纸还薄。她去一个清真食堂做服务员,虽然她并非回民。所有这一切——献花、祝贺、一百分、检阅、热泪、抡起皮带嗡嗡响、"最高指示"倒背如流、特大喜讯、火车、汽车、雪青马和栗色马、队长的脸色……都是为了涌向三两一盘的炒疙瘩么?有一次她翻到一张她小学一年级的照片。那是一九五九年的国庆节,她七岁,两个小辫,两只大蝴蝶带着她起飞。辅导员引着她,她飞上了天安门城楼,把一束鲜花献给了毛主席。毛主席和她握了手。她那么小,还没和任何人握过手呢。毛主席的手又大、又厚、又暖、又有劲。毛主席好象还对她说了一句话,她没听清。事后回想,好象有"娃娃"两个字。她怎么这么幸运呢?她是毛主席的"娃娃";她永远是幸运的人。

但是后来,她认不出这张照片了。这是真的吗?她认不出自己,甚至七五年她回城的时候,她也认不出毛主席。从前,毛主席的腰板挺得多么直,动作多么有力量啊!可现在在新闻简报上,好象挪动一下双脚都很艰难,嘴巴张开,半天才合上。可报纸和电台又整天闹闹哄哄地宣传毛主席的叫人似懂非懂的最新指示。她真心酸,她真想去看看毛主席,给毛主席熬一碗山药汤。奶奶生病的时候,就是她给熬汤,白、滑、细的山药块,甜、麻、香的山药汤。补老年人的气虚。不,她不想把她的苦恼、她的委屈告诉毛主席,不应该打扰他老人家。如果她在毛主席跟前掉了泪,她一定转过脸去。

然而这是不可能的。她不再是幸运的了吗?莫非她的运气七岁时候一下子就用完了?她回城干什么呢?为了妈妈?可笑。为了奶奶?也不行。

报上说是一切为了毛主席,可我见不着他呀!于是素素再也不做梦了,不做梦,却又不停地说梦话、咬牙、翻身、长出气。"素素,醒一醒!"妈妈叫她。她醒了,茫然,不记得什么梦,只是一头冷汗,一身酸懒,好象刚从传染病房抬出来。

那天她正在路边,她瞧见了佳原这个傻子被他救护的老妇人反咬,瞧见了他被围攻的场面。佳原个子不高,其貌不扬,但是脸上带着各种素素似乎早已熟悉的憨笑。后来派出所的人来了。派出所的人聪明得就像所罗门王。他说:"你找出两个证人来证明你没有撞倒这位老太太吧。否则,就是你撞的。""你能找出两个证人证明你不是克格勃的间谍吗?否则,就该把你枪决。素素心里说,实际上她一声没吭。她只是在上班前看看热闹罢了。看热闹的人已经里三层外三层了,这种热闹免票,而且比舞台上和银幕上的表演更新鲜一些。舞台和银幕上除了"冲霄汉"就得"冲九天",要不就得"能胜天"、"冲云天"。除了和"天"过不去以外,写不出什么新词儿来了。

"你们要干什么?难道做好事反倒要受惩罚不成?"熟悉的憨笑变成睁大的、痛苦的眼睛。素素的心里扎进了一根刺,她想呕吐。她跌跌撞撞地离去,但愿所罗门王不要追上来。

真巧,晚上小傻子到她铺子吃炒疙瘩来了。又是笑容了。他只要二两。"二两您吃得饱吗?"素素不加思索地改变了从来不与顾客搭话的习惯。"噢,我就先吃二两吧。"小子抱歉地说。他把右手食指弯曲着,往上推推自己的眼镜,其实眼镜并没有出溜到鼻子尖下的意思。"如果您的钱或者粮票不够,"不知为什么,素素会这样想;而且会这样说,"那没关系。您先要上,明天再把欠缺的送来好了。""那制度呢?""我先垫上,这不碍制度的事。""谢谢您。那我就得多吃了。因为中午没有吃饱。""你吃一斤半吗?""不,六两。""行。"她又端来四两。厨师发现这位顾客是素素的相识,便在盛完以后又加了一勺羊肉丁。每一颗疙瘩都过过油。金光闪亮,像一盘金豆子。金豆子的光辉传播到脸上来了,小伙子的笑容也更加好看。素素第一次明白炒疙瘩是个绝妙的、威力无比的宝贝。"说我骑车撞了人,把我的钱和粮票全要了去了。""可是您没撞?是吗?""当然。""那您为什么给他们钱?一分也不该给,气死人!""可那老太太需要粮票和钱。再说,我没有时间生气。"那边的顾客在叫。"来了!"素素高声回答,拿起抹布走过去。

晚上回家以后,她想给奶奶讲一讲这个傻子。奶奶犯了心绞痛。爸爸妈妈拿不定主意是否立即送医院。"那个医院的急诊室臭气熏天,谁能在那个过道里躺五小时而不断气,就说明他的内脏器官是铁打的。"素素说。

爸爸瞪了她一眼，那目光责备她这样说是对奶奶全无心肝。她一扭身，走了，回到她住的临时搭就的一个小棚子里。

这天夜里，素素做了梦。这是她许多年前最常做的梦之一——放风筝。但是每次放的情景不同。从一九六六年，她已经有十年没有做过这样的梦了。而从一九七〇年，她已经有六年没有做过任何的梦了。长久干涸的河床里又流水了，长久阻隔的公路又通车了，长久不做的梦又出现了。不是在绿草地上，不是在操场上，而是在马背上放风筝。天和地非常之大。"农村是一个广阔的天地。"孩子们齐声朗诵，原来放风筝的并不是她，而是一位一顿吃了六两炒疙瘩的小伙子，风筝很简陋，寒伧得叫人掉泪！长方形的一片，俗名叫做"屁股帘儿"。但是风筝毕竟飞起来了，比东风饭店的新楼还高，比大青山上的松树还高，比草原上空的苍鹰还高。比吊着"无产阶级文化大革命胜利万岁"的气球还高。飞呀，飞呀，一道道的山，一道道的河，一行行的青松，一队队的红卫兵，一群群的马，一盘盘的炒疙瘩。这真有趣！她也跟着屁股帘儿飞起来了，原来她变成了风筝上面的一根长长的飘带儿。

梦醒了，天还没亮。她打开手电，找寻自己那张最幸福的照片。建国十周年，她给毛主席献过花。她确信自己是一个有福气的人。她哼着《社员都是向阳花》，缝紧了外衣上的那枚已经松脱了好久的滴拉耷拉的扣子。她自动祝愿毛主席身体健康。她给奶奶熬了山药汤。这种汤真是效验如神，奶奶喝过就好多了。这时天已大亮，家人和街坊都已起床。于是她尽情地刷牙漱口，她发出的声音非常之响，好像一列火车开进了她们的院子。而她洗脸的声音好像哪吒闹海。她吃了剩馒头和一片榨菜，喝了一碗白开水。只是在她怀疑《白开水最好喝》这篇文章是否攻击三面红旗的时候，她才从屁股帘儿上略略回到了现世界，但她仍然系紧了鞋带，走起路来咯、咯、咯地响，好象后跟上缀着一块铁掌，好象正在用小锤锤打楔子，目的是打一个捷克式五斗柜。

"素素，你为什么这样高兴？"爸爸问。

"我要——当科长了。"素素答。爸爸高兴坏了。六岁的时候，素素在幼儿园当小组长，爸爸高兴得见人就说。九岁的时候，素素当少先队的中队长，爸爸也美得一颠一颠的。……在那个汽笛长鸣的时候，爸爸忽然哭了，他的脸孔扭曲得那么难看。火车上的孩子们也哭成一团。但是素素一滴眼泪也没有掉，看来她一心大有作为，比她爸爸坚决得多。

"您来了？""您好！""今天用点什么？""我先跟您清帐。这是四两粮票，两毛八分钱。""您真是小葱拌豆腐。""不，我不吃拌豆腐。还是来四两炒疙瘩吧。""您不换个样儿吗？有水饺，每两七个，一毛五分钱。包子，每两两个，一毛八分。芝麻酱烧饼就老豆腐，吃四两只要三毛。""什么快就吃什么。""您等等，那边又来人了。……那我去给您端包子，今天还要六两吗？……包子来了，您怎么这么忙？您是大学生吗？""我配吗？""您是技术员、拉手风琴的、还是新结合到班子里的头头？""我像吗？""那……""我还没有工作。""您等一等，那边又来了一位顾客。……没有工作您怎么这么忙？""没有工作的人也是人，有生活，有青春，有多得完不了的事。""您忙什么呢？""看书。""书？什么书？""优选法。古生物学。外语。""您考大学？""现在的大学是考的吗？我又不会交白卷。""可惜，张铁生的经验不好推广。""总要学点什么，总要学点有意思的东西。我们还年轻。是吗？"他吃完包子，匆匆走了，留下了一个谜。

他准时，又在同一个时间来了，这次是老豆腐。灰白色的老豆腐上撒满了绿色的韭菜花、土黄色的麻酱和鲜红的辣椒。为什么中外人士都知道秦始皇，却不知道发明老豆腐的天才科学家的名字呢？"您骗我。""没有啊！""您说您没有工作。""是的，三个月以前，我才从北大荒'困退'回来。但是，下个月我就上班了。""在哪个科研机关？""街道服务站。我的任务是学徒，学修理雨伞。""这回您可惨了。""不。您有坏了的雨伞吗？赶明儿拿给我。""可您的优选法，还有古生物学，外语什么的……""继续学。""用优选法修伞吗？还是用恐龙的骨架做一把伞？""哦，优选法对于伞也是有用处的。但问题还不在这里，您听我说……再来一碗老豆腐吧，辣椒不要那么多了，您瞧，我已经是一脑门子汗。谢谢……是这样，职业是谋生的手段，也是最起码的义务，但是人应该比职业强。职业不是一切也不是永久。人应该是世界的主人，职业的主人，首先要做知识的主人。您修伞我也修伞，您挣十八块我也挣十八块；但是您懂得恐龙，我不懂，您就比我更强大，更好也更富有。是吗？""我不懂。""不，您懂，您已经懂了。要不，您干嘛和我说话？那位山东顾客正在发脾气，他的煮花生米里有一块小石头，把他的牙床硌疼了。再见。""再见。明天见。"

"明天"两个字使素素的脸发烧。明天就象屁股帘儿上的飘带，简陋、质朴，然而自由而且舒展。像竹，像云，像梦，像芭蕾，像G弦上的泛音，像秋天的树叶和春天的花瓣。然而它只是一个光屁股的赤贫的娃娃也能够玩得起的屁股帘儿。

明天他没有来。明天的明天他也没有来。为了寻找一匹马驹，素素迷了路。在山林里，她咳儿咳儿地叫着，她象一匹悲伤的牝马。她象被一下子吊销了户口、粮证和购货本子。

"是您！您……还来！""我奶奶死了！"素素象掉到冰窟窿里，她靠在墙上，半天，她才想明白，这个戴眼镜的小傻子的奶奶并不是自己的奶奶。然而她仍然十分悲伤，身上发冷。"生命是短促的。所以，最宝贵的是时间。""而我的最宝贵的时间是用来端盘子的。"她忧郁地一笑，好像听到了遥远的小马驹的蹄声。"谢谢您给那么多人端过盘子。但不止是端盘子。""还有什么呢？就是端盘子也不见得那么需要我。为了在这里端盘子，我爸爸妈妈没少费劲。""一样的，""一个会心的笑，"我建议您学点阿拉伯语，你们是清真馆。""清真馆又怎么的？反正埃及大使不会到这里来吃炒疙瘩。""但是您可能担任驻埃及大使，您想过吗？""您可真会开心，"小马驹跑进清真馆，踏痛了她的脚，"简直是在做梦！""做做梦，开开心，又有什么不好？否则，生活不是太沉闷了吗？而且您应该坚信，您完全可以做到和驻埃及大使具有同样的智慧、品格、能力、甚至远远地把他甩在后面。您可以做不成大使，但是您应该比大使还强。关键在于学习。""这话有点野心家的味儿。""不，这只是起码的阿达姆的味儿。""什么？""阿达姆。""什么阿达姆？""这是我要教给您的第一个阿拉伯语词：阿达姆——人！这是一个最美的词。伊甸园里的亚当，就是阿达姆的另一种音译。而夏娃呢，发音是哈娃，就是天空。人需要天空，天空需要人。""所以我们从小就放风筝。""瞧，您是高材生。"

第一课：人。亚当需要夏娃，夏娃需要亚当，人需要天空，天空需要人。我们需要风筝、气球、飞机、火箭和宇航船。阿拉伯语就这样学起来了，这引起了周围许多人的不安。你应该安心端盘子。你应该注意影响。你有没有海外关系，如果再搞清队、查三怪——怪人、怪事、怪现象，就要为你设立专案。我没有砸一个盘子。我不想当科长。我知道穆罕默德、萨达特和阿拉法特。我一定欢迎你担任我的专案组长。

同时，她和佳原"好了"。情报立即传到爸爸耳朵里。对于少女，到处都有摄像和监听的自动化装置。"他的姓名、原名、曾用名？家庭成份，个人出身？土改前后的经济状况？出生三个月至今的简历？政历？家庭成员和主要社会关系有无杀、关、管和地、富、反、坏、右？戴帽和摘帽时间？本人历次政治运动中的表现？本人和家庭主要成员的经济收入和支出、帐目和储蓄……"所有这些问题，素素都答不上来。妈妈吓得直掉泪。你才二十四岁零七个月，再过五个月才好搞对象。有坏人，到处都有坏人。爸爸决心去找该人所属街道、单位、派出所、人事科、档案处。为此，他准备请一桌涮羊肉,把他熟悉的有关人员发动起来。砰——噗,爸爸最心爱的宜兴陶壶被掼到了地上,粉碎了。"您用这种办法也许能找到反革命,但永远不能找到朋友!"素素大喊,完全是一个铁姑娘,然后她哭了。

  饭馆的主任、委员、干事、组长、指导员也都向她提出了爸爸式的问题和妈妈式的忠告。无产阶级的爱情产生于共同的信仰、观点、政治思想上的一致。长期地、细致地互相了解。要严肃,慎重,认真。要绷紧弦,带着敌情观念。选择爱人要按照无产阶级革命接班人的五项条件。饭馆的茶壶不能摔。在少先队里,素素从小受到爱护公共财物的教育。

  毛主席去世了。素素战栗着,哭得闭过气去。她早就想哭了,哭毛主席,也哭自己和别人。"中国完了!"爸爸说,但完了的是"四人帮",只是在瞻仰遗容的时候,素素才第二次走近了毛主席,"我给您献花来了"。她轻轻地、平静地说。

  她知道一切都在变。她可以大胆地学阿拉伯语了,虽然打一夜扑克的人仍然比学一夜外语的人更容易入党和提干。她可以大胆地与佳原拉着手走路了。虽然有人一见到青年男女在一起就气得要发癫痫病。但是,他们仍然找不到谈话的地方。公园的椅子早就坐满了。好容易发现一个,原来脚底下一大摊呕吐物。换另一个开阔散漫的公园吧,那里每个长椅旁的电线杆上都挂着一个广播喇叭。"现在播送游客须知"。须知里净是些"罚款五角至十五元","送交专政机关处理","自觉遵守,服从管理。"之类的词儿。须知挺复杂,看来不经过一周学习班的培训,是无法学会逛公园的。能在这里坐下来谈情说爱吗? 走。

  到哪里去? 护城河边倒是没有须知的喇叭,但是那里偏僻。听说有一次,一对情侣在那里喁喁地谈着情话,"不许动!"一个蒙面人出现在面前,手里拿着攮子,旁边还站着一个帮手。结果,手表抹(读妈)下来了,现金也被搜了腰包。爱情在暴力面前总是没有还手之力。后来公安部门破了案,抓到了坏人。有人为什么不喜欢公安局呢? 没有公安局不行。

  去饭馆。你先得站在别人的椅子后面,看着他如何一筷子一勺,一口汤一口饭地吃完,点上烟,伸懒腰。然后,你好不容易坐下了,你刚动筷子,新来的接班人为了不致被人抢班,早把一只脚踩到你坐的椅子衬儿上。他的腿一颤一颤,肉丁和肚片在你的喉咙里跳舞。去咖啡馆或者酒吧间,那是腐蚀人的地方。所以没有。蹓大街或者串胡同。美国也正在提倡散步,免得发胖。冬天太冷。当然,他们也曾经在零下二十度的天气,穿着棉大衣和棉猴,戴着皮帽子和毛线围巾,戴着口罩谈恋爱。倒是卫生,不传染。再有,胡同里还有一些顽童,他们见到一对情侣就要哄、骂、扔石头。真不知道他们是怎样来到人世的。

佳原总是随遇而安。一段栏杆,一棵梧桐下,一道河边,佳原就满足了。他希望早一点坐下来,和素素依偎在一起,用阿拉伯语和英语交谈,素素总是挑剔、不满意、不称心。不,不,不。她不要代用品,就像山东顾客不容忍煮花生米里的石子。三年了,他们的周末几乎是在寻找中度过的。他们寻找坐的地方。找啊,找啊,一晚上也就完了。我们的辽阔广大的天空和土地啊,我们的宏伟的三度空间,让年轻人在你的哪个角落里谈情、拥抱和接吻呢?我们只需要一片很小,很小的地方。而你,你容得下那么多顶天立地的英雄、翻天覆地的起义者、欺天毁地的害虫和昏天黑地的废物,你容得下那么多战场、爆破场、广场、会场、刑场……却容不下身高一米六、体重四十八公斤和身高一米七弱、体重五十四公斤的素素和佳原的热恋吗?

素素揉了一下眼睛,眼睛火辣辣的。是她的手指接触过辣椒吗?是眼睛辣了才伸出手指,还是伸出手指,眼睛变辣了呢?今天晚上我们有地方呆吗?天在冷着,但还不用口罩。佳原说他要去房管局呢,有了房就结婚,他们再不用串胡同了。"我说同志姐,你能不能告夯(诉)我,我,这个大市街要往哪哈(下)里走呢?"一个有口音的、背着一个大包袱、被包袱压得直不起腰来的、新衣服上沾满了灰土的人说,那人其实比素素大许多。

"大市街?这就是大市街呀!"素素向那正变化着红绿灯的十字路口一指。那儿,汽车、电车和自行车就像海潮一样地一个浪头又一个浪头地涌上去,又停下来,停下来,又涌上去。

"这儿就是大市街?"压弯了腰的中年男人抬起头来,翻起了两枚乌黑的眸子。素素的脖子也跟着发酸。乌黑的眸子表示着诚实的不信任。素素重复强调:"这就是大市街。"她恨不得把百货大楼和中心烤鸭店放在手心上托给这位老实而又多疑的问路者。问路人犹犹疑疑地挪动了脚步,他横穿马路却没有走人行横道虚线。穿白衣服的交通民警拿起半导体扩音喇叭向他高声喊叫。被呵斥搞慌乱了的中年人干脆停在马路中心,停在汽车的漩涡里。他歪着脖子问交通警:"同志哥,大市街在哪哈里?"

"素素!"佳原来了,满头大汗,头发蓬乱,喘着气。"你从地底下钻出来的吗?怎么等也等不着,忽然又冒出来了。""我会隐身术。我本来就一直跟着你呢。""如果我们都会隐身术就好了。""为什么?""在公园跳舞也没人看得见。""你喊什么?让人家直看你。""有人一听跳舞就觉得下流,因为他们自己是猪八戒。""你的话愈来愈尖刻了。从前你不是这样的。""是秋风把我的话削尖了的。我们找不到避风的地方。"

佳原的眼光暗淡了,她低下头。他的眼镜片上反射出无数灯光、窗户、房屋。"没有吗?""没有。房管局不给。他们说,有些人已经结婚好几年了,已经有了孩子,然而没有房子。""那他们在哪里结的婚呢?在公园吗?在炒疙瘩的厨房?要不在交通民警的避风亭里,那倒不错,四下全是玻璃。还是到动物园的铁笼子里去?那么,门票可以涨钱。""你别激动。你……"他把右手食指弯曲着,推一推自己的眼镜,尽管眼镜并不会出溜下来,"你说的当然是了,但是,房子毕竟不会从天上掉下来。那么多人需要房子,确实有人比我们还困难啊!"

素素不言语了,她低下头,用脚尖踢着一块其实并不存在的石子。

"可是怎么样?你吃饭了吗?我还没吃晚饭呢。"佳原换了话题。"什么?我只记得我给很多人开了饭,却不记得自己吃过什么没有。""那就是没吃。我们到那个馄饨馆去吧。你排队,我占座,要不我占座,你排队。""说来说去还是一个样儿,你说话快赶上开大会时候的某些报告了。"

馄饨馆很拥挤。好像吃这里的馄饨不要钱。好像吃这里的馄饨会每碗倒找两毛钱。要不,要不我们甭吃馄饨了,买几个烧饼算了。买烧饼也得排队。要不,要不我们甭排队了。到对过那个铺子买两个面包吧。刚巧,到那边伸出手来的时候,售货员正把最后两个果料面包卖给一位已经穿起前清时候的貂皮袍子的小老头儿。要不,要不我们甭吃面包了,我们……我们怎么样呢?

"要不我们甭生下来了,那有多好!"素素冷冷地说。"如果不是错误地批判了马寅初先生的新人口论,我们也许根本不会降临到人间。""何必那么怨气冲冲?而且我们出生在新人口论出生以前。""果料面包没有了。""来,两包饼干。我们有饼干,我们又端盘子又修伞。我们学习,我们做好事,帮助别人。好人并不嫌太多,而仍然是不够。""为了什么呢?为了把七块钱和二斤粮票拱手交给讹你的人吗?""讹去七百块也还要拉起受了伤的老太太……难道你不这样吗?素素!"打起雷来了。打起闪来了。电线和灯光抖动起来了。佳原突然喊起来了。"你尝尝我这一包吧。""一样的。""不,我这一包特别香。""怎么可能呢?""怎么不可能呢?连两滴水都不可能是完全一样的。""那你尝我的。""那我尝你的。""那我尝完了你的,你再尝我的。"他们交换了饼干,又一块一块地分着吃,吃完了,素素也笑了。饿的人比饱的人脾气要坏些。天大变了。电线呜呜的。广告牌隆隆的。路灯蒙蒙的。耳边沙沙的。寒风驱赶着行人。大街一下子就变得空旷多了。交通民警也缩回到被素素看中可以作新房的亭子里去。

"我们要躲一躲!"冰冷的雪一样的雨和雨一样的雪给人以严峻的爱抚。雨雪斜扫着。他们拉紧了手。彼此听不见对方的话。对于自然,也象对于人生一样,他们是不设防的。然而大手和小手都很暖和。他们的财产和力量是自己的不熄的火。

"我们找个地方去!"他们嚼着沙子和雨雪,含混不清地互相说。于是他们奔跑起来了。不知道是佳原拉着素素,还是素素拉着佳原。还是风在推着他们俩。反正有一股力量连拉带操。他们来到了一幢新落成的十四层高的居民楼前面。他们早就思恋这一排新出世的高层建筑物了。像一批陌生人。对陌生人的疑惑和反感,这是被撞倒的老太太和穿貉皮袍子的老头儿的特点。那个老头儿买面包的时候,用什么样的眼光看了他们俩一眼啊。好像他们随时会掏出攮子来似的。早就流传着对于这一排高层建筑的抨击。住在十四层的人家无法把大立柜运上去,便用绳子从窗口吊——蔚为奇观!结果绳子断了,大立柜跌得粉碎。新的天方夜谈。但是素素她们不这样想。他俩来到这座楼前,总有些羞怯,因为他们的眷恋是单相思。

风雪鼓起了他们的勇气。他们冲进去了,他们一层一层地爬着楼梯。楼道还很脏。楼道没有灯。安了灯口,没有灯泡。但路灯的光辉是一夜不断的,是够用的。他们拐了那么多弯还不到顶,那就再拐上去。他们终于走上了第十四层的一个公共通道。这一层大概还没住人。有浓厚的洋灰粉末和新鲜油漆的气味。这里很暖。这里没有风、雨、雪。这里没有广播须知的喇叭、蒙面人、行人、急不可耐地抖着大腿让你让位的人。这里没有瞧不起修伞工和服务员的父母。这里没有见了一对青年男女就怪叫,说下流话辱骂甚至扔石头的顽童。这里能看见东风饭店的二十五层楼的灯火。这里能听见火车站的悠扬的钟声。这里能看见海关大楼的电钟。把视线转到下面,是蓝绿的灯珠,橙黄的灯眼,银白的灯花。无轨电车的天弓打着闪亮的电火花。汽车开着和关着大灯、小灯和警戒性的红色尾灯。他们长出了一口气,好象上了天堂。"你累了么?""累什么?""我们爬了十四层楼。""我还可以爬二十四层。""我也是。""那人可真傻。""你说谁?""刚才有一个乡下人,他到了大市街口,却还满处里找大市街。你告诉他了,他还不信。"

他们开始用阿拉伯语交谈。结结巴巴,象他们的心跳一样热烈而又不规范。佳原准备明年去考研究生,他鼓励着并无信心的素素。"我们不一定成功,但是我们要努力。"佳原拿起素素的手,这只手温柔而又有力。素素靠近了佳原的肩,这个肩平凡而又坚强。素素把自己的脸靠在佳原的肩上。素素的头发像温暖的黑雨。灯火在闪烁、在摇曳、在转动,组成了一行行的诗。一只古老的德国民歌:有花名毋忘我,开满蓝色花朵。陕北绥德的民歌:有心说上几句话,又怕人笑话。蓝色的花在天空飞翔。海浪覆盖在他们的身上。怕什么笑话呢?青春比火还热。是鸽铃,是鲜花,是素素和佳原的含泪的眼睛。叭啦……

"什么人。"一声断喝。佳原和素素发现,通道的两端已经全是人。而且许多人拿着家伙。人是会使用工具的动物。擀面杖、锅铲和铁锹。还以为是爆发了原始的市民起义呢。

于是开始了严厉的、充满敌意的审查。什么人?干什么的?找谁?不找谁?避风避到这里来了?岂有此理?两个人鬼鬼祟祟,搂搂抱抱,不会有好事情,现在的青年人简直没有办法,中国就要毁到你们的手里。你们是哪个单位的?姓名、原名、曾用名……你们带着户口本、工作证、介绍信了吗?你们为什么不呆在家里,为什么不和父母在一起,不和领导在一起,也不和广大的人民群众在一起?你们不能走,不要以为没有人管你们。说,你们撬过谁家的门?公共的地方?公共地方并不是你们的地方而是我们的地方。随便走进来了,你们为什么这样随便?简直是不要脸,简直是流氓。简直是无耻……侮辱?什么叫侮辱?我们还推过阴阳头呢。我们还被打过耳光呢。我们还坐过喷气式呢。还不动弹吗?那我们就不客气了。拿绳子来……

素素和佳原都很镇静。因为一秒钟以前,他们还是那样的幸福。虽然他们俩加在一起懂几门外文。懂一点点也罢。但是他们听不懂这些亲爱的同胞的古怪的语言。如果恐龙会说话,那么恐龙的语言也未必更难懂。他们茫然。甚至相对一笑。

"我们要动手了!"一个"恐龙"壮着胆子说了一句,说完,赶紧躲在旁人后面。"我们可真要动手了!"更多的人应和着,更多的人向后退了,然而仍然包围着和封锁着。佳原和素素欲撤不能。

正僵持得不可开交的时候,突然,有一位手持半截废自来水管的勇士喊叫起来:

"这不是范素素吗?"

点点头,当然。

然后是一场误会的解除。对不起,请原谅,是小偷把我们给吓坏了。据说有的楼发生过窃案,我们不能不提高警惕。有坏人,我们还以为你们是……真可笑。对不起。

素素依稀认出了那位长头发的男青年是她小学时候的同学，比她低两级。他现在倒白胖白胖的，象富强粉烤制的面包，一种应该推广的食品。小学同学热情地邀请她们到自己的房间去做客。"既然来到了我的门口。""那也好。"素素和佳原交换了一下目光。他们跟着小学同学走到日光灯耀眼的电梯间。他们在这幢楼里已经暂时取得了合法的身份。他们是某个住户的客人。电梯门关上了，嗡嗡地响了。他们的安全和尊严又开始受保障了，感谢这位热心的同学！电梯间上方的数字愈变愈快，从14到4的阿拉伯字都亮过了，现在是耳朵——3亮了。电梯停了，门开了。他们走出来，左转一个弯，右转一个弯。多齿多沟的铜钥匙自信地插到锁孔里，它才是主宰。呱哒，再拧一下把手，吱喽。门开了，叭，叭，前厅和厨房的灯都亮了。雪白的墙，擦了过多的扑粉。吱喽，又拧开一间居室的门。屋里充满了街灯映照过来的青光。素素真想劝阻小学同学不要拉开电灯，然而电灯已经亮了。请坐。双人床，大立柜里变得细长了的影像，红色人造革全包沙发。五斗橱。铁听麦乳精和尚未开封的"十全大补酒"。小学同学滔滔不绝地介绍着自己的新居：面积、设备、布局。水、暖、煤气。采光，通风和隔音。防火和防震。

"就你一个人吗？"

"是啊，"小学同学更得意了，搓着自己的手，"我爸爸给我要了一个单元。老人急着让我结婚。我准备明年'五一'解决。到时候你们一定来。就这样说定了吧。我已经找好了人。我的一个好友的舅舅过去给法国使馆做过饭。中西合璧，南北一炉。拔丝山药可以绕着筷子转五转而丝不断。你们可不要买东西。不要买家具，不要买台灯，不要买床上用品。所有这一切，我全有！"

"你爱人叫什么名字？在哪儿工作？"

"噢，还没定下来。"

"等待分配吗？"

"不是。我是说，到底跟谁结婚还没定下来。明年'五一'前会有的，一准！"

素素顺手从茶几上拿起了一个玩具气球，把气球在沙发的人造革面子上使劲摩擦了几下，然后，她把气球向上一抛，吸在天花板上，不落下来了。她仰着头，欣赏着自己从小爱玩的这个游戏。

"天啊，它怎么不掉下来？怎么还没有掉下来？"小学同学惊呆了，他张开了口。

"这是一种法术。"素素说，她瞟了佳原一眼，作了一个怪相。然后他们告辞。好客的主人送他们上电梯的时候还有点魂不守舍,他惦记着那个吸附在天花板上的绿气球。素素和佳原离开了这幢可爱的高楼。雪雨仍然在下着,风仍然在吹着。哐啷哐啷,好像在掀动一张大化学板。雨雪和他们真亲热,不仅落到脸上、手上,还往脖子里钻呢。

"这一切都怪我。"佳原心痛地说,"我没有本事弄到它,让你委屈……"素素捂住他的嘴。她咯咯地笑了。笑得真开心,一朵石榴花开放也没有那么舒展。

佳原明白了。佳原也笑起来。他们都懂得了自己的幸福。懂得了生活、世界是属于他们的。青年人的笑声使风、雨、雪都停止了,城市的上空是夜晚的太阳。

素素在前面跑,佳原在后面追。灯光里的雨丝,显得越发稠密而浓烈。"这儿就是大市街,大市街就在这里!"素素指着饭店大楼高声地说。"那当然了,我从来也不怀疑。""握个手,再见吧,我们过了一个多么愉快的夜晚。""再见,明天就不见了。我们还得用功,我们要一个又一个地考上研究生。""那很可能。而且我们总归会有房子,什么都有。""祝你好梦。""梦见什么呢?""梦见一个——风筝。"

什么?风筝?佳原怎么知道风筝?

"喂,你怎么也知道风筝?你知道风筝的飘带吗?"

"噢,我当然知道啦!我怎么能不知道呢?"

素素跑回来搂住佳原的脖子,亲了他一下,就在大街上。然后,他们各自回家去了,走了好远,还不断地回头张望,招一招手。

1980 年

(选自《王蒙精选集》,北京燕山出版社 1006 年版。)

【简析】

《风筝飘带》是内心感受的诗意喷吐,在 80 年代被看成意识流性质的作品。小说写了一代人的沧桑,50 年代与 70 年代的政治变迁隐含其间,主人公素素从革命的激情年代到精神的失落岁月,思想经受着诸多的困惑。社会在不可思议的进化里,带来了无尽的烦恼。但她的红色基因里的乐天精神把生活的暗影一点点驱走了。在整篇作品里,多种场景和记忆重叠在一起,神圣的与不快的、爱意的与失态的、幻想的与实际的,以驳杂的方式呈现在读者面前。"文革"结束后中国都市生活的声音与色彩、欣慰与不快,流水般涌动在字里行间。

这篇小说注入了许多思想,也有作者人生观的表露。王蒙喜欢在矛盾和纷乱里表述对生活的辩证理解,善于捕捉人不可言说的那一面,他常在风口浪头向人展示主人公复杂而坚韧的世界。那些语言都是机智巧妙的,没有抑郁、灰暗的东西,即使在绝望的时候,依然倾诉着那残存的梦想。这是布尔什维克的乐观,有我们俗界所没有的智慧之舞。他热情的词语下的节奏,不断消解那些不愉快的精神絮语。这来自一种信念还是别的什么神启,尚难论定。我们阅读它,可以感受到一个乐天的思考者的快慰神情。

在许多小说里,王蒙的敏感和幽默把内蕴扩大了。在叙述里常常海阔天空,以出其不意的笔触奚落着自己的经验。在那样的词语里你会感到他的精明,言谈的背后是自己超然的漫游。不是在泥土里久久站着,而是放逐的行吟,唱的是没有终结的歌谣。他写人物的困惑,但不走向绝望;谈世间的不平,却非反对派;言人的隔膜,又有自嘲的笑意。于是那些阴郁的、不快的存在一点点在他那里消失了,我们看到了他无所不在的愉快。有人因此讥讽他圆滑世故,可是那些直面问题的文字真的是这样吗?

我们细读王蒙,会感到他身上保留了50年代到80年代的热情和梦想。他在变化的岁月,内心依然有自己的圣地。遭受"右派"打击后,他其实在渐渐磨练自己,在坎坷里保持了一种自信。在复出的时候,一洗旧尘,即使涉猎自己的痛苦之躯,也没有走向伤感。他把苦楚岁月的存在当成了一种财富,且深化了理想主义的东西。他有时带有玩世的滑稽,似乎失之真诚,可是背后的庄严和神圣照例有一种辐射力。不是忘记过去,而是以辩证的思维看过去的人与事,通达与大度是有的。只是他的梦想,不再是乌托邦式的高悬,而是在受难里的自我调整,不断行走中的乐观寻找。这些在《布礼》《杂色》《夜的眼》都有很好的表现。

不消说,王蒙小说吸取了俄国革命文学的养分,有相当冲荡、苍茫的痕迹。他从格拉特科夫、肖洛霍夫那里学到了许多雄浑、悲壮的笔法,那些宗教般的圣意在精神的天空不断召唤着自己,于是在释放自己爱意的时候,不是走向形而下的日常生活,而是盘绕着政治、社会、革命诸类话题。在精神气质里,他也表现出老庄哲学的通变和洒脱,和那些单值价值判断者的文本有别。他的作品是在时代里表现自我,而非在自我里表现时代。这样的模式也给他的小说带来了困惑,比如个体生命内在的复杂性被社会话语代替了。但是,他常常以超常的词语和机智的表达,向世人诉说人生哲学的感受,那些感受也因为体例的新颖与精神的独异被读者所关注。

【思考题】

1. 王蒙的语言是从"文革"的华丽文风里挣脱出来的一种更为激情澎

湃和有质感的语言,其中有革命话语与俄国文学翻译语的交融。你怎样看他革命话语里的诗意表达?它与五六十年代的革命文学有何区别?

2. 这篇作品有一种布尔什维克的伦理。王蒙面对自己队伍的内部问题时所采取的态度,是否影响了判断力?其审美的力量是增强了还是减弱了?

3. 王蒙在富有激情的表述里,还十分肯定人生的杂色,理想主义与杂色意识就消解了斯大林主义的审美精神。如何理解这种消解的意义?

【拓展阅读】

1. 郜元宝:《特殊的读者意识和文体风格》,《拯救大地》,学林出版社1994年版。

2. 程光炜:《文学讲稿:"八十年代"作为方法》,北京大学出版社2009年版。

第十二章　汪曾祺

汪曾祺(1920—1997),江苏高邮人,中国当代小说家、散文家、戏剧家。1939年考入西南联合大学中文系,师从沈从文等名师。1940年开始小说创作,发表《小学校的钟声》和《复仇》等,曾受到沈从文的写作指导。1943年大学毕业后,在昆明、上海任中学国文教员,出版小说集《邂逅集》。1946年起在《文学杂志》《文艺复兴》和《文艺春秋》上发表《戴车匠》《复仇》《绿猫》《鸡鸭名家》等短篇小说,引起文坛关注。1950年后在北京文联、中国民间文学研究会工作,编辑《说说唱唱》和《民间文学》等刊物。1956年发表京剧剧本《范进中举》。1962年调北京京剧团(后改北京京剧院)任编剧。1963年参加京剧现代戏《沙家浜》(《芦荡火种》)的改编,"文革"中参加"样板戏"《沙家浜》的定稿。自1980年发表小说《受戒》获文坛赞誉起,进入创作高潮,之后发表的《大淖记事》获1981年全国优秀短篇小说奖,并出版小说集《晚饭花集》。

汪曾祺所作小说多写童年、故乡,写记忆里的人和事,在浑朴自然、清淡委婉中表现和谐的意趣。他力求淡泊,脱离外界的喧哗和干扰,精心营构自己的艺术世界。同时,自觉吸收传统文化,具有浓郁的乡土气息,显示出沈从文一脉风格。

汪曾祺给80年代的文学带来了新的文体意识,人们在他那里读出了废名、沈从文以来的文学传统。汉语的个体感觉在他那里精妙地呈现着。那时候的青年喜欢创新,可是他们的文体都有些生硬,让人觉得不那么自在。汪曾祺的作品不是这样,一读就能觉出很中国的样子;而且那么成熟,是我们躯体的一部分。人们也正是通过他的小说,发现了现代以来文化遗失的部分复苏。

受　戒

　　明海出家已经四年了。

　　他是十三岁来的。

　　这个地方的地名有点怪，叫庵赵庄。赵，是因为庄上大都姓赵。叫做庄，可是人家住得很分散，这里两三家，那里两三家。一出门，远远可以看到，走起来得走一会儿，因为没有大路，都是弯弯曲曲的田埂。庵，是因为有一个庵。庵叫菩提庵，可是大家叫讹了，叫成荸荠庵。连庵里的和尚也这样叫。"宝刹何处？"——"荸荠庵。"好庵本来是住尼姑的。"和尚庙"、"尼姑庵"嘛。可是荸荠庵住的是和尚。也许因为荸荠庵不大，大者为庙，小者为庵。明海在家叫小明子。他是从小就确定要出家的。他的家乡不叫"出家"，叫"当和尚"。他的家乡出和尚。就像有的地方出劁猪的，有的地方出织席子的，有的地方出箍桶的，有的地方出弹棉花的，有的地方出画匠，有的地方出婊子，他的家乡出和尚。人家弟兄多，就派一个出去当和尚。当和尚也要通过关系，也有帮。这地方的和尚有的走得很远。有到杭州灵隐寺的、上海静安寺的、镇江金山寺的、扬州天宁寺的。一般的就在本县的寺庙。明海家田少，老大、老二、老三，就足够种的了。他是老四。他七岁那年，他当和尚的舅舅回家，他爹、他娘就和舅舅商议，决定叫他当和尚。他当时在旁边，觉得这实在是在情在理，没有理由反对。当和尚有很多好处。一是可以吃现成饭。哪个庙里都是管饭的。二是可以攒钱。只要学会了放瑜伽焰口，拜梁皇忏，可以按例分到辛苦钱。积攒起来，将来还俗娶亲也可以；不想还俗，买几亩田也可以。当和尚也不容易，一要面如朗月，二要声如钟磬，三要聪明记性好。他舅舅给他相了相面，叫他前走几步，后走几步，又叫他喊了一声赶牛打场的号子："格当嘚——"，说是"明子准能当个好和尚，我包了！"要当和尚，得下点本，——念几年书。哪有不认字的和尚呢！于是明子就开蒙入学，读了《三字经》、《百家姓》、《四言杂字》、《幼学琼林》、《上论、下论》、《上孟、下孟》，每天还写一张仿。村里都夸他字写得好，很黑。

　　舅舅按照约定的日期又回了家，带了一件他自己穿的和尚领的短衫，叫明子娘改小一点，给明子穿上。明子穿了这件和尚短衫，下身还是在家穿的紫花裤子，赤脚穿了一双新布鞋，跟他爹、他娘磕了一个头，就随舅舅走了。他上学时起了个学名，叫明海。舅舅说，不用改了。于是"明海"就从学名变成了法名。

过了一个湖。好大一个湖！穿过一个县城。县城真热闹：官盐店,税务局,肉铺里挂着成爿的猪肉,一个驴子在磨芝麻,满街都是小磨香油的香味,布店,卖茉莉粉、梳头油的什么斋,卖绒花的,卖丝线的,打把式卖膏药的,吹糖人的,耍蛇的,……他什么都想看看。舅舅一劲地推他："快走！快走！"

到了一个河边,有一只船在等着他们。船上有一个五十来岁的瘦长瘦长的大伯,船头蹲着一个跟明子差不多大的女孩子,在剥一个莲蓬吃。明子和舅舅坐到舱里船就开了。

明子听见有人跟他说话,是那个女孩子。

"是你要到荸荠庵当和尚吗？"

明子点点头。

"当和尚要烧戒疤呕！你不怕？"

明子不知道怎么回答,就含含糊糊地摇了摇头。

"你叫什么？"

"明海。"

"在家的时候？"

"叫明子。"

"明子！我叫小英子！我们是邻居。我家挨着荸荠庵。——给你！"

小英子把吃剩的半个莲蓬扔给明海,小明子就剥开莲蓬壳,一颗一颗吃起来。

大伯一桨一桨地划着,只听见船桨拨水的声音：

"哗——许！哗——许！"

……

荸荠庵的地势很好,在一片高地上。这一带就数这片地势高,当初建庵的人很会选地方。门前是一条河。门外是一片很大的打谷场。三面都是高大的柳树。山门里是一个穿堂。迎门供着弥勒佛。不知是哪一位名士撰写了一副对联：

  大肚能容容天下难容之事
  开颜一笑笑世间可笑之人

弥勒佛背后,是韦驮。过穿堂,是一个不小的天井,种着两棵白果树。天井两边各有三间厢房。走过天井,便是大殿,供着三世佛。佛像连龛才四尺来高。大殿东边是方丈,西边是库房。大殿东侧,有一个小小的六角门,

白门绿字,刻着一副对联:

　　一花一世界
　　三藐三菩提

进门有一个狭长的天井,几块假山石,几盆花,有三间小房。

小和尚的日子清闲得很。一早起来,开山门,扫地。庵里的地铺的都是筜底方砖,好扫得很,给弥勒佛、韦驮烧一炷香,正殿的三世佛面前也烧一炷香,磕三个头,念三声"南无阿弥陀佛",敲三声磬。这庵里的和尚不兴做什么早课、晚课,明子这三声磬就全都代替了。然后,挑水,喂猪。然后,等当家和尚,即明子的舅舅起来,教他念经。

教念经也跟教书一样,师父面前一本经,徒弟面前一本经,师父唱一句,徒弟跟着唱一句。是唱哎。舅舅一边唱,一边还用手在桌上拍板。一板一眼,拍得很响,就跟教唱戏一样。是跟教唱戏一样,完全一样哎。连用的名词都一样。舅舅说,念经:一要板眼准,二要合工尺。说:当一个好和尚,得有条好嗓子。说:民国二十年闹大水。运河倒了堤,最后在清水潭合龙,因为大水淹死的人很多,放了一台大焰口,十三大师——十三个正座和尚,各大庙的方丈都来了,下面的和尚上百。谁当这个首座?推来推去,还是石桥——善因寺的方丈!他往上一坐,就跟地藏王菩萨一样,这就不用说了;那一声"开香赞",围看的上千人立时鸦雀无声。说:嗓子要练,夏练三伏,冬练三九,要练丹田气!说:要吃得苦中苦,方为人上人!说:和尚里也有状元、榜眼、探花!要用心,不要贪玩!舅舅这一番大法要说得明海和尚实在是五体投地,于是就一板一眼地跟着舅舅唱起来:

　　炉香乍爇——
　　炉香乍爇——
　　法界蒙薰——
　　法界蒙薰——
　　诸佛现金身……
　　诸佛现金身……
　　……

等明海学完了早经,——他晚上临睡前还要学一段,叫做晚经,——荸荠庵的师父们就都陆续起床了。

这庵里人口简单,一共六个人。连明海在内,五个和尚。

有一个老和尚,六十几了,是舅舅的师叔,法名普照,但是知道的人很少,因为很少人叫他法名,都称之为老和尚或老师父,明海叫他师爷爷。这是个很枯寂的人,一天关在房里,就是那"一花一世界"里。也看不见他念佛,只是那么一声不响地坐着。他是吃斋的,过年时除外。

下面就是师兄弟三个,仁字排行:仁山、仁海、仁渡。庵里庵外,有的称他们为大师父、二师父;有的称之为山师父、海师父。只有仁渡,没有叫他"渡师父"的,因为听起来不像话,大都直呼之为仁渡。他也只配如此,因为他还年轻,才二十多岁。

仁山,即明子的舅舅,是当家的。不叫"方丈",也不叫"住持",却叫"当家的",是很有道理的,因为他确确实实干的是当家的职务。他屋里摆的是一张账桌,桌子上放的是账簿和算盘。账簿共有三本。一本是经账,一本是租账,一本是债账。和尚要做法事,做法事要收钱,——要不,当和尚干什么?常做的法事是放焰口。正规的焰口是十个人。一个正座,一个敲鼓的,两边一边四个。人少了,八个,一边三个,也凑合了。荸荠庵只有四个和尚,要放整焰口就得和别的庙里合伙。这样的时候也有过。通常只是放半台焰口。一个正座,一个敲鼓,另外一边一个。一来找别的庙里合伙费事;二来这一带放得起整焰口的人家也不多。有的时候,谁家死了人,就只请两个,甚至一个和尚咕噜咕噜念一通经,敲打几声法器就算完事。很多人家的经钱不是当时就给,往往要等秋后才还。这就得记账。另外,和尚放焰口的辛苦钱不是一样的。就像唱戏一样,有份子。正座第一份。因为他要领唱,而且还要独唱。当中有一大段"叹骷髅",别的和尚都放下法器休息,只有首座一个人有板有眼地曼声吟唱。第二份是敲鼓的。你以为这容易呀?哼,单是一开头的"发擂",手上没功夫就敲不出迟疾顿挫! 其余的,就一样了。这也得记上:某月某日、谁家焰口半台,谁正座,谁敲鼓……省得到年底结账时赌咒骂娘。……这庵里有几十亩庙产,租给人种,到时候要收租。庵里还放债。租、债一向倒很少亏欠,因为租佃借钱的人怕菩萨不高兴。这三本账就够仁山忙的了。另外香烛、灯火、油盐"福食",这也得随时记记账呀。除了账簿之外,山师父的方丈的墙上还挂着一块水牌,上漆四个红字:"勤笔免思"。

仁山所说当一个好和尚的三个条件,他自己其实一条也不具备。他的相貌只要用两个字就说清楚了:黄、胖。声音也不像钟磬,倒像母猪。聪明么?难说,打牌老输。他在庵里从不穿袈裟,连海青直裰也免了。经常是披着件短僧衣,袒露着一个黄色的肚子。下面是光脚趿拉着一双僧鞋,——新鞋他也是趿拉着。他一天就是这样不衫不履地这里走走,那里走走,发出母猪一样的声音:"嗨——嗨——"。

二师父仁海。他是有老婆的。他老婆每年夏秋之间来住几个月,因为庵里凉快,庵里有六个人,其中之一,就是这位和尚的家眷。仁山、仁渡叫她嫂子,明海叫她师娘。这两口子都很爱干净,整天的洗涮。傍晚的时候,坐在天井里乘凉。白天,闷在屋里不出来。

三师父是个很聪明精干的人。有时一笔账大师兄扒了半天算盘也算不清,他眼珠子转两转,早算得一清二楚。他打牌赢的时候多,二三十张牌落地,上下家手里有些什么牌,他就差不多都知道了。他打牌时,总有人爱在他后面看歪头胡。谁家约他打牌,就说"想送两个钱给你。"他不但经忏俱通(小庙的和尚能够拜忏的不多),而且身怀绝技,会"飞铙"。七月间有些地方做盂兰会,在旷地上放大焰口,几十个和尚,穿绣花袈裟,飞铙。飞铙就是把十多斤重的大铙钹飞起来。到了一定的时候,全部法器皆停,只几十副大铙紧张急促地敲起来。忽然起手,大铙向半空中飞去,一面飞,一面旋转。然后,又落下来,接住。接住不是平平常常地接住,有各种架势,"犀牛望月"、"苏秦背剑"……这哪是念经,这是耍杂技。也许是地藏王菩萨爱看这个,但真正因此快乐起来的是人,尤其是妇女和孩子。这是年轻漂亮的和尚出风头的机会。一场大焰口过后,也像一个好戏班子过后一样,会有一个两个大姑娘、小媳妇失踪,——跟和尚跑了。他还会放"花焰口"。有的人家,亲戚中多风流子弟,在不是很哀伤的佛事——如做冥寿时,就会提出放花焰口。所谓"花焰口"就是在正焰口之后,叫和尚唱小调,拉丝弦,吹管笛,敲鼓板,而且可以点唱。仁渡一个人可以唱一夜不重头。仁渡前几年一直在外面,近二年才常住在庵里。据说他有相好的,而且不止一个。他平常可是很规矩,看到姑娘媳妇总是老老实实的,连一句玩笑话都不说,一句小调山歌都不唱。有一回,在打谷场上乘凉的时候,一伙人把他围起来,非叫他唱两个不可。他却情不过,说:"好,唱一个。不唱家乡的。家乡的你们都熟,唱个安徽的。"

> 姐和小郎打大麦,
> 一转子讲得听不得。
> 听不得就听不得,
> 打完了大麦打小麦。

唱完了,大家还嫌不够,他就又唱了一个:

> 姐儿生得漂漂的,

两个奶子翘翘的。
有心上去摸一把,
心里有点跳跳的。
……

这个庵里无所谓清规,连这两个字也没人提起。

仁山吃水烟,连出门做法事也带着他的水烟袋。

他们经常打牌。这是个打牌的好地方。把大殿上吃饭的方桌往门口一搭,斜放着,就是牌桌。桌子一放好,仁山就从他的方丈里把筹码拿出来,哗啦一声倒在桌上。斗纸牌的时候多,搓麻将的时候少。牌客除了师兄弟三人,常来的是一个收鸭毛的,一个打兔子兼偷鸡的,都是正经人。收鸭毛的担一副竹筐,串乡串镇,拉长了沙哑的声音喊叫:

"鸭毛卖钱——!"

偷鸡的有一件家什——铜蜻蜓。看准了一只老母鸡,把铜蜻蜓一丢,鸡婆子上去就是一口。这一啄,铜蜻蜓的硬簧绷开,鸡嘴撑住了,叫不出来了。正在这鸡十分纳闷的时候,上去一把薅住。

明子曾经跟这位正经人要过铜蜻蜓看看。他拿到小英子家门前试了一试,果然!小英的娘知道了,骂明子:

"要死了!儿子!你怎么到我家来玩铜蜻蜓了!"

小英子跑过来:

"给我!给我!"

她也试了试,真灵,一个黑母鸡一下子就把嘴撑住,傻了眼了!

下雨阴天,这二位就光临荸荠庵,消磨一天。

有时没有外客,就把老师叔也拉出来,打牌的结局,大都是当家和尚气得鼓鼓的:"×妈妈的!又输了!下回不来了!"

他们吃肉不瞒人。年下也杀猪。杀猪就在大殿上。一切都和在家人一样,开水、木桶、尖刀。捆猪的时候,猪也是没命地叫。跟在家人不同的,是多一道仪式,要给即将升天的猪念一道"往生咒",并且总是老师叔念,神情很庄重:

……一切胎生、卵生、息生,来从虚空来,还归虚空去,往生再世,皆当欢喜。南无阿弥陀佛!

三师父仁渡一刀子下去,鲜红的猪血就带着很多沫子喷出来。

……

明子老往小英子家里跑。

小英子的家像一个小岛,三面都是河,西面有一条小路通到荸荠庵。独门独户,岛上只有这一家。岛上有六棵大桑树,夏天都结大桑椹,三棵结白的,三棵结紫的;一个菜园子,瓜豆蔬菜,四时不缺。院墙下半截是砖砌的,上半截是泥夯的。大门是桐油油过的,贴着一副万年红的春联:

　　向阳门第春常在
　　积善人家庆有余

门里是一个很宽的院子。院子里一边是牛屋、碓棚;一边是猪圈、鸡窠,还有个关鸭子的栅栏。露天地放着一具石磨。正北面是住房,也是砖基土筑,上面盖的一半是瓦,一半是草。房子翻修了才三年,木料还露着白茬。正中是堂屋,家神菩萨的画像上贴的金还没有发黑。两边是卧房。隔扇窗上各嵌了一块一尺见方的玻璃,明亮亮的,——这在乡下是不多见的。房檐下一边种着一棵石榴树,一边种着一棵栀子花,都齐房檐高了。夏天开了花,一红一白,好看得很。栀子花香得冲鼻子。顺风的时候,在荸荠庵都闻得见。

这家人口不多。他家当然是姓赵。一共四口人:赵大伯、赵大妈,两个女儿,大英子、小英子。老两口没得儿子。因为这些年人不得病,牛不生灾,也没有大旱大水闹蝗虫,日子过得很兴旺。他们家自己有田,本来够吃的了,又租种了庵上的十亩田。自己的田里,一亩种了荸荠,——这一半是小英子的主意,她爱吃荸荠,一亩种了茨菇。家里喂了一大群鸡鸭,单是鸡蛋鸭毛就够一年的油盐了。赵大伯是个能干人。他是一个"全把式",不但田里场上样样精通,还会罾鱼、洗磨、凿砻、修水车、修船、砌墙、烧砖、箍桶、劈篾、绞麻绳。他不咳嗽,不腰疼,结结实实,像一棵榆树。人很和气,一天不声不响。赵大伯是一棵摇钱树,赵大娘就是个聚宝盆。大娘精神得出奇。五十岁了,两个眼睛还是清亮亮的。不论什么时候,头都是梳得滑滴滴的,身上衣服都是格挣挣的。像老头子一样,她一天不闲着。煮猪食,喂猪,腌咸菜,——她腌的咸萝卜干非常好吃,舂粉子,磨小豆腐,编蓑衣,织芦席。她还会剪花样子。这里嫁闺女,陪嫁妆,磁坛子、锡罐子,都要用梅红纸剪出吉祥花样,贴在上面,讨个吉利,也才好看:"丹凤朝阳"呀、"白头到老"呀、"子孙万代"呀、"福寿绵长"呀。二三十里的人家都来请她:"大娘,好日子是十六,你哪天去呀?"——"十五,我一大清早就来!"

"一定呀!"——"一定! 一定!"

两个女儿,长得跟她娘像一个模子里托出来的。眼睛长得尤其像,白眼珠鸭蛋青,黑眼珠棋子黑,定神时如清水,闪动时像星星。浑身上下,头是头,脚是脚。头发滑滴滴的,衣服格挣挣的。——这里的风俗,十五六岁的姑娘就都梳上头了。这两个丫头,这一头的好头发!通红的发根,雪白的簪子!娘女三个去赶集,一集的人都朝她们望。

　　姐妹长得很像,性格不同。大姑娘很文静,话很少,像父亲。小英子比她娘还会说,一天咭咭呱呱地不停。大姐说:

　　"你一天到晚咭咭呱呱——"

　　"像个喜鹊!"

　　"你自己说的! ——吵得人心乱!"

　　"心乱?"

　　"心乱!"

　　"你心乱怪我呀!"

　　二姑娘话里有话。大英子已经有了人家。小人她偷偷地看过,人很敦厚,也不难看,家道也殷实,她满意。已经下过小定,日子还没有定下来。她这二年,很少出房门,整天赶她的嫁妆。大裁大剪,她都会。挑花绣花,不如娘。她可又嫌娘出的样子太老了。她到城里看过新娘子,说人家现在绣的都是活花活草。这可把娘难住了。最后是喜鹊忽然一拍屁股:"我给你保举一个人!"

　　这人是谁?是明子。明子念"上孟下孟"的时候,不知怎么得了半套《芥子园》,他喜欢得很。到了荸荠庵,他还常翻出来看,有时还把旧账簿子翻过来,照着描。小英子说:

　　"他会画!画得跟活的一样!"

　　小英子把明海请到家里来,给他磨墨铺纸,小和尚画了几张,大英子喜欢得了不得:

　　"就是这样!就是这样!这就可以乱孱!"——所谓"乱孱"是绣花的一种针法:绣了第一层,第二层的针脚插进第一层的针缝,这样颜色就可由深到淡,不露痕迹,不像娘那一代绣的花是平针,深浅之间,界限分明,一道一道的。小英子就像个书童,又像个参谋:

　　"画一朵石榴花!"

　　"画一朵栀子花!"

　　她把花掐来,明海就照着画。

　　到后来,凤仙花、石竹子、水蓼、淡竹叶、天竺果子、腊梅花,他都能画。

　　大娘看着也喜欢,搂住明海的和尚头:

"你真聪明！你给我当一个干儿子吧！"

小英子捺住他的肩膀，说：

"快叫！快叫！"

小明子跪在地下磕了一个头，从此就叫小英子的娘做干娘。

大英子绣的三双鞋，三十里方圆都传遍了。很多姑娘都走路坐船来看。看完了，就说："啧啧啧，真好看！这哪是绣的，这是一朵鲜花！"她们就拿了纸来央大娘求了小和尚来画。有求画帐檐的，有求画门帘飘带的，有求画鞋头花的。每回明子来画花，小英子就给他做点好吃的，煮两个鸡蛋，蒸一碗芋头，煎几个藕团子。

因为照顾姐姐赶嫁妆，田里的零碎生活小英子就全包了。她的帮手，是明子。

这地方的忙活是栽秧、车高田水、薅头遍草，再就是割稻子、打场了。这几茬重活，自己一家是忙不过来的。这地方兴换工。排好了日期，几家顾一家，轮流转。不收工钱，但是吃好的。一天吃六顿，两头见肉，顿顿有酒。干活时，敲着锣鼓，唱着歌，热闹得很。其余的时候，各顾各，不显得紧张。

薅三遍草的时候，秧已经很高了，低下头看不见人。一听见非常脆亮的嗓子在一片浓绿里唱：

栀子哎开花哎六瓣头哎……

姐家哎门前哎一道桥哎……

明海就知道小英子在哪里，三步两步就赶到，赶到就低头薅起草来。傍晚牵牛"打汪"，是明子的事。——水牛怕蚊子。这里的习惯，牛卸了轭，饮了水，就牵到一口和好泥水的"汪"里，由它自己打滚扑腾，弄得全身都是泥浆，这样蚊子就咬不透了。低田上水，只要一挂十四轧的水车，两个人车半天就够了。明子和小英子就伏在车杠上，不紧不慢地踩着车轴上的拐子，轻轻地唱着明海向三师父学来的各处山歌。打场的时候，明子能替赵大伯一会，让他回家吃饭。——赵家自己没有场，每年都在荸荠庵外面的场上打谷子。他一扬鞭子，喊起了打场号子：

"格当嘚——"

这打场号子有音无字，可是九转十三弯，比什么山歌号子都好听。赵大娘在家，听见明子的号子，就侧起耳朵：

"这孩子这条嗓子！"

连大英子也停下针线：

"真好听!"

小英子非常骄傲地说:

"一十三省数第一!"

晚上,他们一起看场。——荸荠庵收来的租稻也晒在场上。他们并肩坐在一个石磙子上,听青蛙打鼓,听寒蛇唱歌,——这个地方以为蝼蛄叫是蚯蚓叫,而且叫蚯蚓叫"寒蛇",听纺纱婆子不停地纺纱,"吵——",看萤火虫飞来飞去,看天上的流星。

"呀!我忘了在裤带上打一个结!"小英子说。

这里的人相信,在流星掉下来的时候在裤带上打一个结,心里想什么好事,就能如愿。

"捋"荸荠,这是小英最爱干的生活。秋天过去了,地净场光,荸荠的叶子枯了,——荸荠的笔直的小葱一样的圆叶子里是一格一格的,用手一捋,哔哔地响,小英子最爱捋着玩,——荸荠藏在烂泥里。赤了脚,在凉浸浸滑溜溜的泥里踩着,——哎,一个硬疙瘩!伸手下去,一个红紫红紫的荸荠。她自己爱干这生活,还拉了明子一起去。她老是故意用自己的光脚去踩明子的脚。

她挎着一篮子荸荠回去了,在柔软的田埂上留了一串脚印。明海看着她的脚印,傻了。五个小小的趾头,脚掌平平的,脚跟细细的,脚弓部分缺了一块。明海身上有一种从来没有过的感觉,他觉得心里痒痒的。这一串美丽的脚印把小和尚的心搞乱了。

⋯⋯⋯⋯⋯⋯

明子常搭赵家的船进城,给庵里买香烛,买油盐。闲时是赵大伯划船;忙时是小英子去,划船的是明子。

从庵赵庄到县城,当中要经过一片很大的芦花荡子。芦苇长得密密的,当中一条水路,四边不见人。划到这里,明子总是无端端地觉得心里很紧张,他就使劲地划桨。

小英子喊起来:

"明子!明子!你怎么啦?你发疯啦?为什么划得这么快?"

⋯⋯⋯⋯⋯⋯

明海到善因寺去受戒。

"你真的要去烧戒疤呀?"

"真的。"

"好好的头皮上烧十二个洞,那不疼死啦?"

"咬咬牙。舅舅说这是当和尚的一大关,总要过的。"

"不受戒不行吗?"

"不受戒的是野和尚。"

"受了戒有啥好处?"

"受了戒就可以到处云游,逢寺挂褡。"

"什么叫'挂褡'?"

"就是在庙里住。有斋就吃。"

"不把钱?"

"不把钱。有法事,还得先尽外来的师父。"

"怪不得都说'远来的和尚会念经'。就凭头上这几个戒疤?"

"还要有一份戒牒。"

"闹半天,受戒就是领一张和尚的合格文凭呀!"

"就是!"

"我划船送你去。"

"好。"

小英子早早就把船划到荸荠庵门前。不知是什么道理,她兴奋得很。她充满了好奇心,想去看看善因寺这座大庙,看看受戒是个啥样子。

善因寺是全县第一大庙,在东门外,面临一条水很深的护城河,三面都是大树,寺在树林子里,远处只能隐隐约约看到一点金碧辉煌的屋顶,不知道有多大。树上到处挂着"谨防恶犬"的牌子。这寺里的狗出名的厉害。平常不大有人进去。放戒期间,任人游看,恶狗都锁起来了。

好大一座庙!庙门的门坎比小英子的胳膝都高。迎门蠹着两块大牌,一边一块,一块写着斗大两个大字:"放戒",一块是:"禁止喧哗"。这庙里果然是气象庄严,到了这里谁也不敢大声咳嗽。明海自去报名办事,小英子就到处看看。好家伙,这哼哈二将、四大天王,有三丈多高,都是簇新的,才装修了不久。天井有二亩地大,铺着青石,种着苍松翠柏。"大雄宝殿",这才真是个"大殿"!一进去,凉嗖嗖的。到处都是金光耀眼。释迦牟尼佛坐在一个莲花座上,单是莲座,就比小英子还高。抬起头来也看不全他的脸,只看到一个微微闭着的嘴唇和胖敦敦的下巴。两边的两根大红蜡烛,一搂多粗。佛像前的大供桌上供着鲜花、绒花、绢花,还有珊瑚树、玉如意、整棵的大象牙。香炉里烧着檀香。小英子出了庙,闻着自己的衣服都是香的。挂了好些幡。这些幡不知是什么缎子的,那么厚重,绣的花真细。这么大一口磬,里头能装五担水!这么大一个木鱼,有一头牛大,漆得通红的。她又去转了转罗汉堂,爬到千佛楼上看了看。真有一千个小佛!她还跟着一些人去看了看藏经楼,藏经楼没有什么看头,都是经书!妈吔!逛了这么一圈,腿都酸了。小英子想起还要给家里打油,替姐姐配丝线,给娘买鞋面布,给自己买两个坠围裙飘带的银蝴蝶,给爹买旱烟,就出庙了。

等把事情办齐,晌午了。她又到庙里看了看,和尚正在吃粥。好大一个"膳堂",坐得下八百个和尚。吃粥也有这样多讲究:正面法座上摆着两个锡胆瓶,里面插着红绒花,后面盘膝坐着一个穿了大红满金绣袈裟的和尚,手里拿了戒尺。这戒尺是要打人的。哪个和尚吃粥吃出了声音,他下来就是一戒尺。不过他并不真的打人,只是做个样子。真稀奇,那么多的和尚吃粥,竟然不出一点声音!他看见明子也坐在里面,想跟他打个招呼又不好打。想了想,管他禁止不禁止喧哗,就大声喊了一句:"我走啦!"她看见明子目不斜视地微微点了点头,就不管很多人都朝自己看,大摇大摆地走了。

第四天一大清早小英子就去看明子。她知道明子受戒是第三天半夜,——烧戒疤是不许人看的。她知道要请老剃头师傅剃头,要剃得横摸顺摸都摸不出头发茬子,要不然一烧,就会"走"了戒,烧成了一片。她知道是用枣泥子先点在头皮上,然后用香头子点着。她知道烧了戒疤就喝一碗蘑菇汤,让它"发",还不能躺下,要不停地走动,叫做"散戒"。这些都是明子告诉她的。明子是听舅舅说的。

她一看,和尚真在那里"散戒",在城墙根底下的荒地里。一个一个,穿了新海青,光光的头皮上都有十二个黑点子。——这黑疤掉了,才会露出白白的、圆圆的"戒疤"。和尚都笑嘻嘻的,好像很高兴。她一眼就看见了明子。隔着一条护城河,就喊他:

"明子!"

"小英子!"

"你受了戒啦?"

"受了。"

"疼吗?"

"疼。"

"现在还疼吗?"

"现在疼过去了。"

"你哪天回去?"

"后天。"

"上午?下午?"

"下午。"

"我来接你!"

"好!"

小英子把明海接上船。

小英子这天穿了一件细白夏布上衣,下边是黑洋纱的裤子,赤脚穿了一双龙须草的细草鞋,头上一边插着一朵栀子花,一边插着一朵石榴花。她看见明子穿了新海青,里面露出短褂子的白领子,就说:"把你那外面的一件脱了,你不热呀!"

他们一人一把桨。小英子在中舱,明子扳艄,在船尾。

她一路问了明子很多话,好像一年没有看见了。

她问,烧戒疤的时候,有人哭吗?喊吗?

明子说,没有人哭,只是不住地念佛。有个山东和尚骂人:

"俺日你奶奶!俺不烧了!"

她问善因寺的方丈石桥是相貌和声音都很出众吗?

"是的。"

"说他的方丈比小姐的绣房还讲究?"

"讲究。什么东西都是绣花的。"

"他屋里很香?"

"很香。他烧的是伽楠香,贵的很。"

"听说他会做诗,会画画,会写字?"

"会。庙里走廊两头的砖额上,都刻着他写的大字。"

"他是有个小老婆吗?"

"有一个。"

"才十九岁?"

"听说。"

"好看吗?"

"都说好看。"

"你没看见?"

"我怎么会看见?我关在庙里。"

明子告诉她,善因寺一个老和尚告诉他,寺里有意选他当沙弥尾,不过还没有定,要等主事的和尚商议。

"什么叫'沙弥尾'?"

"放一堂戒,要选出一个沙弥头,一个沙弥尾。沙弥头要老成,要会念很多经。沙弥尾要年轻,聪明,相貌好。"

"当了沙弥尾跟别的和尚有什么不同?"

"沙弥头,沙弥尾,将来都能当方丈。现在的方丈退居了,就当。石桥原来就是沙弥尾。"

"你当沙弥尾吗?"

"还不一定哪。"

"你当方丈,管善因寺?管这么大一个庙?!"

"还早呐!"

划了一气,小英子说:"你不要当方丈!"

"好,不当。"

"你也不要当沙弥尾!"

"好,不当。"

又划了一气,看见那一片芦花荡子了。

小英子忽然把桨放下,走到船尾,趴在明子的耳朵旁边,小声地说:"我给你当老婆,你要不要?"

明子眼睛鼓得大大的。

"你说话呀!"

明子说:"嗯。"

"什么叫'嗯'呀!要不要,要不要?"

明子大声地说:"要!"

"你喊什么!"

明子小小声说:"要——!"

"快点划!"

英子跳到中舱,两只桨飞快地划起来,划进了芦花荡。

芦花才吐新穗。紫灰色的芦穗,发着银光,软软的,滑溜溜的,像一串丝线。有的地方结了蒲棒,通红的,像一枝一枝小蜡烛。青浮萍,紫浮萍。长脚蚊子,水蜘蛛。野菱角开着四瓣的小白花。惊起一只青桩(一种水鸟),擦着芦穗,扑鲁鲁鲁飞远了。

…………

     一九八〇年八月十二日,写四十三年前的一个梦。

(选自《汪曾祺全集·小说卷一》,北京师范大学出版社1998年版。)

【简析】

阅读汪曾祺的文字时,打动人的有时是他那些南方水乡的画面。在小说、杂记里,都那么楚楚动人地呈现着。在诸如《岁交春》《和尚》《草巷口》《他乡寄意》中,有许多好的段落,渺乎云烟之状,神如桃花源之音。在那些文字的背后,听得到他纯朴的心动。心是流水般清澈,没有被污染过。于是亲切感随之而来。

  一篇《受戒》,写得清澈、纯情,童心所在,俗谛渐远,性灵渐近,人间美意,生活丽影,在无声之中悠然托出。此种手笔,百年之中,仅寥寥数人耳。《受戒》是汪曾祺审美世界的一次诗意的裸露。小说乃他早期记忆的复写,其间过滤了许多杂质。他把故事置于一个近于世外桃源的所在,庙宇的世界与外面的世界都幽趣地展示着自己的姿容。海明与小英子都写得好,纯洁得让人心动。他写人的欲望,没有一丝污浊之气,通篇的纯然。小说写到宗教与民俗,都饶有趣味,以欣赏的眼光看待一切。精神殿堂的世俗与世俗里的精神殿堂,都有奇妙之音。作品写凡俗的地方都不凡俗,在平淡里发现了诸多趣事。汪曾祺的文字里有绘画的味道和古曲的滋味,这些都暗含在字里行间。他的对话极为精彩,人物的内心与故事的情节都在对话里逼真地浮现出来,有禅林之风,那调子之美,是超过了废名这样的作家的。

  《受戒》之外,《大淖记事》写女性之美,几近圣母,但又极中国,可谓神妙至极。民国间许多人写过乡土,佳作亦多。可是汪曾祺在气韵上绝不亚于前人,在神采上甚至还过于前人。自从《受戒》《大淖记事》发表后,一时倾倒众人,模仿者很多。我读过许多模仿汪曾祺的文字,形似而韵不似,相差很远。他对乡俗的理解,和一般人总有些距离。在精神深处,他的暗功夫是一时难以被看到的。那些自以为找到了汪曾祺密码的人,其实不知道乡土的隐秘是什么,乡土表现的弱化,乃精神单一的缘故。

  即便是在民国间,有这样的奇笔的人也并不多见。文气在从容和舒缓中也不乏大气。他的许多文字,都有水乡民俗的环面。那些描述乡土的文字,渗透着他缠绵的梦,都很有味。别人写乡土,只有画面与情思,但少见学识。他却将明代与民国文人的笔法也点缀过来,这大概受到了张岱、周作人的影响。他的老师沈从文描绘乡土时,诗意的成分多,不太言理。他则喜欢把素描与谈天也加进来,笔记体的成分多了。

  这样的文字都很随意,学识不经意地流出来。也就是说,他写乡土,也研究乡土,诗的因素与理的因素都有。周作人一生喜谈鬼神、岁时、野趣,学问大而广,惜乎不谙小说笔法,人物与图景感弱,只是学问家言。汪曾祺写那样的文字,新旧文人的笔墨揣于怀中,古的与土的缓缓走来,像陈师曾的册页,图景里的诗是一点点流出来的。

【思考题】

1. 汪曾祺自称是沈从文的学生,他的作品留下了老师的痕迹。但《受戒》的气象与韵律,完全不同于沈从文,你如何理解他与沈从文的差异?

2. 在许多文章里,汪曾祺都说自己拒绝宏大的叙事。他的小说都属于小桥流水式的温和之作。这与他同代人的作品形成很大的反差。你如何看待这种反差?

3. 汪曾祺的小说常常避免巨大的冲突,灰暗的存在甚少。他说自己追求的是和谐之美。《受戒》迷人的地方,是否这种美学意识使然?

【拓展阅读】

1. 黄裳:《也说汪曾祺》,见苏北《一汪深情——回忆汪曾祺先生》,上海远东出版社2009年版。

2. 孙郁:《革命时代的士大夫》,三联书店2014年版。

第十三章　白先勇

白先勇(1937—　)，生于桂林，后随其父白崇禧去台湾。1965 年从美国爱荷华大学毕业，后一直在美国的大学教书。在美国期间，创作与研究均有成就，其作品在华人世界有广泛的影响力。有《台北人》《纽约客》等作品行世。曾主编《现代文学》，晚年热心于推广昆曲艺术，对中国古代文化的普及颇有心得。

白先勇受过良好的教育，对伊斯兰教、佛教、基督教文化背景下的艺术均有了解。他视野开阔，高贵的与朴素的精神体验在其作品里都有所体现。他的作品常常有历史的沧桑感，多是从大陆退居台湾的各类人的生活写真。文字儒雅，故事颇为生动，对人性有细致入微的体察。他不仅关注知识阶层，对普通民众的内心亦多同情、悲悯的把握，其作品在审美上有诸多独创的因素，是有古典人文精神的作家。

游园惊梦

钱夫人到达台北近郊天母窦公馆的时候，窦公馆门前两旁的汽车已经排满了，大多是官家的黑色小轿车，钱夫人坐的计程车开到门口她便命令司机停了下来。窦公馆的两扇铁门大敞，门灯高烧，大门两侧一边站了一个卫士，门口有个随从打扮的人正在那儿忙着招呼宾客的司机。钱夫人一下车，那个随从便赶紧迎了上来，他穿了一身藏青哔叽的中山装，两鬓花白。钱夫人从皮包里掏出了一张名片递给他，那个随从接过名片，即忙向钱夫人深深的行了一个礼，操了苏北口音，满面堆着笑容说道：

"钱夫人，我是刘副官，夫人大概不记得了？"

"是刘副官吗？"钱夫人打量了他一下，微带惊愕的说道，"对了，那时在南京到你们大悲巷公馆见过你的。你好，刘副官。"

"托夫人的福。"刘副官又深深的行了一礼，赶忙把钱夫人让了进去，然后抢在前面用手电筒照路,引着钱夫人走上一条水泥砌的汽车过道,绕着花园直往正屋里行去。

"夫人这向好?"刘副官一行引着路,回头笑着向钱夫人说道。

"还好,谢谢你,"钱夫人答道,"你们长官夫人都好呀?我有好些年没见着他们了。"

"我们夫人好,长官最近为了公事忙一些。"刘副官应道。窦公馆的花园十分深阔,钱夫人打量了一下,满园子里影影绰绰,都是些树木花草,围墙周遭,却密密的栽了一圈椰子树,一片秋后的清月,已经升过高大的椰子树干子来了。钱夫人跟着刘副官绕过了几丛棕榈树,窦公馆那座两层楼的房子便赫然出现在眼前,整座大楼,上上下下灯火通明,亮得好像烧着了一般;一条宽敞的石级引上了楼前一个弧形的大露台,露台的石栏边沿上却整整齐齐的置了十来盆一排齐胸的桂花,钱夫人一踏上露台,一阵桂花的浓香便侵袭过来了。楼前正门大开,里面有几个仆人穿梭一般来往着,刘副官停在门口,哈着身子,做了个手势,毕恭毕敬的说了声:

"夫人请。"

钱夫人一走入门内前厅,刘副官便对一个女仆说道:

"快去报告夫人,钱将军夫人到了。"

前厅只摆了一堂精巧的红木几椅,几案上搁着一套景泰蓝的瓶尊,一只观音尊里斜插了几枝万年青;右侧壁上,嵌了一面鹅卵形的大穿衣镜。钱夫人走到镜前,把身上那件玄色秋大衣卸下,一个女仆赶忙上前把大衣接了过去。钱夫人往镜里瞟了一眼,很快的用手把右鬓一绺松弛的头发捋了一下,下午六点钟才去西门町红玫瑰做的头发,刚才穿过花园,吃风一撩,就乱了。钱夫人往镜子又凑近了一步,身上那件墨绿杭绸的旗袍,她也觉得颜色有点不对劲儿。她记得这种丝绸,在灯光底下照起来,绿汪汪翡翠似的,大概这间前厅不够亮,镜子里看起来,竟有点发乌。难道真的是料子旧了?这份杭绸还是从南京带出来的呢,这些年都没舍得穿,为了赴这场宴才从箱子底拿出来裁了的。早知如此,还不如到鸿翔绸缎庄买份新的。可是她总觉得台湾的衣料粗糙,光泽扎眼,尤其是丝绸,哪里及得上大陆货那么细致,那么柔熟?

"五妹妹到底来了。"一阵脚步声,窦夫人走了出来,一把便搀住了钱夫人的双手笑道。

"三阿姐,"钱夫人也笑着叫道,"来晚了,累你们好等。"

"哪里的话,恰是时候,我们正要入席呢。"

窦夫人说着便挽着钱夫人往正厅走去。在走廊上,钱夫人用眼角扫了窦夫人两下,她心中不禁觇敲起来:桂枝香果然还没有老。临离开南京那年,自己明明还在梅园新村的公馆替桂枝香请过三十岁的生日酒,得月台的几个姐妹净都差不多到齐了——桂枝香的妹子后来嫁给任主席任子久做小的十三天辣椒,还有她自己的亲妹妹十七月月红——几个人还学洋派凑份子替桂枝香定制了一个三十寸双层的大寿糕,上面足足插了三十根红蜡烛。现在她总该有四十大几了吧?钱夫人又朝窦夫人瞄了一下。窦夫人穿了一身银灰洒朱砂的薄纱旗袍,足上也配了一双银灰闪光的高跟鞋,右手的无名指上戴了一只莲子大的钻戒?左腕也笼了一副白金镶碎钻的手串,发上却插了一把珊瑚缺月钗,一对寸把长的紫瑛坠子直吊下发脚外来,衬得她丰白的面庞愈加雍容矜贵起来。在南京那时,桂枝香可没有这般风光,她记得她那时还做小,窦瑞生也不过是个次长,现在窦瑞生的官大了,桂枝香也扶了正,难为她熬了这些年,到底给她熬出了头了。

"瑞生到南部开会去了,他听说五妹妹今晚要来,还特地着我向你问好呢。"窦夫人笑着侧过头来向钱夫人说道。

"哦,难为窦大哥还那么有心。"钱夫人笑道。一走近正厅,里面一阵人语喧笑便传了出来。窦夫人在正厅门口停了下来,又握住钱夫人的双手笑道:

"五妹妹,你早就该搬来台北了,我一直都挂着,现在你一个人住在南部那种地方有多冷清呢?今夜你是无论如何缺不得席的——十三也来了。"

"她也在这儿吗?"钱夫人问道。

"你知道呀,任子久一死,她便搬出了任家,"窦夫人说着又凑到钱夫人耳边笑道,"任子久是有几份家当的,十三一个人也算过得舒服了。今晚就是她起的哄,来到台湾还是头一遭呢。她把'赏心乐事'票房里的几位朋友搬了来,锣鼓笙箫都是全的,他们还巴望着你上去显两手呢。"

"罢了,罢了,哪里还能来这个玩意儿!"钱夫人急忙挣脱了窦夫人,摆着手笑道。

"客气话不必说了,五妹妹,连你蓝田玉都说不能,别人还敢开腔吗?"窦夫人笑道,也不等钱夫人分辩便挽了她往正厅里走去。

正厅里东一堆西一堆,锦簇绣丛一般,早坐满了衣裙明艳的客人。厅堂异常宽大,呈凸字形,是个中西合璧的款式。左半边置着一堂软垫沙发,右半边置着一堂紫檀硬木桌椅,中间地板上却隔着一张两寸厚刷着二龙抢珠的大地毯。沙发两长四短,对开围着,黑绒底子洒满了醉红的海棠叶儿,中间一张长方矮几上摆了一只两尺高青天细磁胆瓶,瓶里冒着一大蓬金骨红肉的龙须菊。右半边八张紫檀椅子团团围着一张嵌纹石桌面的八仙桌,桌上早布满了各式的糖盒茶具。厅堂凸字尖端,也摆着六张一式的红木靠椅,椅子三三分开,圈了个半圆,中间缺口处却高高竖了一档乌木架流云蝙蝠镶云母片的屏风。钱夫人看见那些椅子上搁满了铙钹琴弦,椅子前端有两个木架,一个架着一只小鼓,另一个却齐齐的插了一排笙箫管笛。厅堂里灯火辉煌,两旁的座灯从地面斜射上来,照得一面大铜锣金光闪烁。

窦夫人把钱夫人先引到厅堂左半边,然后走到一张沙发跟前对一位五十多岁穿了珠灰旗袍、带了一身玉器的女客说道:

"赖夫人,这是钱夫人,你们大概见过面的吧?"

钱夫人认得那位女客是赖祥云的太太,以前在南京时,社交场合里见过几面。那时赖祥云大概是个司令官,来到台湾,报纸上倒常见到他的名字。

"这位大概就是钱鹏公的夫人了?"赖夫人本来正和身旁一位男客在说话,这下才转过身来,打量了钱夫人半晌,款款地立了起来笑着说道。一面和钱夫人握手,一面又扶了头,说道:

"我是说面熟得很!"

然后转向身边一位黑红脸身材硕肥头顶光秃穿了宝蓝丝葛长袍的男客说:

"刚才我还和余参军长聊天,梅兰芳第三次南下到上海在丹桂第一台唱的是什么戏,再也想不起来了。你们瞧,我的记性!"

余参军长老早立了起来,朝着钱夫人笑嘻嘻的行了一个礼说道:

"夫人久违了。那年在南京励志社大会串瞻仰过夫人的风采的。我还记得夫人票的是《游园惊梦》呢!"

"是呀,"赖夫人接嘴道,"我一直听说钱夫人的盛名,今天晚上总算有耳福要领教了。"

钱夫人赶忙向余参军长谦谢了一番,她记得余参军长在南京时来过她公馆一次,可是她又仿佛记得他后来好像犯了什么大案子被革了职退休了。接着窦夫人又引着她过去,把在坐的几位客人都一一介绍一轮。几位夫人太太她一个也不认识,她们的年纪都相当轻,大概来到台湾才兴起来的。

"我们到那边去吧,十三和几位票友都在那儿。"

窦夫人说着又把钱夫人领到厅堂的右手边去。她们两人一过去,一位穿红旗袍的女客便踏着碎步迎了上来,一把便将钱夫人的手臂勾了过去,笑得全身乱颤说道：

"五阿姐，刚才三阿姐告诉我你也要来，我就喜得叫道：'好哇，今晚可真把名角儿给抬了出来了！'"

钱夫人方才听窦夫人说天辣椒蒋碧月也在这里，她心中就踌躇了一番，不知天辣椒嫁了人这些年，可收敛了一些没有。那时大伙儿在南京夫子庙得月台清唱的时候，有风头总是她占先，扭着她们师傅专拣讨好的戏唱。一出台，也不管清唱的规矩，就脸朝了那些捧角的，一双眼睛钩子一般，直伸到台下去。同是一个娘生的，性格儿却差得那么远。论到懂世故，有担待，除了她姐姐桂枝香再也找不出第二个人来。桂枝香那儿的便宜，天辣椒也算捡尽了。任子久连她姐姐的聘礼都下定了，天辣椒却有本事拦腰一把给夺了过去。也亏桂枝香有涵养，等了多少年才委委屈屈做了窦瑞生的偏房。难怪桂枝香老叹息说：是亲妹子才专拣自己的姐姐往脚下踹呢！钱夫人又打量了一下天辣椒蒋碧月，蒋碧月穿了一身火红的缎子旗袍，两只手腕上，铮铮锵锵，直戴了八只扭花金丝镯，脸上勾得十分入时，眼皮上抹了眼圈膏，眼角儿也着了墨，一头蓬得像鸟窝似的头发，两鬓上却刷出几只俏皮的月牙钩来。任子久一死，这个天辣椒比从前反而愈更标劲，愈更佻佻了，这些年的动乱，在这个女人身上，竟找不出半丝痕迹来。

"哪，你们见识见识吧，这位钱夫人才是真正的女梅兰芳呢！"

蒋碧月挽了钱夫人向座上的几位男女票友客人介绍道。

几位男客都慌忙不迭站了起来朝了钱夫人含笑施礼。

"碧月，不要胡说，给这几位内行听了笑话。"

钱夫人一行还礼，一行轻轻责怪蒋碧月道。

"碧月的话倒没有说差，"窦夫人也插嘴笑道，"你的昆曲也算得了梅派的真传了。"

"三阿姐——"

钱夫人含糊叫了一声，想分辩几句。可是若论到昆曲，连钱鹏志也对她说过：

"老五，南北名角我都听过，你的'昆腔'也算是个好的了。"

钱鹏志说，就是为着在南京得月台听了她的《游园惊梦》，回到上海去，日思夜想，心里怎么也丢不下，才又转了回来娶她的。钱鹏志一径对她讲，能得她在身边，唱几句"昆腔"作娱，他的下半辈子也就无所求了。那时她刚在得月台冒红，一句"昆腔"，台下一声满堂采，得月台的师傅说：一个夫子庙算起来，就数蓝田玉唱得最正派。

"就是说呀,五阿姐。你来见见,这位徐经理太太也是个昆曲大王呢,"蒋碧月把钱夫人引到一位着黑旗袍,十分净扮的年轻女客跟前说道,然后又笑着向窦夫人说,"三阿姐,回头我们让徐太太唱'游园',五阿姐唱'惊梦',把这出昆腔的戏祖宗搬出来,让两位名角上去较量较量,也好给我们饱饱耳福。"

那位徐太太连忙立了起来,道了不敢。钱夫人也赶忙谦让了几句,心中却着实嗔怪天辣椒太过冒失,今天晚上这些人,大概没有一个不懂戏的,恐怕这位徐经理太太就现放着是个好角色,回头要真给抬了上去,倒不可以大意呢。运腔转调,这些人都不足畏,倒是在南部这么久,嗓子一直没有认真吊过,却不知如何了。而且裁缝师傅的话果然说中:台北不兴长旗袍喽。在座的——连那个老得脸上起了鸡皮皱的赖夫人在内,个个的旗袍下摆都缩得差不多到膝盖上去了,露出大半截腿子来。在南京那时,哪个夫人的旗袍不是长得快拖到脚面上来了?后悔没有听从裁缝师傅,回头穿了这身长旗袍站出去,不晓得还登不登样。一上台,一亮相,最要紧。那时在南京梅园新村请客唱戏,每次一站上去,还没有开腔就先把那台下压住了。

"程参谋,我把钱夫人交给你了。你不替我好好伺候着,明天罚你作东。"

窦夫人把钱夫人引到一位卅多岁的军官面前笑着说道,然后转身悄声对钱夫人说:"五妹妹,你在这里聊聊,程参谋最懂戏的,我得进去招呼着上席了。"

"钱夫人久仰了。"

程参谋朝着钱夫人,立了正,利落的一鞠躬,行了一个军礼。他穿了一身浅泥色凡立丁的军礼服,外套的翻领上别了一副金亮的两朵梅花中校领章,一双短筒皮靴靠在一起,乌光水滑的。钱夫人看见他笑起来时,咧着一口齐垛垛净白的牙齿,容长的面孔,下巴剃得青亮,眼睛细长上挑,随一双飞扬的眉毛,往两鬓插去,一杆葱的鼻梁,鼻尖却微微下佝,一头墨浓的头发,处处都抿得妥妥贴贴的。他的身段颀长,着了军服分外英发,可是钱夫人觉得他这一声招呼里却又透着几分温柔,半点也没带武人的粗糙。

"夫人请坐。"

程参谋把自己的椅子让了出来,将椅子上那张海绵椅垫挪挪正,请钱夫人就了座,然后立即走到那张八仙桌端了一盅茉莉香片及一个四色糖盒来,钱夫人正要伸出手去接过那盅石榴红的磁杯,程参谋却低声笑道:

"小心烫了手,夫人。"

然后打开了那个描金乌漆糖盒,佝下身去,双手捧到钱夫人面前,笑吟吟地望着钱夫人,等她挑选。钱夫人随手抓了一把松瓤,程参谋忙劝止道:

"夫人,这个东西顶伤嗓子。我看夫人还是尝颗蜜枣,润润喉吧。"

随着便拈起一根牙签挑了一枚蜜枣,递给钱夫人,钱夫人道了谢,将那枚蜜枣接了过来,塞到嘴里,一阵沁甜的蜜味,果然十分甘芳。程参谋另外多搬了一张椅子,在钱夫人右侧坐了下来。

"夫人最近看戏没有?"程参谋坐定后笑着问道。他说话时,身子总是微微倾斜过来,十分专注似的,钱夫人看见他又露了一口白净的牙齿来,灯光下,照得莹亮。

"好久没看了,"钱夫人答道,她低下头去,细细的啜了一口手里那盅香片,"住在南部,难得有好戏。"

"张爱云这几天正在国光戏院演《洛神》呢,夫人。"

"是吗?"钱夫人应道,一直俯着首在饮茶,沉吟了半晌才说道,"我还是在上海天蟾舞台看她演过这出戏——那是好久以前了。"

"她的做工还是在的,到底不愧是'青衣祭酒',把个宓妃和曹子建两个人那段情意,演得细腻到了十分。"

钱夫人抬起头来,触到了程参谋的目光,她即刻侧过了头去,程参谋那双细长的眼睛,好像把人都罩住了似的。

"谁演得这般细腻呀?"天辣椒蒋碧月插了进来笑道,程参谋赶忙立起来,让了座。蒋碧月抓了一把朝阳瓜子,跷起腿嗑着瓜子笑道:"程参谋,人人说你懂戏,钱夫人可是戏里的'通天教主',我看你趁早别在这儿班门弄斧了。"

"我正在和钱夫人讲究张爱云的《洛神》,向钱夫人讨教呢。"程参谋对蒋碧月说着,眼睛却瞟向了钱夫人。

"哦,原来是说张爱云吗?"蒋碧月噗哧笑了一下,"她在台湾教教戏也就罢了,偏偏又要去唱《洛神》,扮起宓妃来也不像呀!上礼拜六我才去国光看来,买到了后排,只见她嘴巴动,声音也听不到,半出戏还没唱完,她嗓子先就哑掉了——嗳唷,三阿姐来请上席了。"

一个仆人拉开了客厅通到饭厅的一扇镂空卍字的桃花心木推门。窦夫人已经从饭厅里走了出来。整座饭厅银素装饰,明亮得像雪洞一般,两桌席上,却是猩红的细布桌面,盆碗羹箸一律都是银的。客人们进去后都你推我让,不肯上坐。

"还是我占先吧,这般让法,这餐饭也吃不成了,倒是辜负了主人这番心意!"

赖夫人走到第一桌的主位坐了下来,然后又招呼着余参军长说道:

"参军长,你也来我旁边坐下吧。刚才梅兰芳的戏,我们还没有论出头绪来呢。"

余参军长把手一拱,笑嘻嘻的道了一声:"遵命。"客人们哄然一笑便都相随入了席。到了第二桌,大家又推让起来了,赖夫人隔着桌子向钱夫人笑着叫道:

"钱夫人,我看你也学学我吧。"

窦夫人便过来拥着钱夫人走到第二桌主位上,低声在她耳边说道:

"五妹妹,你就坐下吧。你不占先,别人不好入座的。"

钱夫人环视了一下,第二桌的客人都站在那儿带笑瞅着她。钱夫人赶忙含糊地推辞了两句,坐了下去,一阵心跳,连她的脸都有点发热了。倒不是她没经过这种场面,好久没有应酬,竟有点不惯了。从前钱鹏志在的时候,筵席之间,十有八九的主位,倒是她占先的。钱鹏志的夫人当然上座,她从来也不必推让。南京那起夫人太太们,能僭过她辈份的,还数不出几个来。她可不能跟那些官儿的姨太太们去比,她可是钱鹏志明公正道迎回去做填房夫人的。可怜桂枝香那时出面请客都没份儿,连生日酒还是她替桂枝香做的呢。到了台湾,桂枝香才敢这么出头摆场面,而她那时才冒二十岁,一个清唱的姑娘,一夜间便成了将军夫人了。卖唱的嫁给小户人家还遭多少议论,又何况是入了侯门?连她亲妹子十七月月红还刻薄过她两句:姐姐,你的辫子也该铰了,明日你和钱将军走在一起,人家还以为你是她的孙女儿呢!钱鹏志娶她那年已经六十靠边了,然而怎么说她也是他正正经经的填房夫人啊。她明白她的身份,她也珍惜她的身份。跟了钱鹏志那十几年,筵前酒后,哪次她不是捏着一把冷汗,怎是多大的场面,总是应付得妥妥贴贴的?走在人前,一样风华蹁跹,谁又敢议论她是秦淮河得月台的蓝田玉了?

"难为你了,老五。"

钱鹏志常常抚着她的腮对她这样说道。她听了总是心里一酸,许多的委屈却是没法诉的。难道她还能怨钱鹏志吗?是她自己心甘情愿的。钱鹏志娶她的时候就分明和她说清楚了。他是为着听了她的《游园惊梦》才想把她接回去伴他的晚年的。可是她妹子月月红说的呢,钱鹏志好当她的爷爷了,她还要希冀什么?到底应了得月台瞎子师娘那把铁嘴:五姑娘,你们这种人只有嫁给年纪大的,当女儿一般疼惜算了。年轻的,哪里靠得住?可是瞎子师娘偏偏又捏着她的手,眨巴着一双青光眼叹息道:荣华富贵你是享定了,蓝田玉,只可惜你长错了一根骨头,也是你前世的冤孽!不是冤孽还是什么?除却天上的月亮摘不到,世上的金银财宝,钱鹏志怕不都设法捧了来讨她的欢心。她体验得出钱鹏志那番苦心。钱鹏志怕她念着出身低微,在达官贵人面前气馁胆怯,总是百般怂恿着她,讲排场,耍派头。梅园新村钱夫人宴客的款式怕不噪反了整个南京城,钱公馆里的酒席钱,"袁大头"就用得罗过花啦的。单就替桂枝香请生日酒那天吧,梅园新村的公馆里一摆就是十台,厚笛的是仙霓社里大江南北第一把笛子吴声豪,大厨师却是花了十块大洋特别从桃叶渡的绿柳居接来的。

"窦夫人,你们大师傅是哪儿请来的呀?来到台湾我还是头一次吃到这么讲究的鱼翅呢。"赖夫人说道。

"他原是黄钦之黄部长家在上海时候的厨子,来台湾才到我们这儿的。"窦夫人答道。

"那就难怪了,"余参军长接口道,"黄钦公是有名的美食家呢。"

"哪天要能借到府上的大师傅去烧个翅,请起客来就风光了。"赖夫人说道。

"那还不容易?我也乐得去白吃一餐呢!"窦夫人说,客人们都笑了起来。

"钱夫人,请用碗翅吧。"程参谋盛了一碗红烧鱼翅,加了一匙羹镇江醋,搁在钱夫人面前,然后又低声笑道:

"这道菜,是我们公馆里出了名的。"

钱夫人还没来得及尝鱼翅,窦夫人却从隔壁桌子走了过来,敬了一轮酒,特别又叫程参谋替她斟满了,走到钱夫人身边,按着她的肩膀笑道:

"五妹妹,我们俩儿好久没对过杯了。"

说完便和钱夫人碰了一下杯,一口喝尽,钱夫人也细细的干掉了。窦夫人离开时又对程参谋说道:

"程参谋,好好替我劝酒啊。你长官不在,你就在那一桌替他做主人吧。"

程参谋立起来,执了一把银酒壶,弯了身,笑吟吟便往钱夫人杯里筛酒,钱夫人忙阻止道:

"程参谋,你替别人斟吧,我的酒量有限得很。"

程参谋却站着不动,望着钱夫人笑道:

"夫人,花雕不比别的酒,最易发散。我知道夫人回头还要用嗓子,这个酒暖得正好,少喝点儿,不会伤喉咙的。"

"钱夫人是海量,不要饶过她!"

坐在钱夫人对面的蒋碧月却走了过来,也不用人让,自己先斟满了一杯,举到钱夫人面前笑道:

"五阿姐,我也好久没有和你喝过双盅儿了。"

钱夫人推开了蒋碧月的手,轻轻咳了一下说道:

"碧月,这样喝法要醉了。"

"到底是不赏妹子的脸,我喝双份儿好了,回头醉了,最多让他们抬回去就是啦。"

蒋碧月一仰头便干了一杯,程参谋连忙捧上另一杯,她也接过去一气干了,然后把个银酒杯倒过来,在钱夫人脸上一晃。客人们都鼓起掌来喝道:

"到底是蒋小姐豪兴!"

钱夫人只得举起了杯子,缓缓的将一杯花雕饮尽。酒倒是烫得暖暖的,一下喉,就像一股热流般,周身游荡起来了。可是台湾的花雕到底不及大陆的那么醇厚,饮下去终究有点割喉。虽说花雕容易发散,饮急了,后劲才凶呢。没想到真正从绍兴办来的那些陈年花雕也那么伤人。那晚到底中了她们的道儿!她们大伙儿都说,几杯花雕哪里就能把嗓子喝哑了?难得是桂枝香的好日子,姐妹们不知何日才能聚得齐,主人尚且不开怀,客人哪能尽兴呢?连月月红十七也夹在里面起哄:姐姐,我们姐妹俩儿也来干一杯,亲热亲热一下。月月红穿了一身大金大红的缎子旗袍,艳得像只鹦哥儿,一双眼睛,鹘伶伶地尽是水光。姐姐不赏脸,她说,姐姐到底不赏妹子的脸,她说道。逞够了强,捡够了便宜,还要赶说风凉话。难怪桂枝香叹息:是亲妹子才专拣自己的姐姐往脚下踹呢。月月红——就算她年轻不懂事,可是他郑彦青就不该也跟了来胡闹了。他也捧了满满的一杯酒,咧着一口雪白的牙齿说道:夫人,我也来敬夫人一杯。他喝得两颧鲜红,眼睛烧得像两团黑火,一双带刺的马靴啪哒一声并在一起,弯着身腰柔柔的叫道:夫人——。

"这下该轮到我了,夫人。"程参谋立起身,双手举起了酒杯,笑吟吟地说道。

"真的不行了,程参谋。"钱夫人微俯着首,喃喃说道。

"我先干三杯,表示敬意,夫人请随意好了。"

程参谋一连便喝了三杯,一片酒晕把他整张脸都盖了过去了。他的额头发出了亮光,鼻尖上也冒出几颗汗珠子来。钱夫人端起了酒杯,在唇边略略沾了一下。程参谋替钱夫人抬了一只贵妃鸡的肉翅,自己也挟了一个鸡头来过酒。

"嗳唷,你敬的是什么酒呀?"

对面蒋碧月站起来,一伸头前去嗅了一下余参军长手里那杯酒,尖着嗓门叫了起来,余参军长正捧着一只与众不同的金色鸡缸杯在敬蒋碧月的酒。

"蒋小姐,这杯是'通宵酒'哪。"余参军长笑嘻嘻的说道,他那张黑红脸早已喝得像猪肝似的了。

"呀呀啐,何人与你们通宵哪!"蒋碧月把手一挥,操起戏白说道。

"蒋小姐,百花亭里还没摆起来,你先就'醉酒'了。"赖夫人隔着桌子笑着叫道,客人们又一声哄笑起来。窦夫人也站了起来对客人们说道:

"我们也该上场了,请各位到客厅那边宽坐去吧。"

客人们都立了起来,赖夫人带头,鱼贯而入进到客厅里,分别坐下。几位男票友却走到那档屏风面前几张红木椅子就了座,一边调弄起管弦来。六个人,除了胡琴外,一个拉二胡,一个弹月琴,一个管小鼓拍板,另外两个人立着,一个擎了一对铙钹,一个手里却吊了一面大铜锣。

"夫人,那位杨先生真是把好胡琴,他的笛子,台湾还找不出第二个人呢,回头你听他一吹,就知道了。"

程参谋指着那位操胡琴姓杨的票友,在钱夫人耳根下说道。钱夫人微微斜靠在一张单人沙发上,程参谋在她身旁一张皮垫矮圆凳上坐了下来。他又替钱夫人沏了一盅茉莉香片,钱夫人一面品着茶,一面顺着程参谋的手,朝那位姓杨的票友望去。那位姓杨的票友约莫五十上下,穿了一件古铜色起暗团花的熟罗长衫,面貌十分清癯,一双手指修长,洁白得像十管白玉一般,他将一柄胡琴从布袋子里抽了出来,腿上垫上一块青搭布,将胡琴搁在上面,架上了弦弓,随便咿呀的调了一下,微微将头一垂,一扬手,猛地一声胡琴,便像抛线一般窜了起来,一段《夜深沉》,奏得十分清脆嘹亮,一奏毕,余参军长头一个便跳了起来叫了声:"好胡琴!"客人们便也都鼓起掌来。接着锣鼓齐鸣,奏出了一只《将军令》的上场牌子来。窦夫人也跟着满客厅一一去延请客人们上场演唱,正当客人们互相推让间,余参军长已经拥着蒋碧月走到胡琴那边,然后打起丑腔叫道:

"启娘娘,这便是百花亭了。"

蒋碧月双手捂着嘴,笑得前俯后仰,两只腕上几个扭花金镯子,铮铮锵锵的抖响着。客人们都跟着喝采,胡琴便奏出了《贵妃醉酒》里的四平调。蒋碧月身也不转,面朝了客人便唱了起来。唱到过门的时候,余参军长跑出去托了一个朱红茶盘进来,上面搁了那只金色的鸡缸杯,一手撩了袍子,在

蒋碧月跟前做了半跪的姿势,效那高力士叫道:

"启娘娘,奴婢敬酒。"

蒋碧月果然装了醉态,东歪西倒的做出了种种身段,一个卧鱼弯下身去,用嘴将那只酒杯衔了起来,然后又把杯子哨啷一声掷到地上,唱出了两句:

> 人生在世如春梦
> 且自开怀饮几盅

客人们早笑得滚做了一团,窦夫人笑得岔了气,沙着喉咙对赖夫人喊道:

"我看我们碧月今晚真的醉了!"

赖夫人笑得直用绢子揩眼泪,一面大声叫道:

"蒋小姐醉了倒不要紧,只是莫学那杨玉环又去喝一缸醋就行了。"

客人们正在闹着要蒋碧月唱下去,蒋碧月却摇摇摆摆的走了下来,把那位徐太太给抬了上去,然后对客人们宣布道:

"'赏心乐事'的昆曲台柱来给我们唱'游园'了,回头再请另一位昆曲皇后梅派正宗传人——钱夫人来接唱'惊梦'。"

钱夫人赶忙抬起了头来,将手里的茶杯搁到左边的矮几上,她看见徐太太已经站到了那档屏风前面,半背着身子,一只手却扶在插笙箫的那只乌木架上。她穿了一身净黑的丝绒旗袍,脑后松松的挽了一个贵妇髻,半面脸微微向外,莹白的耳垂露在发外,上面吊着一丸翠绿的坠子。客厅里几只喇叭形的座灯像数道注光,把徐太太那窈窕的身影,袅袅娜娜地推送到那档云母屏风上去。

"五阿姐,你仔细听听,看看徐太太的'游园'跟你唱的可有个高下。"

蒋碧月走了过来,一下子便坐到了程参谋的身边,伸过头来,一只手拍着钱夫人的肩,悄声笑着说道。

"夫人,今晚总算我有缘,能领教夫人的'昆腔'了。"

程参谋也转过头来,望着钱夫人笑道。钱夫人睇着蒋碧月手腕上那几只金光乱窜的扭花镯子,她忽然感到一阵微微的晕眩,一股酒意涌上了她的脑门似的,刚才灌下去的那几杯花雕好像渐渐着力了,她觉得两眼发热,视线都有点朦胧起来。蒋碧月身上那袭红旗袍如同一团火焰,一下子明晃晃的烧到了程参谋的身上,程参谋衣领上那几枚金梅花,便像火星子般,跳跃了起来。蒋碧月的一对眼睛像两丸黑水银在她醉红的脸上溜转着,程参谋那双细长的眼睛却眯成了一条缝,射出了逼人的锐光,两张脸都向着她,一齐咧着整齐的白牙,朝她微笑着,两张红得发油光的面靥渐渐的靠拢起来,凑在一块儿,咧着白牙,朝她笑着。笛子和洞箫都鸣了起来,笛音如同流水,把靡靡下沉的箫声又托了起来,送进"游园"的"皂罗袍"中去——

  原来姹紫嫣红开遍
  似这般都付与断井颓垣
  良辰美景奈何天
  便赏心乐事谁家院——

  杜丽娘唱的这段"昆腔"便算是昆曲里的警句了。连吴声豪也说:钱夫人,您这段《皂罗袍》便是梅兰芳也不能过的。可是吴声豪的笛子却偏偏吹得那么高(吴师傅,今晚让她们灌多了,嗓子靠不住,你换枝调门儿低一点儿的笛子吧)。吴声豪说,练嗓子的人,第一要忌酒;然而月月红十七却端着那杯花雕过来说道:姐姐,我们姐妹俩儿也来干一杯。她穿得大金大红的,还要说:姐姐,你不赏脸。不是这样说,妹子,不是姐姐不赏脸,实在为着他是姐姐命中的冤孽。瞎子师娘不是说过:荣华富贵——蓝田玉,可惜你长错了一根骨头。冤孽啊。他可不就是姐姐命中招的冤孽了?懂吗?妹子,冤孽。然而他也捧着酒杯过来叫道:夫人。他笼着斜皮带,戴着金亮的领章,腰干扎得挺细,一双带白铜刺的长筒马靴乌光水滑的啪哒一声靠在一起,眼皮都喝得泛了桃花,却叫道:夫人。谁不知道南京梅园新村的钱夫人呢?钱鹏公,钱将军的夫人啊。钱鹏志的夫人。钱鹏志的随从参谋。钱将军的夫人。钱将军的参谋。钱将军。难为你了,老五,钱鹏志说道,可怜你还那么年轻。然而年轻人哪里会有良心呢?瞎子师娘说,你们这种人,只有年纪大的才懂得疼惜啊。荣华富贵——只可惜长错了一根骨头。懂吗?妹子,他就是姐姐命中招的冤孽了。钱将军的夫人。钱将军的随从参谋。将军夫人。随从参谋。冤孽,我说。冤孽,我说。(吴师傅,换枝低一点儿的笛子吧,我的嗓子有点不行了。哎,这段《山坡羊》。)

  没乱里春情难遣
  蓦地里怀人幽怨
  则为俺生小婵娟
  拣名门一例一例里神仙眷
  甚良缘把青春抛的远
  俺的睡情谁见——

那团红火焰又熊熊的冒了起来了,烧得那两道飞扬的眉毛,发出了青湿的汗光。两张醉红的脸又渐渐的靠拢在一处,一齐咧着白牙,笑了起来。笛子上那几根玉管子似的手指,上下飞跃着。那袭袅袅的身影儿,在那档雪青的云母屏风上,随着灯光,仿仿佛佛地摇曳起来。笛声愈来愈低沉,愈来愈凄咽,好像把杜丽娘满腔的怨情都吹了出来似的。杜丽娘快要入梦了,柳梦梅也该上场了。可是吴声豪却说,"惊梦"里幽会那一段,最是露骨不过的。(吴师傅,低一点儿吧,今晚我喝多了酒。)然而他却偏捧着酒杯过来叫道:夫人。他那双乌光水滑的马靴啪哒一声靠在一处,一双白铜马刺扎得人的眼睛都发疼了。他喝得眼皮泛了桃花,还要那么叫道:夫人。我来扶你上马,夫人,他说道,他的马裤把两条修长的腿子绷得滚圆,夹在马肚子上,像一双钳子。他的马是白的,路也是白的,树干子也是白的,他那匹白马在猛烈的太阳底下照得发了亮。他们说:到中山陵的那条路上两旁种满了白桦树。他那匹白马在桦树林子里奔跑起来,活像一头麦秆丛中乱窜的白兔儿。太阳照在马背上,蒸出了一缕缕的白烟来。一匹白的。一匹黑的——两匹马都在淌着汗。而他身上却沾满了触鼻的马汗。他的眉毛变得碧青,眼睛像两团烧着了的黑火,汗珠子一行行从他额上流到他鲜红的颧上来。太阳,我叫道。太阳照得人的眼睛都睁不开了。那些树干子,又白净,又细滑,一层层的树皮都卸掉了,露出里面赤裸裸的嫩肉来。他们说:那条路上种满了白桦树。太阳,我叫道,太阳直射到人的眼睛上来了。于是他便放柔了声音唤道:夫人。钱将军的夫人。钱将军的随从参谋。钱将军的——老五,钱鹏志叫道,他的喉咙已经咽住了。老五,他瘖痖的喊道,你要珍重吓。他的头发乱得像一丛枯白的茅草,他的眼睛坑出了两只黑窟窿,他从白床单下伸出他那只瘦黑的手来,说道,珍重吓,老五。他抖索索的打开了那只描金的百宝匣儿,这是祖母绿,他取出了第一层抽屉。这是猫儿眼。这是翡翠叶子。珍重吓,老五,他那乌青的嘴皮颤抖着,可怜你还这么年轻。荣华富贵——只可惜你长错了一根骨头。冤孽,妹子,他就是姐姐命中招的冤孽了。你听我说,妹子,冤孽呵。荣华富贵——可是我只活过那么一次。懂吗?妹子,他就是我的冤孽了。荣华富贵——只有那一次。荣华富贵——我只活过一次。懂吗?妹子,你听我说,妹子。姐姐不赏脸,月月红却端着酒过来说道,她的眼睛亮得剩了两泡水。姐姐到底不赏妹子的脸,她穿得一身大金大红的,像一团火一般,坐到了他的身边去。(吴师傅,我喝多了花雕。)

迁延,这衷怀那处言
淹煎,泼残生除问天——

就在那一刻,泼残生——就在那一刻,她坐到他身边,一身大金大红的,就是那一刻,那两张醉红的面孔渐渐的凑拢在一起,就在那一刻,我看到了他们的眼睛:她的眼睛,他的眼睛。完了,我知道,就在那一刻,除问天——(吴师傅,我的嗓子。)完了,我的喉咙,摸摸我的喉咙,在发抖吗?完了,在发抖吗?天——(吴师傅,我唱不出来了。)天——完了,荣华富贵——可是我只活过一次,——冤孽、冤孽、冤孽——天——(吴师傅,我的嗓子。)——就在那一刻:就在那一刻,哑掉了——天——天——天————

"五阿姐,该是你'惊梦'的时候了。"蒋碧月站了起来,走到钱夫人面前,伸出了她那一双戴满了扭花金丝镯的手臂,笑吟吟的说道。

"夫人——"程参谋也立了起来,站在钱夫人跟前,微微倾着身子,轻轻的叫道。

"五妹妹,请你上场吧。"窦夫人走了过来,一面向钱夫人伸出手说道。

锣鼓笙箫一齐鸣了起来,奏出了一只《万年欢》的牌子。客人们都倏地离了座,钱夫人看见满客厅里都是些手臂交挥拍击,把徐太太团团围在客厅中央。笙箫管笛愈吹愈急切,那面铜锣高高的举了起来,敲得金光乱闪。

"我不能唱了。"钱夫人望着蒋碧月,微微摇了摇两下头,喃喃说道。

"那可不行,"蒋碧月一把捉住了钱夫人的双手,"五阿姐,你这位名角儿今晚无论如何逃不掉的。"

"我的嗓子哑了。"钱夫人突然用力摔开了蒋碧月的双手,嘎声说道,她觉得全身的血液一下子都涌到头上来了似的,两腮滚热,喉头好像让刀片猛割了一下,一阵阵的刺痛起来。她听见窦夫人插进来说:

"五妹妹不唱算了——余参军长,我看今晚还是你这位黑头来压轴吧。"

"好呀,好呀,"那边赖夫人马上响应道,"我有好久没有领教余参谋军长的'八大锤'了。"

说着赖夫人便把余参军长推到了锣鼓那边。余参军长一站上去,便拱了手朝下面道了一声"献丑",客人们一阵哄笑,他便开始唱了一段金兀术上场时的"点绛唇":一面唱着,一面又撩起了袍子,做了个上马的姿势,踏着马步便在客厅中央环走起来,他那张宽肥的醉脸涨得紫红,双眼圆睁,两道粗眉一齐竖起,几声呐喊,把胡琴都压了下去。赖夫人笑得弯了腰,跑上去,跟在余参军长后头直拍着手,蒋碧月即刻上去加入了他们的行列,不停的尖尖嗓子叫着:"好黑头!好黑头!"另外几位女客也上去跟了她们喝采,团团围走,于是客厅里的笑声便一阵比一阵暴涨了起来。余参军长一唱毕,几个着白衣黑裤的女佣已经端了一碗碗的红枣桂圆汤进来让客人们润喉了。

窦夫人引了客人们走到屋外露台上的时候,外面的空气里早充满了风露,客人们都穿上了大衣,窦夫人却围了一张白丝大披肩,走到了台阶的下端去。钱夫人立在露台的石栏旁边,往天上望去,她看见那片秋月恰恰的升到中天,把窦公馆花园里的树木路阶都照得镀了一层白霜,露台上那十几盆桂花,香气却比先前浓了许多,像一阵湿雾似的,一下子罩到了她的面上来。

"赖将军夫人的车子来了。"刘副官站在台阶下面,往上大声通报各家的汽车。头一辆开进来的,便是赖夫人那辆黑色崭新的林肯,一个穿着制服的司机赶忙跳了下来,打开车门,弯了腰必恭必敬的候着。赖夫人走下台阶,和窦夫人道了别,把余参军长也带上了车,坐进去后,却伸出头来向窦夫人笑道:

"窦夫人,府上这一夜戏,就是当年梅兰芳和金少山也不能过的。"

"可是呢,"窦夫人笑着答道,"余参军长的黑头真是赛过金霸王了。"

立在台阶上的客人都笑了起来,一齐向赖夫人挥手作别。第二辆开进来的,却是窦夫人自己的小轿车,把几位票友客人都送走了。接着程参谋自己开了一辆吉普军车进来,蒋碧月马上走了下去,捞起旗袍,跨上车子去,程参谋赶着过来,把她扶上了司机旁边的座位上,蒋碧月却歪出半个身子来笑道:

"这辆吉普车连门都没有,回头怕不把我摔出马路上去呢。"

"小心点开啊,程参谋。"窦夫人说道,又把程参谋叫了过去,附耳嘱咐了几句,程参谋直点着头笑应道:

"夫人请放心。"

然后他朝了钱夫人,立了正,深深的行了一个礼,抬起头来笑道:

"钱夫人,我先告辞了。"

说完便利落的跳上了车子,发了火,开动起来。

"三阿姐再见!五阿姐再见!"

蒋碧月从车门伸出手来,不停的招挥着,钱夫人看见她臂上那一串扭花镯子,在空中划了几个金圈圈。

"钱夫人的车子呢?"客人快走尽的时候,窦夫人站在台阶下问刘副官道。

"报告夫人,钱将军夫人是坐计程车来的。"刘副官立了正答道。

"三阿姐——"钱夫人站在露台上叫了一声,她老早就想跟窦夫人说替她叫一辆计程车来了,可是刚才客人多,她总觉得有点堵口。"

"那么我的汽车回来,立刻传进来送钱夫人吧。"窦夫人马上接口道。

"是,夫人。"刘副官接了命令便退走了。

窦夫人回转身,便向着露台走了上来,钱夫人看见她身上那块白披肩,在月光下,像朵云似的簇拥着她。一阵风掠过去,周遭的椰树都沙沙地鸣了起来,把窦夫人身上那块大披肩吹得姗姗扬起,钱夫人赶忙用手把大衣领子锁了起来,连连打了两个寒噤,刚才滚热的面腮,吃这阵凉风一逼,汗毛都张开了。

"我们进去吧,五妹妹,"窦夫人伸出手来,搂着钱夫人的肩膀往屋内走去,"我去叫人沏壶茶来,我们俩儿正好谈谈心——你这么久没来,可发觉台北变了些没有?"

钱夫人沉吟了半晌,侧过头来答道:

"变多喽。"

走到房子门口的时候,她又轻轻的加了一句:

"变得我都快不认识了——起了好多新的高楼大厦。"

(选自《白先勇文集》第 5 卷,花城出版社 2009 年版。)

【简析】

多年前第一次读《游园惊梦》,惊异于作者感受的幽微、逼真,才明白他对人生梦幻般的书写里,有多么惊人的体悟在。在寂寞的冷思里,催生了一个个旧梦。我们不妨把他的作品看成一种温馨的演奏。岁月流逝里的人生,明与暗在天人之际闪着苦影,把无数生命卷入空寂之所。白先勇在《游园惊梦》中写了钱夫人戏里戏外的人生。她和当年在一起的姐妹们曾有无数可感的故事,都是昆曲界的高手,有过声震四座的艺术表达,但是后来,她和战败的队伍逃到台湾,一切都变了。丈夫的死,己身的衰老,已不复当年的光景。在友人的聚会上,竟唱不出声来,往事历历,不知戏是梦呢,还是梦是戏,一切仿佛在云雾之中。主人公在感伤里顾盼流连,翻卷着心绪,是无可奈何的声声叹息。

白先勇懂得戏曲,他知道,那些美丽的存在不过是无数生命苦难的结晶,支撑艺术的是背后看不见的存在。对昆曲的痴迷,给他生命带来了诸多诗意的亮点。这一古老的艺术因其内蕴的丰沛与格式的特别,而使其找到驻足之所,他在其中看到的是大千世界里的隐秘。昆曲在盘绕里有柔软的情感对白,这一远离俗谛的吟哦,其实与人性的隐秘距离更近。与简约、粗俗的曲调和表演比,昆曲在含蓄之中有大的哀凉的流动。但在白先勇看来,戏与人生，其实在一个时空里，梨园里的故事，更有动人之处。他对梨园行的人与事那么熟悉，不仅迷恋曲调里的人生，也深味那歌咏曲调的不同境遇。小说写昆曲演奏时的场景，大有贵族的意味，仿佛把晚明士大夫的悠扬调子召唤了出来。但偏偏是战乱，从南京到台北，从显赫的地位到孤寂的晚景，昆腔所唱者，也演绎着不同的人生。当年自己在戏里感叹历史人物的恩怨是非，而今钱夫人也不由被他人所感叹。一切都在流逝，连同自己的生命。那华贵、飘逸的曲调，似乎印有自己的谶语，钱夫人的惊梦之中，有戏台内外的沧桑一现，也有戏曲里的真谛体悟，两者在一个天地间被楚楚动人地呈现出来。

戏曲界并非和风细雨，不同人在这里弹拉歌舞，其实也各怀心事。审美的殿堂也有江湖，在忘我的咏叹里，我们未尝看不见那些暗影的飘动。昆曲的美，在于古人把情调提纯化，那是东方神秘主义的一隅，一神秘，就有不测的悲凉。《游园惊梦》借着那曲调与神色，把聚会大厅写得那么热闹，作态的军官、富贵的太太、奢侈的酒宴、热闹的弹唱，一切都是风雅的流转。但这热闹里，却有寂静的苦心的煎熬，我们看到了钱夫人冰冷的内心。在繁花似锦之中，白先勇给了我们一个寂寞的人生，那感叹，是渗入骨髓的。

【思考题】

1. 白先勇对命运的感悟，有一种悲凉之感。作品内在的韵致给读者深刻的印象。这种笔触，消解了一般的意识形态的理念，对历史与人物的看法有别样的思路。这大概是受到了佛教影响的缘故。试谈其梦如戏剧、戏剧如梦的审美精神与佛家理念的关系。

2. 你怎样理解这篇小说的叙述语态？白先勇的语言特点是什么？他的作品是否透露出文体家的意味？

【拓展阅读】

1. 余秋雨：《风霜行旅》，见《白先勇文集》第4卷，花城出版社2009年版。

2. 林怀民：《白先勇回家》，见《白先勇文集》第4卷，花城出版社2009年版。

第十四章　铁　凝

　　铁凝(1957—　)，祖籍河北赵县，生于北京。当代著名作家，现任中国作家协会主席。1975年于保定高中毕业后到农村插队，1979年回保定并任《花山》编辑。《哦，香雪》获1983年全国优秀短篇小说奖。《没有纽扣的红衬衫》获1983年全国优秀中篇小说奖，据之改编的电影《红衣少女》获中国电影"金鸡奖""百花奖"最佳故事片奖。1984年《六月的话题》获全国优秀短篇小说奖。出版有短篇小说集《安德烈的晚上》《麦秸垛》《永远有多远》等，长篇小说《玫瑰门》《无雨之城》《大浴女》《笨花》等，散文集《草戒指》《惊异是美丽的》等，散文集《女人的白夜》获中国首届"鲁迅文学奖""老舍文学奖"。散文随笔集《遥远的完美》获第二届冰心散文奖。多部作品译成英、俄、德等多国文字。

　　铁凝的创作，有一股清新之风。她写乡下的生活，有一种温情的调子，能够注意到人性的亮色的存在。那里有欣赏，也有惊讶。因为在读人的时候，诸多先前所没有经历的经验联翩而至，便有留住它们的冲动。即便是与残忍的世界面对，都不愿意放弃那吸引过自己的亮色。她的创作，延续了孙犁的传统，又有自己独特的东西，对文坛有相当的辐射力。

哦，香雪

　　如果不是有人发明了火车，如果不是有人把铁轨铺进深山，你怎么也不会发现台儿沟这个小村。它和它的十几户乡亲，一心一意掩藏在大山那深深的皱褶里，从春到夏，从秋到冬，默默地接受着大山任意给予的温存和粗暴。

　　然而，两根纤细、闪亮的铁轨延伸过来了。它勇敢地盘旋在山腰，又悄悄地试探着前进，弯弯曲曲，曲曲弯弯，终于绕到台儿沟脚下，然后钻进幽暗的隧道，冲向又一道山梁，朝着神秘的远方奔去。

不久，这条线正式营运，人们挤在村口，看见那绿色的长龙一路呼啸，挟带着来自山外的陌生、新鲜的清风，擦着台儿沟贫弱的脊背匆匆而过。它走得那样急忙，连车轮辗轧钢轨时发出的声音好像都在说：不停不停，不停不停！是啊，它有什么理由在台儿沟站脚呢，台儿沟有人要出远门吗？山外有人来台儿沟探亲访友吗？还是这里有石油储存，有金矿埋藏？台儿沟，无论从哪方面讲，都不具备挽留火车在它身边留步的力量。

可是，记不清从什么时候起，列车时刻表上，还是多了"台儿沟"这一站。也许乘车的旅客提出过要求，他们中有哪位说话算数的人和台儿沟沾亲；也许是那个快乐的男乘务员发现台儿沟有一群十七八岁的漂亮姑娘，每逢列车疾驶而过，她们就成帮搭伙地站在村口，翘起下巴，贪婪、专注地仰望着火车。有人朝车厢指点，不时能听见她们由于互相捶打而发出的一两声娇嗔的尖叫。也许什么都不为，就因为台儿沟太小了，小得叫人心疼，就是钢筋铁骨的巨龙在它面前也不能昂首阔步，也不能不停下来。总之，台儿沟上了列车时刻表，每晚七点钟，由首都方向开往山西的这列火车在这里停留一分钟。

这短暂的一分钟，搅乱了台儿沟以往的宁静。从前，台儿沟人历来是吃过晚饭就钻被窝，他们仿佛是在同一时刻听到了大山无声的命令。于是，台儿沟那一小片石头房子在同一时刻忽然完全静止了，静得那样深沉、真切，好像在默默地向大山诉说着自己的虔诚。如今，台儿沟的姑娘们刚把晚饭端上桌就慌了神，她们心不在焉地胡乱吃几口，扔下碗就开始梳妆打扮。她们洗净蒙受了一天的黄土、风尘，露出粗糙、红润的面色，把头发梳得乌亮，然后就比赛着穿出最好的衣裳。有人换上过年时才穿的新鞋，有人还悄悄往脸上涂点胭脂。尽管火车到站时已经天黑，她们还是按照自己的心思，刻意斟酌着服饰和容貌。然后，她们就朝村口，朝火车经过的地方跑去。香雪总是第一个出门，隔壁的凤娇第二个就跟了出来。

七点钟，火车喘息着向台儿沟滑过来，接着一阵空哐乱响，车身震颤一下，才停住不动了。姑娘们心跳着拥上前去，像看电影一样，挨着窗口观望。只有香雪躲在后边，双手紧紧捂着耳朵。看火车，她跑在最前边；火车来了，她却缩到最后去了。她有点害怕它那巨大的车头，车头那么雄壮地喷吐着白雾，仿佛一口气就能把台儿沟吸进肚里。它那撼天动地的轰鸣也叫她感到恐惧。在它跟前，她简直像一叶没根的小草。

"香雪，过来呀！看！"凤娇拉过香雪，向一个妇女头上指，她指的是那个妇女头上别着的那一排排金圈圈。

"怎么我看不见?"香雪微微眯着眼睛说。

"就是靠里边那个,那个大圆脸。看!还有手表哪,比指甲盖还小哩!"凤娇又有了新发现。

香雪不言不语地点着头,她终于看见了妇女头上的金圈圈和她腕上比指甲盖还要小的手表。但她也很快就发现了别的。"皮书包!"她指着行李架上一只普通的棕色人造革学生书包,就是那种连小城市都随处可见的学生书包。

尽管姑娘们对香雪的发现总是不感兴趣,但她们还是围了上来。

"哟,我的妈呀!你踩着我脚啦!"凤娇一声尖叫,埋怨着挤上来的一位姑娘。她老是爱一惊一乍的。

"你咋呼什么呀,是想叫那个小白脸和你搭话了吧?"被埋怨的姑娘也不示弱。

"我撕了你的嘴!"凤娇骂着,眼睛却不由自主地朝第三节车厢的车门望去。

那个白白净净的年轻乘务员真下车来了。他身材高大,头发乌黑,说一口漂亮的北京话。也许因为这点,姑娘们私下里都叫他"北京话"。"北京话"双手抱住胳膊肘,和她们站得不远不近地说:"喂,我说小姑娘们,别扒窗户,危险!"

"哟,我们小,你就老了吗?"大胆的凤娇回敬了一句。

姑娘们一阵大笑,不知谁还把凤娇往前一搡,弄得她差点撞在他身上。这一来反倒更壮了凤娇的胆:"喂,你们老呆在车上不头晕?"她又问。

"房顶子上那个大刀片似的,那是干什么用的?"又一个姑娘问。她指的是车厢里的电扇。

"烧水在哪儿?"

"开到没路的地方怎么办?"

"你们城市里一天吃几顿饭?"香雪也紧跟在姑娘们后边小声问了一句。

"真没治!""北京话"陷在姑娘们的包围圈里,不知所措地嘟囔着。

快开车了,她们才让出一条路,放他走。他一边看表,一边朝车门跑去,跑到门口,又扭头对她们说:"下次吧,下次告诉你们!"他的两条长腿灵巧地向上一跨就上了车,接着一阵叽哩哐啷,绿色的车门就在姑娘们面前沉重地合上了。列车一头扎进黑暗,把她们撇在冰冷的铁轨旁边。很久,她们还能感觉到它那越来越轻的震颤。

一切又恢复了寂静,静得叫人惆怅。姑娘们走回家去,路上总要为一点小事争论不休:

"谁知道别在头上的金圈圈是几个?"

"八个。"

"九个。"

"不是!"

"就是!"

"凤娇,你说哪?"

"她呀,还在想'北京话'哪!"有人开起了凤娇的玩笑。

"去你的,谁说谁就想。"凤娇说着捏了一下香雪的手,意思是叫香雪帮腔。

香雪没说话,慌得脸都红了。她才十七岁,还没学会怎样在这种事上给人家帮腔。

"他的脸多白呀!"那个姑娘还在逗凤娇。

"白?还不是在那大绿屋里捂的。叫他到咱台儿沟住几天试试。"有人在黑影里说。

"可不,城里人就靠捂。要论白,叫他们和咱香雪比比。咱们香雪,天生一副好皮子,再照火车上那些闺女的样儿,把头发烫成弯弯绕,啧啧!'真没治'。凤娇姐,你说是不是?"

凤娇不接茬儿,松开了香雪的手。好像姑娘们真在贬低她的什么人一样,她心里真有点替他抱不平呢。不知怎么的,她认定他的脸绝不是捂白的,那是天生。

香雪又悄悄把手送到凤娇手心里,她示意凤娇握住她的手,仿佛请求凤娇的宽恕,仿佛是她使凤娇受了委屈。

"凤娇,你哑巴啦?"还是那个姑娘。

"谁哑巴啦!谁像你们,专看人家脸黑脸白。你们喜欢,你们可跟上人家走啊!"凤娇的嘴很硬。

"我们不配!"

"你担保人家没有相好的?"

不管在路上吵得怎样厉害,分手时大家还是十分友好的,因为一个叫人兴奋的念头又在她们心中升起:明天,火车还要经过,她们还会有一个美妙的一分钟。和它相比,闹点小别扭还算回事吗?

哦,五彩缤纷的一分钟,你饱含着台儿沟的姑娘们多少喜怒哀乐!

日久天长,这五彩缤纷的一分钟,竟变得更加五彩缤纷起来。就在这一分钟里,她们开始挎上装满核桃、鸡蛋、大枣的长方形柳条篮子,站在车窗下,抓紧时间跟旅客和和气气地作买卖。她们踮着脚尖,双臂伸得直直的,把整筐的鸡蛋、红枣举上窗口,换回台儿沟少见的挂面、火柴,以及属于姑娘们自己的发卡、香皂。有时,有人还会冒着回家挨骂的风险,换回花色繁多的纱巾和能松能紧的尼龙袜。

凤娇好像是大家有意分配给那个"北京话"的,每次都是她提着篮子去找他。她和他作买卖故意磨磨蹭蹭,车快开时才把整篮的鸡蛋塞给他。要是他先把鸡蛋拿走,下次见面时再付钱,那就更够意思了。如果他给她捎回一捆挂面、两块纱巾,凤娇就一定抽出一斤挂面还给他。她觉得,只有这样才对得起和他的交往,她愿意这种交往和一般的作买卖有所区别。有时她也想起姑娘们的话:"你担保人家没有相好的?"其实,有没有相好的不关凤娇的事,她又没想过跟他走。可她愿意对他好,难道非得是相好的才能这么做吗?

香雪平时话不多,胆子又小,但作起买卖却是姑娘中最顺利的一个。旅客们爱买她的货,因为她是那么信任地瞧着你,那洁如水晶的眼睛告诉你,站在车窗下的这个女孩子还不知道什么叫受骗。她还不知道怎么讲价钱,只说:"你看着给吧。"你望着她那洁净得仿佛一分钟前才诞生的面孔,望着她那柔软得宛若红缎子似的嘴唇,心中会升起一种美好的感情。你不忍心跟这样的小姑娘耍滑头,在她面前,再爱计较的人也会变得慷慨大度。

有时她也抓空儿向他们打听外面的事,打听北京的大学要不要台儿沟人,打听什么叫"配乐诗朗诵"(那是她偶然在同桌的一本书上看到的)。有一回她向一位戴眼镜的中年妇女打听能自动合上的铅笔盒,还问到它的价钱。谁知没等人家回话,车已经开动了。她追着它跑了好远,当秋风和车轮的呼啸一同在她耳边鸣响时,她才停下脚步意识到,自己的行为是多么可笑啊。

火车眨眼间就无影无踪了。姑娘们围住香雪,当她们知道她追火车的原因后,便觉得好笑起来。

"傻丫头!"

"值不当的!"

她们像长者那样拍着她的肩膀。

"就怪我磨蹭,问慢了。"香雪可不认为这是一件值不当的事,她只是埋怨自己没抓紧时间。

"咳,你问什么不行呀!"凤娇替香雪挎起篮子说。

"谁叫咱们香雪是学生呢。"也有人替香雪分辩。

也许就因为香雪是学生吧,是台儿沟唯一考上初中的人。

台儿沟没有学校,香雪每天上学要到十五里以外的公社。尽管不爱说话是她的天性,但和台儿沟的姐妹们总是有话可说的。公社中学可就没那么多姐妹了,虽然女同学不少,但她们的言谈举止,一个眼神,一声轻轻的笑,好像都是为了叫香雪意识到,她是小地方来的,穷地方来的。她们故意一遍又一遍地问她:"你们那儿一天吃几顿饭?"她不明白她们的用意,每次都认真地回答:"两顿。"然后又友好地瞧着她们反问道:"你们呢?"

"三顿!"她们每次都理直气壮地回答。之后,又对香雪在这方面的迟钝感到说不出的怜悯和气恼。

"你上学怎么不带铅笔盒呀?"她们又问。

"那不是吗。"香雪指指桌角。

其实,她们早知道桌角那只小木盒就是香雪的铅笔盒,但她们还是做出吃惊的样子。每到这时,香雪的同桌就把自己那只宽大的泡沫塑料铅笔盒摆弄得哒哒乱响。这是一只可以自动合上的铅笔盒,很久以后,香雪才知道它所以能自动合上,是因为铅笔盒里包藏着一块不大不小的吸铁石。香雪的小木盒呢,尽管那是当木匠的父亲为她考上中学特意制作的,它在台儿沟还是独一无二的呢。可在这儿,和同桌的铅笔盒一比,为什么显得那样笨拙、陈旧?它在一阵哒哒声中有几分羞涩地畏缩在桌角上。

香雪的心再也不能平静了,她好像忽然明白了同学们对于她的再三盘问,明白了台儿沟是多么贫穷。她第一次意识到这是不光彩的,因为贫穷,同学们才敢一遍又一遍地盘问她。她盯住同桌那只铅笔盒,猜测它来自遥远的大城市,猜测它的价钱肯定非同寻常。三十个鸡蛋换得来吗?还是四十个?五十个?这时她的心又忽地一沉:怎么想起这些了?娘攒下鸡蛋,不是为了叫她乱打主意啊!可是,为什么那诱人的哒哒声老是在耳边响个没完?

深秋,山风渐渐凛冽了,天也黑得越来越早。但香雪和她的姐妹们对于七点钟的火车,是照等不误的。她们可以穿起花棉袄了,凤娇头上别起了淡粉色的有机玻璃发卡,有些姑娘的辫梢还缠上了夹丝橡皮筋。那是她们用鸡蛋、核桃从火车上换来的。她们仿照火车上那些城里姑娘的样子把自己武装起来,整齐地排列在铁路旁,像是等待欢迎远方的贵宾,又像是准备着接受检阅。

火车停了，发出一阵沉重的叹息，像是在抱怨台儿沟的寒冷。今天，它对台儿沟表现了少有的冷漠：车窗全部紧闭着，旅客在昏黄的灯光下喝茶、看报，没有人向窗外瞥一眼。那些眼熟的、常跑这条线的人们，似乎也忘记了台儿沟的姑娘。

凤娇照例跑到第三节车厢去找她的"北京话"，香雪系紧头上的紫红色线围巾，把臂弯里的篮子换了换手，也顺着车身不停地跑着。她尽量高高地踮起脚尖，希望车厢里的人能看见她的脸。车上一直没有人发现她，她却在一张堆满食品的小桌上，发现了渴望已久的东西。它的出现，使她再也不想往前走了，她放下篮子，心跳着，双手紧紧扒住窗框，认清了那真是一只铅笔盒，一只装有吸铁石的自动铅笔盒。它和她离得那样近，如果不是隔着玻璃，她一伸手就可以摸到。

一位中年女乘务员走过来拉开了香雪。香雪挎起篮子站在远处继续观察。当她断定它属于靠窗那位女学生模样的姑娘时，就果断地跑过去敲起了玻璃。女学生转过脸来，看见香雪臂弯里的篮子，抱歉地冲她摆了摆手，并没有打开车窗的意思。不知怎么的她就朝车门跑去，当她在门口站定时，还一把攥住了扶手。如果说跑的时候她还有点犹豫，那么从车厢里送出来的一阵阵温馨的、火车特有的气息却坚定了她的信心，她学着"北京话"的样子，轻巧地跃上了踏板。她打算以最快的速度跑进车厢，以最快的速度用鸡蛋换回铅笔盒。也许，她所以能够在几秒钟内就决定上车，正是因为她拥有那么多鸡蛋吧，那是四十个。

香雪终于站在火车上了。她挽紧篮子，小心地朝车厢迈出了第一步。这时，车身忽然悸动了一下，接着，车门被人关上了。当她意识到眼前发生了什么事时，列车已经缓缓地向台儿沟告别了。香雪扑到车门上，看见凤娇的脸在车下一晃。看来这不是梦，一切都是真的，她确实离开姐妹们，站在这既熟悉，又陌生的火车上了。她拍打着玻璃，冲凤娇叫喊着："凤娇！我怎么办呀，我可怎么办呀！"

列车无情地载着香雪一路飞奔，台儿沟刹那间就被抛在后面了。下一站叫西山口，西山口离台儿沟三十里。

三十里，对于火车、汽车真的不算什么，西山口在旅客们闲聊之中就到了。这里上车的人不少，下车的只有一位旅客，那就是香雪。她胳膊上少了那只篮子，她把它塞到那个女学生座位下面了。

在车上，当她红着脸告诉女学生，想用鸡蛋和她换铅笔盒时，女学生不知怎么的也红了脸。她一定要把铅笔盒送给香雪，还说她住在学校吃食堂，鸡蛋带回去也没法吃。她怕香雪不信又指了指胸前的校徽,上面果真有"矿冶学院"几个字。香雪却觉着她在哄她,难道除了学校她就没家吗?香雪一面摆弄着铅笔盒,一面想着主意。台儿沟再穷,她也从没白拿过别人的东西。就在火车停顿前发出的几秒钟的震颤里,香雪还是猛然把篮子塞到女学生的座位下面,迅速离开了她。

　　车上,旅客们曾劝她在西山口住一夜再回台儿沟,热情的"北京话"还告诉她,他爱人有个亲戚就住在站上。香雪并没有住,更不打算去找"北京话"的什么亲戚。他的话倒使她感到了委屈,她替凤娇委屈,替台儿沟委屈。她只是一心一意地想:赶快回去,明天理直气壮地去上学,理直气壮地打开书包,把"它"摆在桌上。车上的人既不了解火车的呼啸曾经怎样叫她像只受惊的小鹿那样不知所措,更不了解山里的女孩子在大山和黑夜面前到底有多大本事。

　　列车很快就从西山口车站消失了。留给她的又是一片空旷。一阵寒风扑来,吸吮着她单薄的身体。她把滑到肩上的围巾紧裹在头上。缩起身子在铁轨上坐了下来。香雪感受过各种各样的害怕,小时候她怕头发,身上沾着一根头发择不下来,她会急得哭起来;长大了她怕晚上一个人到院子里去,怕毛毛虫,怕被人胳肢(凤娇最爱和她来这一手)。现在她害怕这陌生的西山口,害怕四周黑幽幽的大山,害怕叫人心跳的寂静,当风吹响近处的小树林时,她又害怕小树林发出的窸窸窣窣的声音。三十里,一路走回去,该路过多少大大小小的林子啊!

　　一轮满月升起来了,照亮了寂静的山谷、灰白的小路,照亮了秋日的败草、粗糙的树干,还有一丛丛荆棘、怪石,还有漫山遍野那树的队伍,还有香雪手中那只闪闪发光的小盒子。

　　她这才想到把它举起来仔细端详。她想,为什么坐了一路火车,竟没有拿出来好好看看?现在,在皎洁的月光下,她才看清了它是淡绿色的,盒盖上有两朵洁白的马蹄莲。她小心地把它打开,又学着同桌的样子轻轻一拍盒盖,"哒"的一声,它便合得严严实实。她又打开盒盖,觉得应该立刻装点东西进去。她从兜里摸出一只盛擦脸油的小盒放进去,又合上了盖子。只有这时,她才觉得这铅笔盒真属于她了,真的。她又想到了明天,明天上学时,她多么盼望她们会再三盘问她啊!

　　她站了起来,忽然感到心里很满,风也柔和了许多。她发现月亮是这样明净,群山被月光笼罩着,像母亲庄严、神圣的胸脯;那秋风吹干的一树树核桃叶,卷起来像一树树金铃铛,她第一次听清它们在夜晚,在风的怂恿下

"豁啷啷"地歌唱。她不再害怕了,在枕木上跨着大步,一直朝前走去。大山原来是这样的!月亮原来是这样的!核桃树原来是这样的!香雪走着,就像第一次认出养育她成人的山谷。台儿沟呢?不知怎么的,她加快了脚步。她急着见到它,就像从来没见过它那样觉得新奇。台儿沟一定会是"这样的":那时台儿沟的姑娘不再央求别人,也用不着回答人家的再三盘问。火车上的漂亮小伙子都会求上门来,火车也会停得久一些,也许三分、四分,也许十分、八分。它会向台儿沟打开所有的门窗,要是再碰上今晚这种情况,谁都能从从容容地下车。

今晚台儿沟发生了什么事?对了,火车拉走了香雪,为什么现在她像闹着玩儿似地去回忆呢?四十个鸡蛋也没有了,娘会怎么说呢?爹不是盼望每天都有人家娶媳妇、聘闺女吗?那时他才有干不完的活儿,他才能光着红铜似的脊梁,不分昼夜地打出那些躺柜、碗橱、板箱,挣回香雪的学费。想到这儿,香雪站住了,月光好像也黯淡下来,脚下的枕木变成一片模糊。回去怎么说?她环视群山,群山沉默着;她又朝着近处的杨树林张望,杨树林窸窸窣窣地响着,并不真心告诉她应该怎么做。是哪儿来的流水声?她寻找着,发现离铁轨几米远的地方,有一道浅浅的小溪。她走下铁轨,在小溪旁边蹲了下来。她想起小时候有一回和凤娇在河边洗衣裳,碰见了一个换芝麻糖的老头。凤娇劝香雪拿一件旧汗褂换几块糖吃,还教她对娘说,那件衣裳不小心叫河水给冲走了。香雪很想吃芝麻糖,可她到底没换。她还记得,那老头真心实意等了她半天呢。为什么她会想起这件小事?也许现在应该骗娘吧,因为芝麻糖怎么也不能和铅笔盒的重要性相比。她要告诉娘,这是一个宝盒子,谁用上它,就能一切顺心如意,就能上大学、坐上火车到处跑,就能要什么有什么,就再也不会被人盘问她们每天吃几顿饭了。娘会相信的,因为香雪从来不骗人。

小溪的歌唱高昂起来了,它欢腾着向前奔跑,撞击着水中的石块,不时溅起一朵小小的浪花。香雪也要赶路了,她捧起溪水洗了把脸,又用沾着水的手抿光被风吹乱的头发。水很凉,但她觉得很精神。她告别了小溪,又回到了长长的铁路上。

前边又是什么,是隧道,它楞在那里,就像大山的一只黑眼睛。香雪又站住了,但她没有返回去,她想到怀里的铅笔盒,想到同学们惊羡的目光,那些目光好像就在隧道里闪烁。她弯腰拔下一根枯草,将草茎插在小辫里。娘告诉她,这样可以"避邪"。然后她就朝隧道跑去。确切地说,是冲去。

香雪越走越热了,她解下围巾,把它搭在脖子上。她走出了多少里?不知道。尽管草丛里的"纺织娘"、"油葫芦"总在鸣叫着提醒她。台儿沟在哪儿?她向前望去,她看见迎面有一颗颗黑点在铁轨上蠕动。再近一些她才看清,那是人,是迎着她走过来的人群。第一个是凤娇,凤娇身后是台儿沟的姐妹们。

香雪想快点跑过去,但腿为什么变得异常沉重?她站在枕木上,回头望着笔直的铁轨,铁轨在月亮的照耀下泛着清淡的光,它冷静地记载着香雪的路程。她忽然觉得心头一紧,不知怎么的就哭了起来,那是欢乐的泪水,满足的泪水。面对严峻而又温厚的大山,她心中升起一种从未有过的骄傲。她用手背抹净眼泪,拿下插在辫子里的那根草棍儿,然后举起铅笔盒,迎着对面的人群跑去。

山谷里突然爆发了姑娘们欢乐的呐喊。她们叫着香雪的名字,声音是那样奔放、热烈;她们笑着,笑得是那样不加掩饰、无所顾忌。古老的群山终于被感动得颤栗了,它发出宽亮低沉的回音,和她们共同欢呼着。

哦,香雪!香雪!

(选自《铁凝精选集》,北京燕山出版社2006年版。)

【简析】

《哦,香雪》是一曲童贞的民谣,铁凝以纯然的目光看着乡下人的内心。那种没有杂质的心灵和单纯美丽的形影,是山野里的精华所蕴,不亚于沈从文的湘西世界。在封闭的山村和都市之间,人与人连接在一条铁路的小站上。一面是神秘的远方,一面是宁静的乡里。火车上神奇的人与物、事与情,把彼此不相关的人和物联系起来了。铁凝在小说里写到了孩子的好奇与可爱,她们希望所系的那个有趣的存在。香雪为了一个铅笔盒,到火车上与人以物交换,不料未能下车,意外地被拉到陌生的地方。为了一个梦想,有了一个奇遇的出现,又惊又喜之间,人性的光泽温暖地照着,全篇被爱意所笼罩了。

小说的细节很动人,不同性格的乡下女孩,其声音、动作都传神得很,几句对白、几个场景,人物便活了起来。全篇的语言颇为自然,没有矫情之处,自然而朴实里有清秀的气息的流动。小说的结尾,出乎意料的好,香雪在返回乡里的时候的内心活动,欣喜里的不安、惊异中的焦虑,款款地涌在姑娘的心头。当在黑夜里忽然见到迎接自己的同伴的时候,那种温情便把夜的冷色驱走了。这种原生态的质朴的美,那么清晰地出现在文本之中,完全没有阴暗的影子,没有世俗的晦气。在作者的笔下,是一幅乡村的优雅的画图。这里有纯真的孩子对现代生活的渴望,一切都那么自然,远离做作的痕迹。铁凝放弃了生活记忆里的杂色的存在,她在透明的性情里,折射着一道文明的光景,给人久久的快慰感。

叙述者是城里人的一种旁观,但我们的作者却没有一点隔膜。这里对乡村人的理解是带着欣赏的眼光的,似乎于此发现了城里人所没有的闪光点。她尽量贴近孩子,在气质与性格里,有美丽的色调的摇动,连香雪的呼吸我们都可以感受到。在这里,几乎是平淡得不能再平淡的人与事,但却有人性里波澜的起伏,跳动着渴望的心,把人引向神秘的远方。铁凝发现了属于女性最美的存在,那里没有世故与灰暗,有的是一种爱意的投射,但一切都那么腼腆、含蓄,仿佛朝露的闪烁。那是大地的甘露,天地的菁华聚集于此,那泥土里的温情,把我们这些读者引向了圣洁之所。

读过此文的人,几乎都会有这样一种羞愧、羡慕、赞叹的感受。铁凝在小说里以镜子般的魅力,照出别人,也照出自己。在邪恶和不幸笼罩着世界的时候,在人们还在抚摸着历史的创伤的时候,她以另类的美,改变着人们的视角。这是一种发现还是一种逃避?我以为其警示的价值,是有的。一个苦楚的土地孕育出的,不都是生涩之果,那些美丽的存在,我们只是很少打捞而已。

【思考题】

1. 这篇小说的韵律与孙犁的《荷花淀》有一定相似之处,而多了一种对现代生活的猜想与理解,一种朴素的少女的美和朴素的梦连接在一起。这种想象,是否是田园梦破碎的开始?

2. 铁凝对村姑内心的表达有传神之笔,这种表达的细腻与简约,产生了与细节不同的强大冲击力。小说的审美效果是否与作者的叙述语态有关?

【拓展阅读】

1. 贺绍俊:《铁凝:快乐地游走在集体写作之外》,《当代作家评论》2003 年第 6 期。

2. 谢有顺:《铁凝小说的叙述伦理》,《当代作家评论》2003 年第 6 期。

第十五章　刘震云

刘震云(1958—　)，中国当代作家，现为中国作家协会全国委员会委员、北京市青联委员、中国人民大学文学院教授。1958年生于河南新乡延津，1973年参加中国人民解放军，1978年考入北京大学中文系，1982年毕业后到《农民日报》工作，并开始发表作品。1988—1991年考入北京师范大学鲁迅文学院。1987年在《人民文学》发表《塔铺》，获1987—1988年全国优秀短篇小说奖；1988年在《青年文学》发表《新兵连》。这两篇作品成为刘震云早期的代表作，这一时期他主要以农村生活为创作背景，描写命运与良知的冲突。随后进入创作的另一个阶段，写出《单位》《官场》《官人》《一地鸡毛》等描写城市社会的"单位系列"和干部生活的"官场系列"，这些作品将目光集中于历史、权力和民生问题，但又不失于简洁直接的白描手法，引起强烈反响，使其成为"新写实主义"的代表作家。之后著有长篇小说《故乡天下黄花》《故乡相处流传》《故乡面和花朵》《一句顶一万句》等、中篇小说《温故一九四二》等，进一步表现了对语言、节奏的控制力以及对中国历史与社会生活的把握能力。其中，《一句顶一万句》获2011年茅盾文学奖，长篇《手机》《我叫刘跃进》和中篇《温故一九四二》还被改编成电影和电视剧。

小说家在自己的世界里谈龙画虎，是有一种尺度的，虽然每个人都不一样。刘震云写小说，以故事的平凡与曲折引人入胜。他不像莫言那样在幻境里真真假假地辐射隐喻，也非贾平凹那么将乡土味渲染得鬼气冲天。他在曲折与缠绕里写可怜的世间，用的是写实的笔法，气质里是古典的精神。他用出其不意的故事讲述人间的悲欢苦乐，叙述的背后，有无尽的悲凉在，那些诗意的存在，是从人物命运里一点点呈现出来的。

刘震云被认为是不可多得的写实作家。他对生活的荒诞性的理解与描述，以及对生命的多维观照，丰富了当代小说的内蕴。

一地鸡毛

一

小林家一斤豆腐变馊了。

一斤豆腐有五块,二两一块,这是公家副食店卖的。个体户的豆腐一斤一块,水分大,发稀,锅里炒不成团。小林每天清早六点起床,到公家副食店门口排队买豆腐。排队也不一定每天都能买到豆腐,要么排队的人多,赶排到了,豆腐也卖完了;要么还没排到,已经七点了,小林得离开豆腐队去赶单位的班车。最近单位办公室新到一个处长老关,新官上任三把火,对迟到早退抓得挺紧。最使人感到丧气的是,队眼看排到了,上班的时间也到了。离开豆腐队,小林就要对长长的豆腐队咒骂一声:

"妈拉个×,天底下穷人家多了真不是好事!"

但今天小林把豆腐买到了。不过他今天排到七点十五,把单位的班车给误了。不过今天误了也就误了,办公室处长老关今天到部里听会,副处长老何到外地出差去了,办公室管考勤的临时变成了一个新来的大学生,这就不怕了,于是放心排队买豆腐。豆腐拿回家,因急着赶公共汽车上班,忘记把豆腐放到了冰箱里,晚上回来,豆腐仍在门厅塑料兜里藏着,大热的天,哪有不馊的道理?

豆腐变馊了,老婆又先于他下班回家,这就使问题复杂化了。老婆一开始是责备看孩子的保姆,怪她不打开塑料袋,把豆腐放到冰箱里。谁知保姆一点不买帐。保姆因嫌小林家工资低,家里饭菜差,早就闹着罢工,要换人家,还是小林和小林老婆好哄歹哄,才把人家留下;现在保姆看着馊豆腐,一点不心疼,还一古脑把责任推给了小林,说小林早上上班走时,根本没有交代要放豆腐。小林下班回来,老婆就把怒气对准了小林,说你不买豆腐也就罢了,买回来怎么还让它在塑料袋里变馊?你这存的是什么心?小林今天在单位很不愉快,他以为今天买豆腐晚点上班没什么,谁知道新来的大学生很认真,看他八点没到,就自作主张给他划了一个"迟到"。虽然小林气鼓鼓上去自己又改成"准时",但一天心里很不愉快,还不知明天大学生会不会汇报他。现在下班回家,见豆腐馊了,他也很丧气,一方面怪保姆太斤斤计较,走时没给你交代,就不能往冰箱里放一放了?放几块豆腐能把你累死?一方面怪老婆小题大做,一斤豆腐,馊了也就馊了,谁也不是故意的,何

必说个没完,大家一天上班都很累,接着还要做饭弄孩子,这不是有意制造疲劳空气?于是说:

"算了算了,怪我不对,一斤豆腐,大不了今天晚上不吃,以后买东西注意放就是了!"

如果话到此为止,事情也就过去了,可惜小林憋不住气,又补了一句:

"一斤豆腐就上纲上线个没完了,一斤豆腐才值几个钱?上次你丢手打碎一个暖水壶,七八块钱,谁又责备你了?"

老婆一听暖水壶,马上又来了火,说:"动不动你提暖水壶,上次暖水壶怪我吗?本来那暖水壶就没放好,谁碰到都会碎!咱们别说暖水壶,说花瓶吧!上个月花瓶是怎么回事?花瓶可是好端端地在大立柜上边放着,你抹灰尘给抹碎了,你倒有资格说我了!"

接着就戗到了小林跟前,眼里噙着泪,胸部一挺一挺的,脸变得没有血色。根据小林的经验,老婆的脸一无血色,就证明她今天在单位也很不顺。老婆所在的单位,和小林的单位差不多,让人愉快的时候不多。可你在单位不愉快,把这不愉快带回来发泄就道德了?小林就又气鼓鼓地想跟她理论花瓶。照此理论下去,一定又会盘盘碟碟牵扯个没完,陷入恶性循环,最后老婆会把那包馊豆腐摔到小林头上。保姆看到小林和小林老婆吵架,已经习惯了,就像没看见一样,在旁边若无其事地剪指甲。这更激起了两个人的愤怒。小林已做好破碗破摔的准备,幸好这时有人敲门,大家便都不吱声了。老婆赶紧去抹脸上的眼泪,小林也压抑住自己的怒气,保姆把门打开,原来是查水表的老头来了。

查水表的老头是个瘸子,每月来查一次水表。老头子腿瘸,爬楼很不方便,到每一个人家都累得满头大汗,先喘一阵气,再查水表。但老头工作积极性很高,有时不该查水表也来,说来看看水表是否运转正常。但今天是该查水表的日子,小林和小林老婆都暂时收住气,让保姆领他去查水表。老头查完水表,并没有走的意思,而是自作主张在小林家床上坐下了。老头一坐下,小林心里就发凉,因为老头一在谁家坐下,就要高谈阔论一番,说说他年轻时候的事。他说他年轻时曾给某位死去的大领导喂过马。小林初次听他讲,还有些兴趣,问了他一些细节,看他一副瘸样,年轻时竟还和大领导接触过,但后来听得多了,心里就不耐烦,你年轻时喂过马,现在不照样是个查水表的?大领导已经死了,还说他干什么?但因为他是查水表的,你还不能得罪他。他一不高兴,就敢给你整个门洞停水。老头子手里就提着管水闸门的扳手。看着他手里的扳手,你就得听他讲喂马。不过今天小林实在不欢迎他讲马,人家家里正闹着气,你也不看一看家庭气氛,就擅自坐下,于是就板着脸没过去,没像过去一样跟他打招呼。

但查水表的老头不管这个,自己从口袋里已经掏出了烟。划火点着烟,屋里就飘起了老头鼻腔的味道。小林知道老头接着就要讲马,但小林猜错了,这次老头没有讲马,而是一脸严肃地说,他要谈些正事。他说,据群众反映,这个门洞有人偷水,晚上不把水管龙头关死,故意让水往下滴,下边放个水桶接着;滴水水表不转,桶里的水不成偷的了?这样下去是不行的,大家都偷水,自来水厂如何受得了?

听了老头的话,小林与小林老婆脸都一赤一白的。说来惭愧,因为上个礼拜小林家就偷过几次水,是小林老婆在单位闲聊中听到的办法,回来指使保姆试验。后来小林看不上,觉得这事太委琐,一吨水才几分钱,何必干这个?一夜水管嘀嘀嗒嗒个没完,大家也难心安理得睡觉。于是在第三天就停止了。但这事老头子怎么会知道?是谁汇报的?小林和小林老婆不约而同想到了对门。对门住着一对胖子,女主人自称长得像印度人,眉心常点着一个红豆。他们家也有一个孩子,大小与小林家孩子差不多,两家孩子常在一起玩,也常打架;为了孩子,小林老婆与印度女人有些面和心不和。两家主人不和,两家保姆却很要好,虽然不是一个省来的,却常在一起共同商讨对付主人的办法。准是两家保姆乱串,印度女人得知小林家滴过两回水,就汇报了老头子,现在有了老头子一番话。但这种事如何上得了台面,如何说得出口?说出口以后在人前怎么站?小林赶紧到老头子跟前,正色声明,这门洞有没有人偷水他不知道,但他家是决不干这种事,他家虽然穷,但穷有穷的骨气!小林老婆也上去说,谁反映的这事,就证明谁偷水,不然他怎么会知道偷水的方法,这不是贼喊捉贼是什么?老头子听了他们的话,弹了一下烟灰:

"行了,这事就到这里为止了。以前大家偷没有偷,就既往不咎了,以后注意不偷就行了!"

说完,站起来,作出宽怀大量的样子,一瘸一瘸走了,留下小林和小林老婆在那里发尴。

由于有偷水这件事的介入,使豆腐发馊事件变得不那么重要了。小林心里还责备老婆,一个大学生,什么时候学得这么市民气,偷了两桶水,值不了几分钱,丢人现眼让人数落了一顿。小林老婆也自感惭愧,就不好意思再追究馊豆腐一事,只是瞪了小林一眼,自己就下厨房做饭了。因为这件事的介入,使本来要爆发战争的家庭平静下来,小林又有些感激老头子。

晚饭一个炒豆角,一个炒豆芽,一碟子小泥肠,一碗昨天剩下的杂烩菜。小泥肠主要是让孩子吃的,其它三个菜是让小林、小林老婆和保姆吃的。但保姆不吃剩菜,说她一吃剩菜就闹肚子。为此小林老婆还和保姆吵过一架,说你倒成贵族了,我还吃剩菜,你倒闹肚子,过去你在农村吃什么来着?保姆便又哭又闹,闹罢工,要换人家。最后还是小林从中斡旋,才又把她留下。把人留下人家就有了资本,从此更不吃剩菜。小林老婆也没办法,吃饭时只好和小林先吃剩菜,剩菜吃完再吃新的。吃饭时孩子很闹,抓东抓西的,看样子有些想流鼻涕,小林老婆怀疑她是否要感冒。好歹把饭吃完,已经快八点半了。按照惯例,这时保姆洗碗,小林给孩子洗澡,老婆应该上床睡觉。因老婆上班比小林远,清早上班要早起,早点上床睡觉理所当然。但今天老婆没有早睡,脚也没洗,坐在床前想心思。老婆一想心思,小林心里就有些发毛,不知老婆心思想过以后,会不会又提出什么新的话题。不过今天老婆不错,心思想过以后,没有说什么,草草洗完脚就上床睡觉了。老婆睡觉有这点好处,平时嘴唠叨,一上床就不唠叨了,三分钟就能入睡,响起轻微的鼾声,比孩子入睡还快。前几年刚结婚,小林对这点很不满意,哪能上床就入睡?问:

"你怎么躺倒就着,长此以往,可让人受不了!"

老婆不好意思地解释:

"累了一天,跟猪似的,哪有不躺倒就着的道理!"

后来有了孩子,生活越来越复杂,几次折腾搬家,上班下班,弄吃喝拉撒,弄大人小孩,大家都很疲劳,老婆也变得爱唠叨了,这时小林倒觉得老婆上床就入睡是个优点,大家闹矛盾有个盼头,只有头一挨枕头,战争就停止了。所以小林觉得世界上没有绝对的优点缺点,优点缺点是可以转化的。

老婆入睡,孩子入睡,保姆入睡,三个人都响起鼾声,小林检查了一下屋里的灯火水电,也上床睡觉。过去临睡觉之前,小林有看书看报的习惯,动不动还爬起来记笔记。现在一天家务处理完,两个眼皮早在打架,于是这一切过程都省略了。能早睡就早睡,第二天清早还要起床排队买豆腐。想起买豆腐,小林突然又想起今天那一斤变馊的豆腐,现在仍在门厅里扔着,没有处理。这是导火索。明天清早老婆起来再看到它,说不定又会节外生枝。于是又从床上爬起来,到门厅打开灯,去处理那包馊豆腐。

二

小林的老婆叫小李,没结婚之前,是一个文静的、眉目清秀的姑娘。别看个头小,小显得小巧玲珑,眼小显得聚光,让人见了从心里怜爱。那时她言语不多。打扮不时髦,却很干净。头发长长的。通过同学介绍,小林与她恋爱。她见人有些腼腆。与她在一起,让人感到轻松、安静,甚至还有一点淡淡的诗意。那时连小林都开始注意言语、注意身体卫生了。哪里想到几年之后,这位安静的富有诗意的姑娘,会变成一个爱唠叨、不梳头、还学会夜里滴水偷水的家庭妇女呢?两人都是大学生,谁也不是没有事业心,大家都奋斗过、发愤过、挑灯夜读过,有过一番宏伟的理想,单位的处长局长,社会上的大大小小机关,都不在眼里,哪里会想到几年之后,他们也跟大家一样,很快淹没到黑鸦鸦的千篇一律千人一面的人群之中呢?你也无非是买豆腐、上班下班、吃饭睡觉洗衣服、对付保姆弄孩子,到了晚上你一页书也不想翻,什么宏图大志,什么事业理想,狗屁,那是年轻时候的事,大家都这么混,不也活了一辈子?有宏图大志怎么了?有事业理想怎么了?"古今将相在何方,荒冢一堆草没了!"一辈子下来谁还知道谁!有时小林想想又感到心满意足,虽然在单位经过几番折腾,但折腾之后就是成熟,现在不就对各种事情应付自如了?只要有耐心,能等,不急躁,不反常,别人能得到的东西,你最终也能得到。譬如房子,几年下来,通过与人合居,搬到牛街贫民窟;贫民窟要拆迁,搬到周转房;几经折腾,现在不也终于混上了一个一居室的单元?别人家一开始有冰箱彩电,小林家没有,让小林感到惭愧,后来省着攒着,现在不也买了?当然现在还没有组合家具和音响,但物质追求哪里有个完。一切不要急,耐心就能等到共产主义。倒是使人不耐心的,是些馊豆腐之类的日常生活琐事。过去总说,老婆孩子热炕头,是农民意识,但你不弄老婆孩子弄什么?你把老婆孩子热炕头弄好是容易的?老婆变了样,孩子不懂事,工作量经常持久,谁能保证炕头天天是热的?过去老说单位如何复杂不好弄,老婆孩子炕头就是好弄的?过去你有过宏伟理想,可以原谅,但那是幼稚不成熟,不懂得事物的发展规律。千里之行,始于足下,小林,一切还是从馊豆腐开始吧。第二天早上六点,小林照例爬起来,去公家副食店前排队买豆腐。这时老婆已经睡醒,大睁着两眼在看天花板。老婆入睡快,醒来脑子清醒得也快,不像小林,睡觉起来头半天是木的,得半个小时才缓过劲儿来,老婆只要五分钟就可以清醒,续上入睡前的思路。这是优点,也是缺点,如果两个人正闹矛盾,老婆早晨醒来,又会迅速续上昨天的事情,继续补课。看今天老婆发呆的样子,又回到了昨天入睡前坐在床沿上想心思的模样,小林心里就有些打鼓,不知老婆又要搞什么名堂。但老婆见他起床,并没有搭理他。小林就有些放心,赶忙刷牙洗脸,拿上塑料袋悄悄出门。但

等小林刚要去拉门,老婆在床上发了言:

"我说你,今天的豆腐就别买了!"

原来老婆并没有放过他,仍要续昨天的豆腐事件。小林心里就"嘟嘟"地冒火,一斤馊豆腐,已经扔了,又过了一夜,还真纠缠个没完了?于是说:

"馊了一斤豆腐,还至于今后不买了?今天买回放到冰箱里不就结了!你还要纠缠多少年!"

老婆向他摆摆手:

"我不是跟你说豆腐,昨天我想了一夜,我再也不能在这个单位呆了,我一定得调,你得跟我来商量商量这事!你不能对我的事漠不关心!"

原来并不是豆腐事件,小林有些放心。但老婆说的是调工作,调工作也是个让人窝心烦躁的事,比馊豆腐事件还复杂。本来老婆的工作单位不错,大学毕业坐办公室,每天也就是摘摘文件,写写工作总结,余下的时间是喝茶看报纸。但老婆性格很直,像小林初到单位一样,各方面关系一开始没处理好,留下后遗症。后来觉悟了,改正了,但以前总留下伤疤,免不了有磕磕碰碰的时候。在单位不愉快,回来就向小林唠叨。说要换个单位。小林就拿自己现身说法,说只要将幼稚不懂事的毛病改掉,时间长了自然会适应,换什么单位,天下单位都一样。再说换个单位是容易的?我们都无权无势,两眼一抹黑,哪个单位会要你?老婆就说小林没本领,看着老婆在水深火热之中,一点帮不上忙。小林说,外边帮不上忙,内里不也帮了?不也向你解释了?解释不也是帮忙?就把老婆劝下了。老婆唠叨一顿,怨气出了,第二天就不说了,仍照常上班。如果这样下去,老婆慢慢也会适应,没有单位非换不可的烦恼。但小林家搬了几次,搬来搬去,住得离小林老婆单位越来越远。当初搬家时,因房子越搬越好,老婆很高兴,说咱们终于也在北京有个房子,把主要精力花在布置房子上,怎么装窗帘,怎么布局,怎么摆冰箱和电视,还差什么东西,苦恼主要在这个方面。等家收拾得差不多了,老婆就不满意了,怪这个地方离她单位太远,因她的单位在这条线上没有班车,她得挤公共汽车上班,往返一趟,得三四个小时。清早六点起床,晚上七八点回来,顶着星星出去,戴着月亮回来,天天如此,车又挤,老婆就受不了,觉得是非换单位不可了。小林看着老婆每天下班疲惫不堪的样子,也觉得这和在单位不愉快不同,在单位不愉快可以忍耐、改正,离单位太远无法人为缩短距离,是得换个离家近一点的单位。真要决定换单位,两人才感到面前的困难像山一样,因为换不换单位,并不是小林和小林老婆能决定的。瞎猫撞老鼠,小林和小林老婆找了几个单位,人家都是一口回绝,连个商量的余地都

不留,弄得小林和小林的老婆挺丧气。小林说:

"算了算了,别跑了,再跑也是瞎跑,你凑合着吧,北京还有比你上班更远的呢!别光想路程,想想纺织女工,人家上一天班,站着干一天活,你上班是喝茶看报纸,还不知足吗?"

小林老婆发了火:

"你没有本事,就让我凑合。你天天有班车坐,我挤四个小时车的滋味你哪里有体验?我非换单位不可,要不换单位,我明天就不上班,你挣钱养活我们娘俩!"

第二天就真不去上班,把小林急坏了。急了一次真管用,小林开动脑筋,真想出一个办法。前三门有一个单位,听有人说,那单位管人事的头头,和小林单位的副局长老张是同学。小林帮老张搬过家,十分卖力,老张对小林看法不错。老张自与女老乔犯过作风问题以后,夹着尾巴做人,对下边的同志特别关心,肯帮助人,只要有事去求他,他都认真帮忙。小林觉得这事如去找老张,老张不至于一口回绝。通过老张介绍说不定前三门那个单位倒有些希望。前三门那个单位虽离小林家也很远,如坐公共汽车,也得两个小时,但前三门那里和小林家连地铁,地铁跑得快,四十分钟就够了,况且地铁不像公共汽车那么挤,有时上车还有座位。小林将这想法向老婆说了,老婆也很高兴,同意去那个单位,让小林去找老张。小林找到老张,将老婆的困难摆出来,又提出前三门那个单位,听说老领导在那里有熟人,想请老领导帮帮忙。老张果然痛快,说:

"可以,可以,单位那么远,是应该换一换!"

又说:

"前三门那个单位,我也不熟,但管人事的同志,是我的同学,我给他写一封信,你找他,看他能不能给办!"

小林又大着胆子说:

"最好老领导再给他打一个电话!"

老张摸着胖脑袋"哈哈"笑了,照小林头上打了一巴掌:

"现在的年轻人,比我们那时精明多了!好,好,我给你打一个电话!"

老张打了一个电话,又给小林写了一封信。小林捧到这封信,如同捧到圣旨一样高兴。小林老婆看到信,也很高兴。小林拿着这信到前三门的单位去,果然管用。管人事的头头接见了他,看了那封信说:

"老张是我的老同学,当年在大学,我们两个都爱搞田径!"

小林斜欠着身子坐在头头办公桌前,忙接上去说:

"现在老张也爱锻炼!"

头头看他一眼,突然又问起老张前一段出事的事,让小林讲一讲细节。小林感到有些为难,讲不好,不讲也不好,于是只拣些重要的讲了讲,说老张也只是和女老乔在办公室坐了一坐,并没有真正在一起,其它一切都是谣传。那头头听后"哈哈"笑了,说:

"这个老张,还是那么可爱!"

最后才谈起小林老婆调动的事。那头头情绪正好,说:

"行,行,老张托的事,就是我的事,我看看下边哪个单位缺人!"

这不等于答应了?小林回来向老婆一汇报,老婆马上抱着他在脸上乱亲。两人度过了一个愉快的夜晚。如果就这样等着,小林老婆一定能调成,能每天坐着地铁到前三门那个单位上班,但这时小林和小林老婆聪明反被聪明误,自己把事情办坏了。本来人家管人事的头头正在努力,小林和小林老婆仍不放心,小林老婆打听出一个熟人的丈夫,也在前三门那个单位工作,而且是一个处长,就同小林商量,单是一个管人事的头头是否太单薄,是否也找一找这个处长?当时小林也没犯考虑,觉得多一个人就多一份力量,找一找总没什么坏处。于是就又找了这个处长。谁知这一找不要紧,让人家管人事的头头知道了,管人事的头头马上停止了努力。小林再去找他,他比以前冷淡了,说:

"你不是也找某某了,让他给办办看吧!"

小林这才着了急,知道自己犯了路线性错误。找人办事,如同在单位混事,只能投靠一个主子,人家才死力给你办;找的人多了,大家都不会出力;何况你找多了,证明你认识的人多,显得你很高明,既然你高明能再找人,何必再找我?这时除了不帮忙不说,还容易产生抵触心理,说不定背后再给你帮点倒忙,看你不依靠我依靠别人这事能办成!小林和小林老婆认识到这个道理,明白过来,事情已经晚了。两人一开始是互相埋怨,埋怨以后,又共同想补救的方法。但这时能想出什么补救办法?小林只能再找老张,让他给同学再打电话。但老张又不是你的亲兄弟,人家是单位的副局长,老找人家也不好。于是小林老婆调工作的事,就这样不上不下地放着。时间一长,小林事情一忙就暂时把这件事给忘记了,但小林老婆忘不了,时常一个人坐在那里想心思。昨天发生了馊豆腐事件,馊豆腐事件过去以后,她没洗脚坐在床边想的,就是这件事,今天早上起来,她将这话题又重新向小林提出。小林一开始以为老婆又让他找老张,但再找老张小林已很怵头,于是说:

"事情已经让咱们办坏了,光让我找老张有什么用?"

小林老婆说：

"这次不让你找老张，还让你找前三门单位那个管人事的头头。"

再找管人事的头头，比让他找老张还怵头，小林说：

"因为找你那个熟人的丈夫，人家态度都冷淡了，如何有脸面再找人家？再找作用也不大！"

小林老婆说：

"为什么作用不大，这事我想了，你也别光怪我那个熟人的丈夫，这不是问题的关键，关键还是功夫下得不够。现在在社会上办事，光动嘴皮子如何行？我考虑，咱得给他上个供。现在苍蝇没有不见血的，你不出血，他能给你来真的？还是得出血！"

小林说：

"只和人家见过几次面，熟都不熟，连人家家在哪里住都不知道，这供如何上？"

小林老婆发了火：

"看你说话的口气，就是对我的事情漠不关心！上次你要入党，给女老乔送了什么？那时咱家那么困难，孩子吃奶都没有钱，我不照样让你送了？轮到我的事，你怎么就这么推三挡四的，你这存的是什么心！"

说着说着脸就变白了。小林见她越说话越多，真生气了，忙说：

"好，好，咱送，咱送，看送了能起什么作用！"

话说到这里就算完了。白天两个照常上班，等晚上回来，两人匆匆吃完饭，交代保姆看好孩子，就一起到前三门单位管人事头头家里去上供。但真到上供，供上些什么，两人都犯了难。两人来到商店，逛了半个小时，拿不定主意。礼太小了送不出去，礼太大了又心疼钱。最后小林老婆相中了一个工艺品，一个玻璃匣子里镶嵌了几个花鸟和小鱼，美观大方，四十多元，可以买。但两人商量半天，觉得这个礼品也不合适，管人事的头头能会喜欢花鸟？别以为是随便十几块钱买的贱价货搪塞他，那样作用更不好。最后又转，转到食品冷饮柜，小林突然眼睛一亮，说：

"有了！"

小林老婆问：

"什么有了？"

小林便向老婆指了指一箱一箱的"可口可乐"，上边挂着一块牌子："大减价，一块九一听"，而"可口可乐"的正常价格，却是三块五。"可口可乐"拿得出手，一听一块九，一箱二十四听，也就四十多块，看着体积大，又是名

牌饮料,拿出来实用大方,管人事的头头肯定喜欢。只是不知它为何减价。小林老婆说:

"别是过期了吧,那样就不好了!"

问了问售货员,也不过期,实在是奇怪,好像是单为今天他们送礼准备的。小林说:

"看这样子,今天顺利,这事肯定能成!"

老婆兴致也高了,马上掏钱买了一箱,由小林扛着,两人挤上公共汽车去送礼,兴高采烈到了管人事头头家的楼下,已是晚上八点半,时间也合适。但等两人进楼道刚要上楼,从楼上走下来一个人,正是前三门单位管人事的头头。小林忙向他打招呼,倒让正下楼的头头吃了一惊,等看清是小林,因在家门口,倒比在办公室客气,忙止住脚步笑着说:

"你们来了?"

小林说:

"王叔叔,这是我爱人,为她工作的事,老张让我们再来找您一次!"

头头说:

"我知道了,那个工作的事,我这里没有问题,关键是下边接收单位不好办,你们如能找到哪个处室可以接收,让他们再来找我就行了!今天晚上我出去还有点事,车子在下边等着,恕不能接待你们了!"

小林和小林老婆心里都凉了半截。这不等于回绝了?等头头走到了楼外,小林才意识到自己肩上还扛着一箱"可口可乐",忙向楼外喊:

"王叔叔,我还给您带了一箱饮料!"

头头在楼外笑着答:

"我这里还缺几筒饮料?扛回去自己喝吧!"

接着,车子发动开走了。把小林和小林老婆尴到了楼道里。尴了半天,两人才缓过劲儿来。小林将箱子摔到楼梯上:

"操他妈的,送礼人家都不要!"

又埋怨老婆:

"我说不要送吧,你非要送,看这礼送的,丢人不丢人!"

小林老婆也说:

"这个人怎么这么恶劣,这个人怎么这么小心眼!"

两人便重新扛着饮料回家。因为礼没有送出去,回家以后两人又为买礼心疼了半天,四十多块钱买一箱"可口可乐"放到家里,这不是吃饱撑的?一箱"可口可乐"怎么处理?退回商店,入口的东西人家一律不退,自己喝了吧,哪能关起门没事喝"可口可乐"?过了两天,还是老婆聪明,把"可口可乐"打开,时常拿出一筒让孩子到院子里去喝。过去从来没买过饮料,也没买过带鱼,孩子穿得破烂,在院子里穷出了名。一次倒是买了一次带鱼,是贱价处理的,有些发臭,臭味跑到了楼道里,让对门印度女人到处宣扬,现在让小女儿拿着"可口可乐"到处喝,也起一个正面宣传的作用,也算这箱"可口可乐"买得没有白费。只是工作的事仍没有着落,仍是小林和小林老婆继续窝心的问题。

三

家里来了客人。小林晚上下班回来,一进楼道,就知道家里来了客人。因为他家的门大开着,里边传出外地老家人的咳嗽声。等小林回到家,果然,里间床上正坐着两个皮肤晒得焦黑,头上暴着青筋的老家人,脚边放着几个七十年代的帆布包,提包上还印着毛主席语录。两个人正在不住地抽烟、咳嗽,毫不犹豫地将烟灰和痰弹吐了一地。小林的小女儿也被烟呛得不住地咳嗽,在烟雾里乱跑。小林本来今天心情不错,办公室新到处长老关,别看平时一脸严肃,原来对人却没有坏心眼,季度评奖,给小林评了个头奖,多发给他五十块钱。虽然五十块钱不算什么,但多五十总比少五十强,拿回来总能买老婆个高兴。谁知兴冲冲回家,老婆还没下班,家里却来了两个老家人。小林像被兜头浇了一桶凉水,一天的好兴致,立即跑得无影无踪。本来老家来人应该高兴,多年不见的乡亲,见了叙叙旧也没什么不可,但老家经常来人,就高兴叙旧不起来,反过来倒成了一种负担。家里来人不得招待?招待一次就得几十块钱。经常来人,家庭就受不了。老家来人和别的同学朋友来还不一样,别看老家来的人焦黑,头上暴着青筋,是农村人,但农村比城里人礼还多,同学朋友招待不好人家可以原谅,这些农村人招待不好他反倒不高兴,回到老家说你。他们认为你在北京,来到北京理应该你招待,全不知小林在北京也是社会的最低层,也整天清早排队买豆腐,只是客人来了,才多加两个菜。有时小林看老家人那故作傲慢的样子,不禁又好气又好笑:你们在家才吃什么!老家人来,如果单是吃一顿饭,还好应付,往往吃过饭,他们还要交代许多事让小林办。搞物资,搞化肥,买汽车,打官司,走时还让小林给买火车票。小林哪里有那么强的办事能力!自己老婆的工作都办不了,送礼人家都不收,还能给别人打官司买汽车?买火车票小林照样得去北京站排队。一开始小林爱面子,总觉得如说自己什么都不能办,也让家乡人看不起,就答应试一试,但往往试一试也是白试,虽然有些同学分到了不同的单位,但都是刚到单位不久,还没到掌权的地步,哪里办得成?免不了回头还是尴尬。后来渐渐学聪明了,学会了说:"不,这事我办不了!"当然说这话人家会看不起,但看不起是早晚的事,早看不起倒可以省下麻烦。但老家仍是源源不断来人,来了起码吃你一顿饭。问题的复杂性还在于,小林老婆是城市人,城市到底比农村关系简单,来的人很少。人家家老不来人,自己家老来人,来了就要吃饭,农村人又不讲究,到处弹烟灰吐痰,也让小林不好意思。按说小林老婆在这方面还算开通,一开始来人不说什么,后来多了,成了常事,成了日常工作,人家就受不了,来了客人脸色不好,也不去买菜,也不去下厨房。小林虽然怪老婆不给自己面子,但人家生气得也有道理,两人如倒个个儿,小林也会不高兴。于是除了责备妻子,也怪自己老家不争气,捎带自己让人也看不起。老家如同一个大尾巴,时不时要掀开让人看看羞处,让人不忘记你仍是一个农村人。对门印度女人就说过,看他们家那土样,一家子农村人。弄得小林老婆很不高兴。所以小林时常提心吊胆,一到下班,就担心今天老家是否来人了?有时在家里坐,一听院子里有人说外地口音,他就心惊胆战,忙跑到阳台上看,看这外地口音是否进了自己的门洞,如不是进这门洞,才松一口气。虽然小林不盼望自己老家来人,却盼望老婆那边来人。那边如也来人,小林故意热情些,也可抵消一些自己这边来人,让老婆心理平衡一些。但人家来人少,让小林时刻亏着心。老家的父母也不懂小林心情,觉得自己儿子在北京,是个可炫耀的事情,时常说:"我儿子在北京,你们找他去!"人家来了,小林就不能不热情。后来时间长了,小林发觉你越热情,来的人越多,小林学聪明了,就不再热情。不热情怠慢人家,人家就不高兴,回去说你忘本。但忘本也就忘本,这个本有什么可留恋的!小林也给自己父母写信,说我这里也很忙,经济很难,以后不要图你们面子好看,故意往这里介绍人。信写好以后,小林还故意让老婆看了看,老婆没领他这个情,照地下吐了一口唾沫:

"早知道你家是这样,当初我就不会嫁你!"

小林马上火了,指着老婆说:

"当初我也把家庭情况向你说了,你说不在乎,照你这么说,好像我欺骗你!"

但斗气归斗气,家里还是照常来人。因人照常来,久而久之小林老婆也习惯了。习惯了就自然了。无非是脸色不高兴。这就使小林很满意。小林也自觉,客人来了,吃饭只加两个大路菜,无非是一条鱼,或一只鸡,没有酒水。老家人不满意,只好让他不满意,总比让老婆不满意要好。

但今天来的两个客人,使小林觉得只加两个菜绝对说不过去。这两个人一个老头子,一个年轻人,一开始小林没有认出来,上去问他们是哪个村的,听那老头子一说话,小林认出来了,是自己小学时的老师。这老师姓杜,小林上小学时,跟他学了五年,杜老师既教数学,又教语文。一年冬天小林捣蛋,上自习跑出去玩冰,冰炸了,小林掉到了冰窟窿里。被救上来,老师也没吵他,还忙将湿衣裳给他脱下来,将自己的大棉袄给他披上。这样的老师,十几年没见,现在到了自己门上,如何使小林不激动?小林上去握住他的手:

"老师!"

老师见他激动,也激动起来,拉住小林说:

"小林!街上遇到你,肯定我认不出来!"

又忙把年轻人向他介绍,说是自己的儿子。

大家激动过,小林问老师来北京的意思。老师把意思一说,小林又有些胆战心惊,原来老师得了肺气肿,到底发展没发展成肺癌,老家医院水平低,诊断不出来,这时老师想起他培养的学生,还就数小林混得高,混到了北京,于是带儿子来投奔他,想让他找个医院给确诊确诊。如果是癌症,最好能住院治疗;如果不是癌症是肺气肿,也望能做一下手术。小林一边说:

"咱慢慢商量,咱慢慢商量!"

一边转动脑筋。可北京哪里有他熟悉的医院?这时门开了,小林老婆下班回来。小林一看表,已是晚上七点半。小林见了老婆又是一番胆战心惊,一边看老婆的脸色,一边向老婆介绍,这是自己的老师和老师的儿子,这是自己的爱人。老婆见又来了一屋人,屋里烟气冲天,痰迹遍地,当然不会有好脸色,只是点点头,就进了厨房。一会儿,厨房就传来吵声,老婆在责备保姆,都七点半了,怎么还没给孩子弄饭?小林知道那责备是冲着自己,也怪自己大意,只顾跟老师聊天,忘了交代保姆先给孩子弄饭。何况来了两个客人,加上小林、小林老婆、保姆、孩子,一下成了六口人,这饭还没准备呢。于是就让老师先坐着,自己去厨房给老婆解释。解释之前,他先掏出今天单位发的五十块钱,作为晋见礼;然后又解释说,实在没办法,这是自己小学时的老师,不同别人,好歹给弄顿饭,招待过去就完。谁知老婆一把将五张人民币打飞了,说:

"去你妈的,谁没有老师!我孩子还没吃饭,哪里管得上老师了!"

小林拉她:

"你小声点,让人听见!"

小林老婆更大声说：

"听见怎么了，三天两头来人，我这里不是旅馆！再这样下去，我实在受不了了！"

就坐在厨房的水池上落泪。

小林怒火一股股往头上冲。但现在生气也不是办法，客人还在里间坐着，只好先退出去，又去陪老师。但看老师的样子，已经听见他们的争吵。老师到底有文化，不比别的老家人，招待不好故意傲慢，马上大声说：

"小林你不必忙，俺已经在外面吃过饭了，俺住在劲松地下旅馆，也就是来看看你，给你带了点老家土产，喝了这杯水，俺就该走了，晚了怕坐不上车！"

接着拉开了帆布提包，让儿子把两桶香油送到了厨房。

小林感到心中更加不忍。他知道老师肯定没有吃饭，只是怕他为难，故意说这话给他老婆听。也许是两桶香油起了作用，也许是老婆觉悟过来，饭到底还是做了，做得还不错，四个菜，把孩子吃的虾仁都炒了一盘。好歹吃完饭，小林将老师和他儿子送出门。路上老师一个劲儿地说：

"我一来，给你添了麻烦。本来我不想来，可你师母老劝我来看看你，就来了！"

小林看着老师的满头白发，蹒跚的步子，脸上皱褶里都是土，自己也没有让他在家洗洗脸，心里不禁一阵辛酸，说：

"老师身体有病，该来北京看看。我先给你们找个便宜旅馆住下，明天我就给老师找医院！"

老头子忙用手止住小林：

"你忙你的，我还有办法！"

接着摘下帽子，从里边拿出一张纸条：

"来时怕找不到你，我找了县教育局李科长。李科长有一个同学，在某大机关当司长，看，都给我写了信！我投奔他，他那么大的干部，肯定有办法！"

老师话说到这里，小林就不再坚持。因让他找医院，他也肯定找不出什么好医院，是瞎耽误老师的时间，还不如让人家去找司长。于是就只好将老师和他儿子送到公共汽车上，和他们再见。看着公共汽车开远，老师还在车上微笑着向他挥手，车猛地一停一开，老头子身子前后乱晃，仍不忘向他挥手，小林的泪刷刷地涌了出来。自己小时上学，老师不就是这么笑？等公共汽车开得看不见了，小林一个人往回走，这时感到身上沉重极了，像有座山

第十五章 刘震云

在身上背着,走不了几步,随时都有被压垮的危险。"

第二天上班,小林在办公室看报纸,看到一篇悼念文章,悼念一位已经死去好多年的大人物,说大人物生前如何尊师爱教,曾把他过去少年时仅存的两个老师接到北京,住在最好的地方,逛了整个北京。小林本来对这位死去的大人物印象不错,现在也禁不住骂道:

"谁不想尊师重教?我也想让老师住最好的地方,逛整个北京,可得有这条件!"

就把这张报纸扔到了废纸篓里。

四

孩子病了。流鼻涕,咳嗽。老婆说:

"你老师有肺气肿,上次他来咱们家一次,是不是把孩子给传染上了?"

孩子有病,小林也很着急。孩子一病,和不病时大不一样,小林和小林老婆,起码得一个人请假在家照顾。这时单靠保姆是不行的。但老婆胡乱联系,又责备他的老师,使小林心里很愤怒。上次老师走后,小林两天没理老婆,怪她破坏他的情感,当着老师的面让他下不来台。人家吃了你一顿饭,却给你提来两桶香油,两桶香油有十斤,现在北京自由市场一斤香油卖八块,十斤就是八十多块,你一顿饭值八十吗?两天来吃着老师的香油,老婆也面有愧色,也觉自己做得太过分。但现在孩子病了,她有气无处撒,又想反攻倒算,拿小林的老师做码子,小林就有些不客气,说:

"孩子有病,还是先检查。如检查出不是肺气肿传染,你提前这么责备人家,不就不道德了吗?"

于是两人都请假,带孩子去医院检查。但检查是好检查的?说来说去还是一个字:钱。现在给孩子看一次病,出手就要二三十;不该化验的化验,不该开的药乱开。小林觉得,别人不诚实可以,连医生都这么不诚实了,这还叫人怎么活?一次孩子拉稀,看下来硬是要了七十五。小林老婆又好气又好笑,抖着双手向小林说:

"一泡屎值七十五?"

每次给孩子看完病,小林和小林老婆都觉得是来上当。但孩子一病,这个当你还非上不可。你别无选择。譬如现在,路上孩子又有些发烧,温度还挺高,这时两人都忘记了相互指责,忘记了是去上当,精力都集中到孩子身上,于是加快步伐挤车去医院。到医院一检查,原来也无非是感冒。但拿着药单子到药房窗口划价:四十五块五毛八。小林老婆抖着单子说:

"看,又宰人了吧!你说,这药还拿不拿!"

小林没"说",也没理她。刚才小林有些着急,小孩发烧那么高,不知出了什么问题,不知是不是老师给传染了,现在诊断出是感冒,小林就放了心。放心之后,小林又开始愤怒,刚才你断定是我的老师传染,现在经过医院诊断,不成感冒了?小林本想跟她先理论理论这事,再说宰人不宰人的事,但看到药房前边排队的人很多,来往的人也很多,这个场合理论不对,就没有理她,只是没好气地向老婆说:

"怕宰人就别来呀,人家谁请你非拿药不可了?"

老婆马上抱起孩子:

"照这么说,我就真不拿药了!"

抱起孩子就走。看着老婆赌气不拿药,小林倒着了急。他知道老婆的脾气,赌上气九牛拉不回来。赌气不拿药,回家孩子怎么办?忙又撵出去,拦住老婆:

"哎,哎,这事你还能真赌气呀,把药单子给我!"

谁知老婆这次不是赌气,她看着小林说:

"这药不拿了,不就是感冒吗?上次我感冒从单位拿的药还没吃完,让她吃点不就行了?大不了就是'先锋'、'冲剂'、退烧片之类,再花钱不也是这个!"

小林说:

"那是大人药,大人小孩不一样!"

小林老婆说:

"怎么不一样,少吃一点就是了。这事你别管。不花四十五块,我也能让孩子三天好了。药吃完我再到单位要!"

小林觉得老婆说的也有道理。他用手摸了摸女儿的头,不知是孩子刚刚睡醒的缘故,还是嗅到了医院的味道,烧突然又退了下去。眼睛也有神了,指着医院对面的"哈密瓜"要吃。看情况有些缓解,小林觉得老婆的办法也可试一试。于是就跟老婆一块出医院,给孩子买了一块"哈密瓜"。吃了一块"哈密瓜",孩子更加活泼,连咳嗽一时也不咳了,跳到地上拉着小林的手玩。小林高兴,老婆也高兴。大家一高兴,心胸也就开阔了,小林也不再追究老婆说过老师传染不传染的话了,那都是着急时没有办法乱发的火,不足为凭。既然不追究了,孩子的病也确诊了,老婆想出办法,看病又省下四十五块钱,这不等于白白收入?大家心情更开朗。小林对老婆也关心了。路过小吃街,小林对老婆说:

"你不是爱吃炒肝？吃一碗吧！"

小林老婆嗫巴嗫巴嘴说：

"一块五一碗，也就吃着玩，多不划算！"

小林马上掏出一块五，递给摊主：

"来一碗炒肝！"

炒肝端上来，小林老婆不好意思地看了小林一眼，就坐下吃起来。看她吃的爱惜样子，这炒肝她是真爱吃。她捡了两节肠子给孩子吃，孩子嚼不动又吐出来，她忙又扔到自己嘴里吃了。她一定让小林尝尝汤儿，小林害怕肠，以为肠汤一定不好喝，但禁不住老婆一次一次劝，老婆的声音并且变得很温柔，眼神很多情，像回到了当初没结婚正谈恋爱的时候，小林只好尝了一口。汤里有香菜，热腾腾的，汤的味道果然不错。老婆问他味道怎么样，他说味道不错，老婆又多情地看了他一眼。想不到一碗炒肝，使两人重温了过去的温暖。这种情绪一直持续到晚上。因孩子病得不重，回家后老婆让她吃了药，她就自己玩去了。晚上也不咳了，睡得很死。等外间保姆传来鼾声，小林和小林老婆都很有激情。事情像新婚时一样好。事情过去以后，两人又相互抚摸着谈起了天，重新总结今天孩子病的原因。小林老婆主动承认错误，说今天一时性急，错怪了小林的老师。小林说既然不怪老师，就怪我们夜里没看好，让孩子蹬了被子。老婆说也不怪夜里没看好，就怪一个人。小林心里"咯噔"，问是谁，老婆用手指了指外间门厅。这是指保姆。接着老婆说了保姆一大堆不是，说保姆斤斤计较，干活不主动，交代的任务故意磨蹭，爱在保姆间乱串，爱泄露家中的机密；对孩子也不是真心实意，两人上班不在家，她让孩子一个人玩水，自己睡觉或看电视，还有个不感冒的？等今年九月份，一定送孩子入托，把她辞出去。她一个人工资四十元，吃喝费用得六十元，还用小林老婆的卫生巾、化妆品，再加上水果杂用，一月一百多，占一个人的工资，家里哪会不穷？等孩子入托，辞了保姆，一个月省下这么多钱，家里生活肯定能改善，前途还是光明的。小林也受了鼓舞，加上他平时对保姆印象也不好，也跟着老婆说了一阵子话。说完感到气都出了，心里很畅快。两人又亲了一下，才分开身子睡觉。老婆一转身三分钟睡着了，小林没睡着，想了想刚才的一番议论，又感到有些羞愧。两人温暖一天，最后把罪过归到保姆身上，未免有些小气。人家一个十几岁的小姑娘，出门几千里在外，整天看你脸色说话，就是容易的？小林感到自己也变得跟个娘儿们差不多了，不由感叹一声。但接着疲倦也上来了，两个眼皮一合，也就睡着了，不再想那么多。

但等第二天早晨,小林又感到昨天对保姆的指责没有错。清早老婆上班,小林照常出去排豆腐。排完豆腐,小林本来应该去上班,但今天下着蒙蒙小雨,来排豆腐的人少,豆腐买得顺利,看看表,还有富裕时间,因惦着孩子感冒,就又回家看了一趟。回家后,发现保姆床也没叠,孩子的饭也没做,药也没喂,给了孩子一盆洗脸水让她玩,她呢,正在给自己鼓捣吃的。清早起来小林和小林老婆都吃的剩饭,把昨天的剩饭泡了泡,就着咸菜吃下了肚。保姆不吃剩饭,你再熬点新粥也就罢了,谁知她正在用给女儿做饭的小锅下挂面,进屋一股香气,她加了香菜,加了豆腐干,还卧了一个鸡蛋。保姆见他突然回来,也有些吃惊,忙用筷子把鸡蛋往面条底下捺。但不管怎么捺,还是让小林发现了。小林怒火一股股往脑门冲,这不是故意败坏人吗?起床孩子不弄,自己倒先偷着做好的吃。大家都不容易,我们背后议论你、把一切罪过归到你身上固然不对,但你也忒不自觉,忒不值得尊重和体谅。但小林没有再指责保姆。按说现在抓住了罪证,当面指责一顿十分痛快,但保姆是这种样子,你指责她一顿,岂敢保证你走了以后,她会不把气撒到孩子身上?孩子还不懂事,能让她再替你承担罪过?于是只是把孩子正在玩的保姆的洗脸水,气鼓鼓地夺过来倾到马桶里。孩子一玩水,又开始流鼻涕;水被夺走,便坐在地上拧着屁股哭。小林没理,摔上门就上班去了。边匆忙下楼边心里骂:

"妈的,九月份一定让你滚蛋!"

晚上下班回家,孩子的感冒似乎又加重了,鼻子齉齉的,一个劲咳嗽;摸摸头,烧也有点升上来。小林知道,这和保姆一天捣蛋肯定有关系。但他又不敢把清早保姆捣蛋的事告诉老婆,那样肯定会引起另一场轩然大波。不过,不知老婆今天怎么了,一脸喜色,对孩子病情加重也不在意,喜孜孜地自己坐在床前想心思。老婆一有这种脸色,肯定有好事。来厨房看看,果然,老婆买回来一节香肠。买了香肠不说,还买回来一瓶"燕京"啤酒。这肯定是给小林买的。过去单身汉时,小林最爱喝啤酒。自结婚以后,这种爱好渐渐就根除了。一瓶一块多,喝它干吗,就是不说钱,平时谁有喝啤酒的心思!小林摸不透老婆今天的心思,忙进里间问:

"喂,你今天怎么了?"

老婆"吃吃"地笑。

小林感到有些奇怪:

"你笑什么?说出来我听听!"

老婆说:

"小林,我告诉你,我的工作问题解决了!"

小林吃了一惊:

"什么?解决了?你去前三门单位了?管人事的头头答应了?"

老婆摇摇头。

小林问:

"找到新的单位了?"

老婆摇摇头。

小林禁不住泄气:

"那解决什么?"

老婆说:

"这工作我不调了!"

小林说:

"怎么不调了,你对单位又有感情了?你不怕挤公共汽车了?"

小林老婆说:

"感情谈不上,但以后不挤公共汽车了。我们单位的头头说,从九月份开始,往咱们这条线发一趟班车!你想,有了班车,我就不用挤公共汽车,四十分钟也到了。自己单位的班车,上车还有座位,这不比挤地铁去前三门单位还好?小林,我想通了,只要九月份通班车,我工作就不调了。这单位固然不好,人事关系复杂,但前三门那个单位就不复杂了?看那管人事头头的嘴脸!我信了你的话,天下的老鸦一般黑。只要有班车,我就不调了,睁只眼闭只眼混算了。这不是工作问题解决了!"

小林听了老婆一番话,也很高兴。家中的一件大事,过去天天苦恼,时常为此闹矛盾,现在终于有了着落。虽然工作问题的解决实际上是以不解决为解决,但不管怎样,解决了,老婆就安心了,就没有烦恼了,就不会情绪激动了,家里就不会再为此闹矛盾了。说来问题解决也简单,靠小林和小林老婆自己去求人,去送东西到处碰壁,最终解决无非是单位发了一趟班车。但不管怎么解决,小林也马上和老婆一样高兴起来,说:

"好,好,这不以后不存在这问题了?你就不再跟我闹了?"

老婆说:

"是不存在呀!"

又娇嗔道:

"谁跟你闹了?你没有本事解决,还怪我跟你闹!最后不还是靠我自己解决!就等九月份了!"

小林说：

"是呀，是呀，是靠你自己解决，就等九月份！"

大家情绪很好。孩子的病也压过去了。吃饭时大家喝了啤酒。晚上孩子保姆入睡，两人又欢乐了一次。欢乐时两人很有激情。欢乐以后，两人都很不好意思。昨天欢乐，今天又欢乐，很长时间没这么勤了。接着两人又抚摸着谈心，说九月份。九月份真是个好日子，老婆工作问题解决，孩子入托辞退保姆，家里可省一大笔开支。两人又展望未来，憧憬九月份的幸福日子，讨论节省下的开支如何使用。后来老婆又说，现在孩子还小，要不再让孩子在家呆一年，再用一年保姆，等明年再送孩子入托。小林想起早晨保姆的事，马上恶狠狠地说：

"不，就今年，不为孩子，也为保姆，马上让她滚蛋！"

老婆与保姆矛盾很深，听小林这么说，也很高兴，又亲了他一下，翻过身就睡着了。

五

九月份了，九月份有两件事，一、老婆通班车；二、孩子入托辞退保姆。老婆通班车这一条比较顺，到了九月一号，老婆单位果然在这条线通了班车。老婆马上显得轻松许多。早上不用再顶星星。过去都是早六点起床，晚一点儿就要迟到；现在七点起床就可以了，可以多睡一个小时。七点起床梳洗完毕，吃点饭，七点二十轻轻松松出门，到门口上班车；上了班车还有座位，一直开到单位院内，一点不累。晚上回来也很早，过去要戴月亮，七点多才能到家，现在不用戴了；单位五点下班，她五点四十就到了家，还可以休息一会儿再做饭。老婆很高兴。不过她这高兴与刚听到通班车时的高兴不同，她现在的高兴有些打折扣。本来听说这条线通班车，老婆以为是单位头头对大家的关心，后来打听清楚，原来单位头头并不是考虑大家，而是单位头头的一个小姨子最近搬家搬到了这一块地方，单位头头的老婆跟单位头头闹，单位头头才让往这里加一线班车。老婆听到这个消息，马上就有些沮丧，感到这班车通得有些贬值，自己高兴得有些盲目。回来与小林唠叨，小林听到心里也挺别扭，感到似乎是受了污辱。但这污辱比起前三门单位管人事的头头拒不收礼的污辱算什么！于是向老婆解释，管他娘嫁给谁，管是因为什么通的班车，咱只要跟着能坐就行了。老婆说：

"原来以为坐班车是公平合理，单位头头的关心，谁知是沾了人家小姨子的光，以后每天坐车，不都得想起小姨子！"

小林说：

"那有什么办法，现在看，没有人家小姨子，你还坐不上班车！"

小林老婆说：

"我坐车心里总感到有些别扭，感到自己是二等公民！"

小林说：

"你还像大学刚毕业那么天真，什么二等三等，有个班车给你坐就不错了。我只问你，就算沾了人家小姨子的光，总比挤公共汽车强吧！"

小林老婆说：

"那倒是！"

小林又说：

"再说，沾她光的又不是你自己，我只问你，是不是每天一班车人？"

老婆说：

"可不是一班车人，大家都不争气！"

小林说：

"人家不争气，这时你倒长了志气。你长志气，你以后再去坐公共汽车，没人拉你非坐班车！你调工作不也照样求人巴结人？给人送东西，还让晾到了楼道里！"

老婆这时"扑哧"笑了：

"我也就是说说，你倒说个没完了。不过你说得对，到了这时候，还说什么志气不志气！谁有志气？有志气顶他妈屁用，管他妈嫁给谁，咱只管每天有班车坐就是了！"

小林拍巴掌：

"这不结了！"

所以老婆每天显得很愉快。但小孩入托一事，碰到了困难。小林单位没有幼儿园，老婆单位有幼儿园，但离家太远，每天跟着老婆来回坐车也不合适，这就只能在家门口附近找幼儿园。门口倒是有几个幼儿园，有外单位办的，有区里办的，有街道办的，有居委会办的，有个体老太太办的。这里边最好的是外单位办的，里边有幼师毕业的阿姨，可以教孩子些东西；区以下就比较差些，只会让孩子排队拉圈在街头走；最差的是居委会或个体办的，无非是几个老太太合伙领着孩子玩，赚个零用钱花花。因孩子教育牵扯到下一代，老婆对这事看得比她调工作还重。就撺掇小林去争取外单位办的幼儿园，次之只能是区里办的，街道以下不予考虑。小林一开始有些轻敌，以为不就给孩子找个幼儿园吗？临时呆两年，很快就出去了，估计困难不会

太大,但他接受以前一开始说话腔太满,后来被老婆找后账的教训,说:

"我找人家说说看吧,我也不是什么领导人,谁知人家会不会买我的账,你也不能限制得太死!"

对门印度女人家也有一个孩子,大小跟小林家孩子差不多,也该入托,小林老婆听说,她家的孩子就找到了幼儿园,就是外单位办的那个。小林老婆说话有了根据,对小林说:

"怎么不限制死,就得限制死,就是外单位那个,她家的孩子上那个,咱孩子就得上那个,区里办的也不用考虑了!"

任务就这样给小林布置下了。等小林去落实时,小林才感到给孩子找个幼儿园,原来比给老婆调工作困难还大。小林首先摸了一下情况,外单位这个幼儿园办得果真不错,年年在市里得先进。一些区一级的领导,自己区里办的有幼儿园,却把孩子送到这个幼儿园。但人家名额限制得也很死,没有过硬的关系,想进去比登天还难。进幼儿园的表格,都在园长手里,连副园长都没权力收孩子。而要这个园长发表格,必须有这个单位局长以上的批条。小林绞尽脑汁想人,把京城里的同学想遍,没想出与这个单位有关系的人。也是急病乱投医,小林想不出同学,却突然想起门口一个修自行车的老头。小林常在老头那里修车,"大爷""大爷"地叫,两人混得很熟。平时带钱没带钱,都可以修了车子推上先走。一次在闲谈中,听老头说他女儿在附近的幼儿园当阿姨,不知是不是外单位这个?想到这个茬儿,小林兴奋起来,立即骑上车去找修车老头。如果他女儿是在外单位这个,虽然只是一个阿姨,说话不一定顶用,但起码打开一个突破口,可以让她牵内线提供关系。找到修车老头,老头很热情,也很豪爽,听完小林的诉说,马上代他女儿答应下来,说只要小林的孩子想入他女儿的托,他只要说一句话,没有个进不去的。只是他女儿的幼儿园,不是外单位那个,而是本地居委会办的。小林听后十分丧气。回来将情况向老婆作了汇报。老婆先是责备他无能,想不出关系,后又说:

"咱们给园长备份厚礼送去,花个七十八十的,看能不能打动她!对门那个印度孩子怎么能进去?也没见她丈夫有什么特别的本事,肯定也是送了礼!"

小林摆摆手说:

"连认识都不认识,两眼一抹黑,这礼怎么送得出去?上次给前三门单位管人事的头头送礼,没放着样子?"

老婆火了:

"关系你没关系,礼又送不出,你说怎么办?"

小林说:

"干脆入修车老头女儿那个幼儿园算了!一个三岁的孩子,什么教育不教育,韶山冲一个穷沟沟,不也出了毛主席!还是看孩子自己!"

老婆马上愤怒,说小林不能这样对孩子不负责任;跟修车的女儿在一起,长大不修车才怪;到目前为止,你连外单位的幼儿园的园长见都没见一面,怎么就料定人家不收你的孩子?有了老婆这番话,小林就决定斗胆直接去见一下幼儿园园长。不通过任何介绍,去时也不带礼,直接把困难向人家说一下,看能否引起人家的同情。路上小林安慰自己,中国的事情很复杂,别看素不相识,别看不送礼,说不定事情倒能办成;有时认识、有关系,倒容易关系复杂,相互嫉妒,事情倒不大好办。不认识怎么了?不认识说不定倒能引起同情。世上就没好人了?说不定这里就能碰上一个。但等小林在幼儿园见到园长,才知道自己的想法幼稚天真。幼儿园园长是个五十多岁的老太太,人倒挺和蔼,说她这个幼儿园不招收外单位的孩子;本单位孩子都收不了,招外单位的大家会没有意见?不过情况也有例外,现在幼儿园想搞一项基建,一直没有指标,看小林在国家机关工作,如能帮他们搞到一个基建指标,就可以收下小林的孩子。小林一听就泄了气,自己连自己都顾不住,哪能帮人家搞什么基建指标?如有本事搞基建指标,孩子哪个幼儿园不能进,何必非进你这个幼儿园?他垂头丧气回到家,准备向老婆汇报,谁知家里又起了轩然大波,正在闹另一种矛盾。原来保姆已经闻知他们在给孩子找幼儿园;给孩子找到幼儿园,不马上要辞退她?她不能束手待毙,也怪小林老婆不事先跟她打招呼,于是就先发制人,主动提出要马上辞退工作。小林老婆觉得保姆很没道理,我自己的孩子,找不找幼儿园还用跟你商量?现在幼儿园还没找到,你就辞工作,不是故意给人出难题?两人就吵起来。到了这时候,小林老婆不想再给保姆说好话,说,要辞马上辞,立即就走。保姆也不服软,马上就去收拾东西。小林回到家,保姆已将东西收拾好,正要出门。小林幼儿园联系得不顺利,觉得保姆现在走措手不及,忙上前去劝,但被老婆拦住:

"不用劝她,让她走,看她走了,天能塌下来不成!"

小林也无奈。可到保姆真要走,孩子不干了。孩子跟她混熟了,见她要走,便哭着在地上打滚;保姆对孩子也有了感情,忙上前又去抱起孩子。最后保姆终于放下嗷嗷哭的孩子,跑着下楼走了。保姆一走,小林老婆又哭了,觉得保姆在这干了两年多,把孩子看大,现在就这么走了也很不好,赶忙让小林到阳台上,给保姆再扔下一个月的工资。

保姆走后,家里乱了套。幼儿园没找着,两人就得轮流请假在家看孩子。这时老婆又开始恶狠狠地责骂保姆,怪她给出了这么个难题,又责怪小林无能,连个幼儿园都找不到。小林说:

"人家要基建指标,别说我,换我们的处长也不一定能搞到!"

又说:

"依我说,咱也别故意把事情搞复杂,承认咱没本事,进不了那个幼儿园,干脆,进修车老头女儿的幼儿园算了!这个幼儿园不也孩子满满当当的!"

事到如今,小林老婆的思想也有些活动。整天这么请假也不是个事。第二天又与小林到修车老头女儿的幼儿园看了看,印象还不错,当然比外单位那个幼儿园差远了,但里面还干净,几个房间里圈着几十个孩子,一个屋子角上还放着一架钢琴。幼儿园离马路也远。小林见老婆不说话,知道她基本答应了,心里一块石头才算落了地。

回来,开始给孩子做入托的准备。收拾衣服、枕头、吃饭的碗和勺子、喝水的杯子、揩鼻涕的手绢,像送儿出征一样。小林老婆又落了泪:

"爹娘没本事,送你到居委会幼儿园,你以后就好自为之吧!"

但等孩子体检完身体,第二天要去居委会幼儿园时,事情又发生了转机,外单位那个幼儿园,又同意接受小林的孩子。当然,这并不是小林的功劳,而是对门那个印度女人的丈夫意外给帮了忙。这天晚上有人敲门,小林打开门,是印度女人的丈夫。印度女人的丈夫具体是干什么的,小林和小林老婆都不清楚,反正整天穿得笔挺,打着领带,骑摩托上班。由于人家家里富,家里摆设好,自家比较穷,家里摆设差,小林和小林老婆都有些自卑,与他们家来往不多。只是小林老婆与印度女人有些接触,还面和心不和。现在印度女人的丈夫突然出现,小林和小林老婆都提高了警惕:他来干什么?谁知人家很大方,坐在床沿上说:

"听说你们家孩子入托遇到困难?"

小林马上感到有些脸红。人家问题解决了,自己没有解决,这不显得自己无能?就有些支吾。印度女人丈夫说:

"我来跟你们商量个事,如果你们想上外单位那个幼儿园,我这里还有一个名额。原来搞好了两个名额,我孩子一个我姐姐孩子一个,后来我姐姐孩子不去了,如果你们不嫌这个托儿所差,这个名额可以让给你们,大家对门住着!"

小林和小林老婆都感到一阵惊喜。看印度女人丈夫的神情，也没有恶意。小林老婆马上高兴地答：

"那太好了，那太感谢你了！那幼儿园我们努力半天，都没有进去，正准备去居委会的呢！"

这时小林脸上却有些挂不住。自己无能，回过头还得靠人家帮助解决，不太让人看不起了！所以倒没像老婆那样喜形于色。印度女人的丈夫又体谅地说：

"本来我也没什么办法，只是我单位一个同事的爸爸，正好是那个单位的局长，通过求他，才搞到了名额。现在这年头儿，还不是这么回事！"

这倒叫小林心里有些安慰。别看印度女人爱搅是非，印度女人的丈夫却是个男子汉。小林忙拿出烟，让他一支。烟不是什么好烟，也就是"长乐"，放了好多天，有些干燥了，但人家也没嫌弃，很大方地点着，与小林一人一支，抽了起来。

孩子顺利地入了托。小林和小林老婆都松了一口气。从此小林家和印度女人家的家庭关系也融洽许多。两家孩子一同上幼儿园。但等上了几天，小林老婆的脸又沉了下来。小林问她怎么回事，她说：

"咱们上当了！咱们不该让孩子上外单位幼儿园！"

小林问：

"怎么上当？怎么不该去？"

小林老婆说：

"表面看，印度家庭帮了咱的忙，通过观察，我发现这里头不对，他们并不是要帮咱们，他们是为了他们自己。原来他们孩子哭闹，去幼儿园不顺利，这才拉上咱们孩子给他陪读。两个孩子以前在一块玩，现在一块上幼儿园，当然好上了。我也打听了，那个印度丈夫根本没有姐姐！咱们自己没本事，孩子也跟着受欺负！我坐班车是沾了人家小姨子的光，没想到孩子进幼儿园，也是为了给人家陪读！"

接着开始小声哭起来。听了老婆的话，小林也感到后背冷飕飕的。妈的，原来印度家庭没安好心。可这事又摆不上桌面，不好找人理论。但小林心里像吃了马粪一样感到龌龊。事情龌龊在于：老婆哭后，小林安慰一番，第二天孩子照样得去给人家当"陪读"；在好的幼儿园当陪读，也比在差的幼儿园胡混强啊！就像蹭人家小姨子的班车，也比挤公共汽车强一样。当天夜里，老婆孩子入睡，小林第一次流下了泪，还在漆黑的夜里扇了自己一耳光：

"你怎么这么没本事,你怎么这么不会混!"

但他扇的声音不大,怕把老婆弄醒。

六

今年大白菜丰收。

小林站在市民排起的长队里,嘴里哈着寒气,开始购买冬贮大白菜。大家一人手里捏着一个纸片。天冷了,有人头上已经扣上了棉帽子。大家排队时间一长,相互混熟了,前边一个中年人让给小林一支烟,两人燃着,说些闲话。一到购买冬贮大白菜,小林的心情是既焦急又矛盾。看着别人用自行车、三轮车、大筐往家里弄大白菜,留下一路菜帮子,他很焦急;生怕大白菜一下卖完,他落了空,冬天里没有菜吃。等到挤到人群里去买,他心里又觉得是上当。年年买大白菜,年年上当。买上几十棵便宜菜,不够伺候它的,天天得摆、晾、翻,天天夜里得收到一起码着。这样晾好,白菜已经脱了几层皮。一开始是舍不得吃,宁肯再到外面买;等到舍得吃,白菜已经开始发干,萎缩,一个个变成了小棍棍,一层层揭下去,就剩一个小白菜心,弄不好还冻了,煮出一股酸味。每到第二年春天,面对着剩下的几根小棍棍,小林和小林老婆都发誓,等秋天再不买大白菜。可一到秋天,看着一堆堆白菜那么便宜,政府在里边有补贴,别人家一车一车推,自己不买又感到吃亏。这样矛盾焦急心理,小林感到是一种折磨,其心理损耗远远超过了白菜的价值。所以今年一到秋天小林便下定决心:坚决不买大白菜。与老婆商量,老婆也同意,说把冬贮菜的亏烂刨下去,也不见得便宜到哪里去。于是他们今年真没有买大白菜。但这样仅坚持了三天,小林又扣上棉帽子排到了买冬贮菜的行列。这并不是今年小林的意志不坚强,而是今年北京大白菜过剩,单位号召大家买"爱国菜",谁买了"爱国菜"可以到单位报销。这样,不买白不买,小林和小林老婆马上又改变了最初的决定,决定马上去买"爱国菜",而且单位能报销多少,就买多少。小林单位可以报销三百斤,小林老婆单位可以报销二百斤,于是两人决定买五百斤。这比往年自己决定买大白菜的量还多。小林专门借了办公室副处长老何家的三轮车。小林说:

"原来说不买大白菜了,谁知单位又要报销,逼着你非再麻烦一次!"

由于这麻烦是报销引起的而不是自己决定的,所以小林一边排队买菜,一边又感到委屈,叹了一口气,用脚踢了踢"爱国菜",漫不经心地看前边称菜。但小林很快又克服了漫不经心。因大家买菜都不花钱,竞争都挺激烈,生怕排到自己"爱国菜"脱销,眼珠子瞪得都挺大。小林也不由紧张起来,将棉帽子的帽翅卷了起来,露出耳朵。

五百斤大白菜买回家,家里便充满了大白菜的气味。小林心情不好。但由于这大白菜不花钱,老婆的积极性倒挺高,在那里晾晒。不过结果小林仍然知道,无非变成七八十个小棍棍。看着它堆积那么高,一个冬天要吃掉它,也叫人倒胃口。不过老婆心情开朗,小林也跟着心情好起来,家里气氛倒是比以前轻松。大白菜拉回家的第二天,小林老家又来了人,一共来了六个,小林心里一阵紧张,小林老婆的脸也变了颜色。不过这六个客人并没有吃饭,坐了一会就走了,说是去东北出差。小林才放下心来。小林老婆脸上的颜色也转了过来,送客人时显得很热情,弄得大家都很满意。

这天,小林下班早,到菜市场去转。先买了一堆柿子椒,又用粮票换了二斤鸡蛋(保姆走后,粮食宽裕许多,可以腾出些粮票换鸡蛋),正准备回家,突然看到市场上新添了一个卖安徽板鸭的个体食品车,许多人站队在那里买。小林过去看了看,鸭子太贵,四块多一斤;但鸭杂便宜,才三块钱一斤。小林女儿爱吃动物杂碎,小林就也排到了队伍中,准备买半斤鸭杂。摊主有两个人,一个操安徽口音的在剁鸭子,另一个老板模样的人在收钱。可等排到小林,小林要把钱交给老板时,老板看他一眼,两人眼睛一对,禁不住都叫道:

"小林!"

"小李白!"

两人都丢下鸭杂和钱,笑着搂抱在一起。这个"小李白"是小林的大学同学,当年在学校时,两人关系很好,都喜欢写诗,一块加入了学校的文学社。那时大家都讲奋斗,一股子开天辟地的劲头。"小李白"很有才,又勤奋,平均一天写三首诗,诗在一些报刊还发表过,豪放洒脱,上下几千年,秦皇汉武、唐宗宋祖,都不在话下,人称"小李白"。惹得许多女同学追他。毕业以后,大家烟消云散。"小李白"也分到一个国家机关。后来听说他坐不了办公室,自己辞职跑到一个公司去了,现在怎么又卖起了板鸭?"小李白"见到小林,生意也不做了,一切交给剁鸭子的安徽人,拉小林到旁边树下聊天。两人抽着烟,小林问:

"你不是在公司吗?怎么又卖起了板鸭?"

"小李白"一笑:

"妈拉个×,公司倒闭了,就当上了个体户,卖起了板鸭!不过卖板鸭也不错,跟自己开公司差不多,一天也弄个百儿八十的!"

小林吓了一跳,又问:

"你还写诗吗？"

"小李白"朝地上啐了一口浓痰：

"狗屁！那是年轻时不懂事！诗是什么,诗是搔首弄姿混扯蛋！如果现在还写诗,不得饿死？混呗。你结婚了吗？"

小林说：

"孩子都三岁了！"

"小李白"拍了一巴掌：

"看,还说写诗,写姥姥！我可算看透了,不要异想天开,不要总想着出人头地,就在人堆里混,什么都不想,最舒服,你说呢？"

小林深有同感,于是点点头。又问：

"你有孩子吗？"

"小李白"伸出了三个手指头。小林吃了一惊：

"你敢不计划生育？"

"小李白"一笑：

"结了三个,离了三个,现在又结了一个。结一个下一个果,离婚人家不要孩子,我可不就落了三个！不卖鸭子成吗？家里五六张嘴等着吃食哩！"

小林也一笑,觉得"小李白"到底是"小李白",诗虽然不写了,但那股洒脱劲儿还没褪下。两人又谈了半天,天快黑了,"小李白"突然想起什么,照小林肩上拍了一掌：

"有了！"

小林吓了一跳：

"什么有了？"

"小李白"说：

"我得出去十来天,去外地弄鸭子,这里没人收账,我正愁找不到人,你以后每天下班,来替我收收账算了！"

小林忙摆手：

"别,别,我还得上班。再说,我也不会卖鸭子！"

"小李白"说：

"我知道你是爱那个面子！你还是天真幼稚,现在普天下谁还要面子？要面子一股子穷酸,不要面子享荣华富贵。就你小林清高？看你的穿戴神情,也是改不掉的穷酸受罪模样。你下班来替我收账,帮我十天,我每天给你二十块钱！"

然后,不由分说,将一个大鸭子塞到小林手里,把小林推走了。

小林边摇头边笑提着鸭子回到家,老婆正不高兴他这么晚才回来,孩子也没准时接;又看他手里提鸭子,以为是花钱买的,叫道:

"你成贵族了,吃这么大的鸭子!"

小林将鸭子扔到饭桌上,瞪了老婆一眼:

"人家送的!"

小林老婆吃了一惊:

"你当官了?也有人给你送东西!"

小林便将菜市场的巧遇原原本本给老婆说了。最后把"小李白"让他看鸭子收账的事也说了。没想到老婆一听这事倒高兴,同意他去卖鸭子,说:

"一天两个小时,也不耽误上班,两个小时给你二十块钱,比给资本家端盘子挣得还多,怎么不可以!从明天起孩子我接,你卖鸭子吧,这事你能干得下来!"

小林倒在床上,手扣住后脑勺说:

"干是干得下来,只是面子上挂不住,卖鸭子!"

小林老婆说:

"管他呢!讲面子不是穷了这么多年?你又不找老婆,我不怕你丢面子,你还怕什么!"

于是,从第二天起,小林每天下午下班,就坐在板鸭车后边卖鸭子收款。一开始还真有些不好意思,穿上白围裙,就不敢抬眼睛,不敢看买鸭子的是谁,生怕碰到熟人。回家一身鸭子味,赶紧洗澡。可干了两天,每天能捏两张人民币,眼睛、脸就敢抬了,碰到熟人也不怕了。回来澡也不洗了。习惯了就自然了。小林感到就好像当娼妓,头一次接客总是害怕,害臊,时间一长,态度就大方了,接谁都一样。这时小林觉得长期这样卖鸭子也不错,每月可多六百元的收入,一年下来不就富了?可惜"小李白"只出去十天,十天回来,小林就干不成了。如果自己早一点见到"小李白"就好了。

鸭子卖到第九天,这天小林正在车后卖鸭子,又碰到一个熟人。本来现在小林已经不怕熟人了,但这个熟人不同别的熟人,小林还是有些害怕,他是小林办公室的处长老关。老关家住别处,本来不逛这个菜市场,怎么他今天逛到这里来了?当老关看到板鸭车后坐的是自己的部下,吃惊得眼睛瞪得溜圆。小林也感到不好意思。小林第二天上班,就准备老关找他谈话。果然,老关找他单独"通气"。不过这时小林一点不怕老关,大家都在社会上混,又不是在单位卖鸭子,下班挣个零钱有什么不可以?有钱到底过得愉快,九天挣了一百八,给老婆添了一件风衣,给女儿买了一个五斤重的大哈密瓜,大家都喜笑颜开。这与面子、与挨领导两句批评相比,面子和批评实在不算什么。当然小林在单位混了这么多年,已不像刚来单位时那么天真,尽说大实话;在单位就要真真假假,真亦假来假亦真,说假话者升官发财,说真话倒霉受罚。于是在老关要求他解释昨天的事时,小林故作天真地一笑,说卖板鸭的是他的同学,他觉得好玩,就穿上同学的围裙坐那里试了一试,喊了两嗓子,纯粹是闹着玩,正好被领导碰上,他并没有真的卖鸭子,给单位丢名誉。老关听到情况是这样,就松了一口气,说:

"我说呢,堂堂一个国家干部,你也不至于卖鸭子!既然是闹着玩,这事就算了,以后别这么闹就是了!"

小林忙答应一声,两人便分了手。等老关走远,小林朝地上啐了一口唾沫,怎么不至于卖鸭子,老子就是卖了九天鸭子!可惜今天是最后一天了。如果能长期这样,我这个鸭子还真要长期卖下去。

可惜,这天下午,"小李白"准时从外地回来了,小林就告别了板鸭车。临别时"小李白"把最后二十块钱交给小林,交代他以后想吃鸭子就来拿;以后他到外地去弄鸭子,还请他来看摊。小林这时一点也没不好意思,声音很大地答应:

"以后需要我帮忙,你尽管言声!"

七

孩子上幼儿园已经三个月了。小林或小林老婆每天接送。平心而论,孩子上幼儿园以后,家务比以前多了,家里没有保姆,刷碗、擦地、洗衣洗单子,都要自己动手;孩子每天清早送、晚上接,都要准时;不像过去家里有保姆担着,回去得早晚没关系。家务虽然重了,但因为家里没有保姆,孩子一天不在家,让人心理上轻松许多;孩子接回来,关起门也是自己一家人,没有外人。保姆一走,每月省下一百多元钱,扣除孩子的入托费,还剩五六十,经济上也显得宽裕了,老婆也舍得吃了,时不时买根香肠,有时还买只烧鸡。两人在一起讨论起来,都说没有保姆好处多,接着说了用保姆的一连串毛病。但现在人家已经走了,两人还边啃烧鸡边声讨人家,未免显得有些小气。不说她也罢。以后两人说保姆少了。

孩子入托好是好,但小林和小林老婆一直有一个心理问题还没有解决。因为孩子入托是沾了印度家庭的光,是为了给人家孩子当陪读。清早一送孩子,晚上一接孩子,就想起这档子事,让人心理上不愉快。接送过程中,常碰到印度女人或她的丈夫,招呼还是要打,但打过招呼就有一种羞愧和不自然。不过孩子不懂事,有时从幼儿园出来,还和印度女人的孩子拉着手,玩得很愉快。但什么事情都有一个过程,时间一长,小林和小林老婆就把这事看得轻了。有时又一想什么陪读不陪读,只要能进幼儿园,只要孩子愉快就行了。就好像帮人家卖鸭子,面子是不好看,领导也批评,但二百块钱总是到手了。只是有时见了印度家的人依然愤怒,愤怒起来心里要骂一句:

"帮我联系幼儿园,我也不承你的情!"

孩子在幼儿园也有一个习惯过程。开始几天,孩子哭着不去。送时哭,接时也哭。这是年幼不懂事,大人只要坚持下来,孩子也没办法。坚持一段孩子就习惯了。等孩子熟悉了新的环境,老师、别的孩子,她都认识了,于是也就不哭了。小林有时觉得那么小的孩子,在无奈中也会渐渐适应环境,想起来有些心酸。可老放在身边怎么成,她就不长大了吗?长大混世界,不更得适应?于是也就不把这辛酸放到心上。这时有了世界杯足球赛,小林前几年爱看足球,看得脸红心跳,觉得过瘾,世界级的明星,都能说出口。那时觉得人生的一大目的就是看足球,世界杯四年一次,人生才有几个四年?但后来参加工作、结婚以后,足球赛渐渐不看了。看它有什么用?人家球踢得再好,也不解决小林身边任何问题。小林的问题是房子、孩子、蜂窝煤和保姆、老家来人。所以对热闹的世界充耳不闻。现在孩子入了幼儿园,小林心里轻松一些,看到今天晚上要决赛,也禁不住心里痒痒起来;由于转播是半夜,他想跟老婆通融通融,半夜起来看一次转播。于是下班接孩子回来,猛干家务。老婆看他有些反常,问他有什么事,他就腆着脸把这件事说了,并说今天晚上上场的有马拉多纳。谁知老婆仍是那么不通情达理,她的思路仍没有转过弯来,竟将围裙摔到桌子上:

"家里蜂窝煤都没有了,你还要半夜起来看足球,还是累得轻!你要能让马拉多纳给咱家拉蜂窝煤,我就让你半夜起来看他!"

小林一阵扫兴,连忙摆手:

"算了,算了,你别说了,我不看了,明天我去拉蜂窝煤不就行了!"

于是也不再干家务,坐在床头犯傻,像老婆有时在单位不顺心回到家坐床边犯傻的样子。这天夜里,小林一夜没睡着。老婆半夜醒来,见小林仍睁眼在那里犯傻,倒有些害怕,说:

"你要真想看,你看去吧!明天不误拉蜂窝煤就行了!"

这时小林一点兴致都没有了,一点不承老婆的情,厌恶地说:

"我说看了？不看足球，还不让我想想事情了！"

第二天早起，小林就请了一上午假，去拉蜂窝煤。拉完蜂窝煤下午到单位，新来的大学生便来征求他对昨晚足球的意见。小林恶狠狠地说：

"一个鸡巴足球，有什么看的！我从来不看足球！"

接着就自己去翻报纸。倒把大学生吓了一跳。晚上下班回来，老婆见他仍在闹情绪，蜂窝煤也拉来了，倒觉得有点对不住他，自己忙里忙外弄孩子，还看着他的脸色说话。这倒叫小林有些过意不去，心里的恶气才稍稍出了一些。

这天晚上，小林和小林老婆正准备吃饭，查水表的瘸腿老头来了。本来今天不该查水表，但查水表的老头来了，就不敢不让他查。小林和小林老婆停止弄饭，让他查。这次老头除了拿着关水的扳手，身上还背着一个大背包，背包似乎还很重，累得老头一脸的汗。小林看着大背包，心里吓了一跳，不知老头又要搞什么名堂。果然，老头查完水表，又理所当然地坐到了小林家的床上。小林站在他跟前，不知他想说年轻时喂马，还是继续说上次偷水的事。但老头这两件事都没有说，而是突然笑嘻嘻的，对小林说：

"小林，我得求你一件事！"

小林吃了一惊，说：

"大爷，您说哪儿去了，都是我有事求您，您哪里会有事求我？"

老头说：

"这次真有事求你。你不是在×部×局×处工作吗？"

小林点点头。

老头说：

"×省×地区×县的一件批文，是不是压在你们处里？"

小林想了想，想起似乎是有这么一个文，压在处里，似乎是压在女小彭手上；女小彭这些天忙着去日坛公园学气功，就把这事给压下了。于是说：

"好像是有这件！"

老头拍着巴掌说：

"这就对了！×省×县是我的老家呀！老家为这件事着急得不得了，县长书记都来了，找到我，让我想办法！"

小林吃一惊，县长书记进京，竟要求到一个查水表的老头身上？但又想起他年轻时曾给大领导喂过马，于是就想通了。

老头继续说：

"我能想什么办法？我让他们打听一下批文压在哪个部哪个局哪个

处,他们打听出来,我一听真是凑巧,这个处正好是你在的处。我忽然想咱们俩认识,于是今天就求到你头上了!这事情好办吗?"

小林在机关呆了五六年,机关那一套还不熟悉?这事情说好办就好办,明天他给女小彭说一句话,女小彭抹口红的工夫,这批件就从她手里出去了;说不好办也不好办,如果陌生人公事公办去找女小彭,如果女小彭正在做气功打扰了她,或者因为别的事她正心情不好,这批件就难说了;她会给你找出批件的好多毛病,找出国家的种种规定,不能审批的原因,最后还弄得你口服心服,以为是批件本身有毛病而不是别的什么其它原因。瘸老头说的这批件,就看小林帮忙不帮忙,如果帮忙,明天就可以批;如果不帮忙,这批件就仍然得压一些日子。但瘸老头不是一般的老头,管着给他们查水表,这个忙看样子得帮。但小林已不是过去的小林,小林成熟了。如果放在过去,只要能帮忙,他会立即满口答应,但那是幼稚。能帮忙先说不能帮忙,好办先说不好办,这才是成熟。不帮忙不好办最后帮忙办成了,人家才感激你。一开始就满口答应,如果中间出了岔子没办成,本来答应人家,最后没办成,反倒落人家埋怨。所以小林将手搭在后脑勺上,将身子仰到被子垛上说:

"这事情不好办哪!批文是有这么一个批文,但我听说里边有好多毛病呢,不是说批就能批的!"

瘸老头虽然以前给大领导喂过马,但毕竟是多年以前的事了,现在已沦落成一个查水表的,不懂其中奥妙,已经多年矣,所以赶忙迎着小林笑:

"是呀是呀,我也给老家的县长书记说,北京中央不比地方,各项规定严着哩。不过小林你还是得帮帮忙!"

小林老婆这时也听出了什么意思,凑过来说:

"大爷,他就会偷水,哪里会帮您这大忙!"

瘸老头一脸尴尬,说:

"那是误会,那是误会,怪我乱听反映,一吨水才几分钱,谁会偷水!"

接着又忙把他的背包拉开,掏出一个大纸匣子,说:

"这是老家人的一点心意,你们收下吧!"

然后不再多留,对小林眨眨眼,瘸着腿走了。老头一走,小林老婆说:

"看来以后生活会有转变!"

小林问:

"怎么有转变?"

小林老婆指着纸盒子说:

"看,都有人开始送礼了!"

接着将纸盒子打开,掏出礼物一看,两人大吃一惊,原来是一个小型的微波炉,在市场上要七八百元一台。小林说:

"这多不合适,如果是一个布娃娃,可以收下,七八百元的东西,如何敢收!明天给他送回去!"

老婆也觉得是。晚上吃饭,两人都心事重重的。到了晚上,老婆突然问他:

"我只问你,那个批文好办吗?"

小林说:

"批文倒好办,我明天给女小彭说一下,马上就可以批!"小林老婆拍了一下巴掌:

"那这微波炉我收下了!"

小林担心地说:

"这不合适吧?帮批个文,收个微波炉,这不太假公济私了?再说,也给瘸腿老头留下话柄了呀!"

小林老婆说:

"给他把事情办了,还有什么话柄?什么假公济私,人家几千几万地倒腾,不照样做着大官!一个微波炉算什么!"

小林想想也是,就不再说什么。小林老婆马上将微波炉电源插上,拣了几块白薯放到里边试烤。几分钟之后,满屋的白薯香。打开炉子,白薯焦黄滚烫,小林老婆、小林、孩子三人,一人捧一块"稀溜稀溜"吃。小林老婆高兴地说,微波炉用处多,除了烤白薯,还可以烤蛋糕,烤馍片,烤鸡烤鸭。小林吃着白薯也很高兴,这时也得到一个启示,看来改变生活也不是没有可能,只要加入其中就行了。这天晚上,他与老婆又亲热了一回。由于有微波炉的刺激,老婆也很有激情。昨天发生的足球事件,这时也显得无足轻重了。

第二天上班,小林找到女小彭。果然,谈笑之间,两人就把那个批件给处理了。

微波炉用了两个星期,孩子突然出了毛病。本来去幼儿园她已经习惯了,接送都不哭了,有时还一蹦一跳地进幼儿园。但这两天突然反常,每天早上都哭,哭着不去幼儿园,或说肚子疼,或说要拉屎;真给她便盆,什么也拉不出来。喝斥她一顿,强着送去,路上倒不哭了,但怔怔的,犯愣,像傻了一样。小林和小林老婆都有些害怕,断定她在幼儿园出了毛病,要么是小朋友欺负了她,使她见了这个小朋友就害怕;要么问题出在阿姨身上,阿姨不

喜欢她,罚她站了墙根或是让她当众出丑,伤了她的自尊心,使她害怕再见阿姨。小林和小林老婆便问孩子因为什么,孩子倒哭着说:

"我没有什么呀,我没有什么呀!"

于是小林老婆只好接孩子时在其他家长中进行调查。调查的结果,原来毛病出在小林和小林老婆身上。他们大意了。大意之中过了元旦;元旦之前,别的家长都向阿姨们送东西,或多或少,意思意思,惟独小林家没有意思,于是迹象就出现在孩子身上。老婆埋怨小林:

"你也真是,孩子进了幼儿园,你连个元旦都记不住!幼儿园阿姨背地里不知嘲笑咱多少回,肯定说咱抠门、寒酸!"

小林也说:

"大意了大意了,过去送礼被人家推出去,就害怕送礼,谁知该送礼的时候,又把这事给忘了!"于是就跟老婆商量补救措施,看补送一些什么合适。真要说送什么,两人又犯了愁。送个贺年卡、挂历,显得太小气,何况新年已过去了;送毯子、衣服又太大,害怕人家不收。小林说:

"要不问问孩子?"

小林老婆说:

"问她干什么,她懂个屁!"

小林还是将孩子叫过来,问孩子知不知道其他孩子给老师送了什么,没想到孩子竟然知道,答:

"炭火!"

小林倒吃一惊:

"炭火?为什么送炭火?给老师送炭火干什么?"

于是让老婆第二天再调查。果然,孩子说对了,有许多家长在元旦给老师送了"炭火"。因为现在冬天了,冬天北京时兴吃涮羊肉,大家便给老师送"炭火"。小林说:

"这还不好办?别人送炭火,咱也送炭火!"

但等真要买炭火,炭火在北京已经脱销了。小林感到发愁,与老婆商量送点别的算了,何况别人家已经送了炭火,咱再送也是多余,不如送点别的。但孩子记住了"炭火",每天清早爬起来第一句话便是:

"爸爸,你给老师买炭火了吗?"

看着一个三岁孩子这么顽固地要送"炭火",小林又好气又好笑,拍了一下床说:

"不就是一个炭火吗,我全城跑遍,也一定要买到它!"

果然,最后在郊区一个旮旯小店里买到了炭火。不过是高价的。高价能买到也不错。小林让老婆把炭火送到幼儿园。第二天,女儿就恢复了常态,高兴去幼儿园。女儿一高兴,全家情绪又都好起来。这天晚上吃饭,老婆用微波炉烤了半只鸡,又让小林喝了一瓶啤酒。啤酒喝下,小林头有些发晕,满身变大。这时小林对老婆说,其实世界上事情也很简单,只要弄明白一个道理,按道理办事,生活就像流水,一天天过下去,也蛮舒服。舒服世界,环球同此凉热。老婆见他喝多了,瞪了他一眼,一把将啤酒瓶给夺了过来。啤酒虽然夺了过去,但小林脑袋已经发懵,这天夜里睡得很死。半夜做了一个梦,梦见自己睡觉,上边盖着一堆鸡毛,下边铺着许多人掉下的皮屑,柔软舒服,度年如日。又梦见黑鸦鸦无边无际人群向前涌动,又变成一队队祈雨的蚂蚁。一觉醒来,已是天亮,小林摇头回忆梦境,梦境已是一片模糊。这时老婆醒来,见他在那里发傻,便催他去买豆腐。这时小林头脑清醒过来,不再管梦,赶忙爬起来去排队买豆腐。买完豆腐上班,在办公室收到一封信,是上次来北京看病的小学老师他儿子写的,说自上次父亲在北京看了病,回来停了三个月,现已去世了;临去世前,曾嘱咐他给小林写封信,说上次到北京受到小林的招待,让代他表示感谢。小林读了这封信,难受一天。现在老师已埋入黄土,上次老师来看病,也没能给他找个医院。到家里也没让他洗个脸。小时候自己掉到冰窟窿里,老师把棉袄都给他穿。但伤心一天,等一坐上班车,想着家里的大白菜堆到一起有些发热,等他回去拆堆散热,就把老师的事给放到一边了。死的已经死了,再想也没有用,活着的还是先考虑大白菜为好。小林又想,如果收拾完大白菜老婆能用微波炉再给他烤点鸡,让他喝瓶啤酒,他就没有什么不满足的了。

1990 年 10 月　北京十里堡

(选自《刘震云精选集》,北京燕山出版社 2011 年版。)

【简析】

　　《一地鸡毛》中的青年生活完全是劳顿和无奈。住房、工作、孩子入学,世俗生活磨去了一切。这让人想起契诃夫小说里的小人物的命运。小林本来是个有理想的青年,从乡下到大学再到留京工作,看样子是步步青云,但北京的生活是汪洋般广大的世界,个人渺小到无可奈何。

　　契诃夫写小人物,对着的是奴性文化里的宿命存在,有天网恢恢之感叹。那爱意是深藏其间,只能慢慢品味,常常是余音不绝的。刘震云似乎没有俄国文人的精致,但手术刀般的笔,切着人的肌肤,让我们有疼痛的感觉。对这样困厄的描述,他显得耐心和残酷。小说一波三折,绕在矛盾的漩涡里,一个困境接着一个困境,一个圈套连着一个圈套,大家都在一个无奈的网里。故事总是出人意料,人的渺小与无力感,在文字里弥散着。社会的健全链条中断了,人们陷入病态的大泽,一点点蚕食着内心那点儿诗意,精神只能越发枯萎,变得像一个碌碌无为的存在。

刘震云的笔端流露着对生命无奈的感叹,这感叹里不都是消沉的外化,常能看到智性之光对庸世的照耀。精神被囚禁的世界,是没有亮色的。但发现苦楚的目光,却有爱意的吹拂,这种写实的笔触,消解了凡俗里的紧张,那洞明灰暗的目光,把灵魂提升到一个透明的世界了。

《一地鸡毛》是讽刺小说的上乘之作。刘震云写人的失败感,不都是对人物的嘲讽,更有对生存环境的冷思。在小说里,知识分子的幻想与期待都被琐碎的人间矛盾所吞没。大家在一个看不见的陷阱里,彼此撞击着、摩擦着,感到的是灰色和绝境。人碰到的是自己意想不到的存在,这些只能改变自己,而自己却无法改变世界。这是怎样的悲苦呢?小说对人与社会之间的揭示是入木三分的。这里有人生的哲学,但不是亮光点点,而是灰黯的折射。曲折的故事所隐含的一切,与那些幻想的语态,真的是相隔很远的。

我们在刘震云那里从来看不见华丽词藻的渲染,也没有浪漫的高蹈。平实与简约之笔,却有厚重的人间感悟在。越是自然的叙述,越有深奥的存在。这样的美学经验,多来自己身的悟性,不是人人可以为之,萧伯纳和狄更斯似乎如此,张天翼也有类似的笔触。就气象而言,刘震云则得前人之神,又独创一格。

【思考题】

1.《一地鸡毛》对平庸生活的描述,有相当的力度。日常生活里的无聊、无趣消磨了人的智慧与生活激情。契诃夫的小说经常表现类似的主题。刘震云对日常性的观照,完全脱离了当时的道德说教与政治性话语方式,是对小说写作的一种解放。你如何看待这一作品在当代文学史中的价值?

2. 幽默与忧郁是不易嫁接在一个文本里的。在刘震云的文字里,常有笑的因素,且常常给人轻松的感觉;不过在这轻松的背后,我们常常有一种悲凉的感受,仿佛被刺痛了内心。他是如何完成这样的审美创作的?

【拓展阅读】

1. 李扬:《文化:作为意志的表象——论刘震云小说的文化内涵》,《当代作家评论》1990年第3期。

2. 李书磊:《刘震云的勾当》,《文学自由谈》1993年第1期。

第十六章　王安忆

王安忆(1954—   ),当代著名作家,现任上海作家协会主席、复旦大学教授等职。祖籍福建同安,1954 年生于江苏南京,后随母茹志鹃移居上海。1969 年初中毕业后插队到安徽五河。1976 年在《河北文艺》上发表处女作《平原上》,1978 年回上海并任《儿童时代》编辑。1980 年短篇小说《雨,沙沙沙》引起文坛关注。有短篇小说集《雨,沙沙沙》《小鲍庄》《小城之恋》《锦绣谷之恋》《荒山之恋》《米尼》等,长篇小说《纪实与虚构》《叔叔的故事》《长恨歌》《富萍》《启蒙时代》《天香》等,论著《心灵世界——王安忆小说讲稿》等。《本次列车终点》获 1981 年全国优秀短篇小说奖,《流逝》《小鲍庄》分获 1981—1982、1985—1986 年全国优秀中篇小说奖。1998 年获得首届当代中国女性创作奖。《长恨歌》获第五届茅盾文学。2001 年获马来西亚《星洲日报》"最杰出的华文作家"称号等。作品译成多国文字。

王安忆创作丰富,文体别致,题材和主题多样,被认为是知青文学和寻根文学的代表,因其行文有张爱玲之韵而被认为是海派传人。

从 80 年代开始,王安忆的小说一直在变。知青题材、寻根题材、"文革"题材、明代文化题材均进入其视野。她一直在寻找自己的书写对象,且以平淡的角度入之,有乡下人的身影,有市民的面孔,还有旧文人衣食住行的追忆。她越来越关注小人物的生活,对饮食男女的世界有着冷冷的打量。早期写作的痕迹慢慢消失了。她离前辈的趣味甚远,仿佛回到了旧上海,不再关注革命与宏大的叙事,而是关注小民在变化的世界的恩恩怨怨,晚清的上海小说的风俗感与调子在文字里自然地出现了。

发廊情话

这一间窄小的发廊,开在临时搭建的披厦里,借人家的外墙,占了拐角的人行道,再过去就是一条嘈杂小街的路口。老板是对面美发厅里辞职出来的理发师傅,三十来岁的年纪,苏北人。也许,他未必是真正的苏北人,只是入了这行,自然就操一口苏北话了。这好像是这一行业的标志,代表了正宗传继。与口音相配的,还有白皙的皮肤,颜色很黑、发质很硬的头发,鬓角喜欢略长一些,修平了尖,带着乡下人的时髦,多少有点流气,但是让脸面的质朴给纠正了。脸相多是端正的,眉黑黑,眼睛亮亮,双睑为多,鼻梁比较直,脸就有架子。在男人中间,这类长相算是有点"艳",其实还是乡气。他们在男人里面,也算得上饶舌,说话的内容很是女人气,加上抑扬缠绵夸张的扬州口音,就更像是个嘴碎的女人了。这与他们剽悍的体格形成很有趣的对比。他们的一双手,又有些像女人了,像女人的白和软,但要大和长了许多,所以,就有了一种怪异的性感。那是温水,洗发精,护发素,还有头发,尤其是女人的头发的摆弄,所养护成的。他们操起剪子来,带着些卖弄的夸张,上下翻飞,咔嚓作响,一缕缕头发洒落下来。另一只手上的梳子挑着发绺,刚挑起,剪子就进来了,看起来有些乱。一大阵乱剪过去,节奏和缓下来,细细梳平,剪刀慎重地贴住发梢,张开。用一句成语来形容,就是,动如脱兔,静如处子。

　　这一个苏北人,就是说老板,却不大爱说话。他的装束也有了改变,穿了件黑皮夹克,周转行动多少是不便的。也许是做了老板,所以不能像个单纯的理发师那样轻佻随便了,再加上初做生意,不免紧张,于是就变得持重了。他包剪和吹,另雇了两个年轻姑娘洗头,兼给烫发的客人上发卷。有了她们,店里就聒噪多了。她们大约来自安徽南部一带,口音的界别比较模糊,某些音下行的趋向接近苏北话,但整体上又更向北方语靠拢。最主要的是,语音的气质要粗犷得多,这是根本的区别。她们的年龄分别在二十出头和三十不到,长相奇怪的很相似,大约是因为装束。她们都是削薄碎剪的发型,发梢错乱地掩着浑圆的脸庞,有一点风尘女子的意思。可她们的眼神却都是直愣愣的,都像大胆的乡里女子看人。五官仔细看还有几分秀气,只是被木呆的表情埋没了。她们都穿一件窄身编织衫,领口镶尼龙蕾丝,袖口撒开,一件果绿,一件桃红。裤子是牛仔七分裤,裤口开一寸衩,脚下各是一双松糕底圆口横带皮鞋。衣服都是紧窄的流行样式,裹在她们身上,显得很局促。她们经过室外强度劳作的身体,出力的部位,像肩、背、臂膀、髋部,肌肉都比较发达,就将这些衣服穿走了样。倘若两张椅上都坐了洗头的客人,她们便一边一个,挺直身子站到客人身后,挤上洗发水,一只手和面似的将头发搅成一堆白沫,然后,双手一并插进去,抓、挠、拉。她们就像是一个师傅教出来的,抬肩、悬臂的姿势一模一样,抓挠的程序动作也完全一致,看上去,很是整齐。她们还都喜欢抓挠着头发,眼睛看着正前方镜子里,客人的眼睛,直逼逼地,要看出客人心中的秘密。看了一时,再侧过头去,与同伴说话。她们说话的声音很大,笑声也很响亮,总之是放肆的。老板并不说她们,看来,是个沉默的人,还有些若有所思的。她们于是会疏懒下来,只是依样画葫芦般地动作,却没什么实质性的效果。这时,客人就会发声音了:你不要在表面划来划去,要抓到里面去。受谴责的小姐便委屈地说:方才的客人还说我的指甲太尖了呢!客人再说:你手指甲再尖也无用,只在表面上划。这时,老板就站起来,走到客人身后,亲手替客人洗发。小姐呢?依然带着受委屈的表情,走开去,到水池前冲手,然后往墙边铁架折叠椅上一坐,那姿态是在说:正好歇着!她们多少已经学油滑了。

店里时常还会坐几个闲人,家住附近,没事,就跑来坐着。人还以为等着做头发的,推门并不进来,而是问:要排队?里面的人一并说:不排队,不排队!生怕客人退走。闲人多是女性,有的手里还拿着毛线活,有的只是抄着手。虽说是闲人,可却都有一种倦容,衣履也不够整洁,好像方才从床上起来,直接走到店堂里似的。可能也不是倦容,只是内室里的私密气息,总有些粘滞不洁,难免显得邋遢气。果然,有几次,方才还蓬头垢面地在这里闲话,这一时却见换了个人似的,化了妆,换了衣服,踩着高跟鞋,噔噔噔,头也不回地从店门前走过去,赴哪里的约会去了。等再来到这里,已经是曲终人散的阑珊人意了。她们回忆着前夜的麻将,麻将桌上的作弊,口角和得失。或者是一场喜宴,新郎新娘的仪表,行头,酒席的排场,各方宾客来头大小。就好像一宵的笙歌管弦,要在这里抖搂掉余烬似的。此外,股市的起伏波动,隔壁店家老板与雇员的争端,弄内的短长事,还有方才走出的客人的吝啬与大方,也是闲话的内容。有她们在,那两位洗头小姐,也觉得不沉闷了。并且,有多少知识,可以从她们那里得来。遇到和计较的客人吵嘴,她们则会出来打圆场。她们都是有见识的,世事圆通的人。甚至你会觉得不相称,像她们这样见过世面,何以要到这小店来,与两个安徽女子轧道?难得她们如此随和。岂不知道,这城市里的人原不像看上去的那么傲慢,内心里其实并没有多少等级之分的。她们生活在人多的地方,挺爱热闹,最怕的是冷清。她们内心,甚至还不如这些外来的女子来得尖刻。这倒是出于优越感了,因为处境安全,不必时时提防。当然,还是因为生性淳厚,你真不会相信"生性淳厚"这几个字能安在她们身上,可事实的确如此。在这闹市中心生活久了,便发现这里有几分像乡村,像乡村的质。生活在时间的延续中,表面的漂浮物逐浪而去,一些具有实质性的内容则沉积下来,它们其实简单得多,但却真正决定了生活的方式。所以,这些闲坐的女人里,没几个能猜得到那两位小姐背地里如何谈论她们,当她们光鲜地从玻璃门前走过去,她们在门后的眼光,藏着怎样复杂的心思。

每天早上,将近九点钟光景,玻璃门上的帘子拉开了,门从里面拔了销。这城市的街是扭的,房屋的朝向便不那么正,说不出是怎样一来,太阳从门外照到镜子上,很晃眼的。在晃眼的阳光里,两位小姐在摆放椅子,收拾镜台上的小东西,顺便对了镜子整理身上的衣衫和头发。有一点像舞台,方才拉开帷幕。倘有赶早的顾客,这时候推门进去,会嗅出店堂里的气味有些浊,夹杂着许多成分。"他"或"她"当然分辨不出那里面有被褥的气味,混了香脂的体味,还有几种吃食的气味:泡饭的米汤气,酱菜的盐酱气,油条的油气,再有一股灼热的磁铁气味,来自刚燃过的电炉。她们就是在里面过宿的,折叠床、铺盖、锅碗,都掩在后门外面。这里还有一扇后门,门外正是人家的后窗台,用纸板箱围住半平方米的地方,搁置这些杂物,上面再覆一张塑料薄膜。在这条窄街上,沿街的住户门口,都堆放着杂物,所以,就不显得突兀和不妥。过了一时,老板也来了,进来看看,并没什么事,就又走了。走了一时,又来,再看看,还是没什么事,再又走了。他显得很忙碌,有着一些对外的交道需要处理的样子。有了自己的生意,做了老板,他的外形上似乎有了改变。他黑了,抑或并不是黑,而是粗糙,就像染了一层风霜。而且,有一种焦虑,替代了他们这类手艺人的悠闲劲。那是由手艺娴熟而生出的松弛,以至都有点油滑气了。现在,他却是沉郁了。这件黑皮夹克他穿着真是不像样,硬、板、灰蒙蒙,就像一个奔走在城乡之间的水产贩子。黑色牛皮鞋也蒙了灰,显出奔走操劳的样子。等他跑进跑出告一段落,停歇下来,一时又没有剪和吹的客人,他便坐在柜台里面,背后是嵌了镜子的玻璃壁架,架上放各种洗涤品,冷烫精、护发素、焗油膏。柜台上立有一面硬纸板,上面排列着标了号码的各种焗染颜色样本。总之,这发廊虽小,可五脏俱全。老板坐在柜台里边,用指甲锉锉着指甲。这带有女气的动作,倒流露出一点他本行的小习气。

他低头坐在那里,任凭小姐们与闲坐的人如何聒噪,也不搭腔。人们几乎都将他忘了,可是,很奇怪地,又像是要说给他听。倘若他要不在场,说话的兴头就会低一点,话题也变得散漫,东一句,西一句,有些漫不经心的意思。这个沉默的人,无论如何是这里的主人,起着核心的作用。现在,他坐在这里了,眼睛望着前边的玻璃门,门外街面上的忙碌,有一种熟稔的日常气息。人脸大致是相熟的,所作所为还是相熟。在这闹市的腹地,夹在民居中间的街,也是近似乡村的气质,相对封闭。外面世界的波澜,还进不到这里面,只会因冲击边岸而引起骚动。老板的眼光茫茫然的,这是处在创业艰难中的人统有的眼光,忙定下来,不禁自问道:有什么意思呢?发廊里的闲话很热烈,两位小姐兴奋着,手在客人头上动作,连带身体雀跃着,形成一种舞蹈的节奏。肥皂泡飞到客人的眼睛里,客人抗议了一次,又抗议了一次,待到第三次,空气中就有了火气。老板在柜台后面立起来,可是,没有等他走到客人身后,有一个人却代替他,挤开了那位小姐。这是边上坐着的一个闲人,也算是常客了,家住街那头百货公司楼上,丈夫是做生意的,养着她,没事,就到这里来坐着。

  她从铁架折叠椅上站起来,走到客人身后,略一挽袖,抬起手臂,手指头沿了客人发际往两边敏捷地爬行开去,额上立即干净了。她快速地将客人顶上的泡沫堆叠起来,然后伸进深处抓挠。她笑嘻嘻地回头看人们,好像在说:怎么样?是孩子气的技痒,也显出她曾经是干过这一行的。要这么一想,你便发现,她其实也和那两个小姐有些像呢!圆脸,短发,细淡尚端正的五官。所有的洗发小姐几乎都像从一个模子里刻出来的。她的个子比那两个小姐还要小些,穿呢?又穿了一条灯芯绒,胸前缝一个狗熊贴花的背带裤,这使她看起来,完全是孩子的形容。不过,再仔细端量,才会看出她怀有着身孕!这样,你忽就不确定起来。进一步地,你注意到她看人的眼光,不是像那两位一样直逼逼的,恰巧相反,很柔软,似乎什么都没看,其实全看见了。你想,这女人有些不简单啊!到此,她已经与那两位小姐完全区别开来了。她们有着本质的不同,这不同来源于经验、年龄、天赋,还有地域。对了,这女人是上海人,她说一口上海话。她甚至还不像她那个年龄,二十多,三十,或者三十出头?就这一个年龄段吧,她不像这个年龄段的上海男女,有许多流行语,又有许多生硬的发音。她的上海话竟有些老派的纯熟,这显示她应该是在正宗的沪上生活里面。

  客人安静下来,小姐们则兴奋着问出诸多问题,总起来就是,你也做过这一行啊!她翘起下巴,朝柜台,也就是老板的方向一点:我开过一个发廊。不等人们发出惊愕的叹声,她又加上一句:先前做过一段百货。再是一句:还开过一家饭店,名叫"好吃味"!说到此,人们反倒不吃惊了,因为不大可信。这三段式加在一起需要多长时间?而她究竟又有多大年纪?再看她脸上的笑容,那样得意的,又变成孩子了,沉不住气,爱说大话的孩子,狡黠地眨眨眼:信不信随便。小姐们不看她了,由她自己替客人洗头。她笑着将干洗的全套动作做了两遍,然后说:冲去吧!将客人还给原先的小姐,带到洗头池前,自己举着手等在一边,等水池子空出来好冲手。她很有兴趣地看着手上堆着的泡沫,手指撮弄出一个尖,尖上正好停着一点太阳光。光流连到她脸上,她的笑容在晃动的光影里有一点惘然。店里有一瞬是静着的,只有水冲在头发里柔和的唑唑声,还有煤气热水器噗一声开,又噗一声关。老板肘撑在膝上,下巴托在掌中,那样子有点像小孩,想着小孩子家的心事。

我的发廊在安西路,安西路,知道吗?她说。小姐们摇头说不知道。现在已经拆了,那时候,很繁荣呢!长宁区那边有名的服装街,有人叫它小华亭的。我的发廊在服装街的尾上,或者也不能说尾,而是隔了一条横马路的街头上。我对那地方比较熟,虽然我自己家住在淮海路那边,可是朋友借给我做小百货的门面在安西路,所以就熟了。

小姐们回头朝向她,听她说。冲头发的冲好了,送到座位上,老板起身去吹风。小姐自己站在一边,用一块干毛巾擦手。她走到空出来的水池,拧开龙头,冲净手上的泡沫,暂时停下来,脸上带了微笑。她左右手交换握了花洒,冲手。水丝很软弱地弯曲下来,汇成细流。电吹风的嗡嗡声充满在店内,头发的气味弥散在透进玻璃门窗的阳光里,显得有些黏腻。她洗好手,那小姐将手中干毛巾递过来,她没接,只是在上面正手反手摊了摊,算是擦干了,回到先前的折叠椅上,坐下。后来呢?小姐中的一个问道。她抬起微笑的脸,询问地看着发问的人。为什么不做百货而要做发廊?那人解释了自己的问题。

她"哦"了一声,仿佛刚明白过来似的。小百货,你知道利极薄,倘若你没有特别的进货渠道,赔煞算数。那些供销商,你打过一趟交道,三天吃不下饭!说到此处,她忽然收住,意识到险些说到不该说的话。安西路的铺面,是我朋友借我做的,本来就不是我自己的,做也做不长。所以呢,做,做,做,我就想自己做了。做什么呢?在家待业的时候,我陪隔壁邻居家的小姑娘,到理发学校听过课,回到家,我让她在我头上练洗头,我在她头上练,就这么练着玩。到后来,我洗得比她还好。她抬了抬下巴,好像在说:方才你们也见到了。我想:就开个发廊吧!安西路,就这点好,做什么事都像玩一样,没有心理压力的。朋友又多,因为都是靠朋友的,所以都肯帮朋友。当然,安西路的人和我们淮海路的不一样。就是这里,她用手点点脚下的地面,这静安寺地方的人和淮海路的都不一样。淮海路的女孩子,走到哪里都看得出来不一样。不是长相,不是说话,也不能说不是,可能有一点是,不过并不是主要的。主要的,大约是气质。她为自己说出"气质"这两个字,有些不好意思,笑了一下,似乎觉得不够谦逊。不过,安西路的人有安西路人的好,他们很肯帮忙,而且,更重要的,就是我刚才说的:什么严重的事情,在他们看来,都和玩一样。听他们说话,你会听不懂,难道是吹牛?吹牛也要打打草稿。可他们完全是像真的:开发廊?好呀,我的朋友在香港学出师的,专给明星做发型;店面吗?安西路服装街要延长,还要丰富品种,我有个朋友和区长认识,同他说一声好了;第三个朋友恰巧专门做推销洗发香波的,可以用批发价卖我。还有工商局、卫生局、劳动服务公司、治安大队,都有朋友,或者朋友的朋友,都是一句话就成的。当然,实际上不会有这么好运道,否则,人人发财了。那个做发型的朋友,不是在香港,而是在温州学的,不过曾经在香港人的发廊里做过,开的价高过天,还要有住房,包交通,因为他实际连温州人都不是,而是温州底下的德清乡下人。服装街不仅不延长,连原来的都有拆掉的危险,有几户居民是有来头的,人大代表和政协委员,一直在呼吁。你知道,安西路一带多是洋房,本来是极清静的。那推销洗发香波的,倒是天天来,来到我的百货摊位上,这时我的百货摊还没有结束。他拎一只考克箱,盖子揭开来,里面像中药房样,一小格一小格,放着样品。样子蛮像,结果全是假货,在火车站那里的地下工厂生产出来,四面八方去兜售。一上手就知道,处处是关隘,问题是,一上手就甩不掉了。本来,不过是玩玩的,一来二去,玩成真了。脾气上来了,志气也上来了,非要成功不可了!发廊到底开出来了,倒真开在隔横马路的街那头,政策有一时松动,一要解决待业人员生计,二要街道里委创收。不过,松几天又紧起来,除了我这家发廊,再没有开出别的铺面。我的发廊正好嵌在弄堂贴边上,狭长的一条,门是朝里的,对了弄堂另一侧墙面。

在她讲述的过程中,又先后进了两个客人,一个男客,一个女客。老板先给男宾修面,再给女客焗彩色油。女客对了硬纸板上的颜色样品思忖很久,最后选定一种。两个小姐听得出神,听故事并不比聊天更影响她们干活,甚至聆听产生的专注,使她们安静下来,手下就不那么浮躁了。老板依然沉默着,这是一个静默的男人,即便需要与客人交流,他也尽可能以动作示意,比如,点头、摇头、用手指画。万不得已要说话,他就用极轻的音量说出极简单的几个字。她的叙述相当流利,语音清晰,轻盈地穿行在店堂间,透过刀剪的喊喳,花洒里的水丝,客人与老板耳语般的对话。

生意好不好?一个小姐问道。她没有正面回答这问题,依着原有的思路往下去。开张这一日,大家,就是安西路服装街的朋友,都来放炮仗了。朋友中有一个人,大家都叫他:"老法师"。她停顿一下,绕过这话题,这个人等会儿再说。你问我生意如何?她看着方才提问的小姐。这一绕道有些打乱叙述,需要一个缓冲,用来调整节奏。生意嘛,不好不坏,多的还是洗头,其中起码有一半是朋友,"挑"我生意的。她一笑,因为用了一句粗俚的切口稍有些羞惭。像我们这种发廊,多少有点不上不落。居民习惯去国营的理发店;隔壁小区里,就有一个里弄开的理发室,洗头只要五块钱。生活质量高的又要去美发厅、美容院,香港、台湾人开的。再有一类发廊,是要在城乡结合部,外地人集聚的地方,叫是叫发廊,小姐们连洗头都不会。她停下来,略过去了。到我们这地方来洗头的,多是一些小姑娘,读中学的,刚刚学了时髦,大人又不许去美发厅,就只得到我们这里来。她们多数是一头直发,拖到背脊处,额角上胎毛还没掉干净,怀里抱一瓶自家的洗发水,坐到椅子上,喊一声阿姨,多抓抓噢!别看她们年纪小,已经学了白领的脾气,一会儿说抓重了,一会儿说抓轻了,一会儿又说洗出头皮屑,一会儿再说吹风筒太近,头发开出叉。半通不通,口气却很凌厉,你也不好跟她凶,只好和她"淘糨糊"。她又用了一个俚语,自己笑出声。和这帮小姑娘混的时候长了,要来真正做发型的客人,倒有点不晓得怎么下手了。当然,即使有做头发的,也不过是几个老阿姨,卷一卷,吹一吹。就算是比较时髦的,也不怕,我的师傅路子还是正规的,原来在紫罗兰做过,怕是怕那种路子外边的。但是,你越怕什么,就越来什么。这一天,不早不晚,来了一个人。她忽然止住,本来交错抱在肚子上的手臂解开来,插进背带裤的口袋,这样,腰就往前挺一挺,肚子也挺一挺,脚尖并拢朝前伸直。再继续往下:他要剃光头。

这是一个光头客,只不过长出薄薄一层头发茬儿,他要再推推光。他是这样进来的,推开门,一脚在门里,另一脚在门外,说:推不推光头?好像他自己也没什么把握,只是来试试。我们那个师傅,已经笑出来了,马上有话要跟进:到剃头担子上去推!其实谁看见过剃头担子?只不过放在嘴上说说罢了。就在这当口,也不知道怎么,我"拔"地立起来,抢过师傅的话头,说了一个字:推!事后再想,并不是一时冲动,而是有来由的,我感觉到这不是一般的光头。她笑了,两位小姐也笑了,问:不是一般,又是什么?这话怎么说!她沉吟了一时。这一时很短促,可在她整个流畅连贯的讲述中,却是一个令人注意的间隙,好像有许多东西涌了上来。她沉吟一时,说下去。假如是一个老头儿、民工、乡下人,或者穿着陈旧……怎么说,反正是那种真正剃光头的朋友,我就不会留人了。但是这一个呢,年轻,也不算顶年轻,三十左右。他穿一件中式立领,黑直贡呢的棉袄,那时候还不像这几年时兴穿中装,猛一看,就像道袍,裤子是黑西裤,底下一双黑直贡呢圆口布底鞋。背的一只包,也很奇怪,你们猜是什么包?洗白的帆布包,盖面上缝一只五角星,军用书包。他的样子就是这么怪,但是,很不一般,极其不一般。

我请他进来,坐下,抖开尼龙单子,围好,封紧,再去镜箱里拿工具。我们店里的人都看着我,不晓得我准备怎么下手。我眼睛盯着我的手,一会儿拿起一把电推刀,一会儿拿起一把剪刀,先是拿大的,再是拿小的,我一捏住那把小剪刀的时候,心里忽然定了,我拿对东西了。我这个人就是这样,做事情都凭感觉,感觉呢,又都集中在手上。所以,许多事情,我都要先去做,做在想前边,做以前什么都不知道,可是只要做起来,自然就懂了。小时候,我们弄堂里的小姑娘,兴起来钩花边,大家把花样传来传去。还有书,书上有照片,针法。我是不要看这些,我就是要钩针线,在手里,三绕两绕,起了头,各路针法我就都钩出来了。大人说我手势好,说,什么叫手势好?伊就是!这时候,我捏了这把小剪刀,回到客人身边,把椅子放低一节,这个光头客个子挺高的。他看了看我手里的小剪刀,没有说话,也不晓得是看出我会,还是看出我不会。我反正觉得我会。事后,我们那师傅也问我在哪里学的,说一看我拿起剪刀,就晓得我会。其实,我不但没学过,连看也没看过,我就是知道,不能用推刀,也不能用刮刀,那就真的是剃头担子了。而我们是发廊,客人呢,又是那样的,我们必须是新潮的。我拿起剪刀来就再没有犹豫,我从发际线开始,一点一点往后剪。剪刀小,刀口短,留下的"角"就小,总之,一句话,就是要剪圆。这是基本原则,不要有"角"。这个客人的头形很好,圆。你们不要笑,你们接触的头比接触的人还多,是不是都圆?不是吧!可以说大多数的头不圆,或者整体圆,局部却有凹凸。可他不!不仅圆,还没有凹凸,更难得的是,他头上没有一处斑秃和疤。倘若要把所有人的头都剃光的话,你们会发现,人人头上都会有几处斑秃和疤。可他就没有。所以他敢剃光头呀!光头不是人人能剃的,要有条件。这个头,我整整剪了一个半小时,剪下的头发楂儿,细得像粉。我虽然注意力全在他的头上,可我知道,他一直睁着眼睛,从镜子里看着我的手势。后来,他告诉我,他以前的头,都是用电推刀推的,他的女朋友帮他推。他和他的女朋友,都是戏剧学院的,他是老师,女朋友是学生。他的女朋友出去外地拍电视剧了,他只好出来找地方推头。走过几条马路,找了无数家发廊,都说不推光头,最后才找到我的发廊。他和他的女朋友,在武夷路上借了套一室户住,离安西路不很远,以后,他就时常来了。这些都是他以后告诉我的。

叙述显然到了关键部位,店里的空气竟有些紧张。正是下午两三点不大上客的空当里,两个小姐一左一右坐在她身边,老板在柜台里打瞌睡,对她的故事不感兴趣的样子,但是也没有出来干涉她们这样大谈"山海经"。

他真的改了脾性,理发师傅都是饶舌的,爱听和传一些家长里短的事故,而这一个,已经变得漠然了。小姐们等着情节继续发展,不料她却话锋一转:

我刚才有没有提到一个"老法师"?那是安西路做服装的朋友中的一个。叫他"老法师",一是因为年纪,那时候他已经四十岁;二是因为他有社会经验。他的社会经验用在生意上面并不多,主要是用在嘴上。他只要坐下来一开讲,老板就都忘了做生意,聚到他身旁来听课。据说他在局里面,承办员听他讲得忘了问案情。她顿了一下,因为说漏嘴脸红了,旋即坦然一笑:不讲也明白,安西路上的老板,大约有一半进过"庙"。带出切口没有使她再停歇下来,脸上的红却扩大并且加深,就有了类似豁出去的表情。从"庙"里出来,找不到工作,就做生意了。老法师吃官司,还是因为他的嘴:诈骗!他骗人家说他是华侨,在南洋开橡胶园,到上海来是想娶个上海太太。南洋那边的华人多是福建一带过去的,长相不好,矮、瘦、黑,热带瘴气重,遗传上有许多问题。所以,他就决定到上海来解决婚姻大事。上海人种好,他说。你们知道,他说起来一套又一套的,天底下哪个角角落落他好像都去过。他说上海人种好,上海人里面,女更比男好。江南地方,水分充盈,就滋阴。他说:你们看过《红楼梦》吗?贾宝玉说,女人是水做的,就是这个意思。上海的女人,就是水做的女人。水土湿润,气韵就调和,无论骨骼还是肌肤,都分量相称,短长相宜。比如脸相,北方人,多是蒙古种,颧骨宽平,腮大,眉毛疏淡,单眼皮,矮鼻梁,嘴形缺乏线条,表情呆滞。南方人,是越人种,就像福建的那种,眼睛圆大,而且重睑,但陷得太深,鼻孔上翻,有猴相,欠贵气。江南人,却是调和了南北两地的种相,上海呢,又调和了江南地方的种相。上海的调和,不仅是自然水土的调和,还加上一层工业的调和。有没有看过老上海的月份牌?美人穿着的旗袍,洋装皮大衣,绣花高跟鞋,坐着的西洋靠背椅,镂花几子,几子上张着喇叭的留声机,枝形架的螺钿罩子灯,就是工业的调和。老法师穿一件西装,手里拎一只考克箱,坐在宾馆的大堂酒吧里,和一批批客人开讲。到了吃饭时间,自然有人请去餐厅,水晶虾仁、松鼠鳜鱼、叫花鸡一道道点上来。这时候,他就改讲吃经。这些人都是鸡生蛋、蛋生鸡地生出来的,多数二十岁左右的小姑娘,有一些家世还挺好,据说有高干的女儿、医生的女儿,有大学生、教师,还有一个电影演员。认识过后,不出一个月,就向人家开口借钱。其实不要他开口,人家自己就会给他钱:外币兑换起来不便当,还要去中国银行排队填表,拿人民币去用吧,不必客气!上家的钱给下家用,就像银行一样,周转起来非常顺利,没有一点漏洞的。老法师长得难看,不是难看,而是怪。猛一看没有下巴,定定睛,下巴是有的,却连着喉结这一段,形成一个收势。第二看,没有肩膀,其实肩膀肯定有,而且相当宽,可是头颈太粗,两块肩胛提肌特别发达,肩膀就塌下来,变成黄牛肩膀了。第三看,多了一副手臂转弯骨,原因是手心朝里,转弯骨朝外,手心一翻,转弯骨就到里面来了,就好像多出一副。要说,老法师是长得没有福相,不过,一双手脚又补回来一些。他的手脚都小,与他一米七八的身胚比起来,实在小得不相称。所以,这也是一怪。这样七歪八扭的一个人,就全凭着一张嘴,招蜂引蝶。她说到这个词,大约想到与老法师的形象不符,便笑了。笑里边带了讥诮,又很微妙地带一点怜惜。她脸上的红没有褪去,而是均匀地布开了,使她平淡的面容变得有些姣好。后来,有一日,人家介绍给他一个小姑娘,跟过来看的,有她一帮亲眷朋友,其中一个看过后就有点起疑,觉得这人面熟,像是他们单位,区饮食公司里的供销员。但他自己还不敢确定,过一日,又带了另一名同事来看。另一名同事连他的名字都喊出来了。于是,报告公安局。骗过的人再鸡生蛋、蛋生鸡地吐出来,竟然有十二个,整整一打。老法师一个也不赖,统统顶下来。他说,是他自己失足,就要自己承担,有本事不要穿帮,穿帮就不要赖,本事不是用在这时候的。审他案子的承办员也很服帖他,夜里值班瞌睡上来了,就把他叫出来,听他讲,然后一人一碗大排面宵夜。因为他态度好,就判了从宽,三年劳教。在白茅岭农场,劳教员也都服帖他,他做了大组长。劳教也分三六九等,诈骗第一等,因为智商高呀!老法师又是高里面的高人。

有客人进来了,一个女客,洗和做,因晚上去喝喜酒,要求做得仔细一点。叙述被打断了,一个小姐去洗头,另一个拉过盛卷发筒的塑料筐,将卷发筒上挂着的橡皮筋扯开来,各放一边,等会儿好用,一边问:那么光头客呢?怎么就讲到老法师上面了呢?洗头的小姐也侧过脸对了这边问:是呀,光头客到哪里去了呢?她光笑不答,向老板要了个一次性塑料杯,到饮水器上接了水,慢慢地喝。人们便不敢催她,耐心地等着。店里的骚动平息下来,重新建立秩序,恢复了讲述和聆听的安静气氛。

老法师在白茅岭农场待了两年半,另外半年减掉了。她继续说老法师。从白茅岭回来,他就到安西路上租个铺面,做服装,专做女装。他生意经一般,这也正是他有社会经验的表现。他常常说:大家都是一条船上的人,何必要强过人家的头呢?安西路上做得巴结的人做大了,摊位转租出去,自己到虹桥路开时装店的也有,开服装厂的也有,去南非、阿根廷做生意的也有,老法师却稳坐钓鱼台,不动。他有一句话,叫作:家有千千屋,日卧三尺。所以他生意就做得潇洒,进来的服装,有我们喜欢的,他就很慷慨地一送:拿去！他对我们小姑娘很好，出手也大方，还教我们许多事情。他说：女人只要基本端正，没有大的缺陷就可以了，重要的是要有脑子，就是有智商。老话说，"红颜薄命"，这句话的另一层意思是，长得好看并非有好命，是不是？还有一句俗话，叫作"聪明面孔笨肚肠"，什么意思？为什么要把面孔和肚肠对立起来？原因就是，女人自恃有一张脸就放松了头脑的训练，结果就是前一句——"红颜薄命"。中国的四大美女，其实并不是多漂亮。杨贵妃，你们知道吗？就是唐代皇帝的妃子，皇帝为了她，差点丢了江山。后来，将士要求皇帝杀了杨贵妃，才肯为他出兵打仗，重返朝廷。杨贵妃有狐臭，所以就在脖子上戴一圈鲜花，"闭月羞花"的"闭月"二字，就是从这里来的。可见她并不只是以色貌取唐明皇欢心宠爱，凭什么？你们自己去想。再有王昭君，你们以为她有多美？皇帝会把真正的美妃送给野蛮人？！重在贵而已，贵是贵在是大汉王朝宫里的人，这身份就足够有余了。可她聪明啊！让她去那种地方，住帐篷，吃羊肉，天寒地冻，话也听不懂。她没有一头撞死，而是真去了。这一去，便青史留名。西施和貂蝉两位，智商就更高了，她们实实在在就是两个间谍，放进去的倒钩。没有超人的智商，担当得起吗？反过来说，女人聪明，自然就会漂亮，这漂亮不是那漂亮，是一种气质。说到"气质"这个词，她又不自觉地笑了一下，却没有减缓叙述的进程。比如西施，从诸暨乡下选来的民女，为什么不直接送去给吴王夫差，而是要由大夫范蠡专门调教她？调教什么？走路，抬手，说话，看人。学这些，靠什么？智商。走路，可以说决定了整个人的风度。人家说回头率，回头率从哪里来？马路上人头济济，都是擦肩而过，五官、皮肤、身材哪里来得及端详？引人回头的就是走路：步态。过去贵族学校，中西女中，有一堂课，就是教走路。头上顶一本书，直走，转弯，上楼梯，下楼梯。书不能掉下来。练的什么？挺胸，但不能挺得太过，像军人走操；抬头，也不能抬得太过，变成"额角头朝天花板"了，以眼睛平视为标准。胸挺起来，腰、背、颈就直了。步子不易太小，小了就像戏台上跑圆场，忸怩作态；亦不能太大，大了就有男气。有没有发现老电影里的旗袍，开衩开到膝盖下面一点？这就对了，这个尺寸就是跨步子的长短，要用足，但不能硬撑。现在新式旗袍，衩一径开到腿根，忒粗鲁，可以跑步了。没有生意的时候，老法师就教我们练走路。不瞎讲，走在马路上，我一眼就认得出，老法师教出来的人。我们中间有几个，与老法师特别好，猜也猜得出来，关系不平常。但是大家都晓得不可能，因为她们或者有家庭，或者有男朋友，或者只想和老法师玩玩，并不想结婚。老法师到底年纪大了，那时候已经四十多岁。他自己也不想，他说大家在一起是因为开心，不是为了烦恼。他还关照我们,不要和年轻的男孩子搞,搞出感情来麻烦得很。

店里的女客已经卷好头发,在烘发,手上翻一本时装画报,不晓得哪年哪月的,都卷了边。主雇三人暂时都歇下来。太阳到了这一面,透过窗上的尼龙镂花帘子,从背后照了她。她的脸就在暗处了。不过,这只是相对而言,在强光下的暗,依然是明亮的,而且显得柔和。她笑一笑,将手里喝空了的塑料杯一下子捏瘪,这个动作有一种结束的意思,可是底下还有:

你们没有想到吧,我老公就是老法师。其实,我不是和老法师特别好的小姑娘,可我是要和老法师结婚的。老法师说:这就是你比她们聪明的地方。他以前也曾经说过这样的话,但意思是指我的气质:到底是淮海路的女孩子。她得意和羞怯地笑了笑,站起身来往外走。光头客呢?两个小姐着急起来,追着她身后问。死了!她回答,推出门去,手一松,弹簧门又送回来,将照在上面的微黄的阳光,打了两个闪,映在小姐们失望的脸上。稍停一时,她们就又热烈地讨论起来,讨论她的年龄,到底有多大。看上去只像二十多岁,可是,将她经过的事排一排,又不够排的,怎么都要三十朝上。忽然间,老板吐出一个字来:鸡!这是他迄今为止发出的唯一的声音,仅一个字,声气言辞却极粗暴,小姐们的聒噪便戛然而止,静下来。

(选自《王安忆精选集》,北京燕山出版社2006年版。)

【简析】

这篇作品写的是发廊里的一个偶遇,各类人物的形象真实得很,他们的眼神和对话,散着浓浓的人间烟火气。王安忆叙述这些,显得细致、真实。声音、色彩、不同神态,显示着底层人生活的一部分。由工作与对话,我们发现了日常人们看不见的隐含,私人空间的冷暖与黑白都不遮拦地再现出来。完全没有文人腔,王安忆模拟着动作与声音,靠近着那个世界,竭力聆听来自里巷深处的声音。

小说给人印象深的是两个人,一个是发廊的老板,一个是淮海路的那个女子。老板一直沉默着,因为自己的店铺开张不久,且有压力,像个看客。淮海路的女子是故事的讲述者,把上海里弄里的凡人琐事一一道来,颇为真实。那都是底层人的生意经和存活的哲学,买卖、交往、欺骗中的爱意和爱意里的欺骗都在其间。整个发廊都在听她的陈述,有时细腻,有时粗放,男女之爱本来是畸形的,可叙述者讲得活灵活现。翻来覆去的话语是都市的凡人哲学,带着江湖习气和灰暗的智慧。发廊的女工听得津津乐道,而老板却嗅出一种异常来。整篇之中,老板只说了一个字——"鸡",小说便戛然而止。两种价值,两种风俗,在此碰撞着。至此,我们看到了变动中的上海底层社会的真实一幕,人间的色调已足够丰富可叹了。

王安忆通过看与听,去模拟上海弄堂的小社会,笔力的不凡是可以领略一二的。她在这么小的篇幅中,写了不同世界的不同人生。从乡下到上海的农民商人有其存活之道,久泡在弄堂的无业女才子也有其生活之道,大家在一个空间,却不在一个世界。但城里人也有城里人的可爱之处,在弄堂里,不分等级,大家凑在一起谈天说地,那样子按照王安忆的说法,像乡下人一样。如此说来,上海弄堂里的生活也延续着乡土的气息,它连接着不同的人们,使陌生者可以交流,差异的阶层在一个屋檐下互动着。

一方面是忙忙碌碌的劳作者,一方面是那位淮海路女子式的闲人,那位女子的叙述,几乎没有痛感,风尘里的男婚女嫁、起落爱乐,在其嘴边都是寻常般的存在,是非也多模糊了。你不能想象她能够得意地嫁给一个有罪过的男人,而且那男人的一切在其看来都很寻常,甚至还带有可羡慕的地方。乡土经验无法解释这样的人生,这几乎是老上海人生观的再现,我们在早期上海白话小说里领略到了这些。王安忆其实觉得,在这些寻常故事里,大概才有人生的内在性的隐含。用一般的道德和伦理去审视它们,都可能有些问题,捕捉普通人的生活,才知道大都市的基石在什么地方。

王安忆写了许多上海弄堂的故事,但多不是封闭的静物写真,而是城乡对比、文化差异下的勾画。她敏感于流动在都市里的不同气味,那些一个个弱小群体存活的根基和快乐所在。她欣赏的眼光不是没有犹豫,只是显得游移、模糊不清,不像张爱玲那么清秀阴冷,拒绝的凛然也没有。但她画出了上海滩一部分人的外貌,我们由此读出了一个都市没有消失的灵魂。

【思考题】

1. 王安忆的作品在神态上与张爱玲接近,但没有张爱玲的阴冷,王安忆的笔触是平和的,有自己独特的风格。你如何理解她的风格?

2. 小说中那个一直沉默的发廊老板,与讲故事的女人的故事似乎在两个世界。饶有兴趣的讲故事者所编织的人间花絮,被其冷冷的一句话所颠覆。王安忆为何安排了如此不和谐的音调?她的设计里耐人寻味的话题是什么?

3. 当代海派文学发生了诸多变化,试以此文为例,谈谈王安忆小说与旧式海派文学的差异。

【拓展阅读】

1. 吴俊:《王安忆的叙述技艺》,《文学的变局》,广西师范大学出版社2005年版。
2. 王德威:《海派文学,又见传人——王安忆的小说》,《如此繁华》,上海书店出版社2006年版。

第十七章 阿 城

　　阿城(1949—)，原名钟阿城，生于北京。高一因"文革"中断学业。1968年下放山西、内蒙插队，其间开始习画。1979年回北京任《世界图书》编辑，此后帮助其父钟惦棐撰写《电影美学》。1984年发表处女作《棋王》，引起广泛关注，并获1984年福建《中短篇小说选刊》评选的优秀作品奖和1983—1984年全国优秀中篇小说奖。1985年发表理论文章《文化制约着人类》，被作为"寻根文学"的宣言之一。同年，出版小说集《棋王》，收录三个中篇《棋王》《树王》《孩子王》和六个短篇《会餐》《树桩》《周转》《卧铺》《傻子》《迷路》，并开始在《上海文学》上连载系列短篇小说《遍地风流》。这些对道家境界和儒家风骨有所表现的作品，使他成为当时揭示民族文化心理的"寻根文学"的代表人物。90年代后移居美国，有不少杂感散文作品发表，结集为《威尼斯日记》《闲话先说》《常识与通识》，依旧沿袭了他直白冲淡的语言风格，备受海内外汉学家的关注。

　　阿城改编或原创的电影剧本有《孩子王》(1989)、《月月》(1986)、《芙蓉镇》(1986)、《大明星》(1985)、《人在纽约》(1990)、《小城之春》(2000)等。

　　阿城的文学观是建立在雅俗共赏的基础上。他出生于一个文人的家庭，自幼读书颇多。"文革"遭受诸多磨难，但内心的情感有一种抗拒流俗的元素，深知文化与人生的错位，对精神有一种内面的追求。这和那时候的作家精神大异，有他人未有之音。

棋　王

一

　　车站是乱得不能再乱，成千上万的人都在说话。谁也不去注意那条临时挂起来的大红布标语。这标语大约挂了不少次，字纸都折得有些坏。喇叭里放着一首又一首的语录歌儿，唱得大家心更慌。

我的几个朋友，都已被我送走插队，现在轮到我了，竟没有人来送。父母生前颇有些污点，运动一开始即被打翻死去。家具上都有机关的铝牌编号，于是统统收走，倒也名正言顺。我虽孤身一人，却算不得独子，不在留城政策之内。我野狼似的转悠一年多，终于还是决定要走。此去的地方按月有二十几元工资，我便很向往，争了要去，居然就批了。因为所去之地与别国相邻，斗争之中除了阶级，尚有国际，出身孬一些，组织上不太放心。我争得这个信任和权利，欢喜是不用说的，更重要的是，每月二十几元，一个人如何用得完？只是没人来送，就有些不耐烦。于是先钻进车厢，想找个地方坐下，任凭站台上千万人话别。

车厢里靠站台一面的窗子已经挤满各校的知青，都探出身去说笑哭泣。另一面的窗子朝南，冬日的阳光斜射进来，冷清清地照在北边儿众多的屁股上。两边儿行李架上塞满了东西。我走动着找我的座位号，却发现还有一个精瘦的学生孤坐着，手拢在袖管儿里，隔窗望着车站南边儿的空车皮。

我的座位恰与他在一个格儿里，是斜对面儿，于是就坐下了，也把手拢在袖里。那个学生瞄了我一下，眼里突然放出光来，问："下棋吗？"倒吓了我一跳，急忙摆手说："不会！"他不相信地看着我说："这么细长的手指头，就是个捏棋子儿的，你肯定会。来一盘吧，我带着家伙呢。"说着就抬身从窗钩上取下书包，往里掏着。我说："我只会马走日，象走田。你没人送吗？"他已把棋盒拿出来，放在茶几上。塑料棋盘却搁不下，他想了想，就横摆了，说："不碍事。一样下。来来来，你先走。"我笑起来，说："你没人送吗？这么乱，下什么棋？"他一边码好最后一个棋子，一边说："我他妈要谁送？去的是有饭吃的地方，闹得这么哭哭啼啼的。来，你先走。"我奇怪了，可还是拈起炮，往当头上一移。我的棋还没移到，他的马却"啪"的一声跳好，比我还快。我就故意将炮移过当头的地方停下。他很快地看了一眼我的下巴，说："你还说不会？这炮二平六的开局，我在郑州遇见一个名手，就是这么走，险些输给他。炮二平五当头炮，是老开局，可有气势，而且是最稳的。嗯？你走。"我倒不知怎么走了，手在棋盘上游移着。他不动声色地看着整个棋盘，又把手袖起来。

就在这时，车厢乱了起来。好多人拥进来，隔着玻璃往外招手。我就站起身，也隔着玻璃往北看月台上。站上的人都拥到车厢前，都在叫，乱成一片。车身忽地一动，人群"嗡"地一下，哭声四起。我的背被谁捅了一下，回头一看，他一手护着棋盘，说："没你这么下棋的，走哇！"我实在没心思下棋,而且心里有些酸,就硬硬地说:"我不下了。这是什么时候!"他很惊愕地看着我,忽然像明白了,身子软下去,不再说话。

车开了一会儿,车厢开始平静下来。有水送过来,大家就掏出缸子要水。我旁边的人打了水,说:"谁的棋?收了放缸子。"他很可怜的样子,问:"下棋吗?"要放缸子的人说:"反正没意思,来一盘吧。"他就很高兴,连忙码好棋子。对手说:"这横着算怎么回事儿?没法儿看。"他搓着手说:"凑合了,平常看棋的时候,棋盘不等于是横着的?你先走。"对手很老练地拿起棋子儿,嘴里叫着:"当头炮。"他跟着跳上马。对手马上把他的卒吃了,他也立刻用马吃了对方的炮。我看这种简单的开局没有大意思,又实在对象棋不感兴趣,就转了头。

这时一个同学走过来,像在找什么人,一眼望到我,就说:"来来来,四缺一,就差你了。"我知道他们是在打牌,就摇摇头。同学走到我们这一格。正待伸手拉我,忽然大叫:"棋呆子,你怎么在这儿?你妹妹刚才把你找苦了,我说没见啊。没想到你在我们学校这节车厢里,气儿都不吭一声儿。你瞧你瞧,又下上了。"

棋呆子红了脸,没好气儿地说:"你管天管地,还管我下棋?走,该你走了。"就又催促我身边的对手。我这时听出点音儿来,就问同学:"他就是王一生?"同学睁了眼,说:"你不认识他?唉呀,你白活了。你不知道棋呆子?"我说:"我知道棋呆子就是王一生,可不知道王一生就是他。"说着,就仔细看着这个精瘦的学生。王一生勉强笑一笑,只看着棋盘。

王一生简直大名鼎鼎。我们学校与旁边几个中学常常有学生之间的象棋厮杀,后来拼出几个高手。几个高手之间常摆擂台,渐渐地,几乎每次冠军就都是王一生了。我因为不喜欢象棋,也就不去关心什么象棋冠军,但王一生的大名,却常被班上几个棋篓子供在嘴上,我也就对其事迹略闻一二,知道王一生外号棋呆子,棋下得很神不用说,而且在他们学校那一年级里数理成绩总是前数名。我想棋下得好而有个数学脑子,这很合情理,可我又不信人们说的那些王一生的呆事,觉得不过是大家寻逸闻鄙事以快言论罢了。后来运动起来,忽然有一天大家传说棋呆子在串连时犯了事儿,被人押回学校了。我对棋呆子能出去串连表示怀疑,因为以前大家对他的描述说明他不可能解决串连时的吃喝问题。可大家说呆子确实去串连了,因为老下棋,被人瞄中,就同他各处走,常常送他一点儿钱,他也不问,只是收下。后来才知道,每到一处,呆子必然挤地头看下棋。看上一盘,必然把输家挤开,与赢家杀一盘。初时大家看他其貌不扬,不与他下。他执意要杀,于是就杀。几步下来，对方出了小汗，嘴却不软。呆子也不说话，只是出手极快，像是连想都不想。待到对方终于闭了嘴，连一圈儿观棋的人也要慢慢思索棋路而不再支招儿的时候，与呆子同行的人就开始摸包儿。大家正看得紧张，哪里想到钱包已经易主？待三盘下来，众人都摸头。这时呆子倒成了棋主，连问可有谁还要杀？有那不服的，就坐下来杀，最后仍是无一盘得利。后来常常是众人齐做一方，七嘴八舌与呆子对手。呆子也不忙，反倒促众人快走，因为师傅多了，常为一步棋如何走自家争吵起来。就这样，在一处呆子可以连杀上一天，后来有那观棋的人发觉钱包丢了，闹嚷起来。慢慢有几个有心计的人暗中观察，看见有人掏包，也不响，之后见那人晚上来邀呆子走，就发一声喊，将扒手与呆子一齐绑了，由造反队审。呆子糊糊涂涂，只说别人常给他钱，大约是可怜他，也不知钱如何来，自己只是喜欢下棋。审主看他呆相，就命人押了回来，一时各校传为逸事。后来听说呆子认为外省马路棋手高手不多，不能长进，就托人找城里名手近战。有个同学就带他去见自己的父亲，据说是国内名手。名手见了呆子，也不多说，只摆一副据传是宋时留下的残局，要呆子走。呆子看了半晌，一五一十道来，替古人赢了。名手很惊奇，要收呆子为徒。不料呆子却问："这残局你可走通了？"名手没反应过来，就说："还未通。"呆子说："那我为什么要做你的徒弟？"名手只好请呆子开路，事后对自己的儿子说："你这个同学桀骜不逊，棋品连着人品，照这样下去，棋品必劣。"又举了一些最新指示，说若能好好学习，棋锋必健。后来呆子认识了一个捡烂纸的老头儿，被老头儿连杀三天而仅赢一盘。呆子就执意要替老头儿去撕大字报纸，不要老头儿劳动。不料有一天撕了某造反团刚贴的"檄文"，被人拿获，又被这造反团栽诬于对立派，说对方"施阴谋，弄诡计"，必讨之，而且是可忍，孰不可忍！对立派又阴使人偷出呆子，用了呆子的名义，对先前的造反团反戈一击。一时呆子的大名"王一生"贴得满街都是，许多外省来取经的革命战士许久才明白王一生原来是个棋呆子，就有人请了去外省会一些江湖名手。交手之后，各有胜负，不过呆子的棋据说是越下越精了。只可惜全国忙于革命，否则呆子不知会有什么造就。

这时，我旁边的人也明白对手是王一生，连说下不了。王一生便很沮丧。我说："你妹妹来送你，你也不知道和家里人说说话儿，倒拉着我下棋！"王一生看着我说："你哪儿知道我们这些人是怎么回事儿？你们这些人好日子过惯了，世上不明白的事儿多着呢！你家父母大约是舍不得你走了？"我怔了怔，看着手说："哪儿来父母，都死毬了。"我的同学就添油加醋地叙了我一番，我有些不耐烦，说："我家死人，你倒有了故事了。"王一生想了想,对我说:"那你这两年靠什么活着?"我说:"混一天算一天。"王一生就看定了我问:"怎么混?"我不答。呆了一会儿,王一生叹一声,说:"混可不易。一天不吃饭,棋路都乱。不管怎么说,你父母在时,你家日子还好过。"我不服气,说:"你父母在,当然要说风凉话。"我的同学见话不投机,就岔开说:"呆子,这里没有你的对手,走,和我们打牌去吧。"呆子笑一笑,说:"牌算什么,瞌睡着也能赢你们。"我旁边儿的人说:"据说你下棋可以不吃饭?"我说:"人一迷上什么,吃饭倒是不重要的事。大约能干出什么事儿的人,总免不了有这种傻事。"王一生想一想,又摇摇头,说:"我可不是这样。"说完就去看窗外。

  一路下去,慢慢我发觉我和王一生之间,既开始有互相的信任和基于经验的同情,又有各自的疑问。他总是问我与他认识之前是怎么生活的,尤其是父母死后的两年是怎么混的。我大略地告诉了他,可他又特别在一些细节上详细地打昕,主要是关于吃。例如讲到有一次我一天没有吃到东西,他就问:"一点儿也没吃到吗?"我说:"一点儿也没有。"他又问:"那你后来吃到东西是在什么时候?"我说:"后来碰到一个同学,他要用书包装很多东西,就把书包翻倒过来腾干净,里面有一个干馒头,掉在桌上就碎了。我一边儿和他说话,一边儿就把这些碎馒头吃下去。不过,说老实话,干烧饼比干馒头解饱得多,而且顶时候儿。"他同意我关于干烧饼的见解,可马上又问:"我是说,你吃到这个干馒头的时候是几点?过了当天夜里十二点吗?"我说:"噢,不。是晚上十点吧。"他又问:"那第二天你吃了什么?"讲老实话,我不太愿意复述这些事情,尤其是细节。我说:"当天晚上我睡在那个同学家。第二天早上,同学买了两个油饼,我吃了一个。上午我随他去跑一些事,中午他请我在街上吃。晚上嘛,我不好意思再在他那儿吃,可另一个同学来了,知道我没什么着落,硬拉了我去他家,当然吃得还可以。怎么样?还有什么不清楚?"他笑了,说:"你才不是你刚才说的什么'一天没吃东西',你十二点以前吃了一个馒头,没有超过二十四小时。更何况第二天你的伙食水平不低,平均下来,你两天的热量还是可以的。"我说:"你恐怕还是有些呆!要知道,人吃饭,不但是肚子的需要,而且是一种精神需要。不知道下一顿在什么地方,人就特别想到吃,而且,饿得快。"他说:"你家道尚好的时候,有这种精神压力吗?有,也只不过是想好上再好,那是馋。馋是你们这些人的特点。"我承认他说得有些道理,禁不住问他:"你总在说你们、你们,可你算什么人?"他迅速看着其它地方,只是不看我,说:"我当然不同了。我主要是对吃要求得比较实在。唉,不说这些了,你真的不喜欢下棋？何以解忧？唯有象棋。"我瞧着他说："你有什么忧？"他仍然不看我，"没有什么忧，没有。'忧'这玩意儿，是他妈文人的佐料儿。我们这种人，没有什么忧，顶多有些不痛快。何以解不痛快？唯有象棋。"

我看他对吃很感兴趣，就注意他吃的时候。列车上给我们这几节知青车厢送饭时，他若心思不在下棋上，就稍稍有些不安。听见前面大家拿吃时铝盒的碰撞声，他常常闭上眼，嘴巴紧紧收着，倒好像有些恶心。拿到饭后，马上就开始吃，吃得很快，喉节一缩一缩的，脸上绷满了筋。常常突然停下来，很小心地将嘴边或下巴上的饭粒儿和汤水油花儿用整个儿食指抹进嘴里。若饭粒儿落在衣服上，就马上一按，拈进嘴里。若一个没按住，饭粒儿由衣服上掉下地，他也立刻双脚不再移动，转了上身找。这时候他若碰上我的目光，就放慢速度。吃完以后，他把两只筷子舔了，拿水把饭盒冲满，先将上面一层油花吸净，然后就带着安全抵岸的神色小口小口地呷。有一次，他在下棋，左手轻轻地叩茶几。一粒干缩了的饭粒儿也轻轻跳着。他一下注意到了，就迅速将那个干饭粒儿放进嘴里，腮上立刻显出筋络。我知道这种干饭粒儿很容易嵌到槽牙里，巴在那儿，舌头是赶它不出的。果然，呆了一会儿，他就伸手到嘴里去抠。终于嚼完和着一大股口水，"咕"地一声儿咽下去，喉节慢慢移下来，眼睛里有了泪花。他对吃是虔诚的，而且很精细。有时你会可怜那些饭被他吃得一个渣儿都不剩，真有点儿惨无人道。我在火车上一直看他下棋，发现他同样是精细的，但就有气度得多。他常常在我们还根本看不出已是败局时就开始重码棋子，说："再来一盘吧。"有的人不服输，非要下完，总觉得被他那样暗示死刑存些侥幸，他也奉陪，用四五步棋逼死对方，说："非要听'将'，有瘾？"

我每看到他吃饭，就回想起杰克·伦敦的《热爱生命》，终于在一次饭后他小口呷汤时讲了这个故事，我因为有过饥饿的经验，所以特别渲染了故事中的饥饿感觉。他不再喝汤，只是把饭盒端在嘴边儿，一动不动地听我讲。我讲完了，他呆了许久，凝视着饭盒里的水，轻轻吸了一口，才很严肃地看着我说："这个人是对的。他当然要把饼干藏在褥子底下。照你讲，他是对失去食物发生精神上的恐惧，是精神病？不，他有道理，太有道理了。写书的人怎么可以这么理解这个人呢？杰……杰什么？嗯，杰克·伦敦，这个小子他妈真是饱汉子不知饿汉子饥。"我马上指出杰克·伦敦是一个如何如何的人。他说："是呀，不管怎么样，像你说的，杰克·伦敦后来出了名，肯定不愁吃的，他当然会叼着根烟，写些嘲笑饥饿的故事。"我说："杰克·伦敦丝毫也没有嘲笑饥饿，他是……"他不耐烦地打断我说："怎么不是嘲笑?把一个特别清楚饥饿是怎么回事儿的人写成发了神经,我不喜欢。"我只好苦笑,不再说什么。可是一没人和他下棋了,他就又问我:"嗯?再讲个吃的故事?其实杰克·伦敦那个故事挺好。"我有些不高兴地说:"那根本不是个吃的故事,那是一个讲生命的故事。你不愧为棋呆子。"大约是我脸上有种表情,他于是不知怎么办才好。我心里有一种东西升上来,我还是喜欢他的,就说:"好吧,巴尔扎克的《邦斯舅舅》听过吗?"他摇摇头。我就又好好儿描述一下邦斯这个老饕。不料他听完,马上就说:"这个故事不好,这是一个馋的故事,不是吃的故事。邦斯这个老头儿若只是吃而不馋,不会死。我不喜欢这个故事。"他马上意识到这最后一句话,就急忙说:"倒也不是不喜欢。不过洋人总和咱们不一样,隔着一层。我给你讲个故事吧。"我马上感了兴趣:棋呆子居然也有故事!他把身体靠得舒服一些,说:"从前哪,"笑了笑,又说:"老是他妈从前,可这个故事是我们院儿的五奶奶讲的。嗯——老辈子的时候,有这么一家子,吃喝不愁。粮食一囤一囤的,顿顿想吃多少吃多少,嘿,可美气了。后来呢,娶了个儿媳妇。那真能干,就没说把饭做糊过,不干不稀,特解饱。可这媳妇,每做一顿饭,必抓出一把米藏好……"听到这儿,我忍不住插嘴:"老掉牙的故事了,还不是后来遇了荒年,大家没饭吃,媳妇把每日攒下的米拿出来,不但自家有了,还分给穷人?"他很惊奇地坐直了,看着我说:"你知道这个故事?可那米没有分给别人,五奶没有说分给别人。"我笑了,说:"这是教育小孩儿要节约的故事,你还拿来有滋有味儿地讲,你真是呆子,这不是一个吃的故事。"他摇摇头,说:"这太是吃的故事了,首先得有饭,才能吃,这家子有一囤一囤的粮食。可光穷吃不行,得记着断顿儿的时候,每顿都要欠一点儿。老话儿说'半饥半饱日子长'嘛。"我想笑但没笑出来,似乎明白了一些什么。为了打消这种异样的感触,就说:"呆子,我跟你下棋吧。"他一下高兴起来,紧一紧手脸,啪啪啪就把棋码好,说:"对,说什么吃的故事,还是下棋。下棋最好,何以解不痛快?唯有下象棋。啊?哈哈哈,你先走。"我又是当头炮,他随后把马跳好。我随便动了一个子儿子,他很快地把兵移前一格儿。我并不真心下棋,心想他念到中学,大约是读过不少书的,就问:"你读过曹操的《短歌行》?"他说:"什么《短歌行》?"我说:"那你怎么知道'何以解忧,唯有杜康'?"他愣了,问:"杜康是什么?"我说:"杜康是一个造酒的人,后来也就代表酒,你把杜康换成象棋,倒也风趣。"他摆了一下头,说:"啊,不是。这句话是一个老头儿说的,我每回和他下棋,他总说这句。"我想起了传闻中的捡烂纸的老头儿,就问:"是捡烂纸的老头儿吗?"他看了我一眼,说:"不是。

不过,捡烂纸的老头儿棋下得好,我在他那儿学到不少东西。"我很感兴趣地问:"这老头儿是个什么人?怎么下得一手好棋还捡烂纸?"他很轻地笑了一下,说:"下棋不当饭。老头儿要吃饭,还得捡烂纸。可不知他以前是什么人。有一回,我抄的几张棋谱不知怎么找不到了,以为当垃圾倒出去了,就到垃圾站去翻。正翻着,这个老头推着筐过来了,指着我说,'你个大小伙子,怎么抢我的买卖?'我说不是,是找丢了的东西,他问什么东西,我没搭理他。可他问个不停,'钱?存折儿?结婚帖子?'我只好说是棋谱,正说着,就找着了。他说叫他看看。他在路灯底下挺快就看完了,说'这棋没根哪'。我说这是以前市里的象棋比赛。可他说,'哪儿的比赛也没用,你瞧这,这叫棋路?狗脑子。'我心想怕是遇上异人了,就问他当怎么走,老头儿哗哗说了一通谱儿,我一听,真的不凡,就提出要跟他下一盘。老头让我先说。我们俩就在垃圾站下盲棋,我是连输五盘。老头儿棋路猛听头几步,没什么,可着子真阴真狠,打闪一般,网得开,收得又紧又快。后来我们见天儿在垃圾站下盲棋,每天回去我就琢磨他的棋路,以后居然跟他平过一盘,还赢过一盘,其实赢的那盘我们一共才走了十几步。老头儿用铅丝扒子敲了半天地面,叹一声,'你赢了。'我高兴了,直说要到他那儿去看看。老头儿白了我一眼,说,'撑的?!'告诉我明天晚上再在这儿等他。第二天我去了,见他推着筐远远来了。到了跟前,从筐里取出一个小布包,递到我手上,说这也是谱儿,让我拿回去,看瞧得懂不。又说哪天有走不动的棋,让我到这儿来说给他听听,兴许他就走动了。我赶紧回到家里,打开一看,还真他妈不懂。这是本异书,也不知是哪朝哪代的,手抄,边边角角儿,补了又补。上面写的东西,不像是说象棋,好像是说另外的什么事儿。我第二天又去找老头儿,说我看不懂,他哈哈一笑,说他先给我说一段儿,提个醒儿。他一开说,把我吓了一跳。原来开宗明义,是讲男女的事儿,我说这是'四旧'。老头儿叹了,说什么是旧?我这每天捡烂纸是不是在捡旧?可我回去把它们分门别类,卖了钱,养活自己,不是新?又说咱们中国道家讲阴阳,这开篇是借男女讲阴阳之气。阴阳之气相游相交,初不可太盛,太盛则折。折就是'折断'的'折'。"我点点头。"'太盛则折,太弱则泻。'老头儿说我的毛病是太盛。又说,若对手盛,则以柔化之。可要在化的同时,造成克势。柔不是弱,是容,是收,是含。含而化之,让对手入你的势。这势要你造,需无为而无不为。无为即是道,也就是棋运之大不可变,你想变,就不是象棋,输不用说了,连棋边儿都沾不上。棋运不可悖,但每局的势要自己造。棋运和势既有,那可就无所不为了。玄是真玄,可细琢磨,是那么个理儿。我说,这么讲是真提气,可这下棋,千变万化,怎么才能准赢呢?老头儿说这就是造势的学问了。造势妙在契机。谁也不走子儿,这棋没法儿下。可只要对方一动,势就可入,就可导。高手你入他很难,这就要损。损他一个子儿,损自己一个子儿,先导开,或找眼钉下,止住他的入势,铺排下自己的入势。这时你万不可死损,势式要相机而变。势式有相因之气,势套势,小势导开,大势含而化之,根连根,别人就奈何不得。老头儿说我只有套,势不太明。套可以算出百步之远,但无势,不成气候。又说我脑子好,有琢磨劲儿,后来输我的那一盘,就是大势已破,再下,就是玩了。老头儿说他日子不多了,无儿无女,遇见我,就传给我吧。我说你老人家棋道这么好,怎么还干这种营生呢?老头儿叹了一口气,说这棋是祖上传下来的,但有训——'为棋不为生',为棋是养性,生会坏性,所以生不可太盛。又说他从小没学过什么谋生本事,现在想来,倒是训坏了他。"我似乎听明白了一些棋道,可很奇怪,就问:"棋道与生道难道有什么不同吗?"王一生说:"我也是这么说,而且魔症起来,问他天下大势。老头儿说,棋就是这么几个子儿,棋盘就这么大,无非是道同势不同,可这子儿你全能看在眼底。天下的事,不知道的太多。这每天的大字报,张张都新鲜,虽看出点道儿,可不能究底。子儿不全摆上,这棋就没法儿下。"

我就又问那本棋谱。王一生很沮丧地说:"我每天带在身上,反复地看。后来你知道,我撕大字报被造反团捉住,书就被他们搜了去,说是'四旧',给毁了,而且是当着我的面儿毁的。好在书已在我脑子里,不怕他们。"我就又和王一生感叹了许久。

火车终于到了。所有的知识青年都又被用卡车运到农场。在总场,各分场的人上来领我们。我找到王一生,说:"呆子,要分手了,别忘了交情,有事儿没事儿,互相走动。"他说当然。

二

这个农场在大山林里,活计就是砍树,烧山,挖坑,再栽树。不栽树的时候,就种点儿粮食。交通不便,运输不够,常常就买不到煤油点灯。晚上黑灯瞎火,大家凑在一起臭聊,天南地北。又因为常割资本主义尾巴,生活就清苦得很,常常一个月每人只有五钱油,吃饭钟一敲,大家就疾跑如飞。大锅菜是先煮后搁油,油又少,只在汤上浮几个大花儿。落在后边,常常就只能吃清水南瓜或清水茄子。米倒是不缺,国家供应商品粮,每人每月四十二斤。可没油水,挖山又不是轻活,肚子就越吃越大。我倒是没什么,毕竟强似讨吃。每月又有二十几元工薪,家里没有人惦记着,又没有找女朋友,就买了烟学抽,不料越抽越凶。

山上活儿紧时,常常累翻,就想:呆子不知怎么干?那么精瘦的一个人。晚上大家闲聊,多是精神会餐。我又想,呆子的吃相可能更恶了。我父亲在时,炒得一手好菜,母亲都比不上他。星期天常邀了同事,专事品尝,我自然精于此道。因此聊起来,常常是主角,说得大家个个儿腮胀,常常发一声喊,将我按倒在地上,说像我这样儿的人实在是祸害,不如宰了炒吃。下雨时节,大家都慌忙上山去挖笋,又到沟里捉田鸡,无奈没有油,常常吃得胃酸。山上总要放火,野兽们都惊走了,极难打到。即使打到,野物们走惯了,没膘,熬不得油。尺把长的老鼠也捉来吃,因鼠是吃粮的,大家说鼠肉就是人肉,也算吃人吧。我又常想,呆子难道不馋?好上加好,固然是馋,其实饿时更馋。不馋,吃的本能不能发挥,也不得寄托。又想,呆子不知还下不下棋。我们分场与他们分场隔着近百里,来去一趟不容易,也就见不着。

转眼到了夏季。有一天,我正在山上干活儿,远远望见山下小路上有一个人。大家觉得影儿生,就议论是什么人。有人说是小毛的男的吧。小毛是队里一个女知青,新近在外场找了一个朋友,可谁也没见过。大家就议论可能是这个人来找小毛,于是满山喊小毛,说她的汉子来了。小毛丢了锄,跌跌撞撞跑过来,伸了脖子看。还没等小毛看好,我却认出来人是王一生——棋呆子。于是大叫,别人倒吓了一跳,都问:"找你的?"我很得意。我们这个队有四个省市的知青,与我同来的不多,自然他们不认识王一生。我这时正代理一个管三四个人的小组长,于是对大家说:"散了,不干了。大家也别回去,帮我看看山上可有什么吃的弄点儿,到钟点儿再下山,拿到我那儿去烧。你们打了饭,都过来一起吃。"大家于是就钻进乱草里去寻了。

我跳着跑下山,王一生已经站住,一脸高兴的样子,远远地问:"你怎么知道是我?"我到了他跟前说:"远远就看你呆头呆脑,还真是你。你怎么老也不来看我?"他跟我并排走着,说:"你也老不来看我呀!"我见他背上的汗浸出衣衫,头发已是一绺一绺的,一脸的灰土,只有眼睛和牙齿放光,嘴上也是一层土,干得起皱,就说:"你怎么摸来的?"他说:"搭一段儿车,走一段儿路,出来半个月了。"我吓了一跳,问:"不到百里,怎么走这么多天?"他说:"回去细说。"

说话间已经到了沟底队里。场上几只猪跑来跑去,个个儿瘦得赛狗。还不到下班时间,冷冷清清的,只有队上伙房隐隐传来叮叮当当的声音。

到了我的宿舍，就直进去。这里并不锁门，都没有多余的东西可拿，不必防谁。我放了盆，叫他等着，就提桶打热水来给他洗。到了伙房，与炊事员讲，我这个月的五钱油全数领出来，以后就领生菜，不再打熟菜。炊事员问："来客了？"我说："可不！"炊事员就打开锁了的柜子，舀一小匙油找了个碗盛给我，又拿了三只长茄子，说："明天还来打菜吧，从后天算起，方便。"我从锅里舀了热水，提回宿舍。

王一生把衣裳脱了，只剩一条裤衩，呼噜呼噜地洗。洗完后，将脏衣服按在水里泡着，然后一件一件搓，洗好涮好，拧干晾在门口绳上。我说："你还挺麻利的。"他说："从小自己干，惯了。几件衣服，也不费事。"说着就在床上坐下，弯过手臂，去挠后背，肋骨一根根动着。我拿出烟来请他抽。他很老练地敲出一支，舔了一头儿，倒过来叼着。我先给他点了，自己也点上。他支起肩深吸进去，慢慢地吐出来，浑身荡一下，笑了，说："真不错。"我说："怎么样？也抽上了？日子过得不错呀。"他看看草顶，又看看在门口转来转去的猪，低下头，轻轻拍着净是绿筋的瘦腿，半晌才说："不错，真的不错。还说什么呢？粮？钱？还要什么呢？不错，真不错。你怎么样？"他透过烟雾问我。我也感叹了，说："钱是不少，粮也多，没错儿，可没油哇。大锅菜吃得胃酸。主要是没什么玩儿的，没书，没电，没电影儿。去哪儿也不容易，老在这个沟儿里转，闷得无聊。"他看看我，摇一下头，说："你们这些人哪！没法儿说，想的净是锦上添花。我挺知足，还要什么呢？你呀，你就是叫书害了。你在车上给我讲的两个故事，我琢磨了，后来挺喜欢的。你不错，读了不少书。可是，归到底，解决什么呢？是呀？一个人拼命想活着，最后都神经了，后来好了，活下来了，可接着怎么活呢？像邦斯那样？有吃，有喝，好收藏个什么，可有个馋的毛病，人家不请吃就活得不痛快。人要知足，顿顿饱就是福。"他不说了，看着自己的脚趾动来动去，又用后脚跟去擦另一只脚的背，吐出一口烟，用手在腿上掸了掸。

我很后悔用油来表示我对生活的不满意，还用书和电影儿这种可有可无的东西表示我对生活的不满足，因为这些在他看来，实在是超出基准线之上的东西，他不会为这些烦闷。我突然觉得很泄气，有些同意他的说法。是呀，还要什么呢？我不是也感到挺好了吗？不用吃了上顿惦记着下顿，床不管怎么烂，也还是自己的，不用窜来窜去找刷夜的地方。可我常常烦闷的是什么呢？为什么就那么想看看随便什么一本书呢？电影儿这种东西，灯一亮就全醒过来了，图个什么呢？可我隐隐有一种欲望在心里，说不清楚。但我大致觉出是关于活着的什么东西。

我问他:"你还下棋吗?"他就像走棋那么快地说:"当然,还用说?"我说:"是呀,你觉得一切都好,干吗还要下棋呢?下棋不多余吗?"他把烟卷儿停在半空,摸了一下脸,说:"我迷象棋。一下棋,就什么都忘了。呆在棋里舒服。就是没有棋盘、棋子儿,我在心里就能下,碍谁的事儿啦?"我说:"假如有一天不让你下棋,也不许你想走棋的事儿,你觉得怎么样?"他挺奇怪地看着我说:"不可能,那怎么可能?我能在心里下呀!还能把我脑子挖了?你净说些不可能的事儿。"我叹了一口气,说:"下棋这事儿看来是不错。看了一本儿书,你不能老在脑子里过篇儿,老想看看新的。可棋不一样了,自己能变着花样儿玩。"他笑着对我说:"怎么样,学棋吧?咱们现在吃喝不愁了,顶多是照你说的,不够好,又活不出个大意思来。书你哪儿找去?下棋吧,有忧下棋解。"我想了想,说:"我实在对棋不感兴趣。我们队倒有个人,据说下得不错。"他把烟屁股使劲儿扔出门外,眼睛又放出来光来:"真的?有下棋的?嘿,我真还来对了。他在哪儿?"我说:"还没下班呢。看你急的,你不是来看我的吗?"他双手抱着脖子仰在我的被子上,看着自己松松的肚皮,说:"我这半年,就找不到下棋的。后来想,天下异人多得很,这野林子里我就不信找不到个下棋下得好的。现在我请了事假,一路找人下棋,就找到你这儿来了。"我说:"你不挣钱了?怎么活着呢?"他说:"你不知道,我妹妹在城里分了工矿,挣钱啦,我也就不用给家寄那么多钱了。我就想,趁这工夫儿,会会棋手。怎么样?你一会儿把你说的那人找来下一盘?"我说当然,心里一动,就又问他:"你家里到底是怎么个情况呢?"他叹了一口气,望着屋顶,很久才说:"穷。困难啊!我们家三口儿人,母亲死了,只有父亲、妹妹和我。我父亲嘛,挣得少,按平均生活费的说法儿,我们一人才不到十块。我母亲死后,父亲就喝酒,而且越喝越多,手里有俩钱儿就喝,就骂人。邻居劝,他不是不听,就是一把鼻涕一把泪,弄得人家也挺难过。我有一回跟我父亲说,'你不喝就不行?有什么好处呢?'他说,'你不知道酒是什么玩意儿。它是老爷们儿的觉啊!咱们这日子挺不易,你妈去了,你们又小。我烦哪,我没文化,这把年纪,一辈子这点子钱算是到头儿了。你妈死的时候,嘱咐了,怎么着也要供你念完初中再挣钱。你们让我喝口酒,啊?对老人有什么过不去的,下辈子算吧。'"他看了看我,又说:"不瞒你说,我母亲解放前是窑子里的。后来大概是有人看上了,做了人家的小,也算从良。有烟吗?"我扔过一根烟给他,他点上了,把烟头儿吹得红红的,两眼不错眼珠儿地盯着,许久才说:"后来,我妈又跟人跑了。据说买她的那家欺负她,当老妈子不说,还打。后来跟的这个是什么人,我不知道,我只知道我是我妈跟这个人生的,刚一解放,我妈跟的那个人就不见了。当时我妈怀着我,吃穿无着,就跟了我现在这个父亲。我这个后爹是卖力气的,可临到解放的时候儿,身子骨儿不行了,又没文化,钱就挣得少。和我妈过了以后,原指着相帮着好一点儿,可没想到添了我妹妹后,我妈一天不如一天。那时候我才上小学,脑筋好,老师都喜欢我。可学校春游、看电影我都不去,给家里省一点儿是一点儿。我妈怕委屈了我,拖累着个身子,到处找活。有一回,我和我母亲给印刷厂叠书页子,是一本讲象棋的书。叠好了,我妈还没送去,我就一篇一篇对着看。不承想,就看出点儿意思来。于是有空儿就到街上看人家下棋。看了有些日子,就手痒痒,没敢跟家里要钱,自己用硬纸剪了一副棋,拿到学校去下。下着下着就熟了。于是又到街上和别人下。原先我看人家下得挺好,可我这一跟他们真下,还就赢了。一家伙就下了一晚上,饭也没吃。我妈找了来,把我打回去。唉,我妈身子弱,都打不疼我。到了家,她竟给我跪下了,说,'小祖宗,我就指望你了!你若不好好儿念书,妈就死在这儿'。我一听这话吓坏了,忙说,'妈,我没不好好儿念书。您起来,我不下棋了。'我把我妈扶起来坐着。那天晚上,我跟我妈叠页子,叠着叠着,就走了神儿,想着一路棋。我妈叹一口气说,'你也是,看不上电影儿,也不去公园,就玩儿这么个棋。唉,下吧。可妈的话你得记着,不许玩儿疯了。功课要是落下了,我不饶你。我和你爹都不识字儿,可我们会问老师。老师若说你功课跟不上,你再说什么也不行。'我答应了。我怎么会把功课落下呢?学校的算术,我跟玩儿似的。这以后,我放了学,先做功课,完了就下棋,吃完饭,就帮我妈干活儿,一直到睡觉。因为叠页子不用动脑筋,所以就在脑子里走棋,有的时候,魔症了,会突然一拍书页,喊棋步,把家里人都吓一跳。"我说:"怨不得你棋下得这么好,小时候棋就都在你脑子里呢!"他苦笑笑说:"是呀,后来老师就让我去少年宫象棋组,说好好儿学,将来能拿大冠军呢!可我妈说,'咱们不去什么象棋组,要学,就学有用的本事。下棋下得好,还当饭吃了?有那点儿工夫,在学校多学点儿东西比什么不好?你跟你们老师说,不去象棋组,要是你们老师还有没教你的本事,你就跟老师说,你教了我,将来有大用呢。啊?专学下棋?这以前都是有钱人干的!妈以前见过这种人,那都有身份,他们不指着下棋吃饭。妈以前呆过的地方,也有女的会下棋,可要的钱也多。唉,你不知道,你不懂。下下玩儿可以,别专学,啊?'我跟老师说了,老师想了想,没说什么。后来老师买了一副棋送我,我拿给妈看,妈说,'唉,这是善心人哪!可你记住,先说吃,再说下棋。等你挣了钱,养活家了,爱怎么下就怎么下,随你.'"我感叹了,说:"这下儿好了,你挣钱了,你就能撒着欢儿地下了,你妈也就放心了。"王一生把脚搬上床,盘了坐,两只手互相捏着腕子,看着地下说:"我妈看不见我挣钱了。家里供我念到初一,我妈就死了。死之前,特别跟我说,'这一条街都说你棋下得好,妈信,可妈在棋上疼不了你。你在棋上怎么出息,到底不是饭碗。妈不能看你念完初中,跟你爹说了,怎么着困难,也要念完。高中,妈打听了,那是为上大学,咱们家用不着上大学,你爹也不行了,你妹妹还小,等你初中念完了就挣钱,家里就靠你了。妈要走了,一辈子也没给你留下什么,只捡人家的牙刷把,给你磨了一副棋。'说着,就叫我从枕头底下拿出一个小布包来,打开一看,都是一小点儿大的子儿,磨得是光了又光,赛象牙,可上头没字儿。妈说,'我不识字,怕刻不对。你拿了去,自己刻吧,也算妈疼你好下棋。'我们家多困难,我没哭过,哭管什么呢?可看着这副没字儿的棋,我绷不住了。"

我鼻子有些酸,就低了眼,叹道:"唉,当母亲的。"王一生不再说话,只是抽烟。

山上的人下来了,打到两条蛇。大家见了王一生,都很客气,问是几分场的,那边儿伙食怎么样。王一生答了,就过去摸一摸晾着的衣裤,还没有干。我让他先穿我的,他说吃饭要出汗,先光着吧。大家见他很随和,也就随便聊起来。我自然将王一生的棋道吹了一番,以示来者不凡。大家就都说让队里的高手"脚卵"来与王一生下。一个人跑去喊,不一刻,脚卵来了。脚卵是南方大城市的知识青年,个子非常高,又非常瘦。动作起来颇有些文气,衣服总要穿得整整齐齐,有时候走在山间小路上,看到这样一个高个儿纤尘不染,衣冠楚楚,真令人生疑。脚卵弯腰进来,很远就伸出手来要握,王一生糊涂了一下,马上明白了,也伸出手去,脸却红了。握过手,脚卵把双手捏在一起端在肚子前面,说:"我叫倪斌,人儿倪,文武斌。因为腿长,大家叫我脚卵。卵是很粗俗的话,请不要介意,这里的人文化水平是很低的。贵姓?"王一生比倪斌矮下去两个头,就仰着头说:"我姓王,叫王一生。"倪斌说:"王一生?蛮好,蛮好,名字蛮好的。一生是哪两个字?"王一生一直仰着脖子,说:"一二三的一,生活的生。"倪斌说:"蛮好,蛮好。"就把长臂曲着往外一摆,说:"请坐。听说你钻研象棋?蛮好,蛮好,象棋是很高级的文化。我父亲是下得很好的,有些名气,喏,他们都知道的。我会走一点点,很爱好,不过在这里没有对手。你请坐。"王一生坐回床上,很尴尬地笑着,不知说什么好。倪斌并不坐下,只把手虚放在胸前,微微向前侧了一下身子,说:"对不起,我刚刚下班,还没有梳洗,你候一下好了,我马上就来。噢,问一下,乃父也是棋道里的人么?"王一生很快地摇头,刚要说什么,但只是喘了一口气。倪斌说:"蛮好,蛮好。好,一会儿我再来。"我说:"脚卵洗了澡,来吃蛇肉。"倪斌一边退出去,一边说:"不必了,不必了。好的,好的。"大家笑起来,向外嚷:"你到底来是不来?什么'不必了,好的'!"倪斌在门外说:"蛇肉当然是要吃的,一会儿下棋是要动脑筋的。"

大家笑着脚卵,关了门,三四个人精着屁股,上上下下地洗,互相开着身体的玩笑。王一生不知在想什么,坐在床里边,让开擦身的人。我一边将蛇头撕下来,一边对王一生说:"别理脚卵,他就是这么神神道道的一个人。"有一个人对我说:"你的这个朋友要真是有两下子,今天有一场好杀。脚卵的父亲在我们市里,真是很有名气哩。"另外的人说:"爹是爹,儿是儿,棋还遗传了?"王一生说:"家传的棋,有厉害的。几代沉下的棋路,不可小看。一会儿下起来看吧。"说着就紧一紧手脸。我把蛇挂起来,将皮剥下,不洗,放在案板上,用竹刀把肉划开,并不切断,盘在一个大碗内,放进一个大锅里,锅底蓄上水,叫:"洗完了没有?我可开门了!"大家慌忙穿上短裤。我到外边地上摆三块土坯,中间架起柴引着,就将锅放在土坯上,把猪吆喝远了,说:"谁来看着?别叫猪拱了。开锅后十分钟端下来。"就进屋收拾茄子。

有人把脸盆洗干净,到伙房打了四五斤饭和一小盆清水茄子,捎回来一棵葱和两瓣野蒜、一小块姜,我说还缺盐,就又有人跑去拿来一块,捣碎在纸上放着。

脚卵远远地来了,手里抓着一个黑木盒子。我问:"脚卵,可有酱油膏?"脚卵迟疑了一下,返身回去。我又大叫:"有醋精拿点儿来!"

蛇肉到了时间,端进屋里,掀开锅,一大团蒸气冒出来。大家并不缩头,慢慢看清了,都叫一声好。两大条蛇肉亮晶晶地盘在碗里,粉粉地冒鲜气。我嗖地一下将碗端出来,吹吹手指,说:"开始准备胃液吧!"王一生也挤过来看,问:"整着怎么吃?"我说:"蛇肉碰不得铁,碰铁就腥,所以不切,用筷子撕着蘸料吃。"我又将切好的茄块儿放进锅里蒸。

脚卵来了,用纸包了一小块儿酱油膏,又用一张小纸包了几颗白色的小粒儿,我问是什么,脚卵说:"这是草酸,去污用的,不过可以代替醋。我没有醋精,酱油膏也没有了,就这一点点。"我说:"凑合了。"脚卵把盒子放在床上,打开,原来是一副棋,乌木做的棋子,暗暗的发亮。字用刀刻出来,笔划很细,却是篆字,用金丝银丝嵌了,古色古香。棋盘是一幅绢,中间亦是篆字:楚河汉界。大家凑过去看,脚卵就很得意,说:"这是古董,明朝的,很值钱。我来的时候,我父亲给我的。以前和你们下棋,用不到这么好的棋。今天王一生来嘛,我们好好下。"王一生大约从来没有见过这么精采的棋具,很小心地摸,又紧一紧手脸。

我将酱油膏和草酸冲好水,把葱末、姜末和蒜末投进去,叫声:"吃起来!"大家就乒乒乓乓地盛饭,伸筷撕那蛇肉蘸料,刚入嘴嚼,纷纷嚷鲜。

我问王一生是不是有些像蟹肉,王一生一边儿嚼着,一边儿说:"我没吃过螃蟹,不知道。"脚卵伸过头去问:"你没吃过螃蟹?怎么会呢?"王一生也不答话,只顾吃。脚卵就放下碗筷,说:"年年中秋节,我父亲就约一些名人到家里来,吃螃蟹,下棋,品酒,作诗。都是些很高雅的人,诗做得很好的,还要互相写在扇子上。这些扇子过多少年也是很值钱的。"大家并不理会他,只顾吃。脚卵眼看蛇肉渐少,也急忙捏起筷子夹,不再说什么。

不一刻,蛇肉吃完,只剩两副蛇骨在碗里。我又把蒸熟的茄块儿端上来,放少许蒜和盐拌了。再将锅里热水倒掉,续上新水,把蛇骨放进去熬汤。大家喘一口气,接着伸筷,不一刻,茄子也吃净。我便把汤端上来,蛇骨已经煮散,在锅底刷拉刷拉地响。这里屋外常有一二处小丛的野茴香,我就拔来几棵,揪在汤里,立刻屋里异香扑鼻。大家这时饭已吃净,纷纷舀了汤在碗里,热热的小口呷,不似刚才紧张,话也多起来了。

脚卵抹一抹头发,说:"蛮好,蛮好的。"就拿出一支烟,先让了王一生,又自己叼了一支,烟包正待放回衣袋里,想了想,便放在小饭桌上,摆一摆手说:"今天吃的,都是山珍,海味是吃不到了。我家里常吃海味的,非常讲究。据我父亲讲,我爷爷在时,专雇一个老太婆,整天就是从燕窝里拨脏东西。燕窝这种东西,是海鸟叼来小鱼小虾,用口水粘起来的。所以里面各种脏东西多得很,要很细心地一点一点清理,一天也就能搞清一个,再用小火慢慢地蒸。每天吃一点,对身体非常好。"王一生听呆了,问:"一个人每天就专门是管做燕窝的?好家伙!自己买来鱼虾,熬在一起,不等于燕窝吗?"脚卵微微一笑,说:"要不怎么燕窝贵呢?第一,这燕窝长在海中峭壁上,要舍命去挖。第二,这海鸟的口水是很珍贵的东西,是温补的。因此,舍命,费工时,又是补品;能吃燕窝,也是说明家里有钱和有身份。"大家就说这燕窝一定非常好吃。脚卵又微微一笑,说:"我吃过的,很腥。"大家就感叹了,说费这么多钱,吃一口腥,太划不来。

天黑下来,早升在半空的月亮渐渐亮了。我点起油灯,立刻四壁都是人影子。脚卵就说:"王一生,我们下一盘?"王一生大概还没有从燕窝里醒过来,听见脚卵问,只微微点一点头。脚卵出去了。王一生奇怪了,问:"嗯?"

大家笑而不答。一会儿,脚卵又来了,穿得笔挺,身后随来许多人,进屋都看看王一生。脚卵慢慢摆好棋,问:"你先走?"王一生说:"你吧。"大家就上上下下围了看。

走出十多步,王一生有些不安,但也只是暗暗捻一下手指。走过三十几步,王一生很快地说:"重摆吧。"大家奇怪,看看王一生,又看看脚卵,不知是谁赢了。脚卵微微一笑,说:"一赢不算胜。"就伸手抽一颗烟点上。王一生没有表情,默默地把棋重新码好。两人又走。又走到十多步,脚卵半天不动,直到把一根烟吸完,又走了几步,脚卵慢慢地说:"再来一盘。"大家又奇怪是谁赢了,纷纷问。王一生很快地将棋码成一个方堆,看着脚卵问:"走盲棋。"脚卵沉吟了一下,点点头。两人就口述棋步。好几个人摸摸头,摸摸脖子,说下得好没意思,不知谁是赢家,就有几个人离开走出去,把油灯带得一明一暗。

我觉出有点儿冷,就问王一生:"你不穿点儿衣裳?"王一生没有理我。我感到没有意思,就坐在床里,看大家也是一会儿看看脚卵,一会儿看看王一生,像是瞧从来没见过的两个怪物。油灯下,王一生抱了双膝,锁骨后陷下两个深窝,盯着油灯,时不时拍一下身上的蚊虫。脚卵两条长腿抵在胸口,一只大手将整个儿脸遮了,另一只大手飞快地将指头捏来弄去。说了许久,脚卵放下手,很快地笑一笑,说:"我乱了,记不得。"就又摆了棋再下。不久,脚卵抬起头,看着王一生说:"天下是你的。"抽出一支烟给王一生,又说:"你的棋是跟谁学的?"王一生也看着脚卵,说:"跟天下人。"脚卵说:"蛮好,蛮好,你的棋蛮好。"大家看出是谁赢了,都高兴得松动起来,盯着王一生看。

脚卵把手搓来搓去,说:"我们这里没有会下棋的人,我的棋路生了。今天碰到你,蛮高兴的,我们做个朋友。"王一生说:"将来有机会,一定见见你父亲。"脚卵很高兴,说:"那好,好极了,有机会一定去见见他。我不过是玩玩棋。"停了一会儿,又说:"你参加地区的比赛,没有问题。"王一生问:"什么比赛?"脚卵说:"咱们地区,要组织一个运动会,其中有棋类。地区管文教的书记我认得,他早年在我们市里,与我父亲认识。我到农场来,我父亲给他带过信,请他照顾。我找过他,他说我不如打篮球。我怎么会打篮球呢?那是很野蛮的运动,要伤身体的。这次运动会,他来信告诉我,让我争取参加农场的棋类队到地区比赛,赢了,调动自然好说。你棋下到这个地步,参加农场队,不成问题。你回你们场,去报名就可以了。将来总场选拔,肯定会有你。"王一生很高兴,起来把衣裳穿上,显得更瘦,大家又聊了很久。

　　将近午夜,大家都散去,只剩下宿舍里同住的四个人与王一生、脚卵。脚卵站起来,说:"我去拿些东西来吃。"大家都很兴奋,等着他。一会儿,脚卵弯腰进来,把东西放在床上,摆出六颗巧克力,半袋麦乳精,纸包的一斤精白挂面。巧克力大家都一口咽了,来回舔着嘴唇。麦乳精冲成稀稀的六碗,喝得满屋喉咙响。王一生笑嘻嘻地说:"世界上还有这种东西?苦甜苦甜的。"我又把火升起来,开了锅,把面下了,说:"可惜没有调料。"脚卵说:"我还有酱油膏。"我说:"你不是只有一小块儿了吗?"脚卵不好意思地说:"咳,今天不容易,王一生来了,我再贡献一些。"就又拿了来。

　　大家吃了,纷纷点起烟,打着哈欠,说没想到脚卵还有如许存货,藏得倒严实,脚卵急忙申辩这是剩下的全部了。大家吵着要去翻,王一生说:"不要闹,人家的是人家的,从来农场存到现在,说明人家会过日子。倪斌,你说,这比赛什么时候开始呢?"脚卵说:"起码还有半年。"王一生不再说话。我说:"好了,休息吧。王一生,你和我睡在我的床上。脚卵,明天再聊。"大家就起身收拾床铺,放蚊帐。我和王一生送脚卵到门口,看他高高的个子在青白的月光下远远去了。王一生叹一口气,说:"倪斌是个好人。"

　　王一生又呆了一天,第三天早上,执意要走。脚卵穿了破衣服,捐着锄来送。两人握了手,倪斌说:"后会有期。"大家远远在山坡上招手。我送王一生出了山沟,王一生拦住,说:"回去吧。"我嘱咐他,到了别的分场,有什么困难,托人来告诉我,若回来路过,再来玩儿。王一生整了整书包带儿,就急急地顺公路走了,脚下扬起细土,衣裳晃来晃去,裤管儿前后荡着,像是没有屁股。

三

　　这以后,大家没事儿,常提起王一生,津津有味儿地回忆王一生光膀子大战脚卵。我说了王一生如何如何不容易,脚卵说:"我父亲说过的,'寒门出高士'。据我父亲讲,我们祖上是元朝的倪云林。倪祖很爱干净,开始的时候,家里有钱,当然是讲究的。后来兵荒马乱,家道败了,倪祖就卖了家产,到处走,常在荒村野店投宿,很遇到一些高士。后来与一个会下棋的村野之人相识,学得一手好棋。现在大家只晓得倪云林是元四家里的一个,诗书画绝佳,却不晓得倪云林还会下棋。倪祖后来信佛参禅,将棋炼进禅宗,自成一路。这棋只我们这一宗传下来。王一生赢了我,不晓得他是什么路,总归是高手了。"大家都不知道倪云林是什么人,只听脚卵神吹,将信将疑,可也认定脚卵的棋有些来路,王一生既赢了脚卵,当然更了不起。这里的知青在城里都是平民出身,多是寒苦的,自然更看重王一生。

将近半年,王一生不再露面。只是这里那里传来消息,说有个叫王一生的,外号棋呆子,在某处与某某下棋,赢了某某。大家也很高兴,即使有输的消息,都一致否认,说王一生怎么会输呢?我给王一生所在的分场队里写了信,也不见回音,大家就催我去一趟。我因为这样那样的事,加上农场知青常常斗殴,又输进火药枪互相射击,路途险恶,终于没有去。

一天脚卵在山上对我说,他已经报名参加棋类比赛了,过两天就去总场,问王一生可有消息?我说没有。大家就说王一生肯定会到总场比赛,相约一起请假去总场看看。

过了两天,队里的活儿稀松,大家就纷纷找了各种借口请假到总场,盼着能见着王一生。我也请了假出来。

总场就在地区所在地,大家走了两天才到。这个地区虽是省以下的行政单位,却只有交叉的两条街,沿街有一些商店,货架上不是空的,即是"展品概不出售"。可是大家仍然很兴奋,觉得到了繁华地界,就沿街一个馆子一个馆子地吃,都先只叫净肉,一盘一盘地吞下去,拍拍肚子出来,觉得日光晃眼,竟有些肉醉,就找了一处草地,躺下来抽烟,又纷纷昏睡过去。

醒来后,大家又回到街上细细吃了一些面食,然后到总场去。

一行人高高兴兴到了总场,找到文体干事,问可有一个叫王一生的来报到。干事翻了半天花名册,说没有。大家不信,拿过花名册来七手八脚地找,真的没有,就问干事是不是搞漏掉了。干事说花名册是按各分场报上来的名字编的,都已分好号码,编好组,只等明天开赛。大家你望望我,我望望你,搞不清是怎么回事儿。我说:"找脚卵去。"脚卵在运动员们住下的草棚里,见了他,大家就问。脚卵说:"我也奇怪呢。这里乱糟糟的,我的号是棋类,可把我分到球类组来住,让我今晚就参加总场联队训练,说了半天也不行,还说主要靠我进球得分。"大家笑起来,说:"管他赛什么,你们的伙食差不了。可王一生没来太可惜了。"

直到比赛开始,也没有见王一生的影子。问了他们分场来的人,都说很久没见王一生了。大家有些慌,又没办法,只好去看脚卵赛篮球。脚卵痛苦不堪,规矩一点儿不懂,球也抓不住,投出去总是三不沾,抢得猛一些,他就抽身出来,瞪着大眼看别人争。文体干事急得抓耳挠腮,大家又笑得前仰后合。每场下来,脚卵总是嚷野蛮,埋怨脏。

赛了两天,决出总场各类运动代表队,到地区参加地区决赛。大家看看王一生还没有影子,就都相约要回去了。脚卵要留在地区文教书记家再待一两天,就送我们走一段。快到街口,忽然有人一指:"那不是王一生?"大家顺着方向一看,真是他。王一生在街另一面急急地走来,没有看见我们。我们一齐大叫,他猛地站住,看见我们,就横过街向我们跑来。到了跟前,大家纷纷问他怎么不来参加比赛?王一生很着急的样子,说:"这半年我总请事假出来下棋,等我知道报名赶回去,分场说我表现不好,不准我出来参加比赛,连名都没报上。我刚找了由头儿,跑上来看看赛得怎么样。怎么样?赛得怎么样?"大家一迭声儿地说早赛完了,现在是参加与各县代表队的比赛,夺地区冠军。王一生愣了半晌,说:"也好,夺地区冠军必是各县高手,看看也不赖。"我说:"你还没吃东西吧?走,街上随便吃点儿什么去。"脚卵与王一生握过手,也惋惜不已。大家就又拥到一家小馆儿,买了一些饭菜,边吃边叹息。王一生说:"我是要看看地区的象棋大赛。你们怎么样?要回去了吗?"大家都说出来的时间太长了,要回去。我说:"我再陪你一两天吧。脚卵也在这里。"于是又有两三个人也说留下来再耍一耍。

　　脚卵就领留下的人去文教书记家,说是看看王一生还有没有参加比赛的可能。走不多久,就到了。只见一扇小铁门紧闭着,进去就有人问找谁,见了脚卵,不再说什么,只让等一下。一会儿叫进了,大家一起走进一幢大房子,只见窗台上摆了一溜儿花草,伺候得很滋润。大大的一面墙上只一幅毛主席诗词的挂轴儿,绫子黄黄的很浅。屋内只摆几把藤椅,茶几上放着几张大报与油印的简报。不一会儿,书记出来,胖胖的,很快地与每个人握手,又叫人把简报收走,就请大家坐下来。大家没见过管着几个县的人的家,头都转来转去地看。书记呆了一下,就问:"都是倪斌的同学吗?"大家纷纷回过头看书记,不知该谁回答。脚卵欠一欠身,说:"都是我们队上的。这一位就是王一生。"说着用手掌向王一生一倾。书记看着王一生说:"噢,你就是王一生?好。这两天,倪斌常提到你。怎么样,选到地区来赛了吗?"王一生正想答话,倪斌马上就说:"王一生这次有些事耽误了,没有报上名。现在事情办完了,看看还能不能参加地区比赛。您看呢?"书记用胖手在扶手上轻轻拍了两下,又轻轻用中指很慢地擦着鼻沟儿,说:"啊,是这样。不好办。你没有取得县一级的资格,不好办。听说你很有天才,可是没有取得资格去参加比赛,下面要说话的,啊?"王一生低了头,说:"我也不是要参加比赛,只是来看看。"书记说:"那是可以的,那欢迎。倪斌,你去桌上,左边的那个桌子,上面有一份打印的比赛日程。你拿来看看,象棋类是怎么安排的。"倪斌早一步跨进里屋,马上把材料拿出来,看了一下,说:"要赛三天呢!"就递给书记。书记也不看,把它放在茶几上,掸一掸手,说:"是啊,几个县嘛。啊?还有什么问题吗?"大家都站起来,说走了。书记与离他近的人很快地握了手,说:"倪斌,你晚上来,嗯?"倪斌欠欠身说好的,就和大家一起出来。大家到了街上,舒了一口气,说笑起来。

大家漫无目的地在街上走,讲起还要在这里呆三天,恐怕身上的钱支持不住。王一生说他可以找到睡觉的地方,人多一点恐怕还是有办法,这样就能不去住店,省下不少钱。倪斌不好意思地说他可以住在书记家。于是大家一起随王一生去找住的地方。

原来王一生已经来过几次地区,认识了一个文化馆画画儿的,于是便带了我们投奔这位画家。到了文化馆,一进去,就听见远远有唱的,有拉的,有吹的,便猜是宣传队在演练,只见三四个女的,穿着蓝线衣裤,胸撅得不能再高,一扭一扭地走过来,近了,并不让路,直脖直脸地过去。我们赶紧闪在一边儿,都有点儿脸红。倪斌低低地说:"这几位是地区的名角。在小地方,有她们这样的功夫,蛮不容易的。"大家就又回过头去看名角。

画家住在一个小角落里,门口鸡鸭转来转去,沿墙摆了一溜儿各类杂物,草就在杂物中间长出来。门又被许多晒着的衣裤布单遮住。王一生领我们从衣裤中弯腰过去,叫那画家。马上就乒乒乓乓出来一个人,见了王一生,说:"来了?都进来吧。"画家只是一间小屋,里面一张小木床,到处是书、杂志、颜色和纸笔。墙上钉满了画的画儿。大家顺序进去,画家就把东西挪来挪去腾地方,大家挤着坐下,不敢再动。画家又迈过大家出去,一会儿提来一个暖瓶,给大家倒水。大家传着各式的缸子、碗,都有了,捧着喝。画家也坐下来,问王一生:"参加运动会了吗?"王一生叹着将事情讲了一遍。画家说:"只好这样了。要待几天呢?"王一生就说:"正是为这事来找你。这些都是我的朋友。你看能不能找个地方,大家挤一挤睡?"画家沉吟半响,说:"你每次来,在我这里挤还凑合。这么多人,嗯——让我看看。"他忽然眼里放出光来,说:"文化馆有个礼堂,舞台倒是很大。今天晚上为运动会的人演出,演出之后,你们就在舞台上睡,怎么样?今天我还可以带你们进去看演出。电工与我很熟的,跟他说一声,进去睡没问题。只不过脏一些。"大家都纷纷说再好不过了。脚卵放下心的样子,小心地站起来,说:"那好,诸位,我先走一步。"大家要站起来送,却谁也站不起来。脚卵按住大家,连说不必了,一脚就迈出屋外。画家说:"好大的个子!是打球的吧?"大家笑起来,讲了脚卵的笑话。画家听了,说:"是啊,你们也都够脏的。走,去洗洗澡,我也去。"大家就一个一个顺序出去,还是碰得丁当乱响。

原来这地区所在地,有一条江远远流过。大家走了许久,方才到了。江面不甚宽阔,水却很急,近岸的地方,有一些小洼儿。四处无人,大家脱了衣裤,都很认真地洗,将画家带来的一块肥皂用完。又把衣裤泡了,在石头上抽打,拧干后铺在石头上晒,除了游水的,其余便纷纷趴在岸上晒。画家早洗完,坐在一边儿,掏出个本子在画。我发觉了,过去站在他身后看。原来他在画我们几个人的裸体速写。经他这一画,我倒发现我们这些每日在山上苦的人,却矫健异常,不禁赞叹起来。大家又围过来看,屁股白白的晃来晃去。画家说:"干活儿的人,肌肉线条极有特点,又很分明。虽然各部分发展可能不太平衡,可真的人体,常常是这样,变化万端。我以前在学院画人体,女人体居多,太往标准处靠,男人体也常静在那里,感觉不出肌肉滚动,越画越死。今天真是个难得的机会。"有人说羞处不好看,画家就在纸上用笔把说的人的羞处涂成一个疙瘩,大家就都笑起来。衣裤干了,纷纷穿上。

  这时已近傍晚,太阳垂在两山之间,江面上便金子一般滚动,岸边石头也如热铁般红起来。有鸟儿在水面上掠来掠去,叫声传得很远。对岸有人在拖长声音吼山歌,却不见影子,只觉声音慢慢小了。大家都凝了神看。许久,王一生长叹一声,却不说什么。

  大家又都往回走,在街上拉了画家一起吃些东西,画家倒好酒量。天黑了,画家领我们到礼堂后台入口,与一个人点头说了,招呼大家悄悄进去,缩在边幕上看。时间到了,幕并不开,说是书记还未来。演员们都化了妆,在后台走来走去,押一押手脚,互相取笑着。忽然外面响动起来,我拨了幕布一看,只见书记缓缓进来,在前排坐下,周围空着,后面黑压压一礼堂人。于是开演,演出甚为激烈,尘土四起。演员们在台上泪光闪闪,退下来一过边幕,就喜笑颜开,连说怎么怎么错了。王一生倒很入戏,脸上时阴时晴,嘴一直张着,全没有在棋盘前的镇静。戏一结束,王一生一个人在边幕拍起手来,我连忙止住他,向台下望去,书记不知什么时候已经走了,前两排仍然空着。

  大家出来,摸黑拐到画家家里,脚卵已在屋里,见我们来了,就与画家出来和大家在外面站着,画家说:"王一生,你可以参加比赛了。"王一生问:"怎么回事儿?"脚卵说,晚上他在书记家里,书记跟他叙起家常,说十几年前常去他家,见过不少字画儿,不知运动起来,损失了没有?脚卵说还有一些,书记就不说话了。过了一会儿书记又说,脚卵的调动大约不成问题,到地区文教部门找个位置,跟下面打个招呼,办起来也快,让脚卵写信回家讲一讲。于是又谈起字画古董,说大家现在都不知道这些东西的价值,书记自己倒是常在心里想着。脚卵就说,他写信给家里,看能不能送书记一两幅,既然书记帮了这么大忙,感谢是应该的。又说,自己在队里有一副明朝的乌木棋,极是考究,书记若是还看得上,下次带下来。书记很高兴,连说带上来看看。又说你的朋友王一生,他倒可以和下面的人说一说,一个地区的比赛,不必那么严格,举贤不避私嘛。就挂上电话,电话里回答说,没有问题,请书记放心,叫王一生明天就参加比赛。

大家听了,都很高兴,称赞脚卵路道粗。王一生却没说话。脚卵走后,画家带了大家找到电工,开了礼堂后门,悄悄进去。电工说天凉了,问要不要把幕布放下来垫盖着?大家都说好,就七手八脚爬上去摘下幕布铺在台上。一个人走到台边,对着空空的座位一敬礼,尖着嗓子学报幕员,说:"下一个节目——睡觉。现在开始。"大家悄悄地笑,纷纷钻进幕布躺下了。

躺下许久,我发觉王一生还没有睡着,就说:"睡吧,明天要参加比赛呢!"王一生在黑暗里说:"我不赛了,没意思。倪斌是好心,可我不想赛了。"我说:"咳,管它!你能赛棋,脚卵能调上来,一副棋算什么?"王一生说:"那是他父亲的棋呀!东西好坏不说,是个信物。我妈留给我的那副无字棋,我一直性命一样存着,现在生活好了,妈的话,我也忘不了。倪斌怎么就可以送人呢?"我说:"脚卵家里有钱,一副棋算什么呢?他家里知道儿子活得好一些了,棋是舍得的。"王一生说:"我反正是不赛了,被人作了交易,倒像是我占了便宜。我下得赢下不赢是我自己的事,这样赛,被人戳脊梁骨。"不知是谁也没睡着,大约都听见了,咕噜一声:"呆子。"

四

第二天一早儿,大家满身是土地起来,找水擦了擦,又约画家到街上去吃。画家执意不肯,正说着,脚卵来了,很高兴的样子。王一生对他说:"我不参加这个比赛。"大家呆了,脚卵问:"蛮好的,怎么不赛了呢?省里还下来人视察呢!"王一生说:"不赛就不赛了。"我说了说,脚卵叹道:"书记是个文化人,蛮喜欢这些的。棋虽然是家里传下的,可我实在受不了农场这个罪,我只想有个干净的地方住一住,不要每天脏兮兮的。棋不能当饭吃的,用它通一些关节,还是值的。家里也不很景气,不会怪我。"画家把双臂抱在胸前,抬起一只手摸了摸脸,看着天说:"倪斌,不能怪你。你没有什么了不得的要求。我这两年,也常常犯糊涂,生活太具体了。幸亏我还会画画儿。何以解忧?唯有——唉。"王一生很惊奇地看着画家,慢慢转了脸对脚卵说:"倪斌,谢谢你。这次比赛决出高手,我登门去与他们下。我不参加这次比赛了。"脚卵忽然很兴奋,攥起大手一顿,说:"这样,这样!我呢,去跟书记说一下,组织一个友谊赛。你要是赢了这次的冠军,无疑是真正的冠军。输了呢,也不太失身份。"王一生呆了呆:"千万不要跟什么书记说,我自己找他们下。要下,就与前三名都下。"

大家也不好再说什么,就去看各种比赛,倒也热闹。王一生只钻在棋类场地外面,看各局的明棋。第三天,决出前三名。之后是发奖,又是演出,会场乱哄哄的,也听不清谁得的是什么奖。

脚卵让我们在会场等着,过了不久,就领来两个人,都是制服打扮。脚卵作了介绍,原来是象棋比赛的第二三名。脚卵说:"这位是王一生,棋蛮厉害的,想与你们两位高手下一下,大家也是一个互相学习的机会。"两个人看了看王一生,问:"那怎么不参加比赛呢?我们在这里呆了许多天,要回去了。"王一生说:"我不耽误你们,与他们两人同时下。"两人互相看了看,忽然悟到,说:"盲棋?"王一生点一点头。两人立刻变了态度,笑着说:"我们没下过盲棋。"王一生说:"不要紧,你们看着明棋下。来,咱们找个地方儿。"话不知怎么就传了出去,立刻嚷动了,会场上各县的人都说有一个农场的小子没有赛着,不服气,要同时与亚、季军比试。百十个人把我们围了起来,挤来挤去地看,大家觉得有了责任,便站在王一生身边儿。王一生倒低了头,对两个人说:"走吧,走吧,太扎眼。"有一个人挤了进来,说:"哪个要下棋?就是你吗?我们大爷这次是冠军,听说你不服气,叫我来请你。"王一生慢慢地说:"不必。你大爷要是肯下,我和你们三人同下。"众人都轰动了,拥着往棋场走去。到了街上,百十人走成一片。行人见了,纷纷问怎么回事,可是知青打架?待明白了,就都跟着走。走过半条街,竟有上千人跟着跑来跑去。商店里的店员和顾客也都站出来张望。长途车路过这里开不过,乘客们纷纷探出头来,只见一街人头攒动,尘土飞起多高,轰轰的,乱纸踏得嚓嚓响。一个傻子呆呆地在街中心,咿咿呀呀地唱,有人发了善心,把他拖开,傻子就依了墙根儿唱。四五条狗窜来窜去,觉得是它们在引路打狼,汪汪叫着。

到了棋场,竟有数千人围住,土扬在半空,许久落不下来。棋场的标语标志早已摘除,出来一个人,见这么多人,脸都白了。脚卵上去与他交涉,他很快地看着众人,连连点头儿,半天才明白是借场子用,急忙打开门,连说"可以可以",见众人都要进去,就急了。我们几个,马上到门口守住,放进脚卵、王一生和两个得了荣誉的人。这时有一个人走出来,对我们说:"高手既然和三个人下,多我一个不怕,我也算一个。"众人又嚷动了,又有人报名。我不知怎么办好,只得进去告诉王一生。王一生咬一咬嘴说:"你们两个怎么样?"那两个人赶紧站起来,连说可以。我出去统计了,连冠军在内,对手共是十人。脚卵说:"十不吉利的,九个人好了。"于是就九个人。冠军总不见来。有人来报,既是下盲棋,冠军只在家里,命人传棋。王一生想了想,说好吧。九个人就关在场里。墙外一副明棋不够用,于是有人拿来八张整开白纸,很快地画了格儿。又有人用硬纸剪了百十个方棋子儿,用红黑颜色写了,背后粘上细绳,挂在棋格儿的钉子上,风一吹,轻轻地晃成一片,街上人们也嚷成一片。

　　人是越来越多。后来的人拼命往前挤,挤不进去,就抓住人打听,以为是杀人的告示。妇女们也抱着孩子们,远远围成一片。又有许多人支了自行车,站在后架上伸脖子看,人群一挤,连着倒,喊成一团。半大的孩子们钻来钻去,被大人们用腿拱出去。数千人闹闹嚷嚷,街上像半空响着闷雷。

　　王一生坐在场当中一个靠背椅上,把手放在两条腿上,眼睛虚望着,一头一脸都是土,像是被传讯的歹人。我不禁笑起来,过去给他拍一拍土。他按住我的手,我觉出他有些抖。王一生低低地说:"事情闹大了。你们几个朋友看好,一有动静,一起跑。"我说:"不会。只要你赢了,什么都好办。争口气。怎么样?有把握吗?九个人哪!头三名都在这里!"王一生沉吟了一下,说:"怕江湖的不怕朝廷的,参加过比赛的人的棋路我都看了,就不知道其他六个人会不会冒出冤家。书包你拿着,不管怎么样,书包不能丢。书包里有……"王一生看了看我,"我妈的无字棋。"他的瘦脸上又干又脏,鼻沟儿也黑了,头发立着,喉咙一动一动的,两眼黑得吓人。我知道他拼了,心里有些酸,只说:"保重!"就离了他。他一个人空空地在场中央,谁也不看,静静的像一块铁。

　　棋开始了。上千人不再出声儿。只有自愿服务的人一会儿紧一会儿慢地用话传出棋步,外边儿自愿服务的人就变动着棋子儿。风吹得八张大纸哗哗地响,棋子儿荡来荡去。太阳斜斜地照在一切上,烧得耀眼。前几十排的人都坐下了,仰起头看,后面的人也挤得紧紧的,一个个土眉土眼,头发长长短短吹得飘,再没人动一下,似乎都把命放在棋里搏。

　　我心里忽然有一种很古的东西涌上来,喉咙紧紧地往上走。读过的书,有的近了,有的远了,模糊了。平时十分佩服的项羽、刘邦都在目瞪口呆,倒是尸横遍野的那些黑脸士兵,从地下爬起来,哑了喉咙,慢慢移动。一个樵夫,提了斧在野唱。忽然又仿佛见了呆子的母亲,用一双弱手一张一张地折书页。

我不由伸手到王一生的书包里去掏摸，捏到一个小布包儿，拽出来一看，是个旧蓝斜纹布的小口袋，上面用线绣了一只蝙蝠，布的四边儿都用线做了圈口，针脚很是细密。取出一个棋子，确实很小，在太阳底下竟是半透明的，像是一只眼睛，正柔和地瞧着。我把它攥在手里。

太阳终于落下去，立刻爽快了。人们仍在看着，但议论起来。里边儿传出一句王一生的棋步，外边儿的人就嚷动一下。专有几个人骑车为在家的冠军传送着棋步，大家就不太客气，笑话起来。

我又进去，看见脚卵很高兴的样子，心里就松开一些，问："怎么样？我不懂棋。"脚卵抹一抹头发，说："蛮好，蛮好。这种阵势，我从来也没见过，你想想看，九个人与他一个人下，九局连环！车轮大战！我要写信给我的父亲，把这次的棋谱都寄给他。"这时有两个人从各自的棋盘前站起来，朝着王一生一鞠躬，说："甘拜下风。"就捏着手出去了。王一生点点头儿，看了他们的位置一眼。

王一生的姿势没有变，仍旧是双手扶膝，眼平视着，像是望着极远极远的远处，又像是盯着极近极近的近处，瘦瘦的肩挑着宽大的衣服，土没拍干净，东一块儿，西一块儿。喉节许久才动一下。我第一次承认象棋也是运动，而且是马拉松，是多一倍的马拉松！我在学校时，参加过长跑，开始后的五百米，确实极累，但过了一个限度，就像不是在用脑子跑，而像一架无人驾驶飞机，又像是一架到了高度的滑翔机，只管滑翔下去。可这象棋，始终是处在一种机敏的运动之中，兜捕对手，逼向死角，不能疏忽。我忽然担心起王一生的身体来。这几天，大家因为钱紧，不敢怎么吃，晚上睡得又晚，谁也没想到会有这么一个场面。看着王一生稳稳地坐在那里，我又替他赌一口气：死顶吧！我们在山上扛木料，两个人一根，不管路不是路，沟不是沟，也得咬牙，死活不能放手。谁若是顶不住软了，自己伤了不说，另一个也得被木头震得吐血。可这回是王一生一个人过沟过坎儿，我们帮不上忙。我找了点儿凉水来，悄悄走近他，在他眼前一挡，他抖了一下，眼睛刀子似的看了我一下，一会儿才认出是我，就干干地笑了一下。我指指水碗，他接过去，正要喝，一个局号报了棋步。他把碗高高地平端着，水纹丝儿不动。他看着碗边儿，回报了棋步，就把碗缓缓凑到嘴边儿。这时下一个局号又报了棋步，他把嘴定在碗边儿，半晌，回报了棋步，才咽一口水下去，"咕"的一声儿，声音大得可怕，眼里有了泪花。他把碗递过来，眼睛望望我，有一种说不出的东西在里面游动，嘴角儿缓缓流下一滴水，把下巴和脖子上的土冲开一道沟儿。我又把碗递过去，他竖起手掌止住我，回到他的世界里去了。

我出来,天已黑了。有山民打着松枝火把,有人用手电照着,黄乎乎的,一团明亮。大约是地区的各种单位下班了,人更多了,狗也在人前蹲着,看人挪动棋子,眼神凄凄的,像是在担忧。几个同来的队上知青,各被人围了打听。不一会儿,"王一生"、"棋呆子"、"是个知青"、"棋是道家的棋",就在人们嘴上传。我有些发噱,本想到人群里说说,但又止住了,随人们传吧,我开始高兴起来。这时墙上只有三局在下了。

忽然人群发一声喊。我回头一看,原来只剩了一盘,恰是与冠军的那一盘,盘上只有不多几个子儿。王一生的黑子儿远远近近地峙在对方棋营格里,后方老帅稳稳地呆着,尚有一"士"伴着,好像帝王与近侍在聊天儿,等着前方将士得胜回朝;又似乎隐隐看见有人在伺候酒宴,点起尺把长的红蜡烛,有人在悄悄地调整管弦,单等有人跪奏捷报,鼓乐齐鸣。我的肚子拖长了音儿在响,脚下觉得软了,就拣个地方坐下,仰头看最后的围猎,生怕有什么差池。

红子儿半天不动,大家不耐烦了,纷纷看骑车的人来没来,嗡嗡地响成一片。忽然人群乱起来,纷纷闪开。只见一老者,精光头皮,由旁人搀着,慢慢走出来,嘴嚅动着,上上下下看着八张定局残子。众人纷纷传着,这就是本届地区冠军,是这个山区的一个世家后人,这次"出山"玩玩儿棋,不想就夺了头把交椅,评了这次比赛的大势,直叹棋道不兴。老者看完了棋,轻轻抻一抻衣衫,跺一跺土,昂了头,由人搀进棋场。众人都一拥而起。我急忙抢进了大门,跟在后面。只见老者进了大门,立定,往前看去。

王一生孤身一人坐在大屋子中央,瞪眼看着我们,双手支在膝上,铁铸一个细树桩,似无所见,似无所闻。高高的一盏电灯,暗暗地照在他脸上,眼睛深陷进去,黑黑的似俯视大千世界,茫茫宇宙。那生命像聚在一头乱发中,久久不散,又慢慢弥漫开来,灼得人脸热。

众人都呆了,都不说话。外面传了半天,眼前却是一个瘦小黑魂,静静地坐着,众人都不禁吸了一口凉气。

半响,老者咳嗽一下,底气很足,十分洪亮,在屋里荡来荡去。王一生忽然目光短了,发觉了众人,轻轻地挣了一下,却动不了。老者推开搀的人,向前迈了几步,立定,双手合在腹前摩挲了一下,朗声叫道:"后生,老朽身有不便,不能亲赴沙场。命人传棋,实出无奈。你小小年纪,就有这般棋道,我看了,汇道禅于一炉,神机妙算,先声有势,后发制人,遣龙治水,气贯阴阳,古今儒将,不过如此。老朽有幸与你接手,感触不少,中华棋道,毕竟不颓,愿与你做个忘年之交。老朽这盘棋下到这里,权做赏玩,不知你可愿意平手言和,给老朽一点面子?"

王一生再挣了一下,仍起不来。我和脚卵急忙过去,托住他的腋下,提他起来。他的腿仍然是坐着的样子,直不了,半空悬着。我感到手里好像只有几斤的分量,就示意脚卵把王一生放下,用手去揉他的双腿。大家都拥过来,老者摇头叹息着。脚卵用大手在王一生身上、脸上、脖子上缓缓地用力揉。半晌,王一生的身子软下来,靠在我们手上,喉咙嘶嘶地响着,慢慢把嘴张开,又合上,再张开,"啊啊"着。很久,才呜呜地说:"和了吧。"

老者很感动的样子,说:"今晚你是不是就在我那儿歇了?养息两天,我们谈谈棋?"王一生摇摇头,轻轻地说:"不了,我还有朋友。大家一起出来的,还是大家在一起吧。我们到、到文化馆去,那里有个朋友。"画家就在人群里喊:"走吧,到我那里去,我已经买好了吃的,你们几个一起去。真不容易啊。"大家慢慢拥了我们出来,火把一圈儿照着。山民和地区的人层层围了,争睹棋王丰采,又都点头儿叹息。

我搀了王一生慢慢走,光亮一直随着。进了文化馆,到了画家的屋子,虽然有人帮着劝散,窗上还是挤满了人,慌得画家急忙把一些画儿藏了。

人渐渐散了,王一生还有些木。我忽然觉出左手还攥着那个棋子,就张了手给王一生看。王一生呆呆地盯着,似乎不认得,可喉咙里就有了响声,猛然"哇"地一声儿吐出一些粘液,呜呜地说:"妈,儿今天……妈——"大家都有些酸,扫了地下,打来水,劝了。王一生哭过,滞气调理过来,有了精神,就一起吃饭。画家竟喝得大醉,也不管大家,一个人倒在木床上睡去。电工领了我们,脚卵也跟着,一齐到礼堂台上去睡。

夜黑黑的,伸手不见五指。王一生已经睡死。我却还似乎耳边人声嚷动,眼前火把通明,山民们铁了脸,捎着柴禾在林中走,咿咿呀呀地唱。我笑起来,想:不做俗人,哪儿会知道这般乐趣?家破人亡,平了头每日荷锄,却自有真人生在里面,识到了,即是幸,即是福。衣食是本,自有人类,就是每日在忙这个。可囿在其中,终于还不太像人。倦意渐渐上来,就拥了幕布,沉沉睡去。

(选自阿城《棋王》,作家出版社1998年版。)

【简析】

小说写"文革"的知青生活,没有一般人的套路,颇多奇思。一个在"文革"边缘的青年王一生,因下一手好棋,在无聊的时代,找到了一种乐趣。阿城写荒凉的岁月枯寂的生活里有热力的存在,但那热力不是流行的思想,不是走红的理论,而是游于艺的古代象棋运动。这样的人,在那时殊少。阿城把那时候的话语方式完全放弃了,也没有回到"五四"的语言逻辑,干脆回归到宋明小说的语境里,但内蕴却是现代的。这在80年代的小说里,确是一个奇迹。

《棋王》叙述故事的方式,在现代小说里不算新奇,只是语态是老白话式的。这里写了几个知青的孤苦生活,日子像沙漠般单调。但人与人在内心却有神异的智性闪烁,那是彼此沟通的链条,好在一切还艰难存活着。王一生在思想上和时代是脱节的,完全没有革命时代那些痕迹,或者说被红色话语拒绝在精神的门之外。阿城觉得,在一个几乎无路可走的时代,人倘还能因技艺而进入审美的愉悦和精神的愉悦层面,则精神庶几不得荒芜,自有救赎的地方。这是道家与禅林中的古风,悠然于乱世之中。精神之不倒,甚或有奇迹的闪动,则坦然无憾矣。

阿城这篇小说有几个妙处,一是写吃,香气袭袭,平实里的玄奥颇为得体,大有《红楼梦》遗风。那种对食欲的审美化展示,是一种东方生命观的凝视,只有旧式笔记小说里偶有这类笔法,但就传神而言,阿城略胜一筹。二是写下棋时的境界,完全忘我的幽思,内中吞吐日月,包含天地之气,朗朗乾坤、茫茫宇宙尽在腕下旋转。小说通篇大俗的笔韵之下,乃尘世凡音流转,平凡得不再平凡;但雅处则渺乎如仙境之语,有天神般的庄重。三是写人的超凡之味,颇为神秘。比如捡烂纸的老头,仿佛一个隐士,是藏着诡秘的气息的。这些都是边缘人,是被人轻视的存在,但越是边缘,就越有一点深切的思想,这大概就是庄子所云无用之用吧。

但小说最吸引人的,不是写凡人的圣化,而是那神圣背后的悲凉。王一生在棋盘上大放光彩之后,却神伤而泣,俗身依然在尘网里,大家还在可怜的人间。收笔于此,不禁大吸一口冷气,天地之不幸照例挥之不去,那种悲凉之思,我们岂能忘记?小说的结尾,颇值深思,有不尽的隐含在。汪曾祺看了这篇小说,赞叹不已,但一面也说有些败笔,言外之意是把玄机都露出,反而有些可惜。但我觉得似乎不是这样,小说这样写,就又回到俗世,把自己的目光拉下来。"文革"文学就是把人物拉高,有些不食人间烟火的样子,那就高处不胜寒了。阿城要的,大概就是这样的结果。

《棋王》是写凡人小事,有朴实而又飘逸的美,故事不过日常的琐事,写吃住的细节都耐心有趣,但是却有神异的美在,这大概因了其叙述口吻的士大夫气,有一种古雅的东西暗自流出。他用一种过去的死去的语言,却写着当代的故事,旧与新,古与今,动与静,还有生与死,都在反差里以古典的色调款款而来,涌动着丝丝的暖意。这种暗中带明的叙述,就有灵光的暗示,知道我们的生活还没有死灭,古老的神思活在苦楚的人间,那是人赖以存活的灯火,在无趣无智的时代,给我们久远的快意。阿城在一个灰暗的时代所葆有的温情,久存于世间,如今读之,依然有快意于斯。

【思考题】

1. 你认为这篇小说的哲学意味在什么层面?有人认为其文字有道家的痕迹,这种哲学意味对今人的审美影响力在何处?

2. 和一般的知青小说不同,《棋王》将古小说的语境罩在荒唐的生活里,使"文革"生活有了一种旧文化生态的隐喻。你认为这种旧式语言为何还能打动读者?

【拓展阅读】

1. 郭银星:《阿城小说初论》,《当代作家评论》1985年第5期。
2. 陈晓明:《论〈棋王〉——唯物论意义的阐释或寻根的歧义》,《文艺争鸣》2007年第4期。

第十八章 莫　言

莫言(1955—　)，生于山东高密，因"文革"辍学在家务农多年。参军后开始写作。1981年5月开始发表作品。1985年短篇小说《透明的胡罗卜》引起文坛关注。代表作有短篇小说集《透明的红萝卜》《红高粱家族》《爆炸》等，长篇小说《天堂蒜薹之歌》《丰乳肥臀》《檀香刑》《生死疲劳》《蛙》等。其中《红高粱》获1985—1986年全国优秀中篇小说奖，并被改编为同名电影，获第38届柏林电影节金熊奖。《丰乳肥臀》在《大家》上连载并获首届"大家文学奖"。1988年《白狗秋千架》获台湾联合文学奖，据之改编的电影《暖》获第16届东京电影节金麒麟奖。2001年获第二届冯牧文学奖。2001年《酒国》(法文版)获法国儒尔·巴泰庸外国文学奖。2001年《檀香刑》获台湾联合报2001年十大好书奖。2002年获首届"鼎钧文学奖"。2011年《蛙》获得第八届茅盾文学奖。多部作品译成英、法、德、意、日、西、俄等多种语言，在国内外文坛具有广泛影响。2012年因其作品"将魔幻现实主义与民间故事、历史与当代社会融合在一起"而获诺贝尔文学奖，成为首位获此奖的中国籍大陆作家。

透明的红萝卜(存目)

(选自《莫言文集》第3卷，作家出版社1994年版。)

【简析】

若是回想80年代以来的文学，莫言的探索有意味深长之处。"文革"后的文学一方面是回归"五四"，一方面是向西方学习。莫言是二者兼得，择其所长而用之。最初，许多批评家对其并不认可。如今读当年那些小说评论，可以看出批评界的滞后。小说家的思维是没有固定的模式的。莫言很早就意识到流行的文学理念的问题，文学本来可以有另类的表达。他早期的小说就显示了一种从单一性进入复杂性的特点。《白狗秋千架》《大风》《断手》《红高粱》《透明的红萝卜》等作品于混浊、零乱里依然有素朴的美。那种对人性的珍贵元素的点化，在维度上已与传统的乡土小说有别了。他最初的语言很质朴，是带着七彩的光泽的。后来发生变化，节奏也快了；意象的密度也越来越大，雄浑的场景和无边的幽怨，在文字间荡来荡去。这使他一度缺少了节制，作品的暗影有些漫溢。他对恶的存在的描述，显得耐心和从容，以致让一些读者无法忍受。不过，恰是因为这种对审美禁区的突围，一个辽阔的世界在他笔下诞生了。

我以为莫言出人意料的笔触，是把时空浓缩在一个小的范围里。莫言把战争、革命、城乡都置于一个调色板里，浓缩了几代人的感受，差异性与对立性浑然一体。这达到了一种多维文化记忆的效果。略萨写秘鲁的生活，就是各类文化符号的组合。马尔克斯笔下的哥伦比亚，其实是多种语言文化的汇聚之所，零乱得如梦一般，神语与人语在一个空间。拉丁美洲的文化是混血的，于是有奇异的存在生出来，那些混杂着宿命与企盼之火的村落、小镇，就有了神奇的意味。中国的乡下，是空旷死寂者多，无数灵魂的不安与期待的焦虑都散失到历史的空洞里了。而莫言却把那些零散的灵魂召唤在同一个天底下，让其舞之蹈之，有了合唱的可能。

"五四"后的小说写到乡下的生活，平面者居多。要么是死灭的如鲁彦，要么是岑寂的如废名。唯有鲁迅写出了深度。莫言知道鲁迅的意义，他在精神深处衔接了鲁迅的思想，把生的与死的、地下与地上的生灵都唤起来了，沉睡的眼睛电光般照着漫漫的长夜。

《透明的红萝卜》是莫言早期的代表作。小说写黑孩、小石匠、小铁匠、村姑等人，笔法带有梵高绘画的因素，雄浑、冲荡的气韵缭绕其间。作品的主人公没有言词，却显得楚楚动人。乡下的枯寂环境，残酷的人际关系，贫瘠的生活，以一种奇异的方式呈现出来。小说对孩童世界的描述，视角里已没有了成年人的痕迹。生命本然的美与大自然交融在一起。一个孤苦的孩子在一群农民中的故事，折射出人性的本然。在这里，色彩、声音、人性，被置于巨大的调色板上，在灰暗里流动着汩汩的生命之流。那个没有被污染的孩提世界，有绝境里的梦境，和不甘于沉沦的冲动。小说对特定时期乡村环境残酷性的描摹惊心动魄，但其间人性的暖色依然楚楚动人。那些美丽的存在都交织在浑浊的迷雾里，不可思议的存在有着不可思议之美，小说家笔下的人物获得了一种神奇的审美价值。

我喜欢莫言对故土的那种多色的把握。他幽默和超然的笔意并不遗漏苦楚的现状。他对不幸生活的描绘颇为耐心，有时残酷到我们难以接受的程度,但他却从这苦痛里跳将出来,把国人庸常的触觉路径改变了,直指灵魂的深处。他在叙述故事的时候,既投入又疏离,制造了悲凉的画面后,自己又坦然地笑对一切,把沉重的话语引入空无的时间之维,我们的心也被拽向苍茫之所。

【思考题】

1. 莫言的语言是有质感的。这篇小说对乡村世界的描述已没有了一般乡土小说的痕迹,到处充满了轰鸣与奇响。你如何理解他的表达特点?

2. 在这部作品里,使用了民间戏剧的唱词。这种民间文艺的元素与其画面感在韵律上并不一致,却有了很妙的审美效果。你觉得小说的旋律和这种民间咏叹有关吗?

3. 小说的色彩已不再是山水画的模样,有印象派绘画的特征。莫言的写作是否借鉴了绘画的技巧?你如何看待他的作品情绪表达的色彩化?

【拓展阅读】

1. 张志忠:《莫言论》,北京联合出版公司2012年版。
2. 陈思和:《莫言近年小说创作的民间叙事》,《钟山》2001年第5期。

第十九章　陈忠实

陈忠实(1942—　)，陕西西安人，中国当代作家。现任中国作家协会副主席，陕西省作家协会名誉主席、党组成员。1942年生于西安市灞桥区西蒋村。1962年高中毕业，在乡村做中小学教师和区、乡政府干部二十年。1982年调陕西省作家协会专事文学创作。1965年初发表散文处女作。1973年发表小说处女作。1979年加入中国作家协会。1982年出版第一本小说集《乡村》。迄今已发表中篇小说九部，短篇小说八十余篇，报告文学散文以及创作漫谈五十余篇；出版中篇小说集《初夏》《四妹子》，短篇小说集《乡村》《到老白杨树背后去》，散文集《生命之雨》《告别白鸽》等以及文论集《创作感受谈》。其中三部(篇)作品获得全国大奖：《信任》获1979年全国优秀短篇小说奖；《渭北高原，关于一个人的记忆》获1990—1991年全国报告文学奖；《白鹿原》获1998年茅盾文学奖，入选汉语新文学《百年百部》《中国文库》《大学生必读》等图书系列，并被改编成秦腔、话剧、舞剧、电影等多种艺术形式。另有多篇中、短篇小说和散文获《当代》《长城》《小说界》《人民日报》等报刊奖。

陈忠实的小说创作具有现实主义的特点，在表现中国农村宗法关系掩盖下的阶级关系的全部复杂性方面，在理解并显示中国革命斗争的长期性、复杂性和残酷性并揭示历史发展趋向方面，在刻画具有鲜明个性和深厚的社会生活内容的典型形象方面，都取得了突出的成就。

白鹿原（节选）

第一章

白嘉轩后来引以为豪壮的是一生里娶过七房女人。

娶头房媳妇时他刚刚过十六岁生日。那是西原上巩家村大户巩增荣的头生女,比他大两岁。他在完全无知完全慌乱中度过了新婚之夜,留下了永远羞于向人道及的可笑的傻样,而自己却永生难以忘记。一年后,这个女人死于难产。

第二房娶的是南原庞家村殷实人家庞修瑞的奶干女儿。这女子又正好比他小两岁,模样俊秀眼睛忽灵儿。她完全不知道嫁人是怎么回事,而他此时已经谙熟男女之间所有的隐秘。他看着她的羞怯慌乱而想到自己第一次的傻样反倒觉得更富刺激。当他哄唆着把躲躲闪闪而又不敢违拗他的小媳妇裹入身下的时候,他听到了她的不是欢乐而是痛苦的一声哭叫。当他疲惫地歇息下来,才发觉肩膀内侧疼痛钻心,她把他咬烂了。他抚伤惜痛的时候,心里就潮起了对这个娇惯得有点任性的奶干女儿的恼火。正欲发作,她却扳过他的肩膀暗示他再来一次。一当经过男女间的第一次交欢,她就变得没有节制的任性。这个女人从下轿顶着红绸盖巾进入自家门楼到躺进一具薄板棺材抬出这个门楼,时间尚不足一年,是害痨病死的。

第三个女人是北原上樊家寨的一户同样殷实人家的头生女儿,十六岁的身体发育得像二十岁的女人一样丰满成熟,丰腴的肩膀和浑圆的臀部,又有一对大奶子。她要么是早熟,要么是婚前有过男女间的知识,一钻进被窝就把他紧紧搂住,双臂上显示着急迫与贪婪,把丰满鼓胀的奶子毫不羞怯地贴紧他的胸脯。当他进入她的身体时,她嗷嗷直叫,却不是痛苦而是沉迷。这个像一团绒球的女人在他怀里缠磨过一年就瘦成了一根干枯的包谷秆子,最后吐血而死了,死了也没搞清是什么病症。

第四个女人娶的是南原靠近山根的米家堡村的。对这个女人他几乎没有留下什么记忆。她似乎对他的所有作为毫无反应。他要来她绝不推拒,他不要时她从不粘他。她从早到晚只是做她应该做的事而几乎不说一句话。她死的时候,他不在家,到镇上去了,回来时看见她的嘴死死咬着被角儿,指甲抓掉了,手上的血尚未完全干涸,炕边和炕席上凝结着发黑的血污和被指甲抓抠的印痕。说是午后突然肚子疼,父亲找他不在就去镇上请来冷先生急救。冷先生断为羊毛疔,扎针放血时血已变成黑色的稠汁放不出来。她死得十分痛苦,浑身扭蜷成一只干虾。

连着死了四个女人,嘉轩怕了,开始相信村人早就窃窃着的关于他命硬的传闻,怕是注定要打一辈子光棍了。他的老子秉德老汉为他张罗再订再娶,他劝父亲暂缓一缓再说。秉德老汉把嘬着的嘴唇对准水烟壶的烟筒,噗地一声吹出烟灰,又捻着黄亮绵软的烟丝儿装入烟筒,又嘬起嘴唇噗地一声吹着了火纸,鼻孔里喷出两股浓烟,不容置疑地说:"再卖一匹骡驹!"

第二天上午,秉德老汉就牵着骡驹上白鹿镇去了,回来时天已擦黑,扔下那条半截铁链半截皮绳的缰绳,告诉儿子说:"媳妇说成了。东原上李家村木匠卫家的三姑娘。"这个女子是一个穷家女子,门不当户不对已经无从顾及。木匠卫老三养下五个女子,正愁养活不过,只要给高金聘礼,不大注重男人命软命硬的事。这时候,远远近近的村子热烈地流传着远不止命硬的关于嘉轩的生理秘闻,说他长着一个狗的家伙,长到可以缠腰一匝,而且尖头上长着一个带毒的倒钩,女人们的肝肺肠肚全被捣碎而且注进毒汁。那些殷实人家谁也不去考虑白鹿村白秉德家淳厚的祖德和殷实的家业了,谁也不愿眼睁睁把女儿送到那个长着狗毯的怪物家里去送死;只有像木匠卫老三这种恨不得把女子踢出门去的人才吃这号明亏。当婚事按照祖传的严格程序和礼仪加紧筹办的重要关头,秉德老汉自己却突然暴死了。

那是麦子扬花油菜干荚时节,刚交农历四月,节令正到小满,脱下棉衣棉裤换上单衣单裤的庄稼人仍然不堪燥热。午饭后,秉德老汉叮嘱过长工鹿三喂好牲口后晌该种棉花了,就躺下来歇息一会儿。每天午饭后他都要歇息那么一会儿,有时短到只眨一眨眼眯盹儿一下,然后跳下炕用蘸了冷水的湿毛巾擦擦眼脸,这时候就一身轻松一身爽快,仿佛把前半天的劳累全都抖落掉了;然后坐下喝茶,吸水烟,浑身的筋骨就兴奋起来抖擞起来,像一匝一匝拧紧了发条的座钟;等得鹿三喂饱了牲口,他和他扛犁牵马走出村巷走向田野的时候,精神抖擞得像出征的将军。整个后晌,他都是精力充沛意志集中于手中的农活,往往逼得比他年轻的长工鹿三气喘吁吁汗流浃背也不敢有片刻的怠慢。他从来不骂长工更不必说动手动脚打了,说定了的身价工钱也是绝不少付一升一文。他和长工在同一个铜盆里洗脸坐一张桌子用餐。他用过的长工都给他出尽了力气而且成了交谊甚笃的朋友,满原都传诵着白鹿村白秉德的佳话好名。秉德老汉刚躺下就滋滋润润地迷糊了。他梦见自己坐着牛车提着镰刀去割麦子,头顶忽地一个闪亮,满天流火纷纷下坠,有一团正好落到他的胸膛上烧得皮肉吱吱吱响,就从牛车上翻跌到满是黄土草屑的车辙里。惊醒后他已经跌落在炕下的砖地上,他摸摸胸脯完好无损并无流火灼烧的痕迹,而心窝里头着实火烧火燎,像有火焰呼呼喷出,灼伤了喉咙口腔和舌头,全都变硬了变僵了变得干涸了。他的女人大约听到响声跑进屋来抱他拉他都无法使他爬到炕上去,立即惊慌失措呼喊儿子嘉轩和长工鹿三。三个人把秉德老汉抬到炕上,一齐俯下身焦急而情切地询问哪儿出了毛病。可是秉德老汉已经不能说话,只是用粗硬的指头上的粗硬的指甲扒抓自己的脖颈和胸脯,嘴里发出嗷嗷嗷呜呜呜狗受委屈时一样的叫声。嘉轩和母亲全都急傻了，只有长工鹿三脑筋尚未混乱，忙喊："快去请先生！"嘉轩得到提醒随即跑出院子，奔白鹿镇请先生去了。

白鹿镇在村子西边，一条小街，一家药铺，冷先生坐堂就诊，兼营中药。冷先生听嘉轩说了病状，心里就明白了八九成，从抽屉里取出一只皮包挂到裤腰带上，急忙赶到白家来。冷先生是白鹿原上的名医，穿着做工精细的米黄色蚕丝绸衫，黑色绸裤，一抬足一摆手那绸衫绸裤就忽悠悠地抖；四十多岁年纪，头发黑如墨染油亮如同打蜡，脸色红润，双目清明，他坐堂就诊，门庭红火。冷先生看病，不管门楼高矮更不因人废诊，财东人用轿子抬他或用垫了毛毯的牛车拉他他去，穷人拉一头毛驴接他他也去，连毛驴也没有的人家请他他就步行着去了。财东人给他封金赏银他照收不拒，穷汉家给几个铜元麻钱他也坦然装入衣兜，穷得一时拿不出钱的人他不逼不索甚至连问也不问，任就诊者自己到手头活便的时候给他送来。他落下了好名望。他的父亲老冷先生过世的时光，十里八乡凡经过他救活性命的幸存者和许多纯粹是仰慕医德的乡里人送来的金字匾额和挽绸挂满了半条街。冷先生坐上那张用生漆漆得黑乌锃亮的椅子，人们发现他比老冷先生更冷。他不多说话倒不急慢焦急如焚的患者。他永远镇定自若成竹在胸，看好病是这副模样看不好也是这副模样看死了人仍是这副模样，他给任何患者以及比患者更焦虑急迫的家属的印象永远都是这个样子。看好了病那是因为他的医术超群此病不在话下因而不值得夸张称颂，看不好病或看死了人那本是你不幸得下了绝症而不是冷先生医术平庸，那副模样使患者和家属坚信即使再换一百个医生即使药王转世也是莫可奈何。

冷先生一进门就看见炕上麻花一样扭曲着的秉德老汉，仍然像狗似的嗷嗷嗷呜呜呜地呻唤。他不动声色，冷着脸摸了左手的脉又捏了捏肚腹，然后用双手掰开秉德老汉的嘴巴，轻轻"嗯"了一声就转过头问嘉轩："有烧酒没有？"嘉轩的母亲白赵氏连声应着"有有有"，转身就把一整瓶烧酒取来了。冷先生又要来一只青瓷碗，把烧酒咕嘟嘟倒入碗里，用眼睛示意嘉轩将酒点燃。嘉轩满面虚汗，颤抖的双手捏着火石火镰却打不出火花来。鹿三接过手只一下就打燃了火纸，噗地一口气就吹出了火焰，点燃了烧酒。冷先生从裤腰带上解下皮夹再揭开暗扣，露出一排刀子锥子挑钩粗针和一只闪闪发光的三角刮刀。冷先生取出一根麦秆粗的钢针和一块钢板，一齐放到烧酒燃起的蓝色火焰上烧烤，然后吩咐嘉轩压死老汉的双手，吩咐白赵氏压紧双腿，特别叮嘱鹿三挟紧主人的头和脖颈，无论发生什么情况都不能松劲。一切都严格遵照冷先生的吩咐进行。冷先生把那块钢板塞进秉德老汉的口腔,用左手食指一分就变成一个V形的撑板,把秉德老汉的嘴撬撑到极限,右手里那根正在烧酒火焰上烧得发红变黄的钢针一下戳进喉咙,旁人尚未搞清怎么一回事,钢针已经拔出,只见秉德老汉嘴里冒出一股蓝烟,散发着皮肉焦灼的奇臭气味。冷先生一边擦拭刀具一边说:"放开手。完了。"随之吹熄了烧酒碗里的火苗儿。秉德老汉像麻花一样扭曲的腿脚手臂松弛下来,散散伙伙地随意摆置在炕上一动不动,口里开始淌出一股乌黑的粘液,看了令人恶心,嘉轩用毛巾小心翼翼地擦拭着。这时候,秉德老汉渐渐睁开眼睛。四个人同时发现了这一伟大的转机,同时发现了微启的眼睑里有一缕表示生命回归的活光,像是阴霾的云缝泄下一缕柔和的又是生机勃勃的阳光。三个人同时惊喜地"哦呀"一声,不约而同地转过溢着泪花的眼来看着冷先生。冷先生还是惯常那副模样,说:"给灌一点凉开水。"三个人手忙脚乱又是小心翼翼地给那个阔大的嘴巴灌了几匙开水,秉德老汉竟然神奇地坐了起来,抓住冷先生的手说开了笑话:"哎呀!冷侄儿!我给阎王爷的生死簿子上正打钩哩!猛乍谁一把从我手里抽夺了毛笔,照直捅进我的喉咙。我还给阎王爷说'你看你看这可怪不了我呀'!原来是你。"三个人流着眼泪笑出了声。秉德老汉嗔怪老伴说:"还不快给先生拾掇茶饭——"白赵氏带着怠慢了恩人的歉意慌忙离去了,灶间传来很响的添水的瓢声和风箱声。

　　冷先生坐下也不说话,接过嘉轩递给他的秉德老汉的那把白铜水烟壶就悠悠吸起来。白赵氏端来一只金边细瓷碗,里面盛着三个洁白如玉的荷包蛋。冷先生只用一个手势就表示出不容置疑的坚决拒绝。白赵氏还想说什么体己关照的话,秉德老汉的手脚随着身子的突然仰倒又扭起了麻花,而且更加剧烈,眼里的活光很快收敛,又是一片垂死的神色,嗷嗷呜呜狗一样的叫声又从喉咙里涌出来。已经完全解除了心里负载的女人儿子和长工大惊失色,骤然间意识到他们高兴得太早了,危机并没有根除,一下子又陷入更加沉重的二次打击之中。冷先生依然不慌不乱照前办理,重新在燃烧的烧酒的蓝色火焰里烧烤钢板和钢针。三个人不经吩咐已经分别挟制压死了秉德老汉的头手和腿脚。通红的钢针再次捅进喉咙,又是一股带着焦臭气味的蓝烟。秉德老汉又安静下来,继而眼里又泛出活光来,这回他可没说给阎王生死簿上打钩画圈的笑话。三个人的脸上和眼里的疑云凝滞不散。冷先生收拾起那只磨搓得紫红油亮的皮夹,重新系到裤腰带上,准备告辞。嘉轩和母亲以及长工鹿三一齐拉住冷先生的胳膊,这样子你咋敢走?你走了再犯了可咋办呀?冷先生不动眉平板着脸说:"常言说,有个再一再二没有再三再四。再不发生了算是老叔命大福大，万一再三再四地发生……我夺了他打钩画圈的笔杆也不顶啥了！"说罢就走出屋门走过院子走到街门外头来。嘉轩一边送行一边问父亲得下的是啥病，冷先生说："瞎瞎病。"嘉轩几乎无力走进门楼。"瞎瞎病"不言自明的确切含义是绝症。

　　白秉德老汉死了。父亲的死是嘉轩头一回经见人的死亡过程。爷爷在他尚未来到人世就死掉了，奶奶死的时光他还没有任何记忆的智能。他的四个女人相继死亡他都不能亲自目睹她们咽下最后一口气，他被母亲拖到鹿三的牲畜棚里，身上披一条红布，防止鬼魂附体。父亲的死亡是他平生经见的头一个由阳世转入阴世的人。他的死亡给他留下了永久性的记忆，那种记忆非但不因年深日久而暗淡而磨灭，反倒像一块铜镜因不断地擦拭而愈加明光可鉴。冷先生掖着皮夹走回他在白鹿镇上的中医堂以后，嘉轩和他妈白赵氏以及长工鹿三在炕上和炕下把秉德老汉团团围定，像最忠诚的卫士监护着国王。他和母亲给病人喂了一匙糖水，提心吊胆如履薄冰似的希望度过那个可怕的间隔期而不再发作。秉德老汉用他十分柔弱十分哀婉的眼光扫视了围着他的三个人，又透过他们包围的空隙扫视了整个屋子，大约发觉冷先生不在了，迟疑一下就闭上了眼睛，再睁开时就透出一股死而无疑的沉静。他已预知到时间十分有限了，一下就把沉静的眼睛盯住儿子嘉轩，不容置疑地说："我死了，你把木匠卫家的人赶紧娶回来。"嘉轩说："爸……先不说那事。先给你治病，病好了再说。"秉德老汉说："我说的就是我死了的话，你当面答应我。"嘉轩为难起来："真要……那样，也得三年服孝满了以后。这是礼仪。"秉德老汉说："'不孝有三无后为大'。你把书念到狗肚里去了？咱们白家几辈财旺人不旺。你爷是个单崩儿守我一个单崩儿，到你还是个单崩儿。自我记得，白家的男人都短寿，你老爷活到四十八，你爷活到四十六，我算活得最长过了五十大关了。你守三年孝就是孝子了？你绝了后才是大逆不孝！"嘉轩的头上开始冒虚汗。秉德老汉说："过了四房娶五房。凡是走了的都命定不是白家的。人存不住是欠人家的财还没还完。我只说一句，哪怕卖牛卖马卖地卖房卖光卖净……"嘉轩看见母亲给他使眼色，却急得说不出口，哪有三年孝期未过就办红事的道理？正僵持间，秉德老汉又扭动起来，眼里的活光倏忽隐退，嘴里又发出嗷嗷嗷呜呜呜的狗一样的叫声，三个人全都不知如何是好了。嘉轩的一只手腕突然被父亲捉住，那指甲一阵紧似一阵直往肉里抠，垂死的眼睛放出一股凶光，嘴里的白沫不断涌出，在炕上翻滚扭动，那只手却不放松。母亲急了："快给你爸一句话！"鹿三也急了："你就应下嘛！"嘉轩"哇"地一声哭了："爸……

我听你的嘱咐……你放心……"秉德老汉立时松了手,往后一仰,蹬了蹬腿就气绝了。嘉轩一声哭嚎就昏死过去,被救醒时父亲已经穿上了老衣,香蜡已经在灵桌上焚烧。鹿三说:"你不能再哭了,先安顿丧事。你不做主旁人没法举动。"嘉轩当即和族里几位长辈商定丧事,先定必办不可的事:派出四个近门子的族里人,按东南西北四路分头去给亲戚友好报丧;派八个远门子的族人日夜换班去打墓,在阴阳先生未定准穴位之前先给坟地推砖做箍墓的准备事项;再派三四个帮忙的乡党到水磨上去磨面,自家的石磨太慢了。下来就议到乐人的事,这需得主家嘉轩做主,请几个乐人?闹多大场面?继续多少时日?嘉轩说:"俺爸辛苦可怜一世,按说该当在家停灵三年才能下葬。俺爸临终有话,三天下葬,不用鼓乐,一切从简。我看既不能三年守灵,也不要三天草草下葬,在家停灵'一七',也能箍好墓室。叔伯爷们,你们指教……"远门近门的长辈老者都知道嘉轩命运不济,至今连个骑马坠灵的女人也没有,都同意嘉轩的安排。一位伯伯朗然说:"人说'瞻前顾后',前后总是不能兼顾,就只能是先瞻前而后顾后;生死不能同时顾全,那就先顾生而后顾死。"事情当即定下来,派一个人到临近村里去找乐人班主,讲定八挂五的人数,头三天和后一天出全班乐人,中间三天只要五个人在灵前不断弦索就行了。

整个丧事都按原定的程序进行。七天后,秉德老汉就在祖坟坟地上占据了一个位置,一个新鲜的湿漉漉的黄土堆成的墓圪塔。他的坟堆按照长幼排在父亲坟堆的下首靠左的位置,右边不言而喻是留给白赵氏将来仙逝时的安居之地。这件悲凉的丧事总算过去了。屋里走了父亲一个人,屋院里顿然空寂得令人窒息。母亲一个人在上房里屋,他一个人在厦屋,长工鹿三一个人在马号里。如果母亲不咳嗽一声,这个有着三进房屋的四合院里整个晚上和白天都没有一丝声息。这天晚上母亲问他打算啥时候娶妻,他说起码得过了头周年以后。母亲说不要等了,等也是白等,家里太孤清了;况且她一个人单是扫屋扫院洗衣拆被做饭都支应不下来,再甭说纺线织布等家务了。他说:"那就过了百日再办吧。"母亲说:"百日也不要等了,'七七'过了就办。"实际的情况是过了两月,当麦子收割碾打完毕地净场光秋田播种之后的又一个仅次于冬闲的夏闲时节里,他娶回来第五房女人——木匠卫老三家的三姑娘。新婚之夜,溽暑难耐。嘉轩插上了厦屋木门的门闩,转过身就抹下了长袖布衫和长裤。端坐在炕席上的新娘突然爬跪在炕上,对他作揖磕头,乞求他再不要脱短袖衫和短裤了。他问她怎么了?她说她生来就命苦,在穷苦人家里的三姑娘就更苦了①。他似乎意识到一点什么,就追问她是不是听到什么闲话了?她说她知道他娶过四房女人,都死了;她还说她听人说过他不光是命硬,而且那东西上头长着一个有毒汁的倒钩,把女人的心肺肝花全都捣得稀烂,铁打的女人也招不住捣腾。她竟然瑟瑟抖颤着身子哭起来:"俺爸图了你家的财礼不顾我的死活,逢崖遇井我都得往下跳。我不想死不想早死想多多伺候你几年,我给你端水递茶洗脚做饭扫地缝连补缀做牛做马都不说个怨字,只是你黑间甭拿那个东西吓我就行了,好官人好大哥好大大你就容让我了吧……"嘉轩一下子愣坐在椅子上,新婚之夜的兴味荡然无存。他早已听到过这个荒诞的流言却无法辩解,又着实搞不清别人的与自己的那个东西有什么区别。他曾经在逢集赶会时的公用茅厕里佯装拉屎尿尿偷偷观察过许多陌生的男人,全都是一个毬样又是百毬不一样,结果反而愈加迷惑。这个木匠卫家的三姑娘可怜兮兮地乞求饶命,不仅没有引起他的同情,反而伤害了他的自尊,也激怒了他。他从椅子上站起来,一步跨上炕去,三下五除二就扒光了衣裤,把自己的东西亮给她看,哪有什么倒钩毒汁!三姑娘又羞又怕又哭又抖。她越这样他越气恼,赌气扒下她的衣裤。事毕后他问她伤了什么内脏,却发现她已闭气。他慌忙掐住她的人中。她醒来后就躲到炕角缩做一团。他好气又好笑,亲昵她爱抚她给她宽心。无论如何,她的心病无法排除,每到夜晚,就在被窝里发疟疾似的打颤发抖。半年未过,她竟然神情恍惚,变成半疯半癫,最后一次到涝池洗衣服时犯了病,栽进涝池溺死了。

　　埋葬木匠卫家的三姑娘时,草了的程度比前边四位有所好转,他用杨木板割了一副棺材,穿了五件衣服,前边四个都只穿了三件。自然不请乐人,也不能再做更大的铺排,年轻女人死亡做到这一步已经算是十分宽厚仁慈了。嘉轩所以要对她稍显优厚待遇,完全是一种难以述说的心理因素。在这个女人被涝池的奇臭难闻的淤泥涂抹得脏污不堪的身子行将就木之前,他心里开始产生了一种负罪感。结婚那天,他在新房里揭去她的盖头巾的一霎,发现她不独漂亮而且壮健,红扑扑的脸膛,黑如乌珠似的两只机灵的眼睛,透着强健气魄的手臂。她的手掌上竟然有一层薄茧儿,那是木匠出门揽活挣钱,由她和母亲操持田间农活的印证。劳动练就的一副强健的体魄终究抵御不住怪诞流言的袭击……当他又是一个人躺在厦屋炕上的每一天夜晚,都挥斥不开她在新婚之夜给他磕头哀告的情景,总是想到她在他怀里

---

① 秦腔剧《五典坡》里的王宝钏排行为三,称三姑娘,乡间就把排行为三的女子视做命苦的人。

瑟瑟发抖的冰凉的手和冰凉的腿,她肯定从未得到过做爱的欢愉而只领受过恐惧,她竟然无法排除恐惧而终于积聚到崩溃的一步。他现在有点心灰意冷,从田间回来就躺到空寂冷落的土炕上。这个土炕接纳过五个姿态各异的女人,又抬走了五具同样僵硬的尸体。订娶这五个女人花费的粮食棉花骡子和银元合计起来顶得小半个家当且在其次,关键是心绪太坏了。他躺在炕上既不唉声叹气也不难过,只是乏力和乏心。他觉得手足轻若片纸,没有一丝力气,一股轻风就可能把他扬起来抛到随便一个旮旯里无声无响,世事已经十分虚渺,与他没有任何牵涉。他躺在炕上直到天黑,听见母亲叫他吃晚饭他说不饿不想吃了。母亲又喊鹿三。鹿三不好意思独自吃饭,跑进厦屋来开导他。他劝鹿三快去吃饭不要等自己。鹿三在院里葡萄架下吞食饭食的声音很响,吃得又急又快。他想不出世上有哪种可口的食物会使人嚼出这样香甜这样急切的响声。

　　母亲拾掇完灶间的事在院子里扑打身上的尘灰,喊他。嘉轩走进上房里屋,母亲坐在父亲在世时常坐的那把简化了的太师椅上,姿势颇似父亲的坐姿。他在桌子另一边的椅子上坐下,尽量做出不在心亦不在意的样子。母亲说她准备明天一早回娘家去,托他的舅舅们给他再踏摸媳妇。他劝母亲暂缓一缓。母亲问他为什么要缓?二十几岁的年龄了还敢缓!母亲说着就上了劲儿:"甭摆出那个阴阳丧气的架势!女人不过是糊窗子的纸,破了烂了揭掉了再糊一层新的。死了五个我准备给你再娶五个。家产花光了值得,比没儿没女断了香火给旁人占去心甘。"嘉轩再没有说什么。第五天,母亲从舅家归来,事情已有定局。南原上的一户姓胡的小康人家,赌场上掷骰子一夜之间输光了家当,赌徒们赶到家来,上楼灌净了囤子里的粮食拉走了槽头的犍牛和骡子,用犍牛骡子拉着装满粮食的牛车走掉了。女人气得半死,赌徒羞愧难当,解下裤带吊到后院的核桃树上幸被人发现救活。这样一来答应以女儿许人,聘礼之高足使正常人咋舌呆脑,二十石麦子二十捆棉花或按市价折成银洋也可以,但必须一次交清。这个数字使嘉轩脊梁发冷,母亲却不动声色地说她已经答应了人家,下来该由充当媒人的二舅按照订婚的惯常程序去履行手续就是了。嘉轩惊异地发现,母亲办事的干练和果决实际上已经超过父亲,更少一些瞻前顾后的忧虑,表现出认定一条路只顾往前走而不左顾右盼的专注和果断。这样,赶在父亲的头周年祭祀到来之前一个月,正当桃花三月的宜人季节,第六个媳妇在呜哇呜哇的唢呐喇叭的欢悦的喜庆曲调里走进门楼来了。

　　第六个女人胡氏被揭开盖头红帕的时候,嘉轩不禁一震,拥进新房来看热闹的男人和女人也都一齐被震得哑了嘻嘻哈哈的哄闹。这个女人使人立即会联想到传说中的美女，或者是戏台上的贵妇人娇女子。当嘉轩从新房挤出来到摆满坐椅饭桌的庭院里的时候，有人就开始喊胡凤莲了，那是秦腔戏《游龟山》里一位美貌无双的渔女，几乎家喻户晓人人皆知。晚上，当他和她坐在一个炕上互相瞄瞅的美好时光里，她的光彩和艳丽一下子荡涤净尽前头五个女人潜留给他的晦暗心理，也使他不再可惜二十石麦子二十捆棉花的超级聘礼。然后同衾共枕。他很快发觉事情并不美妙。他抚摸她搂抱她亲她的脸亲她的嘴她都温顺地领受了，当他的手试图拉开她的短裤的系带时她跳了起来，从枕头下迅即摸出一把剪刀执在手中。那剪刀显然经过用心的打磨，锋利的刀刃在蜡烛的红光里闪出一道道血花。她跪在炕上，裸着两只翘翘的雪白的奶子，把剪刀的刀尖对准他说："你要是敢扯开我的裤带，我就把你的那个东西剪掉。"

　　他妥协了让步了依允了胡氏。他觉得有这样一个女人陪睡在身边该当满足了，却又止不住夜夜遗憾。他甚至开始真的怀疑自己那个东西里头流出的货是否有毒，偷偷把那货抖落到猪食里观察猪吃了以后的动静，共计三次，猪的活动毫无异常。他把自己的心事诉说给冷先生。冷先生听了就笑了，说他早就听到闲人们说的这个闲话了，纯属子虚乌有无稽之谈。在他行医的二十多年里经见过有精无精死精水精的男人，还没见过一个生有倒钩毒精的先例。冷先生笑毕说："兄弟！干脆来个将错就错将计就计吧！"说罢铺纸捉笔蘸墨，开下一剂滋阴壮阳温补的药方，一次取了七服，并嘱连服百日。嘉轩拎着一捆药包回家交给胡氏，说这药是除毒的。胡氏喜不自胜，每日早晚煎熬，看着男人饮下。这一晚她偎在男人怀里动情地说："你就忍着苦喝到百日，只要除了毒，你想咋样你要咋样就咋样，我一点为难你的坏心都没有。"嘉轩大为欢心，喝那苦咧咧的药汁如同喝着蜂蜜。百日尽头，嘉轩经过药物补缀，容光焕发，胡氏解除了心头禁讳也就扯去了裤带，俩人一样热烈一样贪婪一样不觉满足也不感困乏，直到把两页炕面的土坯弄塌，俩人又嘻嘻笑着挪一个地窝儿。

　　胡氏放开腰禁后的狂热持续了整整三个通宵，俩人都累坏了。第四天夜里再也折腾不起，相依相偎着进入睡梦。酣睡里一声尖叫把嘉轩惊吓得不知所措，清醒后发觉胡氏紧紧缠抱着自己，浑身抖索如同筛糠，大气也不敢出。他急忙点着油灯，看见胡氏的眼睛里满是狐疑惊恐之色，目光恍惚游移不定。问她怎么了，她嘴里支支吾吾，好半天才挤出一句："有鬼！"说罢把头埋进被窝，更加用力死抱住嘉轩。嘉轩听罢，顿觉头皮发麻后脊发冷，浑身暴起一层冷森森的鸡皮疙瘩。他问:"鬼在哪达?"胡氏颤着声说:"我不敢说,越说越害怕。"嘉轩挣脱开胡氏的手,勾上裤子光着上身赤着脚跑出厦屋爬上楼去挖来半升豌豆,一把连着一把摔打起来,从顶棚打到墙角,从炕上打到地下,一把把豌豆密如雨下,刷刷刷的响声令人毛骨悚然,炕上桌上地上洒满了绿莹莹的豌豆粒儿。小时候父亲就这样驱鬼为他压惊。经过这一番折腾,胡氏真的缓过气来,眼里有了活色,抱住他呜呜呜哭了起来,身子不再抖颤了。他抱着她坐到天明,她才敢于开口说出昨晚梦见的鬼怪。她说她看见他前房的五个女人了。那五个女人掐她拧她抠她抓她撕她打她唾她,都争着拉他去睡觉。令嘉轩大感不解的是,胡氏并没有见过死掉的任何一个女人,而她说出的那五个死者的相貌特征一个一个都与真人相吻合!嘉轩说给母亲,母亲当即说:"今黑就去请法官,把狗日的一个一个都捉了。"

　　法官隐名瞒姓,人称一撮毛,左腮下一颗神秘的黑痣上缀下尺把长的一撮黑毛。嘉轩诉说了闹鬼的经过。法官只问了他的住址就催他回去,说自己随后就到。嘉轩知道法官行路坐鬼抬轿神速如风,就急急匆匆小跑回家来。法官果然随后就到了,刚到门口就把一只罗网抛到门楼上,乃天罗地网。法官进得屋来,头缠红帕腰系红带脚登红鞋,扑上楼去又钻到脚地。胡氏吓得蒙了被子。法官最后从二门的拐角抓住了鬼,把一个用红布蒙口扎紧了脖颈的瓷罐呈到灯下,那蒙口的红布不断弹动,像是有老鼠往外冲撞。法官吩咐说:"给锅里把水添足,把狗日煮死再焙干!"鹿三和嘉轩俩人轮换拉扯风箱,锅开水滚后,一股臭气溢出来令人作呕,嘉轩先吐了,鹿三接着也吐了,吐之后再烧,直到把那半锅水烧得一滴不剩,法官接了偿钱提了瓷罐收了天罗地网又坐鬼抬轿回岭上去了。此后果真不再闹鬼。胡氏的精神却再也没能恢复过来,日见沉郁日见寡欢日见黑瘦下去,吃了冷先生几十服中药也不见起色,直至流产下来一堆血肉,竟然卧炕不起,不久就气绝了。

　　嘉轩完全绝望了。冷先生开导他说:"兄弟,请个阴阳先生来看看宅基和祖坟,看看哪儿出了毛病,让阴阳先生给禳治禳治……"

第二章

　　第六房女人胡氏死去以后,娘俩发生了重大分歧。母亲白赵氏仍然坚持胡氏不过也是一张破旧了的糊窗纸,撕了就应该尽快重新糊上一张完好的。她现在表现出的固执比秉德老汉还要厉害几成。她说她进白家门的那阵儿,老阿公还在山里收购中药材,带着秉德,让老二秉义在家务农。那年秉义被人杀害,老阿公从山里赶回,路上遭了土匪,回到家连气带急吐血死去了。秉德把那两间门面的中药收购店铺租赁给一位吴姓的山里人就回到白鹿村撑持家事来了。她和他生下七女三男,只养活了两个女子和嘉轩一个娃子,另外七个有六个都是月里得下无治的四六风症,埋到牛圈里化成血水和牛粪牛尿一起抛撒到田地里去了。唯有嘉轩的哥哥拴牢长到六岁,已经可以抱住顶杆儿摇打沙果树上的果子了,搞不清得下什么病,肚子日渐胀大,胳膊腿越来越细,直到浑身通黄透亮,终于没能存活下来。嘉轩至今没有女人更说不上子嗣,说不定某一天她自己突然死掉,到阴地儿怎么向先走的秉德老汉交待?嘉轩诚心诚意说,所有母亲说到的关系利害他都想到了而且和母亲一样焦急,但这回无论如何不能贸贸然急匆匆办事了。这样下去,一辈子啥事也办不成,只忙着娶妻和埋人两件红白事了。得请个阴阳先生看看,究竟哪儿出了毛病。白赵氏同意了。

　　夜里落了一场大雪。庄稼人被厚厚的积雪封堵在家里,除了清扫庭院和门口的积雪再没有什么事情好做。鹿三早早起来了,已经扫除了马号院子里的积雪,晒土场也清扫了,磨房门口的雪也扫得一干二净,说不定有人要来磨面的。只等嘉轩起来开了街门,他最后再进去扫除屋院里的雪。嘉轩已经起来了,把前院后庭的积雪扫拢成几个雪堆,开了街门,给鹿三招呼一声,让他用小推车把雪推出去,自己要出门来不及清除了。他没有给母亲之外的任何人透露此行是去请阴阳先生,免得又惹起口舌。村巷里的道路被一家一户自觉扫掉积雪接通了,村外牛车路上的雪和路两旁的麦田里的雪连成一片难以分辨。他拄着一根棍子,脚下喀喀喀响着走向银白的田野。雪地里闪耀着绿色蓝色和红色的光带,眼前常常出现五彩缤纷的迷宫一样的琼楼仙阁。翻上一道土梁,他已经冒汗,解开裤带解手,热尿在厚厚的雪地上刺开一个豁豁牙牙的洞。这当儿,他漫无目地地瞧着原上的雪景,辨别着被大雪覆盖着的属于自己的麦田的垄畦,无意间看到一道慢坡地里有一坨湿土。整个原野里都是白得耀眼的雪被,那儿怎么坐不住雪?是谁在那儿撒过尿吧?筛子大的一坨湿土周围,未曾发现人的足迹或是野兽的蹄痕。他怀着好奇心走过去,裸露的褐黄的土地湿漉漉的,似乎有缕缕丝丝的热气蒸腾着。更奇怪的是地皮上匍匐着一株刺蓟的绿叶,中药谱里称为小蓟,可以止血败毒清火利尿。怪事!万木枯谢百草冻死遍山遍野也看不见一丝绿色的三九寒冬季节里,怎么会长出一株绿油油的小蓟来?他蹲下来用手挖刨湿土,猛然间出现了奇迹,土层里露出来一个粉白色的蘑菇似的叶片。他愈加小心地挖刨着泥土,又露出来同样颜色的叶片。再往深层挖,露出来一根嫩乎乎的同样粉白的秆儿,直到完全刨出来,那秆儿上缀着五片大小不一的叶片。他想连根拔起来却又转念一想,说不定这是什么宝物珍草,拔起来死了怎么办?失了药性就成废物了。他又小心翼翼地把湿土回填进去,把周围的积雪踢刮过来伪装现场,又蹲下来挣着屁股挤出一泡屎来,任何人都不会怀疑这儿的凌乱了。他用雪擦洗了手上的泥土,又回到原来的牛车路上。

　　他当即转身朝回走去,踏着他来时踩下的雪路上的脚窝儿,缓两天再去找阴阳先生不迟。回到家里,母亲和鹿三都问他怎么又回来了;他一概回答说路上雪太厚太滑爬不上那道慢坡去,他们都深信不疑。他回到自己的厦屋,从箱子里翻出一本绘图的石印本《秦地药草大全》来,这是一本家传珍宝,爷爷和父亲在山里收购药材那阵儿凭借此书辨别真伪。现在,他耐着心一页一页翻着又薄又脆的米黄色竹质纸页,一一鉴别对照,终于没有查到类似的药名。他心里猜断,不是怪物就是宝物。要是怪物贸然挖采可能招致祸端,要是宝物一时搞不清保存炮制的方法,拔了也就毁了。他想到冷先生肯定识货,可万一是宝物说不定进贡皇帝也未免难说,当即又否定了此举。他于焦急中想到姐夫朱先生,不禁一悦。

　　朱先生刚刚从南方讲学归来。杭州一位先生盛情邀约,言恳意切,仰慕他的独到见解,希望此次南行交流诸家沟通南北学界,顺便游玩观赏一番南国景致。他兴致极高,乘兴南去,想着自己自幼苦读,昼夜吟诵,孤守书案,终于使学界刮目相看,此行将充分阐释自己多年苦心孤诣凿研程朱的独到见解,以期弘扬关中学派的正宗思想。再者,他自幼至今尚未走出过秦地一步,确也想去风光宜人的南方游览一番,以博见识,以开眼界。然而此行却闹得不大愉快,乘兴而去扫兴而归。到南方后,同仁们先不提讲学之事,连续几天游山玩水,开始尚赏心悦目,三天未过便烦腻不振。所到之处,无非小桥流水,楼台亭阁,古刹名寺,看去大同小异。整日吃酒游玩的生活,使他多年来形成的早读午习的生活习惯完全被打乱,心里烦闷无着,又不便开口向友人提及讲学之事。几位聚会一起的南北才子学人很快厮混熟悉,礼仪客套随之自然减免,不恭和戏谑的玩笑滋生不穷,他们不约而同把开心的目标集中到他的服饰和口语上。他一身布衣,青衫青裤青袍黑鞋布袜,皆出自贤妻的双手,棉花自种自纺自织自裁自缝,从头到脚不见一根洋线一缕丝绸。妻子用面汤浆过再用棒槌捶打得硬邦邦的衣服使他们觉得式样古笨得可笑;秦地浑重的口语与南方轻俏的声调无异于异族语言,往往也被他们讪笑取乐。他渐渐不悦他们的轻浮。一天晚宴之后,他们领他进了一座烟花楼。当他意识到这是一个什么去处时怒不可遏,拂袖而去,对邀他南行讲学的朋友大发雷霆:"为人师表,传道授业解惑。当今世风日下人心不古,吾等责无旁贷,本应著书立论,大声疾呼,以正世风。竟然是白日里游山玩水,饮酒作乐,夜间寻花问柳,梦死醉生……"朋友再三解释,说几位同仁本是好意,见他近日情绪不佳,恐他离家日久,思念眷属,于是才……朱先生不齿地说:"君子慎独。此乃学人修身之基本。表里不一,岂能正人正世!何来如此荒唐揣测?"当即断然决定,天明即起程北归,再不逗留。朋友再三挽留说,如果一次学也不讲就匆匆离去,于他的面子上实在难以支持。朱先生于是让步,讲了一回,语言又成为大的障碍,一些轻浮子弟窃窃讥笑他的发音而无心听讲。朱先生更加懊恼,慨然叹曰:南国多才子,南国没学问。他憋着一肚子败兴气儿回到关中,一气登上华山顶峰,那一口气才吁将出来,这才叫山哪!随即吟出一首《七绝》来:

踏破白云万千重
仰天池上水溶溶
横空大气排山去
砥柱人间是此峰

朱先生自幼聪灵过人,十六岁应县考得中秀才,二十二岁赴省试又以精妙的文辞中了头名文举人。次年正当赴京会考之际,父亲病逝,朱先生为父守灵尽孝不赴公车,按规定就要取消省试的举人资格。陕西巡抚方升厚爱其才更钦佩其孝道,奏明朝廷力主推荐,皇帝竟然破例批准了省试的结果。巡抚方升委以重任,不料朱先生婉言谢绝,公文往返六七次,仍坚辞不就。直至巡抚亲自登门,朱先生说:"你视我如手足!可是你知道不知道?你害的是浑身麻痹的病症!充其量我这只手会摆或者这只脚会走也是枉然。如果我不做你的一只手或一只脚,而是为你求仙拜神乞求灵丹妙药,使你浑身自如起来,手和脚也都灵活起来,那么你是要我做你的一只手或一只脚,还是要我为你去求那一剂灵丹妙药呢?你肯定会选取后者,这样子的话你就明白了。"方巡抚再不勉强。朱先生随即住进白鹿书院。

白鹿书院坐落在县城西北方位的白鹿原原坡上,亦名四吕庵,历史悠远。宋朝年间,一位河南地方小吏调任关中,骑着骡子翻过秦岭到滋水县换乘轿子,一路流连滋水河川飘飘扬扬的柳絮和原坡上绿莹莹的麦苗,忽然看见一只雪白的小鹿凌空一跃又隐入绿色之中再不复现。小吏即唤轿夫停步,下轿注目许多时再也看不见白鹿的影子,急问轿夫对面的原叫什么原,轿夫说:"白鹿原。"小吏"哦"了一声就上轿走了。半月没过,小吏亲自来此买下了那块地皮,盖房修院,把家眷迁来定居,又为自己划定了墓穴的方位。小吏的独生儿子仍为小吏。小吏的四个孙子却齐摆摆成了四位进士,其中一位官至左丞相,与司马光文彦博齐名。四进士全都有各自的著述。四兄弟全部谢世后,皇帝钦定修祠以纪念其功德,修下了高矮粗细格式完全一样的四座砖塔,不分官职只循长幼而分列祠院大门两边,御笔亲题"四吕庵"匾额于门首。吕氏的一位后代在祠内讲学,挂起了"白鹿书院"的牌子。这个带着神话色彩的真实故事千百年来被白鹿原上一代一代人津津有味地传诵着咀嚼着。朱先生初来时院子里长满了荒草,蝙蝠在大梁上像蒜辫一样结串儿垂吊下来。朱先生用方巡抚批给他的甚为丰裕的银饷招来工匠彻底修缮了房屋,把一副由方巡抚书写的"白鹿书院"的匾牌架到原先挂着"四吕庵"的大门首上。那块御笔亲题的金匾已不知去向。大殿内不知什么朝代经什么人塑下了四位神像,朱先生令民工扒掉,民工畏怯不前,朱先生上前亲自动手推倒了,随口说:"不读圣贤书,只知点蜡烧香,怕是越磕头头越昏了!"

然而朱先生却被当作神正在白鹿原上下神秘而又热烈地传诵着。有一年麦子刚刚碾打完毕,家家户户都在碾压得光洁平整的打麦场上晾晒新麦,日头如火,万里无云,街巷里被人和牲畜踩踏起一层厚厚的细土,朱先生穿着泥屐在村巷里叮咣叮咣走了一遭,那些躲在树荫下看守粮食的庄稼人笑他发神经了,红红的日头又不下雨穿泥屐不是出洋相么?小孩子们尾随在朱先生屁股后头嘻嘻哈哈像看把戏一样。朱先生不恼不躁不答不辩回到家里就躺下午歇了,贤妻嗔笑他书越念越呆了,连个晴天雨天都分辨不清了。正当庄稼人悠然歇晌的当儿,骤然间刮起大风,潮过一层乌云,顷刻间白雨如注,打麦场上顿时一片汪洋,好多人家的麦子给洪水冲走了。人们过后才领悟出朱先生穿泥屐的哑谜,痛骂自己一个个愚笨如猪,连朱先生的好心好意都委屈了。

有天晚上,朱先生诵读至深夜走出窑洞去活动筋骨,仰面一瞅满天星河,不由脱口而出:"今年成豆。"说罢又回窑里苦读去了。不料回娘家来的姐姐此时正在茅房里听见了,第二天回到自家屋就讲给丈夫。夫妇当年收罢麦子,把所有的土地全部种上了五色杂豆。伏天里旷日持久的干旱旱死了包谷稻黍和谷子,耐旱的豆类却抗住了干旱而获得丰收。秋收后姐夫用毛驴驮来了各种豆子作酬谢,而且抱怨弟弟既然有这种本领,就应该把每年夏秋两季成什么庄稼败那样田禾的天象,告诉给自家的主要亲戚,让大家都发财。朱先生却不开口。事情由此传开,庄稼人每年就等着看朱先生家里往地里撒什么种子,然后就给自家地里也撒什么种子。然而像朱先生的姐姐那样得意的事再也没有出现过,朱家的庄稼和众人的庄稼一样遭灾,冷子打折了包谷,神虫吸干了麦粒儿,蝗虫把一切秋苗甚至树叶都啃光吃净了。但这并不等于说朱先生不是神,而是天机不可泄露,给自己的老子和亲戚也不能破了天机。后来以至发展到丢失衣物,集会上走丢小孩,都跑来找朱先生打筮问卜,他不说他们不走,哭哭啼啼诉说自己的灾难。朱先生就仔细询问孩子走丢的时间地点原因,然后作出判断,帮助愚陋的庄稼人去寻找,许多回真的应验了。朱先生开办白鹿书院以后,为了排除越来越多的求神问卜者的干扰,于是就一个连一个推倒了四座神像泥胎,对那些吓得发痴发呆的工匠们说:"我不是神,我是人,我根本都不信神!"

　　白鹿书院开学之日,朱先生忙得不亦乐乎,却有一个青年农民汗流浃背跑进门来,说他的一头怀犊的黄牛放青跑得不知下落,询问朱先生该到何处去找。朱先生正准备开学大典,被来人纠缠住心里烦厌,然而他修养极深,为人谦和,仍然喜滋滋地说:"牛在南边方向。快跑!迟了就给人拉走了。"那青年农人听罢转身就跑,沿着一条窄窄的田间小道往南端直跑去,迎面有两个姑娘手拉着手在路上并肩而行,小伙子跑得气喘如牛摇摇晃晃来不及转身,正好从两个姑娘之间穿过去,撞开了她俩拉着的手。两位姑娘拉住他骂起来,附近地里正在锄麦子的人围过来,不由分说就打,说青年农民要骚使坏。青年农民招架不住又辩白不清拔腿就跑,那些人又紧追不舍。青年农民情急无路,就从一个高坎上跳了下去,跌得眼冒金星,抬头一看,黄牛正在坎下的土壕里,腹下正有一只紫红皮毛的小牛犊撅着尻子在吮奶,老黄牛悠然舔着牛犊。他爬起来一把抓住牛缰绳,跳着脚扬着手对站在高坎上头那些追打他的庄稼人发疯似的喊:"哥们爷们,打得好啊,打得太好了!"随之把求朱先生寻牛的事述说一遍。那些哥们爷们纷纷从高坎上溜下来,再不论他在姑娘跟前耍骚的事了,更加详细地询问朱先生掐指占卜的细梢末节,大家都说真是活神仙啊!寻牛的青年农民手舞足蹈地说:"朱先生给我念下四句秘诀,'要得黄牛有,疾步朝南走;撞开姑娘手,老牛舔牛犊。'你看神不神哪!"这个神奇的传说自然很快传进嘉轩的耳朵,他在后来见到姐夫时问证其虚实,姐夫笑说:"哦,看来我不想成神也不由我了!"

　　嘉轩一贯尊重姐夫,但他却从来也没有像一般农人把朱先生当作知晓天机的神。他第一次看见姐夫时竟有点失望。早已名噪乡里的朱才子到家里来迎娶大姐碧玉时,他才得一睹姐夫的尊容和风采,那时他才刚刚穿上浑裆裤。才子的模样普普通通,走路的姿势也普普通通,似乎与传说中那个神乎其神的神童才子无法统一起来。母亲在迎亲和送嫁的人走后问他:"你看你大姐夫咋样?"他拉下眼皮沮丧地说:"不咋样。"母亲期望从他的嘴里听到热烈赞美的话而没有得到满足,顺手就给了他一个抽脖子。

他开始敬重姐夫是在他读了书也渐渐懂事以后,但也始终无法推翻根深蒂固的第一印象。他敬重姐夫不是把他看作神,也不再看作是一个"不咋样"的凡夫俗子,而是断定那是一位圣人,而他自己不过是个凡人。圣人能看透凡人的隐情隐秘,凡人却看不透圣人的作为;凡人和圣人之间有一层永远无法沟通的天然界隔。圣人不屑于理会凡人争多嫌少的七事八事,凡人也难以遵从圣人的至理名言来过自己的日子。圣人的好多广为流传的口歌化的生活哲理,实际上只有圣人自己可以做得到,凡人是根本无法做到的。"房是招牌地是累,攒下银钱是催命鬼。"这是圣人姐夫的名言之一,乡间无论贫富的庄稼人都把这句俚语口歌当经念。当某一个财东被土匪抢劫了财宝又砍掉了脑袋的消息传开,所有听到这消息的男人和女人就会慨叹着吟诵出圣人的这句话来。人们用自家的亲身经历或是耳闻目睹的许多银钱催命的事例反覆论证圣人的圣言,却没有一个人能真正身体力行。凡人们兴味十足甚至幸灾乐祸一番之后,很快就置自己刚刚说过的血淋淋的事例于脑后,又拼命去劳作去挣钱去迎接催命的鬼去了,在可能多买一亩土地再添一座房屋的机运到来的时候绝不错失良机。凡人们绝对信服圣人的圣言而又不真心实意实行,这并不是圣人的悲剧,而是凡人永远成不了圣人的缘故。

从白鹿村朝北走,有一条被牛车碾压得车辙深陷的官路直通到白鹿原北端的原边,下了原坡涉过滋水就离滋水县城很近了。白嘉轩从原顶抄一条斜插的小路走下去,远远就瞅见笼罩书院的青苍苍的柏树。白嘉轩踩着溜滑的积雪终于下到书院门口,仰头就看见门楼嵌板上雕刻着的白鹿和白鹤的图案,耳朵里又灌入悠长的诵读经书的声音。他进门后,目不斜视,更不左顾右盼,而是端直穿过院庭,一直走到后院姐夫和姐姐的起居室来。姐姐正盘腿坐在炕上缝衣服,一边给弟弟沏茶,一边询问母亲的安宁。不用问,姐夫此刻正在讲学,他就坐着等着和姐姐聊家常。作为遐迩闻名的圣人姐夫朱先生的妻子的大姐也是一身布衣,没有绫罗绸缎着身。靛蓝色大襟衫,青布裤,小小脚上是系着带儿的家织布鞋袜,只是做工十分精细,那一颗颗布绾的纽扣和纽环,几乎看不出针线的扎脚儿。姐姐比在自家屋时白净了,也胖了点儿,不见臃肿,却更见端庄,眼里透着一种持重、一种温柔和一种严格恪守着什么的严峻。大姐嫁给朱先生以后,似乎也渐渐透出一股圣人的气色了,已经不是在家时给他梳头给他洗脸给他补缀着急了还骂他几句的那个大姐了。院里一阵杂沓的脚步声,嘉轩从门里望过去,一伙伙生员朝后院走来,一个个都显得老成持重顶天立地的神气,进入设在后院的餐室以后,院子里静下来。姐夫随后回来,打过招呼问过好之后,就和他一起坐下吃早饭。饭食很简单,红豆小米粥,掺着扁豆面的蒸馍颜色发灰,切细的萝卜丝里拌着几滴香油。吃罢以后,姐夫口中嘬进一撮干茶叶,咀嚼良久又吐掉了,用以消除萝卜的气味,免得授课或与人谈话时喷出异味来。姐夫把他领到前院的书房去说话。

　　五间大殿,四根明柱,涂成红色,从上到下,油光锃亮。整个殿堂里摆着一排排书架,架上搁满一摞摞书,进入后就嗅到一股清幽的书纸的气息。西边隔开形成套间,挂着厚厚的白色土布门帘,靠窗置一张宽大的书案,一只精雕细刻的玉石笔筒,一只玉石笔架和一双玉石镇纸,都是姐夫的心爱之物。滋水县以出产美玉而闻名古今,相传秦始皇的玉玺就取自这里的玉石。除了这些再不见任何摆设,不见一本书也不见一张纸,整个四面墙壁上,也不见一幅水墨画或一帧条幅,只在西山墙上贴着一张用毛笔勾画的本县地图。嘉轩每次来都禁不住想,那些字画条幅挂满墙壁的文人学士,其实多数可能都是附庸风雅的草包,像姐夫这样真有学问的人,其实才不显山露水,只是装在自己肚子里,更不必挂到墙上去唬人。两人坐在桌子两边的直背椅子上,中间是一个木炭火盆,炭火在静静地燃烧,无烟无焰,烧过留下的一层白色的炭灰,仍然明晰地显露着木炭本来的木质纹路,看不见烟火却感到了温暖。姐夫一边添加炭棒,一边支起一个三角支架烧水沏茶。他就把怎样去请阴阳先生,怎么在雪地里撒尿,怎么发现那一坨无雪的慢坡地,怎么挖出怪物,以及拉屎伪造现场的过程详尽述说了一遍,然后问:"你听说过这号事没有?"姐夫朱先生静静地听完,眼里露出惊异的神光,不回答他的话,取来一张纸摊开在桌上,又把一只毛笔交给嘉轩说:"你画一画你见到的那个白色怪物的形状。"嘉轩捉着笔在墨盒里膏顺了笔尖,有点笨拙却是十分认真地画起来,画了五片叶子,又画了秆儿把叶子连结起来,最终还是不无遗憾地憨笑着把笔交给姐夫:"我不会画画儿。"朱先生拎起纸来看着,像是揣摩一幅八卦图,忽然嘴一噘神秘地说:"小弟,你再看看你画的是什么?"嘉轩接过纸来重新审视一番,仍然憨憨地说:"基本上就是我挖出来的那个怪物的样子。"姐夫笑了,接过纸来对嘉轩说:"你画的是一只鹿啊!"嘉轩听了就惊诧得说不出话来,越看自己刚才画下的笨拙的图画越像是一只白鹿。

很古很古的时候(传说似乎都不注重年代的准确性),这原上出现过一只白色的鹿,白毛白腿白蹄,那鹿角更是莹亮剔透的白。白鹿跳跳蹦蹦像跑着又像飘着从东原向西原跑去,倏忽之间就消失了。庄稼汉们猛然发现白鹿飘过以后麦苗忽地蹿高了,黄不拉几的弱苗子变成黑油油的绿苗子,整个原上和河川里全是一色绿的麦苗。白鹿跑过以后,有人在田坎间发现了僵死的狼,奄奄一息的狐狸,阴沟湿地里死成一堆的癞蛤蟆,一切毒虫害兽全都悄然毙命了。更使人惊奇不已的是,有人突然发现瘫痪在炕的老娘正潇洒地捉着擀杖在案上擀面片,半世瞎眼的老汉睁着光亮亮的眼睛端着筛子拣取麦子里混杂的沙粒,秃子老二的癞痢头上长出了黑乌乌的头发,歪嘴斜眼的丑女儿变得鲜若桃花……这就是白鹿原。

嘉轩刚刚能听懂大人们不太复杂的说话内容时,就听奶奶母亲父亲和村里的许多人无数次地重复讲过白鹿神奇的传说,每个人讲的都有细小的差异,然而白鹿的出现却是不容置疑的。人们一代一代津津有味地重复咀嚼着这个白鹿,尤其在战乱灾荒瘟疫和饥馑带来不堪忍受的痛苦里渴盼白鹿能神奇地再次出现,而结果自然是永远也没有发生过,然而人们仍然继续兴味十足地咀嚼着。那确是一个耐得咀嚼的故事。一只雪白的神鹿,柔若无骨,欢欢蹦蹦,舞之蹈之,从南山飘逸而出,在开阔的原野上恣意嬉戏。所过之处,万木繁荣,禾苗茁壮,五谷丰登,六畜兴旺,疫疠廓清,毒虫灭绝,万家乐康,那是怎样美妙的太平盛世!这样的白鹿一旦在人刚能解知人言的时候进入心间,便永远也无法忘记。嘉轩现在捏着自己刚刚画下那只白鹿的纸,脑子里已经奔跃着一只活泼的白色神鹿了。他更加确信自己是凡人而姐夫是圣人的观念。他亲眼看见了雪地下的奇异的怪物亲手画出了它的形状,却怎么也判断不出那是一只白鹿。圣人姐夫一眼便看出了白鹿的形状,"你画的是一只鹿啊!"一句话点破了凡人眼前的那一张蒙脸纸,豁然朗然了。凡人与圣人的差别就在眼前的那一张纸,凡人投胎转世都带着前世死去时蒙在脸上的蒙脸纸,只有圣人是被天神揭去了那张纸投胎的。凡人永远也看不透眼前一步的世事,而圣人对纷纭的世事洞若观火。凡人只有在圣人揭开蒙脸纸点化时才恍悟一回,之后那纸又浑全了又变得黑瞎糊涂了。圣人姐夫说过"那是一只鹿啊"之后,就不再说多余的一句话了,而且低头避脸。嘉轩明白这是圣人在下逐客令了,就告辞回家。

一路上脑子里都浮动着那只白鹿。白鹿已经溶进白鹿原,千百年后的今天化作一只精灵显现了,而且是有意把这个吉兆显现给他白嘉轩的。如果不是死过六房女人,他就不会急迫地去找阴阳先生来观穴位;正当他要找阴阳先生的时候,偏偏就在夜里落下一场罕见的大雪;在这样铺天盖地的雪封门坎的天气里,除了死人报丧谁还会出门呢?这一切都是冥冥之中的神灵给他白嘉轩的精确绝妙的安排。再说,如果他像往常一样清早起来在后院的茅厕里撒尿,而不是一直把那泡尿憋到土岗上去撒,那么他就只会留心脚下的跌滑而注定不敢东张西望了,自然也就不会发现几十步远的慢坡下融过雪的那一坨湿漉漉的土地了。如果不是这样,他永远也不会涉足那一坨慢坡下的土地,那是人家鹿子霖家的土地。他一路思索,既然神灵把白鹿的吉兆显示给我白嘉轩,而不是显示给那块土地的主家鹿子霖,那么就可以按照神灵救助白家的旨意办事了。如何把鹿子霖的那块慢坡地买到手,倒是得花一点心计。要做到万无一失而且不露蛛丝马迹,就得把前后左右的一切都谋算得十分精当。办法都是人谋划出来的,关键是要沉得住气,不能急急慌慌草率从事。一当把万全之策谋划出来,白嘉轩实施起来是迅猛而又果敢的。

第三章

吃罢晚饭,白嘉轩走进白鹿镇的中医堂,摆出的面孔和他的心境正好相反。他心里燃烧着炽烈的进取的欲火,脸孔上摆出的却是可怜兮兮的无奈,疲惫憔悴的神色令人望之顿生怜悯。他声音沉重凄楚地向冷先生述说家父暴亡妻子短命家道不济这些人人皆知的祸事,哀叹自己几乎是穷途末路了,命里注定祖先的家业要破落在他的手里了。这真是天灭白家,不可扭转。他走到这一步路已走绝,下一步是崖是井也得往下跳,只好卖掉祖宗的心头肉——河川里那二亩水地。把白鹿村挨家挨户捋码一遍,有力量一次买走这二亩水地的除非鹿子霖再数不出第二家来。希求冷先生老兄看在与先父交情甚笃的情分上,能出面与鹿家交涉,居中调节。说到此时潸然泪下,变卖祖先业产是不肖子孙啊!白嘉轩将在白鹿村以至白鹿原上十里八村的村民中落下败家子的可耻名声。冷先生听完冷冷地问:"你再想想不卖地行不行?"白嘉轩就更进一步数落起来,前头六个女人已经花光了父亲几十年来节俭积攒的银钱,而且连着卖掉了两匹骡子。槽头现有的红马和黄牛即使全拉到集上卖了,也不够订一个媳妇的聘礼,他现在订一个女人比先前订五个女人花的钱都多,再说卖了牲畜怎么种地?他翻来覆去想过无数次,只有卖地一条路可循。冷先生的面孔似有所动:"你只管托人做媒订亲娶妻,钱不够从我这儿拿。地是不能卖。你卖二亩水地容易,再置二亩水地就难了。眼看着你卖地还要我做中人,我死了无颜去见秉德大叔呀!"嘉轩似乎更加伤情,默然不语。

　　冷先生的父亲老冷先生在白鹿镇开辟这个中药铺面坐堂就诊时,得助于嘉轩的爷爷的鼎力支持,要不然一个南原山根的外乡人就很难在白鹿镇扎住脚。嘉轩的爷爷用驮骡从山里运出中药材,老冷先生需要什么就卸下什么,从中药材的交易发展成相互之间的义气相交,传到冷先生和嘉轩的父亲秉德这时候,已经成为莫逆之交了。

　　冷先生的义气相助,使嘉轩深受感动又心生埋怨。白嘉轩谋的是鹿家的那块风水宝地,用的是先退后进的韬略;深重义气的冷大哥尚不知底里,又不便道明。他仍然委婉地说:"先生哥,借下总是要还的。按我目下的家景运气,你敢给我我还不敢拿哩!万一娶下女人再有个三长两短咋办呢?我爸在世时不止一百回给我说过,咱两家是义交而不是利交,义交才能世交。万一我穷败破产还不了账咋办?我无论如何也不能……"嘉轩诚恳的话把义气的冷先生说得改变初衷,唉叹一声终于答应了去找鹿子霖串说,又郑重声明仅此一回,以后要是再卖家业就不要来找他,他不忍心经办这号伤心的事。

　　这件事冷先生根本不用预测就可以料到结局。河川地是一年两季收成的金盆盆,鹿家近几年运道昌顺,早就谋划着扩大地产却苦于不能如愿,那些被厄运击倒的人宁可拉枣棍子出门讨饭也不卖地,偶尔有忍痛割爱卖地的大都是出卖原坡旱地,实在有拉不开栓的人咬牙卖掉水地,也不过是三分八厘,意思不大。冷先生出于礼仪的考虑,亲自走进了鹿家的院子。鹿子霖的父亲鹿泰恒一听白家要卖二亩水地,还以为自己的耳朵出了毛病,愣着神瞅着冷先生的冷面孔,才确信此人说话无诈无欺,脑袋一扬却说:"秉德兄弟虽不在世了,我咋能去置他的地哩!嘉轩侄儿这几年运气不顺,实在不行了来给我说一声。你给嘉轩把我的话捎过去,钱呀粮食呀要是急着用,从我这儿拿,地是千万不敢卖。"鹿泰恒完全是一位善良而又义气的长辈的亲柔心怀。冷先生就再三解释嘉轩卖地的动因,而且用自己要借钱给嘉轩的事来作证。鹿泰恒仍然是凛然不为所动的神色:"嘉轩侄子即当真心卖地,我也不能买。咋哩?让人说我乘人危难拾掇合茬便宜哩!我怎么对得住走了的秉德兄弟哩!嘉轩侄儿要卖水地我挡不住,可我不能买,让他卖给旁人去。"冷先生笑着说:"好我的大叔哩!白鹿村小家小户谁能一次置起二亩水地?你心里甭含糊,其实你买下这地是给侄儿嘉轩解危救急哩!你就不要再顾虑什么了。"到此,鹿泰恒心里完全踏实下来,初听到这个喜讯时的惊喜已经变成可靠无误的真实,他的心情随之也就平缓下来。经过这一番交谈,既排除了乘人危难掠夺家产的坏名声,又考实了嘉轩卖地属于真实而不会中途变卦,至于说让旁人去买的话那是料就白鹿村论实力非他莫属。鹿泰恒做出莫可奈何的口吻说:"既是这样说,那就那么办算啦!这事嘛,你下来跟子霖去交涉好了,他和嘉轩是平辈弟兄,话好说事也好办,我一个长辈怎么和娃娃说这号话办这号事哩!再说子霖也成人了,这是给他置地哩……"

冷先生指派药铺的伙计王相,到镇上的饭铺定下八个菜,又提来一瓶烧酒。他坐在上位,让白鹿两家的主事者各坐一侧,方桌剩下的一边坐的是老秀才鹿泰和。冷先生向来言简意赅,不见寒暄就率先举起酒盅与三位碰过一饮而尽,然后直奔主题:"事情不必再说,现在只说怎么弄,有话明说,过后不说。"一切都按着各人预定的轨道推进,没有差错。嘉轩摆出的自然是败家子羞愧的面孔,呷下一盅酒后,开口说:"踢卖先人业产,愧无脸面见人,咋敢争多论少?先生哥处事公正,你说怎么弄就怎么弄,我绝无二话。"鹿子霖早已领得父教,严谨地把握着自己的情绪,把买地者的得意与激动彻底隐藏,表现出对于白家兄弟不幸遭遇的同情与体恤,慷慨地说:"先生哥你就看着办吧!既然俺们兄弟俩信得下你,谁日后再说二话还算人吗?你说咋弄就咋弄。"冷先生连着喝下几杯酒,冷冷的面孔开始红润活泛起来,更见一副耿直不阿的风采:"话怕明说。你们两家是白鹿村的大家户,二位令尊与家父都是义交。我虽无意偏袒任何一方,但话说回来,再准的尺子也都量不准布,还要二位贤弟宽谅。"说罢眼光锐利地瞅一瞅鹿子霖,鹿子霖以同样坚定的眼光作了回答。冷先生再转过头瞅着白嘉轩,白嘉轩却一把捂住腮帮,似乎要哭出来,低下头去。冷先生紧紧追问:"嘉轩似有反悔之意?如是,现在还来得及。人说泼出去的水推倒了的墙——难收难扶。现在水还没泼墙还没倒,你说了不迟。"嘉轩抬起头来,头上竟沁出一层细汗,说:"反悔倒不反悔,只是畏怯子孙的愤怨和乡党的耻笑。"随之吞吞吐吐说出换地的想法来:二亩水地还是卖给鹿子霖,鹿家原坡上那二亩慢坡地转到白家,好地换劣地的差价,由鹿家付给白家。嘉轩说出这个方案后忽地站起,手抚胸膛红着脸说:"全是为了顾一张面子呀!还望先生哥和子霖兄弟宽容。"此话一出,毕竟是节外生枝,冷先生不大高兴地说:"既有这话,你该早说,我也好与买方早早说透。不过现在说了也好……"说完就瞅一眼鹿子霖。鹿子霖原以为嘉轩事到临头要反悔要变卦了,单怕到手的二亩水地又黄了,听明白了是换地,就作出豁达的气魄说:"这倒好!只要于嘉轩兄面子上好看,就那么办。"冷先生自己当然对两厢情愿的事不再有什么话说,只是这突然的变故打乱了他事先与两方交换过的关于地价的估计,随机应变的办法很快也就形成。"既然如此小有变故,这事也不难办。"冷先生说,"嘉轩的水地是天字号地,子霖的慢坡地是人字号地,天字号地和人字号地的价码,按朝廷征粮的数目就可以兑换出来。如果二位同意这个弄法儿,事情就简单不过了。"无论白嘉轩或是鹿子霖,最熟悉的可能不是自己的手掌而是他们的土地。他们谁也搞不清自哪朝的哪一位皇帝开始,对白鹿原的土地按"天时地利人和"划分为六个等级,按照不同的等级征收交纳皇粮的数字;他们对自家每块土地所属的等级以及交纳皇粮的数目,清楚熟悉准确无误决不亚于熟悉自己的手掌。土地的等级是官府县衙测定的,征交皇粮的数字也是官家钦定的,无厚此薄彼之嫌,自然天公地道,俩人都接受了。冷先生取来算盘,推给老秀才说:"你给兑换算计一下。"老秀才噼里啪啦拨动着算盘上的珠子,连拨两遍,一亩天字号地大体可以折合四亩人字号地。这样就推算出鹿子霖应该净给白嘉轩的银两,如果按市价折合成粮食或棉花该是多少石多少捆。冷先生就歪过头对老秀才说:"现在该你忙活了。"老秀才这时接过药铺伙计王相送来的砚台,开始研墨。他被请来的职责很单纯,那就是双方把话说倒以后写买卖土地的契约。

　　鹿子霖看着老秀才不慌不忙研墨的动作,心里竟是抑制不住的激动。只要能把白家那二亩水地买到手,用十亩山坡地作兑换条件也值当。河川地一年两季,收了麦子种包谷,包谷收了种麦子,种棉花更是上好的土地;原坡旱地一季夏粮也难得保收。再说河川地势平坦,送粪收割都省力省事,牛车一套粪送到地里了。他家在河川有近二十亩水地,全是一亩半亩零星买下来的,分布在河川的各个角落。最大的一块不过二亩七分,打了一口井,两季保种保收。其余都是亩儿八分的窄小地块,打井划不来,不打井又旱得少收成。嘉轩这二亩水地正好与自家的那块一亩三分地相毗邻,合在一块就是三亩三分大的一个整块了,整个河川里也算得头一块大地块了。春闲时节就可以动手打井,麦收后如遇天旱,就可以套上骡子车水浇地不失时机地播种了。他眯着眼装作瞅着老秀才写字,心里已经有一架骡子拽着的木斗水车在嘎吱嘎吱唱着歌。

　　白嘉轩双手抱成一个合拳压在桌子上,避眼不看老秀才手中的毛笔,紧紧锁着眉头瞅着那个密密麻麻标着药名的中药柜子,似乎心情沉痛极了。其实他的心里也是一片翻滚的波澜,那块蕴藏着白鹿精灵的风水宝地已经属于他了,只等片刻之后老秀才写完就可以签名了,世界上再没有第二个人知道此项买卖土地当中的秘密。

老秀才写好契约,冷先生先接到手看了一遍,又交给买卖双方的主人都看了一遍。冷先生把笔交给嘉轩,嘉轩捏着毛笔稍停了一下,似乎下了狠心才写上了自己的名字。鹿子霖接过笔很轻松地划拉了一阵。冷先生最后在中人款格下写上了自己的名字,落尾才由老秀才签名。冷先生取来印泥盒子,四个人先后用食指蘸了红色印泥,然后一齐往契约上按下去。一式两份,买方和卖方各据一份。冷先生给每人盅里斟上酒,一齐饮了。

这桩卖地或者说换地的交易完毕后的第二天早饭时,白嘉轩才把这事告知母亲。不等嘉轩说完,白赵氏扬手抽了他一个耳光,手腕上沉重的纯银镯子把嘉轩的牙床硌破了,顿时满嘴流血,无法分辩。鹿三扔下筷子,舀来一瓢凉水,让嘉轩漱口涮牙。白赵氏来到冷先生的中药铺,一进门刚吐出"那地……"两字就跌倒在地,不省人事。冷先生松开正在给一位农妇号脉的手,从皮夹里抽出一根细针,扎入白赵氏人中穴,白赵氏才"哇"地一声哭叫出来。冷先生这时才得知嘉轩根本没有同母亲商量,但木已成舟水已泼地墙已推倒,只能劝慰白赵氏,年轻人初出茅庐想事单纯该当原谅,多长几岁多经一些世事以后办事就会周到细密了。白赵氏的心病不是那二亩水地能不能卖,而是这样重大的事情儿子居然敢于自作主张瞒着她就做了,自然是根本不把她当人了。想到秉德老汉死没几年儿子就把她不当人,白赵氏简直都要气死了。白鹿村闲话骤起,说白嘉轩急着讨婆娘卖掉了天字号水地,竟然不敢给老娘说清道明,熬光棍熬得受不住了云云。鹿家父子心里庆幸,娘儿俩闹得好!闹得整个白鹿原的人都知道白家把天字号水地卖给鹿家那就更好了。白嘉轩抚着已经肿胀起来的腮帮,并不生老娘的气。除了姐夫朱先生,白鹿精灵的隐秘再不扩大给任何人,当然也包括打得他牙齿出血腮帮肿胀的母亲。母亲在家里以至到白鹿镇中药铺找冷先生闹一下其实不无好处,鹿家将会更加信以为真而不会猜疑是否有诈。

遵照契约上双方拟定的协议,收罢麦子撂地,当年的夏粮由老主人收割,算是各人在自家原有土地上的最后一次收获,秋庄稼就要易地易主去播种了。鹿家父子扛着镢头铁锨踏进新买的二亩水地时,天色微明,知更鸟在树梢上空吵成一片,在这块已经属于自己的土地上,要做的第一件事就是挖掉白家的界石。为了这件不同寻常的事,父子俩亲自来干了,却把长工刘谋儿指派干其它活儿去了。父亲用脚指着地头一坨地皮说:"照这儿挖。"儿子只挖了一镢就听到铁石撞击的刺耳的响声,界石所在的方位竟然一丝一毫都无差错。那块刻有东西南北小字的青石界石湿漉漉的晾到熹微的晨光里,底下垫着的石灰和木炭屑末依然黑白分明。鹿子霖瞅着刚刚挖出的界石问:"爸,你记不记得这界石啥时候栽下的?"鹿泰恒不假思索说:"我问过你爷,你爷也说不上来。"鹿子霖就不再问,这无疑是几代人也未变动过的祖业。现在变了,而且是由他出面涉办的事。鹿泰恒背抄着结实的双手,用脚踢着那块界石,一直把它推到地头的小路边上。沿着界石从南至北有一条永久性的庄严无犯的垄梁,长满野艾、马鞭草、菅草、薄荷、三棱子草、节儿草以及旱长虫草等杂草。垄梁两边土地的主人都不容它们长到自家地里,更容不得它们被铲除,几代人以来它们就一直像今天这样生长着。比之河川里诸多地界垄梁上发生的吵骂和斗殴,这条地界垄梁两边的主人堪称楷模。鹿家父子已经动手挖刨这道垄梁,挖出来的竟然是一团一团盘结在一起的各种杂草的黄的黑的褐的红的草根,再把那些草根在镢头上摔摔打打抖掉泥土,扔到亮闪闪的麦茬子上,只需一天就可以晒得填到灶下当柴烧了。这条坚守着延续着几代人生命的垄梁,在鹿家父子的镢头铁锨下正一尺一尺地消失,到后晌套上骡子用犁铧耕过,这条垄梁就荡然无存了,自家原有的一亩三分地和新买的白家的二亩地就完全和谐地归并成一块了。儿子鹿子霖说:"后晌先种这地的包谷。"父亲鹿泰恒说:"种!"儿子说:"种完了秋田以后就给这块地头打井。"父亲说:"打!"儿子说他已经约定了几个打井的人,而且割制木斗水车的木匠也已打过招呼,这两项大事同时进行,待井打好了就可以安装水车。父亲说:"这样干给工匠管饭省事。"日头已经射出灼人的光焰,该当回家吃早饭了。儿子突然问:"听说嘉轩准备给他爸迁坟哩?"父亲冷漠地说:"越折腾越糟!爱迁就迁,爱折腾就折腾去!"

  原坡地上的麦子开始泛出一层亮色的一天夜里落了一场透雨。临近天明时白嘉轩醒来,放声痛哭。哭声惊动了母亲。他说他梦见父亲了。搞不清父亲怎么弄得满身满脸都是泥水,浑身衣服湿漉漉往地上滴水,不住地打着冷颤。搞不清脚下怎么会有一个泥水聚积的深潭,父亲似乎就是从水潭里爬上来的,腿脚一抖索又跌下潭里,他怎么拽也拽不上来,眼看着父亲沉下去了,只露两只大手在水上摇。他大呼救命,越急越呼叫不出,急得大哭,突然惊醒了。母亲听罢,并不惊奇,只说了一句就回自己屋去了:"你到你爸坟上去看看。"

  天明了,白嘉轩叫上长工鹿三扛着锨,踩着泥泞朝坟地走去。他围着父亲的坟堆查看了一番,发现了一个可能进水的洞穴,夜里落大雨时流水进入坟墓了。他向鹿三说了那个噩梦,鹿三连连称奇。他们用锨扎断了洞穴,堵死了水路,培高了土堆。嘉轩说:"墓道里进了水,父亲的仙骨被浸泡了,得迁坟。"

麦子收碾一毕,白嘉轩请来了阴阳先生,走遍了白家分布在原上的七八块旱地,选择新的墓地。令人惊叹的是,他没有向阴阳先生作任何暗示,阴阳先生的罗盘却惊奇地定了那块用二亩水地换来的鹿家的慢坡地上,而且坟墓的具体方位正与他发现白鹿精灵的地点相吻合。阴阳先生说:"头枕南山,足登北岭;四面环坡,皆缓坡慢道,呈优柔舒展之气;坡势走向所指,津脉尽会于此地矣!"白嘉轩听了,心中更加踏实,晌午炒了八个菜,犒劳阴阳先生。他把阴阳先生的话一字不漏地沉在心底,逢人问起却摆出无可奈何的样子说:"嘻!跑遍了七八块地,没一块有脉气的,只是这慢坡地离村子近点,地势缓点,凑合着扎坟吧!"

新的墓穴称不得豪华,只是用青砖箍砌了墓室和暗庭。这期间鹿子霖已经完成了打井的壮举。新割制的木斗水车也已安装调试完毕,崭新的白光光的木头架子在伏天的艳阳里格外耀眼,骡子拉着木轮水车踏着欢快的步子,哗哗的水声听来再悦耳不过了。鹿子霖又挖来四棵柳树埋在水井的四个角上,树大之后就能遮住从三个方向射下的阳光,人和牲畜就可以不受暴晒之苦了。

白嘉轩在动手挖掘老坟的那一天,不分门户远近请来了白鹿村每一户的家长前来参加这个隆重的迁坟仪式。吹鼓手从老坟吹唱到新坟。三官庙的和尚被请来做了道场。鹿子霖和他父亲都被请来参加了被他们父子看作的瞎折腾。晚上回到家,鹿子霖又忍不住问父亲:"是不是瞎折腾?"并且说出自己的疑心;挖掘老墓时他一直留心观察,墓室和墓道根本不见进水的痕迹,白嘉轩说他爸托梦要他迁坟,很可能是编造出来的一个幌子,这就不能不使人怀疑白嘉轩以好地换劣地的真实动机,是不是与阴阳先生取得默契之后玩了一个圈套?鹿泰恒心里赞赏儿子的分析,嘴上却仍然坚持自己的看法:"是瞎折腾。"他随之告诉儿子鹿子霖说:"你爷去世时我请来了老阴阳先生,看过那块慢坡地,说是从四面坡势走向看,形同涝池,难得伸展。现在这个阴阳先生比起他爸老阴阳来,充其量只够个'二眯儿'……"

白嘉轩把亡父的尸骨安置于风水宝地让白鹿精灵去滋润,然后就背着褡裢进山去了。盘龙镇中药材收购店掌柜吴长贵接待了他,像侍奉驾临的皇帝一样殷勤周到无微不至。俩人盘腿坐在终年也不熄火的热炕上,炕上铺着地道的榆林手工毛毯,小炕桌上摆满了热腾腾的菜,全是山地特产珍品。一盘透着一股烟味的熏野猪肉,一盘清蒸锦鸡,一盘红烧娃娃鱼,一盘费尽周折买来的熊掌,还有一盘猴头,白银耳黑木耳百合黄花等山地普通菜自然也不少。嘉轩心境很好,有意放纵自己多贪了几杯,酒酣微醉,叙说近几年历遭的凶事厄运,随之就直接说出了此行的目的。现在要在白鹿原上下找一个女人是很困难了,而且无法接受高出十倍十几倍的要价。他说:"吴叔,这事拜托您了。"吴掌柜不假思索满口应承:"这不难。回去时你就把人引上。"

好多年前,嘉轩的爷爷领着嘉轩的父亲,在盘龙镇经营这个中药材收购店的时候,吴长贵只是一个经常前来出售药材的普通山民。引起他的命运开始发生转折的机缘,实际是一次不经意发生的差错。他交售了一大捆珍贵的黄芪以后,却发现多付了他钱,于是又背着背篓走回店铺对白嘉轩的父亲说:"白掌柜,您把账算错了,这是多付给我的钱!"说完把一摞铜元码到柜台上就走了。不料老掌柜在后边叫住他,把他叫进中药铺店里头去。此后他就成为这个铺店的伙计了。他认识秦岭山地生长的所有药材,他很快学会了对各种零散药材的粗加工手艺,继之又学会了打算盘和写字记账。他聪明的天资和诚实温厚的品性证明了白家父子辨识人的眼力功夫,因此他深得白家父子的信赖。促成他的命运发生重大转折的机缘,却是白家连续遭受的天灾和人祸。主持家事的老二白秉义在白鹿原发生的骚乱中被点了天灯,白掌柜赶回家去的途中又遭匪劫,不久就去世了,老大白秉德只好回白鹿原主持家政,盘龙镇中药材收购店就交给吴长贵料理,说定每年交多少银子,其余的盈利全归吴长贵。从此,吴长贵再不是那个背着背篓来交售药材的脏兮兮的山民了,却很快成了盘龙镇四大富户中的一员。秉德老汉不幸暴死,他从山里赶来参加葬礼,趴在棺材上哭得比亲生儿子嘉轩似乎还厉害。他给秉德老汉挂了一杆十丈长的白绸蟒纸,飘飘摇摇像一条活蟒自天而降,令白鹿原上的穷人和富人震惊不已。人们见惯了用白纸和苇秆剪扎的蟒纸,尚未见过谁肯破费用白绸作蟒纸来吊唁祭奠死者,吴长贵真算得知恩知报的义气君子了。

吴长贵已经喝得满面煞白,虚汗如注,他一只手捏着酒盅,另一只手抓着条毛巾。凭着这条毛巾,他在盘龙镇从东头到西头挨家挨户喝过去从来还没有出过丑。他对白嘉轩说:"你把五女引走吧!"嘉轩也是绝无仅有的一次纵酒。他虽远远不是吴长贵的对手,而实际灌进的数量也令人咋舌。他的语言早已狂放,与在冷先生中医堂里和鹿子霖换地时羞愧畏怯可怜兮兮的样子判若两人。他大声说:"吴大叔那可万万使不得!我命硬克妻,我不忍心五女妹妹有个三长两短。你给我在山里随便买一个,只要能给我白家传宗接代就行了……"吴长贵说："咱们现在只顾畅饮,婚事到明天再说。"

直到第二天晌午,白嘉轩才醒过酒来,昨晚的事已经毫无记忆。吴长贵这时才郑重其事地提出把五姑娘许给他。白嘉轩摇摇头,一再重复着与昨晚酒醉时同样的反对理由。吴长贵更加诚恳地说,他原先就想把三女儿许给他,只是想到山外人礼仪多家法严,一般大家户不娶山里女人,也就一直不好开口。既然嘉轩此次专程到山里来结亲,他原有的顾虑就消除了。吴长贵说："只要你不弹嫌山里人浅陋……"白嘉轩再也无力拒绝了。吴长贵有二子五女,个个女子都长得细皮嫩肉,秀眉重眼,无可弹嫌。当下,白嘉轩站起打躬作揖,俩人的关系顷刻间发生了最重要的变化。

白嘉轩回到白鹿村,立即筹备结婚的大事。吴长贵用骡子驮着女儿和嫁妆赶前一天夜里进了白鹿镇,暂时住在冷先生的中医堂。冷先生被聘为媒人。结婚这天,白嘉轩跟着轿子到冷先生的中医堂迎娶了新娘,一切顺利。

这是第七个新婚之夜。嘉轩看着五女感到一阵尴尬和窘迫,这是他娶过的七个女人之中唯一在婚前见过面的一个。岂止见过面,而且熟悉如同姊妹。他每年都在农闲时光去山里一次两次,多在酷暑难耐的三伏,他一来为了照看中药材收购的生意,二来是到山里避一避暑热;吃住在吴大叔家里,与五女四女三女二女大女以及两个小弟情同兄弟姊妹,从来也不戒忌什么。现在骤然间面对一对闪闪发亮的红蜡烛,反倒拘束和不好意思了。仙草——五女的名字——已经耐不住山外伏天的酷热,从容不迫地脱去长袖衣裤,光洁细腻的胳膊和双腿裸露在他的面前,娇美的后腰里系着三个小棒槌,叽里当啷摇晃。嘉轩装作好奇去摸那小棒槌以排遣其窘迫。仙草转过身来,小腹的裤腰上也系着同样大小的三个棒槌。他问："仙草,你带这小棒槌做啥?"仙草毫不避讳地说："打鬼!"

白嘉轩猛地一颤,就呆若木鸡了。那棒槌肯定是用桃木旋下的了。桃木辟邪,鬼怕桃木橛儿。六个桃木棒槌对付六个从这个炕上抬出去的尚不甘心的鬼,可见仙草事先是做了充分准备的。他心头刚刚潮起的那种欲火又顿然熄灭了。仙草却不理会他,带着叽里当啷摇晃着的小棒槌躺下了,用一条花格单子搭在身上。他也心灰意冷地躺下来。那温馨的气息像玫瑰花香一样沁人心脾,心里的灰冷渐渐被逐出,又潮起一种难以抑制的焦渴。他鼓起勇气伸手把她揽进怀里,抚摸她的脖颈、丰腴的肩膀和最富诱惑的胸脯。她默默地接受了,没有惊慌也不反抗。她在他的怀里微微颤抖着身子,出气声变得急促起来。他受到鼓舞,就把手往腹部伸去,却触到了一只倒霉的小棒槌,心里又泛起一缕阴冷之气。她抓住了他的手告诉他,出嫁前,母亲备下酒席请来一位驱鬼除邪的法官,法官把六个小桃木棒槌留下就走了。她说:"法官说,戴过百日再解裤带。"白嘉轩一听就不由得火了:"又是个百日忌讳!"仙草却说:"百日又不是百年。你权当百日后才娶我。你就忍一忍,一百天很快就过去了。不为我也该为你想想,你难道真个还要娶八房十房女人呀……"他听着她友好的又是冷静的话,就抽出了被她抓着的手,把她紧紧搂住,心底却异常清醒。他坐起来,重新穿上衣服。仙草问:"你干啥呀?"嘉轩说:"我跟鹿三哥睡马号去,免得睡在一起活受罪。"仙草说:"那也好。你睡这儿我也难受。只是……你明晚去马号。今日是……头一夜。"嘉轩断然说:"算了,我今黑就去。"

嘉轩扯了一条被单夹在腋下,拉开门闩,走出门去。仙草迟疑一阵儿忽然跳下炕来:"等等。"她喊住他,又把他拽进门,反过身插上门闩,从他腋下扯走被单。嘉轩愣住了,怕她生气,反倒和颜悦色地说:"我听你的话,为我好也为你好……"仙草重新爬上炕,打断他的话:"算了!"说着,一把一个扯掉了腰带上的六个小棒槌,"哗"地一下脱去紧身背心,两只奶子像两只白鸽一样扑出窝来,又抹掉短裤,赤裸裸躺在炕上说:"哪怕我明早起来就死了也心甘!"

(选自陈忠实《白鹿原》,人民文学出版社2005年版。)

【简析】

《白鹿原》不像以往的长篇小说那样单纯地叙述故事,它呈现的是一个带有宗法社会和民俗社会特征的历史长卷。陈忠实也受到旧的叙述方法的影响,但他却特别专注地把自己的思路拽向一片新野:由家族文化而推及于社会,而不是由社会而推及于家族文化。旧的意识,被我们的作者颠倒了,我们看到了一个充满原始、神秘和宿命的世界。不会有人相信这是一幅臆造的怪图,陈忠实在生活的天地里跋涉着,最终努力地把自己引向中原文化的土壤里。仅此一点,小说的内蕴就加大了。它开始承载一个古老民族因袭的重负,在那些善良忠厚、圆滑世故的人物之中,外在的道德尺度都丧失了其价值判断的能力。白嘉轩、鹿子霖、黑娃、朱先生、小娥等人,给人带来无法理喻的困惑。悲喜交加、美丑互渗的人生原型,浓缩了古中国儿女的一部精神史。而对这一精神现象的解析,已脱离了先验理性的模式,它是血腥的体悟、生与死挣扎后的大彻。回到农民的心灵中去,回到古中国儿女半是图腾、半是禁欲的精神意象中去,给这部作品带来了混杂迷离的文化色泽。

陈忠实似乎特别欣赏巴尔扎克的那句名言:"小说被认为是一个民族的秘史。"的确,他是把《白鹿原》作为一部民俗长卷来写的。那些恢宏的场景,血淋淋的画面,漫长时光冲击下的古老的传说,都在作品中具有非同小可的意义。中原农村最具有代表意义的文化表征,以及隐语符号,几乎都在作品中呈现出来。寺庙、书院、中药堂等,这些古老的实体在作品中具有很深的表意价值。而多难的村民的一切,又几乎都与此密不可分。陈忠实大概觉得,这样才找到了表达国民心态的文化底色。因为,在封闭的乡村社会里,维系村民灵魂的,恰恰是这些古老的东西。如果忽略了祖先观念中最基本的儒学价值走向,我们就无法把握国民心灵最实质的东西。小说对白嘉轩执著的信念、耿介而近于愚拙的个性的把握,可以让人感受到中国农民非凡的忍受性、自律性、顽强性等悲剧性格。白嘉轩是集大难厄运于一身的人,是在祸福之中辗转拼命的人,他的生命之根,一直延续到儒道释的悠远的梦地。对于在封闭的乡间土生土长的村民而言,社会的变更、外来观念的袭扰,似乎无改乡土社会人心灵的本质,因为已被几千年文明固定下来的先验模式,除了可以同化外来的精神形态外,任何力量都无法改变其稳固性。陈忠实看到了这一点,这或许是他的传统长篇小说绕开了庸俗社会学观念的原因吧?拨开了这一层价值之网,中国农村最隐秘的东西就昭然于世了。白嘉轩的世界,让我们省悟到中国人内心的文化纽结的内蕴,他生动地体现了农民的文化性格和"乡村文化集结"的特性,其认识价值是不可忽视的。

《白鹿原》试图在两个家族交错盘结、晦朔相间的历史演进中,去把握那一段辛酸的历史。而这段历史的外在过程,即大文化背景下的风风雨雨,统统被陈忠实一笔带过。重要的不在于外在的社会思潮如何,而恰恰在于面临着社会变革的混乱局面,在血腥中挣扎的中国百姓们如何生存,如何做人。自律、变态、畸形的人生处在不可预知的强大社会风潮袭扰下,国民们被莫名其妙地推向血的角斗场。《白鹿原》写的是一曲雄奇、悲怆的渭河平原的交响曲,它把中国国民的性格很逼真地解析出来。这价值,在当时不是一般作家可以达到的。

白嘉轩这个人物的为人之道、治家之道、应变之道,是衰弱的古文明在现代农民身上悲剧性的演进。白嘉轩心目中的"神圣""合理性"事务,恰恰是中国人精神最压抑人性和悲剧化的存在体。那篇写着"德业相劝""过失相规""礼俗相交"的《乡约》,那些因背叛《乡约》而受白嘉轩罚跪、鞭打的触目惊心的故事,是乡村文化中的神祇性的象喻。中国农民心目中的"天地人格"、不违天命的观念,有时是夹带着宗教色彩的。无论生活中发生了什么，内心有了什么要求，一旦与这个神圣的观念发生冲突，都将遭到道义和肉体上的惩罚。这个罩在人们头上的灵光，是至高无上的。但陈忠实通过曲折的故事告诉我们，无论是恪守信念还是目无法规的人，都在生活中付出了惨重的代价。中国乡土文化的理性内核，已丧失了维系村民的凝聚力。这既是白嘉轩那一代人的悲哀，也是文化的悲哀。明于此，我们才会懂得，改造乡村在中国是多么重要的文化课题。

我觉得《白鹿原》的重要价值在于，它开始真正独立地对农民王国进行文化的透视。单一色调的价值审视在这里是看不到的，作者把对农民的认识还原到浑浊的生命嘈杂中。田园的、纯情的小调消失了，处处是不和谐的、相悖的精神冲突。小说在宗法观念、天人观念、政治观念和性心理观念上，为当代人展示了层次多叠的图景。白嘉轩、鹿子霖、朱先生、黑娃、孝文、兆海、兆鹏、灵灵等，联系着中国现代社会的各种精神脉络。这是从原始走向现代的一个纷纭复杂的舞台，在这里，人的天性在瞬息万变的社会里扭动着，变异着，发展着。小说的故事是动人的，但这动人的故事背后，恰恰形成了一个富有寓言价值的精神结构。而这个结构，在我看来，是全书最动人的所在。陈忠实在小说里，找到了一种与社会、人生，与乡土社会对话的途径。这便是写他们的日常生活、家族秩序以及原始的生命冲击与人格价值的冲突。陈忠实对战争、匪患、党派之争的描绘，是以世俗文化的分化、流变为起点的。在天灾与人祸之间，他看到了中国文化心理最动人、最沉重的画图。当他以平静的笔触去描摹这些现象时，实际上是把矛盾的、悖论的精神无情地抛给了人们：在天伦地道的交糅和轮回过程中，我们能逃出文化的宿命吗？在对主人公无数次丧妻的描写里，在对霍乱病横行乡里的表现中，在对干旱与兵乱的描绘中，我们几乎可以听到陈忠实近于残酷而痛苦的心声。对乡下人求雨祭礼的勾画，在压抑里表现出神奇。读了这段文字，我们差不多可以感受到民俗文化最迷人的存在。中国人是通过对一种绝对理念的膜拜而确立自身的，而这种确立自身的原始的企图，是生存欲。在白鹿原，男人与女人、老人与孩子、族长与贫民，其正常的合理的生存欲，却被一股不可抗拒的外在精神所摆布，令人窒息的社会理性使每个人都成了受虐者。人们进入了自我戕杀、互相否定的轮回里。陈忠实从农村破败的文化现象中，看到了古文明存在的问题，小说因此获得了一种文化批判的力量。作品完全是从带着泥土气息的中原大地中升腾出来的，它凝重，它浑浊，它怪异。东方世界特有的神异境界，在陈忠实的拷问下被形象地烘托出来。

在中国当代小说家中，陈忠实是一位厚重型的写实派代表。他缺少莫言式诡谲多变的感觉,也没有贾平凹那种弥漫古文化气息的雅士品位;王蒙的智慧、汪曾祺的老到,离他的世界很远;他的笔力与先锋派的作家也有很大的距离。但上述作家们却很少像陈忠实那样有沉重的生活质感。他的作品的画面、结构、人物、底蕴,都不是靠聪明的灵感和哲理的演绎才出现的。陈忠实的朴素、平实,使他走了另外一条道路,就是把自己深深埋在故乡的文化之中,并从较高的现代人文主义视线里去咀嚼历史。陈忠实的作品丝毫没有书卷气和贵族化的吟风弄月。他踏踏实实站在地平线上,但又不同于赵树理、柳青、浩然诸人,在他那里,没有满足于对农民生活情同手足的认可上。倘若他仅仅醉心于对乡土文化的体味,那么《白鹿原》很可能变得单薄。陈忠实是老老实实地在选择中认同,在体味中反省,把近半个世纪以来,人们对农村变革进程的认识,从阶级的或政治的层面,转向了文化层面。但这种转向,不同于莫言的取于意象、贾平凹的重于韵味。陈忠实的步履是沉稳的,他进行的差不多就是对风俗文化的批判。这不是一般意义上的文化反省,它甚至可以说带着抉心自食的苦涩。只有真正了解农民世界的人,才可能懂得什么是中国的历史。陈忠实尽心竭力地提炼生活的真意,他所要向人们传达的,大约就是这一点吧?

【思考题】

1. 陈忠实的作品有史诗的意味,但在格局上已经不同于茅盾那一代人。《白鹿原》在叙述理念上完全不同于《子夜》,在历史的隐含与文化的隐含上多了一种新的因素。你能说出这种不同的原因吗?

2. 《白鹿原》对人性的描述已经超出一般红色文学的规范,其间民俗的表现有独创的地方。这种独创性是否受到寻根文学思潮的影响?

【拓展阅读】

1. 人民文学出版社编辑部编:《〈白鹿原〉评论集》,人民文学出版社2000年版。

2. 雷达主编,李清霞编选:《陈忠实研究资料》,山东文艺出版社2006年版。

第二十章　贾平凹

贾平凹(1952—　)，陕西丹凤人，中国当代作家。现为中国作家协会主席团委员、陕西省作家协会主席。1952 年生于陕西省商洛市丹凤县棣花镇。1973 年开始发表作品。1975 年毕业于西北大学中文系，毕业后任陕西人民出版社文艺编辑。1980 年调西安市文联，任《长安》文学月刊编辑。1982 年后专事文学创作。目前已出版的作品版本达三百余种，包括长篇小说《商州》《浮躁》《废都》《秦腔》《高兴》等，中短篇小说集《山地笔记》《小月前本》《腊月·正月》《天狗》等，散文集《月迹》《爱的踪迹》《商州三录》等，诗集《空白》等。其中，《满月儿》获 1978 年全国优秀短篇小说奖，《腊月正月》获 1984 年全国优秀中篇小说奖，《爱的踪迹》获 1989 年全国优秀散文(集)奖，《秦腔》获 2008 年茅盾文学奖。贾平凹的作品极富想象力，通俗中有真情，平淡中见悲悯，寄托深远，笔力丰富，得到不同民族文化背景的读者和专家学者的广泛认同，作品被翻译成多种语言在世界二十多个国家传播，曾获美国美孚飞马文学奖、法国费米娜文学奖、法兰西共和国文学艺术荣誉奖等。

贾平凹走过了一段具有挑战性的苦路。由改革初期自我意识的萌发，到对故土诗意的发现，再到悲剧的体验和绝望的对峙，而后是沉甸甸历史的反省，又回到现实的原态来。这个过程是脱"文革"语言的过程，是回归"五四"与明清文化的过程。步入耳顺之年，已到了看山不是山，见水不是水的淡定之境。历史有时要用实笔去写，司马迁如此；有时也要以闲笔为之，《世说新语》是为代表。贾平凹对两者均有顾盼，可谓心有戚戚焉。他以两种笔法，融风云于平淡之中，汇灵思于寻常之上。这已经与民国文人的智慧不相上下，当代文人的转型，由其无意中完成。说他的作品可与沈从文、张爱玲的文字争辉，不是夸大之词。

古炉（节选）

82

　　金牙死后，政训班的人就安静多了，再也没有人谋着要逃跑。但窑神庙的门还是紧关着，两个县联指的人在那儿站着看守。狗尿苔没事了就站在三岔巷口往那里看，早晨太阳从屹岬岭侧边的梁上过来的时候，庙门口一直到山门的那一段漫坡路上，白光一片，隐隐地还有着粉的颜色，人从那里走，鸡呀狗呀也走，走着走着似乎就都溶化了，直到一顿饭时间，太阳跳到了岭头上，那路上的光气就散了，能听到庙院里有了人的说话声，说的什么听不清，传到瓷缸匣坯砌成的巷里，就含糊成嗡嗡声，而庙门口的两个看守则解开棉袄捉虱。中午，或者下午，政训班的人才能出来，打头的是支书，他好像依然是那些被关押人的领导，分配着人或者去劈柴，或者和泥拓坯，或者淋湿了稻草打草鞋。据说窑神庙里太冷，他们要用坯砌火炕呀，劈柴也紧缺了，只能用斧头劈那些树根疙瘩，而打草鞋却是要给所有县联指的人和榔头队的人穿，要保证五天每人配上一双。别人都分头干起来了，支书就还是坐在那里开始打盹，但只要谁刚猫了腰要走开，他还是闭着眼，说：干啥呀？回答是：我尿呀。又有了鼾声。

　　他们在那里劳动，狗尿苔绝不去跟前，即便是支书的老婆也在这里的墙头后看，一边看着一边抹眼泪，他还是给支书的老婆说：你不要去，去了只给他惹事哩。支书老婆说：你支书爷有胃病哩。狗尿苔说：胃病不是好了吗，你看他都胖了。支书的老婆说：那是浮肿。但是，当榔头队又从外边拉回了一架子面粉了，狗尿苔才肯走近去。他喜欢那面袋子装着面粉，饱饱的又虚虚的，打一拳头，拳头就陷进去而且拳头也变成了白的。这些面粉他是吃不上的，所以他们也让他帮着把面粉袋子扛到窑场去，他说他扛不动，甚至人家把面粉袋子放在他的肩上了，他就压趴在地上。人家说：你扛了，这布袋给你。他又从地上站起来，扛了往山上去。狗尿苔得到过三个面粉袋子，他把袋子拿回来在水里涮，面水还做过一顿菜糊糊吃。

　　这一天，县联指的人竟然在杀猪，他们从下河湾拉回来了一头母猪，据说是掏钱买的，猪肚子猪奶很大，磨蹭着地。猪在跟后家杀，烫猪毛的水是跟后媳妇烧的，烧了就盛在大木梢里，代价是杀了猪把猪血给跟后家。跟后媳妇早早就给三婶、面鱼儿老婆，说烫了猪的水洗脚能治脚冻，让到时来洗，甚至还告诉了葫芦媳妇,让来提水回去给她婆婆洗。这些人到了跟后家,当狗尿苔也去了时,三婶还在问:你婆咋没来哩?狗尿苔说:我婆脚疼。三婶说:脚疼才要来洗的呀!一冬天都没烫过脚了,啥时候还有这好事?!但狗尿苔就是没去把婆叫来,他逗着干儿子玩。干儿子十分兴奋,一直拿着铜脸盆儿敲着,嚷嚷他要用盆子接猪血。当猪被赶到跟后家院门口,猪怎么也不肯进,嚎嚎地叫,两个人就揪着猪耳朵往里拉。铁栓就拿了刀在院中的小桌前站了,指挥着去把两副铁钩子洗净,把褪毛的附石拿来,他开始挽袖子。拉猪的人喊:铁栓铁栓,你会不会杀猪?铁栓说:我给磨子当过下手嘛。那人说:天神,你没掌过刀你就敢杀呀,一刀就要捅到位,你能?铁栓说:有啥不能的,一刀捅不到位再捅一刀么,你们得把猪按住,猪不死你们不松手不就得了!这时候有人喊:来声来了,来声能骟猪,让来声杀!来声果然来了,来声好久都没来古炉村了,他来的是时候。来声就把装着货的自行车停放在院门外,他同意杀猪,却不放心货车子放在这里没人看管。跟后媳妇说:让狗尿苔看管着。狗尿苔说:我不看管,东西没丢他说丢了我拿啥赔他,我叫个人来看管。狗尿苔叫来的却是戴花,戴花一叫就来了。得称说:狗尿苔有眼色,会叫人。县联指的人说:咋会叫人?得称说:这事不外传。戴花一来,先拿了个发卡就别在了自己头上,来声立即情绪高涨,要铁栓手中刀,说:杀猪么,一刀不到位,猪乱扑腾,那血就接不到盆子里。铁栓还不想把刀给来声,跟后媳妇说:把刀给来声,血接不到盆子你赔呀?!铁栓把刀给了来声,说:你能杀人吗?来声说:那我不敢。铁栓说:你狗日的就会杀个猪!猪被五六个人拉到了小桌上,侧着压住,猪的叫声就再不断,越叫越尖,聒得人像刀片子在耳朵里,跟后的媳妇把儿子往旁边拉,儿子却仍拿着铜脸盆还站在桌前拉不走。狗尿苔突然觉得猪可怜,捂着耳朵,眼睛却不敢看了。铁栓说:狗尿苔,把火拿来?狗尿苔说:我没带火绳。铁栓说:到灶膛里取下火炭去!你咋啦,咋啦?狗尿苔说:我嫌杀猪害怕。铁栓说:杀猪有啥害怕的,猪造下给人吃哩,又不像杀人?!狗尿苔到厨房灶膛里取火炭,他故意要躲过杀猪的一幕,就听见猪突然不叫了,院子里也一时安静,接着来声在喊:提腿提腿,把腿往上提!等出来,猪已经放血了,血流在铜脸盆里,他的干儿子就端着盆子,血点子溅得一脸花花点点,旁边人说:要撒些盐哩。但干儿子听也不听,进了上房门就把门关了。

猪在木梢里烫,拉出来,按下去,翻过来,倒过去,后来就又拉到小桌上用附石蹭毛,毛是那么容易地就蹭下来。烫猪水很快被盆端桶提地分掉了,各自提走或就在院子里烫起脚。有人在说:铁栓,没让你杀猪你烫烫脚。铁栓说:我就恁爱烫脚?!那人说:你一冬里洗不洗澡?铁栓说:我一辈子都不洗!那人说:哦,那你几时总得洗一次呀!众人就哈哈笑。铁栓才知道这是在戏谑他:洗一次那就像猪一样该挨刀子呀!铁栓一烟袋搋在那人头上。

褪净了猪毛的猪被铁钩子勾住了两条后腿挂在了梨树杈上,来声用水瓢舀着水在猪身上浇,一遍又一遍地洗,刀就叼在他的嘴上,说话不再清晰,他说:杀猪不在乎能不能捅刀子,关键在开膛。斜眼看了一下铁栓,然后一边用刀尖在猪腿上剔开个口子,拿铁条塞进去捅了捅,再用嘴去吹,吹得猪一下子胖起来了,刀子就从猪的后腿中间往下划,划开来,肠子就先流出来涌了一堆,热腾腾往外冒热气。面鱼儿老婆正在洗脚,突然看见那一堆肠子,啊地一声脚不洗了,竟把盆子蹬翻了,水全倒在地上。来声一件一件从猪腔里往外掏东西,刀一闪,割下一指长一节白花花的油絮子塞在了嘴里,他的动作极快,好多人还没看清,说:你吃啥哩,吃啥哩?狗尿苔说:他吃油了!来声说:就是吃油了,这是杀猪人的权利呀,就这一点权利!他说的也对,别人就再没啥说的。

一个完整的猪齐愣愣被砍成两扇挂在树上,来声开始卸猪头,以马部长的指示,猪头和猪下水要交给榔头队人吃的,铁栓这时候来给来声耳语,来声就将猪头卸得特别大,几乎把脖子全都当猪头卸下了,铁栓就提了猪头和一筐子下水走了,走到院门口,又返进来,说:还没割尾巴呀,来声。来声说:哦。刀在左扇肉那儿一旋,尾巴就连根剜下来,却说:榔头队还要尾巴呀?!拿着尾巴就在狗尿苔的嘴上蹭了蹭,说:你尿炕哩!尿炕人在杀猪时用猪尾巴根蹭嘴就不会再尿了,狗尿苔的嘴被蹭了,油亮亮的,他感觉嘴唇一下子都厚了许多。他说:再蹭几下么!来声不再给蹭,说:谁还尿炕?院子里的孩子都说尿炕,就都撅着嘴挤过来。来声让他们排队,在每一个嘴唇上蹭,只蹭两下,有一个孩子竟张口就咬住了猪尾巴,来声骂道:你这碎獾!猛地一拽,猪尾巴拽了出来,但用了力,胳膊往后甩去,猪尾巴却被得称抓了顺门就走。人们一时没反应过来,等看着得称拿猪尾巴走了,撵出院门来夺,得称已经走远了。

猪肉是分两处地方煮的,一处在窑场,煮了整块好肉,一处是榔头队的人集中在老公房煮猪头和猪下水。不是榔头队的人都在羡慕着,由羡慕、嫉妒,后来变成了仇恨,他们骂着肉都叫狼吃了狗吃了,又骂天布灶火和磨子没本事:都是革命哩,造反哩,人家吃肉哩咱就看着人家吃肉哩!葫芦的媳妇在门槛上给婆婆梳头,婆婆闻见了煮肉的香气,说了句:这香的!葫芦的媳妇就遗憾了葫芦不是榔头队的人,要么这次分到肉片子了还能不给老妈拿回来?

狗尿苔还在跟后家院子里等着三婶和面鱼儿老婆烫脚,三婶的脚比婆婆的脚缠得要小,指头全部窝在一起,像个芥菜疙瘩,脚后跟上还有一个鸡眼,拿针挑了半天挑不出来,血都流了出来。跟后的媳妇让狗尿苔帮着把木梢洗净放好,再把杀猪的猪屙下的屎,褪下的毛,和垫在小桌下的土铲了倒到她家猪圈去。狗尿苔说:把这些倒到猪圈,让猪看见了害怕哩。跟后的媳妇说:你就是懒!猪它知道啥,猪是人?狗尿苔说:猪和人一样。跟后的媳妇说:别跟我花嘴!干活去,一会炒好猪血,你和你几个婶婶都吃几口。狗尿苔倒铲了那些脏物往猪圈去倒,跟后家的猪果然后腿立着,前腿搭在猪圈墙上给他叫,眼泪汪汪的。他就把脏物倒在圈墙外,说:没你的事,睡去,睡着了就不怕了。三婶、面鱼儿老婆,还有本来的妈烫好了脚,把烫脚水都倒进尿窖池了,也帮着擦了萝卜丝,切了猪血块,她们都要走,跟后媳妇说:马上就做好了,走啥的,多少吃几口么。她们说:我们还和娃娃争吃呀?!从厨房里拉扯到院门口,还是留不下,三婶扭头朝猪圈里瞅,狗尿苔已经跳进了猪圈给猪搔痒痒,三婶说:狗尿苔你不走呀?狗尿苔说:我给猪说一句话,就走。三婶说:给猪说话?面鱼儿老婆说:他能得很,和啥都可以说话。三婶说:和猪说话还算能?他长了猪脑子?!狗尿苔说:你们肯定是不想让我吃猪血故意要走呀吧!面鱼儿老婆说:你瞧这话说的!三婶说:那你留下,你是娃的干大么。狗尿苔就从猪圈里跳出来说:你以为她能给我吃呀?给我吃我也不吃!

四个人出来,路过明堂家,明堂才从老公房回来,从怀里掏出个干荷叶包儿,绽开了,里边是一片肉,油汪汪、颤活活的,明堂给他媳妇说:一人两片,我吃了一片,这一片拿回来给你和娃吃。儿子一把却把肉抓了塞在嘴里。明堂说:这娃,咋不给你妈吃?儿子从嘴里把肉又取出来,自己咬了一半,另一半给了他妈吃,他妈拿牙叮了那么一点,但没叮开,说:肉咋是顽的?明堂说:老母猪肉么,顽了能多嚼嚼。看见三婶他们过来,明堂拉了媳妇和娃就进了院子。

县联指的人和椽头队的人杀了那头猪后,不到十天,又拉来了两扇猪肉,猪肉上还盖了好几个红色印章,一些人就清楚这肉是从镇肉联社来的,至于是怎么来的,就都不管,这些肉统统在窑场剁馅包饺子,县联指的人和椽头队的人都美美吃了一顿。

吃完饺子,椽头队的人都身子困起来,又觉得这儿那儿地痒,七扭八歪地坐在那里挠。霸槽脚心还有一个红疙瘩,脱了鞋挠得都流了血。看着霸槽的脚,有人就说:听水皮说你脚心有一颗痣?水皮说:那是星,脚踩一星,能领千兵!霸槽说:你看么!大家就过去,果然看到霸槽的脚心有个痣,说:还真有痣,生来就是给咱当头儿的!水皮说:咱这算几个兵呀,将来洛镇成立革命委员会……。但水皮话没说完,有人就把他推开了,他们才不管革命委员会不革命委员会的,却给霸槽说:既然你是咱的头儿,你就给马部长说说,以后椿头队的人都到窑场来吃饭么。霸槽说:觉得人家吃得好了?他们说:当然吃得好啦!霸槽说:要想吃得好,那就得使古炉村彻底没了联总,洛镇也彻底没了联总。他们说:这没问题,只要能吃好,你说咋干咱就咋干,就让他天布灶火磨子死在外边!这话说过了,他们又觉得不对,如果天布灶火磨子都死在外边了,古炉村的联总没了,镇上的联总也没了,那不是又没文化大革命了,没了文化大革命那就和从前一样,县联指的人就得走,还到哪儿弄米弄面弄猪肉去?于是他们悄悄议论,这天布灶火磨子还是不要死的好,就在外边,这联总也不能没有,还得存在,有他们了,他们总想回来,咱们总防着他们回来,这些县联指的人便住在窑场,就能吃上白米白面和肉了。

椿头队的人提出也都能在窑场吃饭,霸槽是把这意思说给了马部长,马部长说这可以考虑,也就研究着今后怎样去镇粮站和信用社再借粮借钱的事。从目前的局势看,借粮借钱的事还能做到,仅存在一个问题,就是柴禾。在这之前,仅是县联指的人在窑场的柴禾就极困难,去西川煤矿上买煤,那费事又得花钱,先是椿头队的人家分别背了些去,后来又把天布、灶火、磨子、守灯、麻子黑家的麦草集也扒了来烧,仍还紧缺呀。霸槽就主张到河堤上砍些树上的枝股。但马部长不同意,反正是砍,与其去河堤上砍些树枝股,不如就近在中山上砍。霸槽说中山上有什么树,那些槐树都小,砍不了多少枝股的。马部长说山顶上不是有棵树吗,放倒了啥都有烧的了。霸槽没想到马部长要伐白皮松,这他顺口就否定了,山上能长那么大的树不容易,而且就长在山顶,还是棵白皮松,古炉村的风水树呀!马部长说:什么时候了你还顾及一棵树!一棵树又怎么啦,它长了上百年那还不是就等待着我们砍吗?它为文化大革命贡献了那是它的光荣么!什么风水不风水,如果它是风水树,古炉村就穷成这样?又出了几个领导?不是我笑话哩,不就出了个朱大柜是支书,可只要是村子,村村都会有支书的。不说出什么共产党的大人物,即便出地主,守灯家那算大地主吗,在别的地方屁也不是!霸槽说:这倒也是,可我在古炉村闹事的,把白皮松砍了,将来会背骂名的。马部长说:瞧你这志气,你将来就还在这鬼地方?洛镇你不能去,县上你不敢去,省上你不能去?我真看错了你,涝池大个水潭你成什么大王八?!霸槽的脸一阵红一阵白,他说:那你得一直要提携我。马部长说:不提携你,我早离开古炉村了。霸槽说:那好,就伐白皮松!

秃子金领人去伐白皮松,善人抱住树不让伐,当然把善人是连拉带抱地抬开,但树腰粗,锯没那么长,锯不了,拿斧头砍,树又硬得像石头,斧头下去只崩出一小片,照此下去,七天八天都砍不倒。秃子金给马部长说了,马部长写了个条儿,让秃子金去镇上找联指的人要炸药,第二天炸药背了回来,一半留下,一半就拿去炸树。

秃子金把树砍了七个豁口,七个豁口都往外流水儿,颜色发红,还粘手,有一股子腥味。秃子金走后,善人熬了小米稀饭,用稀饭和了泥抹豁口,原本是两搂粗的树,平日用脚踢它,它纹丝不动,但善人抹泥,抹得平平的,树却忽儿忽儿地摇着,松针就在地上落了一层。善人只说保住了白皮松。没想第二天一早,他还在睡着,秃子金又来了。这次秃子金在树根下挖了个深坑,埋下了炸药,说是要炸倒白皮松,又要他离开山神庙,躲到窑场那里去,善人就又抱了树不起来,他给秃子金他们说道讲善,他没有说秃子金头上的疮是什么原因生的,也没有说秃子金的眼疼是什么原因得的,应该怎样去治。他讲的全是他自己,他幼时如何家贫失学,以放牛佣工维生,二十三岁时听过大善士杨柏合讲善书,因悟贤人争罪,愚人争理,便痛悔己过,身患十二年的疮痨一夜之间霍然而愈,同年五月,盛世人,男不忠孝,女不贤淑,世风难挽,萌生了厌世之念,绝食过五天,突生灵感,认为徒死无益,应先尽教,然后立志劝世化人。同年十月,杨柏合误陷牢狱,他效法古人"羊角哀合命全交"的故事,誓死前往营救,途中夜间忽现光明,宛如白昼,豁然彻悟,明心见性。三十二岁十月,入庙拜师,明晓了创业世界以孽为根,是互相依赖,亦即互相结仇的世界。因此,提倡储金立业,正是利民生。立业世界以德为根,女子立业,助夫不累夫,男子立业,领妻不管妻,人人自立,互相感恩。以争贫为主是后天,以谦让为主是先天。往先天世界拨人,拨过去的即是净心人,心净神足,性定聚灵,便是先天人。小康是创业世界为后天,大同是立业世界为先天。至后离开庙院,仍以白话演述人伦,印证经传,用启庸愚,兼化才智,曾籍心理悟省,自愈宿疾,即以此法使人疗病。善人讲得口干舌燥,秃子金继续挖他的坑,说:你嘟嘟呐呐的说的啥呀,烦不烦人?!善人说:我给你讲我的一生哩。秃子金说:你是给你要写铭锦啊?!善人说:你要听我说哩,我求求你,不要再挖坑了,你听我说。秃子金说:学校的老师是书呆子,你比书呆子还书呆子!文化大革命都到这一阵了你还在宣扬你那封建的一套,真是顽固不化的孔老二的孝子贤孙么。善人说:我不是孔孟,也不是佛老耶回,我行的是人道,得的是天道。秃子金说:好啦好啦,这话你多亏给我说,我听不懂我也懒得听,要是水皮在这儿,马部长和霸槽在这儿,少得了再批斗你?你起来,乖乖给我起来,别惹我生气,我已经忍了又忍了。善人说:我就不起来,你要炸树,就连我一块炸了!秃子金说:你以为你是谁呀,就不敢炸吗,古炉村死了多少人你不是没见过没听过?!起来!善人说:不起来!秃子金真的生气了,一把把善人拉起来摔到了一边,善人竟又扑过去,就一头栽在坑里,他这一栽,头朝下脚朝上。秃子金说:这可是你自己栽的呀!挖坑的人见善人栽下来,就再挖不成了,去拉善人,善人却不动了,说:他昏了。秃子金说:试试鼻子,还有气没气?坑里人说:气还有。秃子金说:抬出去,抬到下边崖背处,坑一好就放炸药!

炸药放了进去,导火索一点,所有人都往崖背处跑,轰地一声巨响,尘土罩了半个天,烟雾中似乎白皮松还立着,树上的四只红嘴白尾鸟叫得像刀子似地尖锐,善人在爆炸声中醒了过来,睁眼大叫:秃子金,秃子金!秃子金抬头往上看,说:咋没炸倒?才要站起来,白皮松却嘎喇喇地一连串的嘶鸣,就那么猛然地摇晃了一下,慢慢向东倒,向东倒,后来夸地倒下了,又是一片土雾腾上去,罩了半空,树皮子,草末子,未消化的雪冰疙瘩和土块子,都散落到了崖背处的人身上。善人叹了一口气,眼睛闭上又昏过去了。

中山顶上再也没有那棵白皮松了,公路上上下往来的行人经过了哨卡,说:这是哪儿呀?回答说:古炉村么。从没来过古炉村的人在问:是山上有个独白皮松的古炉村吗?来过古炉村的人就习惯地看看镇河塔,镇河塔还在,再远远往中山顶上看,中山顶上没了白皮松,疑惑地说:是古炉村?咋没见了那白皮松?卡站上的人不耐烦了,说:没事了快走你的路!

白皮松被炸倒后,树还是囫囵树,锯无法解,斧头也劈不开,秃子金他们又用炸药塞在树下分了几处爆炸,树才被肢解了,分批拉到窑场去烧饭烤火。这些柴禾村人是不能拿一块的,许多人就拿了镢头斧头去山上挖白皮松树根。白皮松的树根像龙身子一样蜿蜒很长,只要占住一条根,就能挖出一背篓柴禾来。那一天,几十多户人家都去挖树根,狗尿苔和牛铃也背了背笼拿了镢头斧头上了山。

狗尿苔和牛铃上山先去看善人,善人已彻底地睡倒在山神庙的土炕上了,浑身浮肿,目光无神,人一下子失形成这样,吓得狗尿苔和牛铃忙问:你哪儿不舒服?善人说:哪儿都不舒服。这让狗尿苔和牛铃束手无策,不知该怎么办,他们能办的就是给善人做些吃喝,就说:那你吃了没,你想吃啥我们给你做些。善人摇了摇头。狗尿苔说:那喝呀不?善人还是摇摇头。狗尿苔手在被窝里一摸,被窝里冰冰的,就说:那就给你烧烧炕。两人出来就在场塄上抱那一堆包谷秆,包谷秆不远处是那个被炸开的大坑,一些人就在坑前边的土塄上挖树根,还陆续有人背着背篓拿着镢头上来加入了挖根的队列里,一时人头攒涌,镢斧挥动。人人都兴高采烈,像是在捡便宜,又你争我抢,乱哄哄一片。把包谷秆抱去烧了炕,善人说:外边咋乱哄哄的?狗尿苔说:在挖树根哩。善人说:镢头队连树根都挖呀?狗尿苔说:不是镢头队,是村里人给自己挖柴禾。善人不言语了,睁着眼看着庙房梁,再不闭眼。狗尿苔对牛铃说:把门闭上。牛铃闭上了门,外边的哄哄声是小了很多,善人眼睛还睁着看房梁。狗尿苔也往房梁上看,房梁上什么都没有的,他说:你看啥哩?善人没有做声,眼睛还睁得圆圆的。狗尿苔就说:你眼睛累,好好睡。他用手抚着善人的眼,善人的眼皮子是合上了,他的手上却沾上了湿漉漉的眼泪。两人从庙里出来,狗尿苔:他肯定没吃没喝哩,咱还是给他做些饭吧。牛铃说:他说不吃你做什么饭,咱做了,别人还以为咱想吃哩。狗尿苔说:那咱给他担些水去,他不吃不喝,是桶里没了水么。牛铃说:要担你担去,我挖树根呀?

狗尿苔生气着牛铃,他还是一个人去了沟里担水,担不了两桶水,就担了两个半桶。满头大汗地才到了山顶,却见长宽正扇了牛铃一巴掌,牛铃呜呜地哭,长宽还在骂:你哭,你再哭?!牛铃就不敢再哭了,而所有挖树根的人也都不再说话,有人就收拾起挖出的树根,背了背篓下山去。

长宽也是上山来看善人的,他一到那土塄上,挖树根的人把一面土塄全挖开了,有的挖到了大的树根,一边用斧头劈着,一边还催着媳妇再挖,再往下挖。有人只挖到一条小根,眼红的看着旁边人,说:你搂住啦?!旁边人说:搂住啦,这一条根顶得住我去南山砍两次柴哩。就喊着长宽:长宽你咋不来挖?长宽说:我不挖!那人说:你长宽家柴禾多么?长宽说:我就是吃生的,我也不挖,挖祖坟呀?立即又有人说:长宽你这啥话?谁挖祖坟啦?!长宽说:树是古炉村的风水树,就这样毁呀?!那人说:树是我炸的?我炸了吗?我咋就毁了?他说着,就指着身边的人说:你炸啦?身边的人说:咋是我炸的,我没炸。又问另一个人:你炸啦?另一个人说:我没炸。一连问着七八个人,七八个人都说:我没炸。他最后提高着尖声说:谁炸啦?谁炸啦?所有的人都在说:我没炸。气得长宽说:好,好,都没炸,都好着哩,风水树就连梢带根没了!这时候,牛铃却和人吵起来,牛铃发现了一条根,这根又分岔成两条,有人拿了镢头要来挖,牛铃不让挖,说分岔出来两条根,一条归他,一条要留给狗尿苔的。两人吵着就相互推搡,长宽气正没处撒,过去就扇了牛铃一巴掌,骂道:你倒争你妈的×哩,不挖这条根你就穷得要死啦!这一骂,争着挖树根的那人不好意思了,提了镢去了别处,而牛铃却还委屈地哭。

长宽不是榔头队的也不是红大刀的,村里人怕他的不多,但长宽犁地的时候总要骂套牛的狗尿苔,狗尿苔就怯火他,见长宽打牛铃,他也不敢说话,把水担进庙里,又问善人吃啥呀,他把水担回来了,他啥饭都能做的。善人还是说不想吃,他就给善人烧水。水还没开,长宽进来,扶着善人翻身,又在背上揉,狗尿苔把温水舀了半盆,湿了手巾,给长宽给善人擦。长宽说:你没挖树根?狗尿苔说:原本也来挖的,善人没水了,我去担了些水。长宽没再给他说话,他就再去把水烧开了,端了一碗过来,长宽才说:你歇去吧,我来喂。狗尿苔就出来了。

狗尿苔一出去,牛铃就叫他。狗尿苔说:还挖呀,都挨了巴掌还挖?牛铃说:不挖那不是白挨巴掌啦?我还不是为了给你占树根挨的打,你还不挖?狗尿苔说:那我也是毁树的啦?牛铃说:你不挖了拉倒,我背一背篓柴禾了你别眼红!狗尿苔能不眼红吗,为了烧的,平日他和婆割茅草扫树叶,在坡上挖野棘,有树根挖怎么能惹心吗?狗尿苔也就过去挖,他挖的时候低着头,不想让长宽一会儿从庙里出来了看见他。留给他的分岔根只有胳膊般细,挖着挖着,那根却粗起来,而且越挖越成弯弯曲曲往东边堎底竟有了六七丈长。这简直成了奇事,惹得旁边人说:狗日的碎馓这有福!

83

就是那条弯弯曲曲的树根,挖出来劈开,不多不少,装满了背篓,狗尿苔背回家,在院子里往小的劈。婆让歇着,他不歇,一气劈好,整整齐齐垒在了上房台阶上,倒觉得有些恍惚,想,白皮松在地面上像一条龙一样腾空的,在地下的咋也有一条根像龙一样弯弯曲曲卧着,这龙根怎么就让他和牛铃挖开劈碎了?突然觉得光线暗了一下,回头一看,院门口站着葫芦的媳妇和老顺。葫芦的媳妇在推着老顺,说:你走么,走么。老顺却像孩子一样,可怜巴巴地看着葫芦的媳妇,就是不走。狗尿苔觉得纳闷,就从院子里出来,猛然间鼻子闻到了那种气味,自己把自己吓了一跳,就使劲揉鼻子,那气味似乎又没有了。出了院子,老顺蓬头垢面,那么大个身架子却驼了腰,额颅上一个包,手里却提着两只鞋。鞋是来回的那双鞋,鞋头上绣了花,用绳子吊着。葫芦媳妇说:你回家去么。老顺说:河里发水啦,来回坐着个麦草集子走了。葫芦媳妇说:来回没走,就在家里,你回去就见到她啦。再推着老顺,老顺就往巷口走,阳光把巷口照得像开了一片玫瑰,老顺的身影也被染得红光光的。葫芦的媳妇在给狗尿苔说话,说是来回又不见了,这一次是彻底地再没寻着,老顺好像有什么预感,知道永远再见不上来回了,人也疯疯癫癫起来。古炉村的风俗里,如果人走失了,得把那人穿过的鞋吊在井里,三天后人便能回来。但古炉村没有井,只有泉,老顺就把来回的鞋用绳子吊了,挂在泉池沿上。他刚挂上,正好窑场上的人到泉里担水,就骂老顺弄脏了泉水,老顺也骂人家,双方就打起来,老顺的额颅上打出了一个青包。葫芦的媳妇说这话,婆就坐在院子里的捶布石上剪纸花儿,好像是没有听见,还在专注地剪,狗尿苔就不让葫芦的媳妇再说了,他不愿意让婆也听到。葫芦的媳妇说:蚕婆的耳朵还笨着?狗尿苔点点头,却说:啊我还要给你说个事呀,你最应该去看看。葫芦媳妇说:我还去老顺家?我不去了,我哄着他回家去就是了。狗尿苔说:你去看看善人。葫芦媳妇说:善人咋啦?狗尿苔就告诉了善人病得在炕上起不来,说:他对你们一家人好,老是夸说哩。葫芦媳妇说:这我得去看看,我婆婆这几日老是睡不着,我还说去问问他有啥办法的。当下两个人商定,响午饭后,由葫芦媳妇来叫上狗尿苔一块上山去看望善人。

吃过了响午饭,狗尿苔在家等着葫芦的媳妇,左等右等等不来,就有些燥了,要去喊葫芦的媳妇。巷道里一阵乱步,跑过了许多县联指和椽头队的人,一时又是鸡飞狗咬的,狗尿苔一出去,立即被人拨到了墙根,问出了啥事,却没人肯回答他。队伍已经过去,葫芦的媳妇才来,头梳得光光洁洁,手里端着一个升子。狗尿苔说:去看病人呀,你在屋消消停停地打扮啊?葫芦媳妇说:头发像鸡窝一样咋出门?善人可是见不得男不像男女不像女的。等急了?狗尿苔说:你没看啥时候了?!葫芦媳妇说:我正给善人装半升子的面粉,人家在巷子里搜人哩,没能过来么。狗尿苔:搜啥人?葫芦媳妇说:政训班又跑了一个人,说是跑到田芽家,就把那人和田芽都抓走了。狗尿苔说:咋还有人敢跑?把田芽也抓?葫芦媳妇说:古炉村成啥了么,监狱么!狗尿苔却说了一句:看你牙上的韭菜!

葫芦的媳妇忙把嘴掩住剔韭菜,其实牙上并没有韭菜,狗尿苔低声说:霸槽在那儿。霸槽是站在斜对面的一棵树下,没有穿那件黄军大衣,却穿了一件蓝中山装,正和戴花说话。狗尿苔说:咱从背巷里走。葫芦媳妇说:走背巷蔓路呀?咱走咱的。狗尿苔只好硬着头皮走,他不向霸槽看,但浑身却有了眼睛却盯着霸槽,心想:霸槽不是只有黄军大衣和那件没了后襟的红毛衣吗,咋穿了这么新的一件中山装?霸槽一直是背向着他们和戴花说话,狗尿苔企图悄悄走过去,但多嘴的戴花却在招呼着葫芦的媳妇,说:哟,头梳得这好,往哪儿去呀?葫芦媳妇说:啊……你没去窑场做饭?霸槽就转过身,看见了狗尿苔,说:干啥呢?狗尿苔说:没事么。霸槽说:没事了跟我走,到戴花家去。狗尿苔恨自己说错了话,迟疑着没做声。霸槽说:我还叫不动你啦?狗尿苔就看看葫芦的媳妇,低声说:你先去,我过会儿来。就走去,霸槽打着狗尿苔的头,说:我今日高兴,你得陪我!

在戴花家的院子里,戴花先进屋去箱子里翻什么东西了,霸槽给狗尿苔说:我穿上这中山装怎么样?狗尿苔说:谁的衣服?霸槽说:你碎豁会说话不?这是我的衣服,穿上怎么样?狗尿苔说:好看。霸槽说:仅仅是好看?你在古炉村见过谁穿这样衣服了,来的那些县联指的又谁穿这样衣服了?好看,仅仅是好看?!戴花在屋里高声说:找不到你那颜色的扣子呀!霸槽说:来声最近没来?戴花说:我买的扣子都是褂子上的扣子,你这中山服,配不上呀!霸槽说:守灯穿过他姐夫的一件破中山装,他要在就能拆下一颗扣子,他狗日的不在么。这马部长让人从县上给我做了这中山装,糟糕得很,竟然掉了一个扣子,新衣服怎么就不多备扣子?狗尿苔这才看清那中山装的下边一颗扣子是没了,说:这是马部长给你买的?霸槽说:是不是稍有些长?戴花从屋里出来,她还是没有寻到扣子,说:不长,我给你把领口上的扣子拆下来钉到下边,反正领口上的扣子不系。霸槽说:领口上的扣子重要哩,你见过主席台上哪个领导不是把领口系得紧紧的?领袖领袖,讲究就是这领口!戴花说:你又不上主席台,领口系得恁紧不憋气呀?霸槽说:你咋知道我不上主席台?不上主席台我穿这中山装呀?!戴花睁大了眼睛,霸槽说:不相信是不是,有你相信的时候哩!你再找,颜色不对就颜色不对,总不能没扣子呀,来声再来了让他很快给我捎颗来。戴花返身又进了屋,狗尿苔说:你要当领导呀?霸槽说:得准备好行头嘛!狗尿苔却突然说:这我得给杏开说去!拧身就走。

狗尿苔最不爱听的是这中山装是马部长给霸槽买的,他之所以说要给杏开说去,一是要提醒他霸槽:杏开正给你怀着娃呀,你穿马部长的什么衣服?二是趁机赶快离开,还要上山去看善人。霸槽却拧住了狗尿苔的耳朵,说:你给我往哪儿去?狗尿苔说:你要当领导呀不给杏开报个喜?霸槽说:这用得你报喜?狗尿苔噎住了,他再说:啊你知道不,政训班又跑了一个人,你倒在这儿钉扣子。霸槽说:搜人是我安排的。你别给我溜,钉了扣子咱到村南口看石匠呀。

古炉村里并没有石匠,狗尿苔也想不来村南口怎么会有了石匠,那石匠做什么?兴头高涨的霸槽偏要狗尿苔跟着他,狗尿苔没了办法,当戴花钉了一颗蓝色的扣子后,就嘴撅脸吊地跟在霸槽后边,像是霸槽拉着一只不听话的狗。霸槽一路走着,村道里就有人夸他的中山装:哇呀,这是官服么!霸槽笑着说:这话先不要说。那些人说:不要先说?哦,咱古炉村真要出个官了!狗尿苔在身后边,看着空中的鸟,心里说:把屎屙到这些人嘴里去!果然一颗鸟屎就落下来,但没有掉到那些人的嘴里,却落在霸槽的后肩背上。别人都没有看见,狗尿苔看见了,他近去拍了一下,那不是拍,而趁机抹了一下,鸟屎就白花花印出一道子。霸槽说:甭动我的衣服!狗尿苔说:不动就不动。霸槽说:瞧你这脸难看不难看,笑着!狗尿苔看了一眼衣服后肩背,他笑了。

村南口果然来了几个石匠,那是西川村的石匠,还有水皮,他们把原来的石狮子掀滚到了漫坡下,新抬来了一块石头,正在那里凿着一头石狮子,那些石匠就汇报着他们的方案,说是这头石狮子要后腿卧下前腿立起来,狮子就能显出势来,并说按水皮的意见,狮子的开脸要刻出似乎像人面一样,人面要像是霸槽,就让霸槽立在那儿,他们得左右端详。霸槽竟然很听话,就立在那儿。他们说:眼睛往我们这儿看!水皮说:不能看着你们,目光要远,看南山,对,成大事的人目光是远的!

马部长和胖子从公路上的卡站过来,人还在漫坡下就大声地叫着霸槽,好像非常地生气,霸槽就往漫坡下走。马部长说:谁叫你这时候穿这衣服?霸槽说:我穿上试试。马部长说:革命委员会还没成立哩,就烧成那样啦?唉!这衣服上的扣子咋回事?霸槽说:掉了一颗,补了一颗,颜色有些不一样。马部长说:咋掉的?狗尿苔说:不是买来就没一颗扣子吗?霸槽说:住嘴!你来干啥?狗尿苔说:你要我跟着你么。马部长突然严声训道:掉的?你穿上这衣服到哪儿去了我可知道,这扣子是咋样掉的我也知道!霸槽赶忙说:这,这,这是我去故意气她的。马部长说:你不要给我说了,我可告诉你,你想要永远穿这中山装,你应该清楚你怎么办!霸槽说:这我清楚。就解扣子要脱掉中山装。狗尿苔说:天这冷的,你感冒呀?霸槽说:你走!狗尿苔立即就走,走了三步,又回过头来说:那不让我陪啦?霸槽骂了一句:滚!

狗尿苔被骂着,心里特别高兴,他终于看到了霸槽那么张狂的却被马部长就那样训着。他一路小跑着往中山上去,却琢磨马部长训霸槽的话,那中山装上的扣子怎么掉的呢?他跑到了山神庙仍是想不通马部长的话,雪却又下了起来。

山神庙里,葫芦的媳妇已经给善人做好了拌汤,而善人好像早都能下炕了,把庙门外场子里那些劈碎了的树杆和劈柴往屋子里搬,差不多在炕前垒得老高了。善人的脸色非常难看,白里透着黑青色,他抱着劈柴,老是抱不紧,几片就掉下去,踉踉跄跄进门了,放下劈柴,人就累得满头大汗,扶着炕沿喘气。葫芦媳妇说:你不要动了,要搬我来搬,拌汤要趁热吃。善人说:唉,我真害人,不搬了,我不搬了,狗尿苔也来了,你和狗尿苔去搬吧。狗尿苔不明白怎么要搬这些柴禾,那是联指的人炸开树的柴禾,人家能让他又来烧灶烧炕吗?狗尿苔说:搬的那干啥呀?善人说:你没看下雪呀。狗尿苔说:下雪就下雪吧,你还怕把柴禾淋湿?善人说:放在外边别人会拿哩。狗尿苔说:拿光了才好!善人说了一句:你这娃!就不说了,爬上炕去吃拌汤。但是,善人吃了半碗,筷子就在碗里划,放下碗不吃了。葫芦媳妇说:叔呀,你觉得不合味?善人:香哩,我吃饱了,给我个枕头。葫芦媳妇把枕头垫在了善人的后腰,善人的脸就一阵苍白,一阵泛绿,气都不均匀了。葫芦的媳妇说:唉,这儿太冷,要么你住到我家去,好歹一天三顿有个热饭吃。善人说:这儿还好,你们回吧。葫芦媳妇说:我们多陪你一会儿。狗尿苔便收拾起了屋里,把凳子和蒲团摆好,把墙角的筛子和箩儿,还有蓑衣和草帽子挂在了墙上,把地扫了,把柜盖上的灰擦了,又在叠炕头那一堆旧衣物,叠着叠着,衣物下放着两本线装的书。书很厚,四个角都起毛了,书皮子还用布糊了一层。狗尿苔把书拿了翻,满纸上都是字,每个字都长得怪怪的。善人说:噢狗尿苔,你把书拿反了。狗尿苔说:你平日说病的话都是这书上的吗?善人点点头。狗尿苔说:都是书上的,怪不得你一说病,那些话我就听不懂了。善人说:把这书给你吧。狗尿苔说:我认不得字么,你给她。葫芦媳妇说:我也不识字。狗尿苔说:你不识字,葫芦能认的。葫芦媳妇说:他也认不了几个。善人说:你们一人拿一本吧,你们不识字,字识你们。狗尿苔,你还小,你要认字哩。狗尿苔说:我给我婆说了,明年我一定也去上学。葫芦媳妇说:你就是上学,也不是学习的料。狗尿苔说:你咋知道我不是学习的料,我要学,我就比他水皮学得好!善人说:人不可貌相,少言不喘的人不可轻视,憨憨笨笨的人不可轻视,尤其不可轻视了命须子人。狗尿苔说:啥是命须子人?葫芦媳妇说:命须子人你不知道呀,咋说呀,就是像你这样的人。狗尿苔不明白他怎么就是命须子人,是出身不好吗,是没大没妈只有个婆吗?善人说:不说这些了,把书拿回去了好好存着,等你将来识得字了,这本就够一辈子受用了。狗尿苔把书装在了怀里,葫芦媳妇也把书装在了怀里。善人又一阵喘气,狗尿苔就给他捶背,喘声慢慢平复下来,善人却说:不捶啦,狗尿苔,你去把那碗饭吃了。狗尿苔不好意思了,葫芦媳妇说:那你吃吧。狗尿苔就把那半碗饭吃了,他吃得很香,响声很大,善人就一眼一眼看着,说:慢慢吃,狗尿苔,吃了你和你嫂子都回去,我累了,得睡一会儿。

临走,葫芦的媳妇掖了掖善人的被角,说:那你歇着,我们走啊。善人却对狗尿苔说:你要快长哩,狗尿苔,你婆要靠你哩。狗尿苔说:我能孝顺我婆的。善人说:村里好多人还得靠你哩。狗尿苔:好多人还得靠我?善人说:是得靠你,支书得靠你,杏开得靠你,杏开的儿子也得靠你。说得狗尿苔都糊涂了,说:我还有用呀?善人又给葫芦媳妇说:你回去了每天晚上给你婆婆洗洗脚,她就不至于睡不着了。葫芦的媳妇突然就流了泪,说:你好好活着,古炉村离不得你啊。善人就笑了一下,把手举起来,说:啊,我会把心留给你们的。葫芦的媳妇和狗尿苔走出来,再把那扇柴编的栅栏子门挡好。狗尿苔四处张望,想能看到那四只红嘴白尾的鸟,但天色都暗下来了,没有鸟的踪影,雪没头没脑地下大了。

就在这个傍晚一直到夜里,雪下得巷道里的一切都虚腾腾起来了,所有的屋顶看不见瓦槽,树股子变粗,厕所墙猪圈墙甚至家家的院墙变矮,磨子家门前树上的钟绳子没有垂着,被他媳妇斜拉着拴在另一树枝上,钟绳也肿得像了酒盅子。两只狗,三只狗,两三只狗从巷子里走过,全低着头不吭声,白狗不白,黑狗更黑。雪还在继续往大里下,想不来天上会有这么多的雪,发了恨心地要把古炉村埋起来。只有塄畔下的泉,还是那么大,雪遮不住,在静静的夜里往外冒着热气。

84

狗尿苔回家后,并没有给婆提说山上善人的事,婆照例又埋怨着下雪了还这么晚才回来。婆埋怨着,狗尿苔还犟了几句,但他声小,婆听不见,埋怨也就成了自言自语。吃过了饭,喂过了猪,把炕烧了,又把尿桶从厕所提回来放在了炕边,然后等着婆在炕上剪纸花儿,他就坐在上房门槛上看着外面下雪。婆还埋怨了些什么,他一时没理会,婆拿了剪刀在炕沿上笃笃笃地敲,狗尿苔这才大声问:咋啦?婆说:你不会又要出去呀?狗尿苔说:雪这么大能到哪儿去?!婆到底不信,狗尿苔就又是拿了条绳一头拴在自己腰里,一头拉进卧屋系在婆的腿上,说:这下你放心了吧?狗尿苔重新坐在了门槛上,一会儿,婆剪着纸花入神,狗尿苔看着雪夜入神,婆就忘记了孙子,孙子也忘记了婆,婆孙俩连他们自己都忘记了。谁家的猫又在叫春,这么冷的夜里还有猫在叫春吗?猫的叫春不是了那么殷勤和欢乐,像是婴儿在哭,要吃要喝的那种笑。或许在巷口吧,或许离巷口更远些,那杜仲树下,有人在说话:老顺你要往哪儿去呀?老顺在说:我寻来回呀。他们还说着什么,什么又都听不清了,脚在雪上踏没声息,话落在雪上也没了声息。狗尿苔在想,这雪是天上什么呢,一片一片的,是天在脱皮屑吗,还是云往下掉?雪如果还这么下,一夜里会不会下得塞满了院子,把门都堵住了?那么,明早起来,当然是婆先起来,开门要把尿桶提出去,门拉开了,外边就是雪墙,婆肯定要叫他狗尿苔了:快起来,咱怎么出去,雪要把咱捂死了!他就觉得好玩,捂死就捂死吧,捂死在这么干净的洁白的雪里总比埋在那湿漉漉的脏土里好吧。当然这是故意这么说的,婆训道:少说不吉利话!他就不说了,同时觉得气憋,呼吸都有了些紧张。婆开始呼救了,婆的呼救压根儿传不出去。他狗尿苔便想出一个绝妙的办法来,开始烧锅,锅里并不添水着去烧,烧得锅就通红了,他就举着锅往出走,雪遇见锅立即就融出一个洞来,他和婆从洞里钻出去了。狗尿苔就是这么想着,想着就有了兴奋,似乎觉得他和婆已经从雪洞里出来,才发现整个村子都被雪深深地埋了,隐隐约约听到各家的人在雪底下呼救,他就又拿着锅朝着有声音的地方去融洞,一个一个的雪洞都是他狗尿苔用锅融出来的,老老少少的人爬出来,有姓朱的有姓夜的,是红大刀的人,也是榔头队的人,他们都在夸讲着他狗尿苔,说:啊狗尿苔!啊狗尿苔!

突然,咻地一响,狗尿苔的思绪就打断了,他蓦地怔了一下,清醒了自己是坐在门槛上的,他的手脚都僵起来,看见了从院墙外扔进了一个什么东西。啊?!狗尿苔立即闭住了气,拿眼睛看院墙,院墙头的雪积得很高,就像三婶在借给面鱼儿老婆面粉时用手把面粉一点一点撒上去,那墙上的雪就形成了一道尖儿,而扔进来的东西黑乎乎在院中的雪地上,没有动,不是个活物。狗尿苔有些害怕了,忙蹑着脚进了卧屋,婆还在灯下剪她的纸花儿,那是她白天在河滩地里拾到了一团红纸,可能是风把贴在哨卡小木屋墙上的什么告示刮到了河滩地,她拾回来熨平了就剪,剪得铺满了一炕,一炕像开着红灿灿的花。狗尿苔给婆说院门外好像有人,婆没有听清,急得狗尿苔做着手势,婆明白了,咻地就吹灭了灯,忙指头戳了窗纸往外看,一个黑影子已经在了院墙头上,又跳了进来。婆一下子把狗尿苔拉上炕,用被子捂了,她溜下了炕,黑暗里握着剪刀,又把剪刀掖在炕席下,然后立在上屋门后,轻轻地问:谁呀?

黑影子就走进来,低声说:是我,蚕婆。

这是天布。紧接着又进来了灶火。婆惊得叫了一声,竟然说:是天布灶火吗?天布说:蚕婆,蚕婆!婆拍着天布的胳膊,婆证实了眼前就是天布和灶火，就一边点灯，一边咕嘟着回来啦，咋这个时候回来啦，然后拿手拍打着他们身上的雪，又去抹他们眉毛胡子上的雪。眉毛和胡子上的雪抹不掉，结了冰。

狗尿苔从炕角的被子里钻了出来，睁大了眼睛看着，他看见了天布和灶火都拿着枪，吓得一动不动。灶火挤了一下眼，说：认不得啦？狗尿苔说：是不是鬼？婆说：胡说啥的，快起来到院门口，看着去！狗尿苔起来了，婆却给天布和灶火去烧些热汤喝，天布阻止了婆，他在告诉婆，不吃不喝，没时间了，他们是回来接磨子的。婆说：接磨子？天布说：接了就走。把枪放下来靠在炕沿上，双手在嘴上哈着取暖。狗尿苔去摸枪，可一碰到手就缩回去了，枪冻得咬手，他说：磨子还在村里？灶火说：这你不知道了吧，他一直就还在村里。婆和天布在低声说话，意思是他们来接磨子出去，直接到磨子家怕目标太大，之所以到婆这儿来，就是让狗尿苔悄悄去磨子家，把磨子带过来然后逃出村子。但婆紧张了，她在担心着狗尿苔毛手毛脚地出岔子，又担心万一碰着了人狗尿苔不会说话，婆说：那还是我去。婆就出去了，提了一只灯笼，灯笼没有点着，又拿了一根桃木条子，以防着碰着人了，就说是狗尿苔发了高烧，出来给娃叫魂的。

婆一走，天布问起村里的情况，狗尿苔把他所知道的事都说了，又问天布是不是用石头砸翻了手扶拖拉机把黄生生弄死的？天布说：黄生生真的死了？狗尿苔说：死了。天布说：好得很，榔头队还要继续死人呢。狗尿苔就不敢再多说了，却问：你们怎么把磨子接出去？天布说：这你甭管。狗尿苔说：咋能不管，你们到我家了，如果让人看见了，那就把我和婆害了。天布说：本来不来你家的，就嫌你多嘴，可去了田芽家，田芽人不在，觉得你家这儿没人注意的。狗尿苔说：田芽出事啦，被抓到窑神庙啦。天布说：日他妈！灶火却在厨房里寻东西吃，什么也没寻着，狗尿苔说：你们不是不让做饭吗？有炒面，我给你拌一碗炒面？天布说：吃啥炒面？磨子一过来就得赶紧走哩。灶火却说：你寻个布袋。狗尿苔寻了个布袋，灶火把炒面装了半袋揣在了怀里，又说：给我两颗鸡蛋，用鸡蛋能拌炒面。狗尿苔不想给鸡蛋，磨磨蹭蹭地却去上房台阶的那个鸡下蛋的草筐里去看，说：今日鸡没下蛋么。婆就和磨子进了院。磨子人瘦得像鬼一样，却穿着他媳妇的蓝布衫子，头上裹着一件帕帕，他走路腰蜷着，一进门就坐在了那里喘气。但是，天布和灶火并没让他歇着，说立马就走。他们选择着路线，要从狗尿苔家出去顺巷往西，沿村边塄畔绕到大碾盘那儿了下后洼地，再从后洼地绕过东边，斜插着去芦苇园那儿过州河，从州河对面的山根下往西。天布背了一杆枪，又提了一杆枪,灶火就背起了磨子。磨子说:我还能走。灶火说:我背了你走得快,过了州河你再慢慢走。磨子说:兄弟,兄弟!灶火说:这阵啥都不要说!要出门时,天布却要狗尿苔先出门走,在前边打前哨。婆就拉了狗尿苔,说:天布,我去。狗尿苔不让婆去,天布和灶火也不让婆去,婆看着天布和灶火,天布说:快走么。婆就给狗尿苔叮咛去了要眼睛往亮些,耳朵往灵些,在她蹴下身给狗尿苔系鞋带时,悄声说:有啥不对劲,你就先藏了,你不要逞能,学精些。狗尿苔说:我精着哩。但狗尿苔的话婆没听见,她又搭了凳子从中堂墙上揭下了毛主席的像,叠好了装在狗尿苔的怀里,说:谁要打你了,你拿毛主席像盖住头,毛主席保佑你哩。

  狗尿苔先出了院门,巷道里没有人,他学着猫妙喔了一声,天布灶火和磨子就跟了出来,他们保持着几丈远的距离,就这么妙喔妙喔一直绕到村边塄畔上,狗尿苔突然靠在一棵树上不动了。他看见了一个黑影子从前边人家的后墙根过来,他妙喔妙喔急促地叫了三下,后边的三人也紧靠在了一个厕所墙下不动了。狗尿苔已做好了准备,如果前边是有人走过来,他就爬上树去,他虽然爬树不行,却可以爬到那树杈上。但是,走过来的却是狗,老顺家的。老顺家的狗走到了狗尿苔的身边,狗尿苔嘘了一下,狗却没有叫,折过了身竟往前边走,狗尿苔就妙喔了一下,跟着狗走。狗好像是早已知道了路线似的,一直走到大碾盘后,还下到后洼地的漫坡。出了村子,就可以松一口气了,狗尿苔说:这狗咋这乖的!天布也拍了拍狗,说:嘿,不错!革命成功了,我给你配个小母狗!狗就坐在了地上,使劲地摇尾巴。狗尿苔说:这可是你说的,你不要哄它。天布说:我不哄它,古炉村所有母狗都可以归它!黑暗中四个人都笑了一下。狗尿苔就领着狗要回村去,天布说:让狗回去,你还得等到我们过了州河。狗尿苔说:还要等你们过州河?那还不如跟你们一块走哩。灶火说:也行,就跟我们一块走。狗尿苔哪里能跟他们一块走呢?他给狗说了句什么,老顺家的狗掉头又上了漫坡,他就继续给打前哨,绕后洼地往村东走,然后再朝南往芦苇园去。雪仍在下着,每个人身上都落了厚厚一层,狗尿苔走得很快,在前边几丈远的地方,回头看着天布他们,如果不留意,天布他们似乎就看不见,他等着他们跟上了,说:你们给狗都许愿哩,也不给我说个啥。天布说:那是哄哄狗么。狗尿苔说:咋能哄狗?天布说:哦,不哄不哄,你想咋?狗尿苔说:我不想咋,就想和牛铃一样。天布说:我只说你要西瓜哩,原来只是个芝麻,行么行么。现在快往前头去。狗尿苔往前边跑去,倒觉得自己是要求得太小了,他应该还要求工分增加,为什么就给他记三分工呢,他起码劳动一天该和妇女的工分一样吧,都记八分。还有,明年去上学,上学就不能出工了,能不能这样:白天去上学,晚上回来给大家在老公房那儿记工分,他是能认得字了,完全能胜任记工员的,他当记工员绝对比马勺好。但是,狗尿苔这么想着的时候,他滑倒了,一头窝在雪堆里,这些想法就一下子全没了。他爬起来,抹了抹脸上的雪,没有觉得太冷,还用舌头舔了舔嘴唇上的雪,雪有一股子甜味。远远的公路卡站上,那里还点着一盏汽灯,灯光里有人影在晃动着,而又随后来了一辆汽车,灯光刷地照了过来,四个人急忙趴在了地上,灯光又晃过去了,一阵嘎嘎嘎地响,车在卡站上停了下来,许多人开始在检查,而且大声地骂着什么。天布他们就在检查车的那阵迅速跑过了公路,但狗尿苔没有跟上,他留在了公路这边的雪窝子里。他隐隐约约看着天布他们过了公路朝芦苇园那儿跑了,后来什么也看不见也听不见,他一时不知道该跑过公路去撵上他们,还是趴在这里等着他们。他就那么趴了好久,突然觉得自己不是在傻等吗,他们是来接磨子的,现在把磨子接走了还能回来再送他回家吗?他爬起来,顺着原路就往回走,他却心里说:哼,我是故意没跟上你们的,我能跟着你一块走吗?芦苇园那儿没有响动,州河里也没有响动,卡站上的汽车又发动了,车重新开走,黑夜里那盏汽灯还亮着,一切都安静了。狗尿苔知道天布他们安全地逃走了,就走回到后洼地的漫坡上,而老顺家的狗却仍在那里卧着。

狗尿苔兴奋地把狗抱起来,狗是那样的重,但他还是抱了狗走,狗的长尾巴就搭在他的脖子上。婆还在屋里等着他,给他烧了萝卜丝汤。狗尿苔没有先去喝汤,他要犒劳老顺家的狗,就在院子角给狗拉了一泡屎。

狗尿苔还在拉屎的时候,他就想好了,他要在炕上喝着萝卜汤给婆讲他们去送磨子一路上的事,讲老顺家的狗,讲卡站上的汽车,他已经不是毛手毛脚好说好动的狗尿苔了,他手脚麻利,处事沉着,而且在关键时刻能动脑子,比如他就给天布提出要求了,比如他就没过公路而提前回来了。但是,狗尿苔万万没有想到,就在他在院墙角刚刚提了裤子,灶火却也二反身来了。灶火为什么还要回来,是磨子没有送出去吗,是嫌他狗尿苔没有过公路吗?在上房里,婆给狗尿苔烧的萝卜汤全让灶火一人喝了,他告诉着婆,天布已成功地领着磨子过了州河从南山根逃走了,他之所以还要回来,就是他还要解救政训班的人。婆这回是真真实实地害怕了,磨子可以悄悄接出去,而政训班那么多人,窑神庙门口还有人看守着,灶火怎么解救?婆说:灶火,你咋把这事说给我?你咋把这事让我知道?灶火说:你们不必害怕,我今晚要回家去住,只是来把一件东西放在这里,等我寻找机会了再来取。灶火说完,就把一个用旧衣服包裹的包儿交给了婆,然后真的就出门回他家去了。

灶火一走,狗尿苔就要打开那个布包,婆不让打开,赶忙藏在了院角,又用包谷秆盖了,说:这下咱们的灾难来了!狗尿苔说:咱咋会有灾难?婆说:他少不了在村里闹出事,榔头队还能不察觉他是到过咱家吗?婆的话是对的,狗尿苔也害怕了起来。婆说:牛铃不是有个姑姑在西川村吗,明日一早你和牛铃就到他姑家呆上几天。狗尿苔说:那你呢?婆说:我哪儿也去不了,灶火把东西放在咱这里,咱都走了,他来取怎么办,咱谁都得罪不起的。狗尿苔说:那万一榔头队寻你的事?婆说:我死猪不怕开水烫了。

　　婆孙俩说说话话到了下半夜,分头睡下,可不一会儿狗尿苔就又醒来,他听到了一种很好听的声音,这声音像水一样地流,像云一样地飘,像是谁唱歌,又好像不是歌,是各种乐器,比如二胡、琵琶、笛子、月琴,还有锣鼓铜钹,各种乐器奏出来的和声,狗尿苔从来没有听到过种种声音。他忽地坐了起来,天还未亮,婆仍在睡着。他说:婆,啊婆,你听到了吗?婆也醒了,说:天没亮哩你喊啥呀,听到啥了?狗尿苔说:哪儿唱戏哩!婆支棱了耳朵听,她没有听到,说:你做梦了?狗尿苔也以为自己是不是在梦里听到的声响,再侧耳听听,似乎声响还在继续,只是隐隐约约,他说:不是梦里,还响哩,你听,你听么。婆还是没有听到。狗尿苔说:你耳朵笨。他再听时,却任何声响都没有了,窗外的雪在沙沙沙地下,屋梁上有老鼠在爬过,掉下了一撮灰絮。

85

　　这一天比往常要亮得早,古炉村人起来了见雪还下着,已懒得去清扫门前。孩子们永远都爱雪,站在院子里伸着舌头接雪,却觉得雪不甜了,有些涩,有些苦,味道还呛呛的,就大声说:妈,妈,雪是麻点的。当妈的在屋里说:胡说哩娃!雪哪会是麻点的?出来看了,雪已经不仅仅是白里带黑的麻点,全然成黑的了,黑雪。一个人这么发现了,几十人上百人也都发现了,他们不知道这是什么怪事,就从窑场上跑下人来,说山神庙着火了,火从后半夜就烧起的,火大得没法去救。所有的人都往中山顶上看,有的看不到就站到房顶,跑到村头堎畔,果然才发现山神庙是起火了。

　　狗尿苔其实起来还早,在牛铃家里动员着牛铃带他去西川村牛铃姑姑家,但牛铃不愿意去,问有啥事吗,狗尿苔就编谎,说老顺托他去西川村寻寻来回哩。牛铃听说是寻来回,更不愿意去,狗尿苔站在院子里生气,脸色像天一样憋得阴沉,他的身上落下黑雪,还说了一句:你这心像雪一样黑!说完了猛一怔:雪怎么能是黑的?!就听到村里人喊山神庙着火了。狗尿苔第一个反应是有人在烧山神庙了！他没了命往山上跑,山路上跑的人很多,当他们赶到山顶,火已经没法救了,因为山神庙已经塌了,塌下来的柱梁橡头门窗连同搬进庙的白皮松的劈柴几乎全都烧成了火炭,火炭成了红的,遂即发黑,嗞嗞地往外冒烟冒气。狗尿苔大声地呼叫着善人,他冲进了火炭堆,要在火炭堆里寻善人,带雪的草鞋在火炭堆上踩过,嗞溜嗞溜地响,草鞋没有烧着。葫芦长宽就把狗尿苔拉出来,说:善人肯定是死了,狗尿苔,这是失火了,这是没办法的事。狗尿苔大声地说:这是谁要害善人的,这是谁故意放的火！长宽就说:狗尿苔你不敢胡说！狗尿苔:昨后晌我还来过,他病着又没做饭,又早早就睡了,哪儿会有火？没有人来放火哪儿会有火?！长宽扇了狗尿苔一个嘴巴,骂道:让你不要胡说,你就胡说,你说那是谁放的火？是榔头队放的火,是县联指人放的火,是天布灶火放的火？咹?！你昨后晌来过,那是你放的火！狗尿苔说:不是我放的火,我能烧善人？长宽说:是呀,是呀,谁放火烧善人干啥？这是天意,善人要是不从寺院里出来,他死要被火化的,现在他死不能火化了,天就起了火把他火化了。

　　长宽的话大家都信服着,他们就开始清点着现场锹铲那些火炭和灰烬,里边什么都没有了,没有了善人一片衣服和被褥,也没有善人一块皮肉和骨头,只是一些钉子和铁丝,还有一个已经变形了的铁皮搪瓷缸。狗尿苔就想起昨天后晌善人要把柴禾搬进屋里的事,是这些柴禾助燃了这一场火这么大,以至于把山神庙全部烧光燃尽了？长宽说不是别人放的火,那善人是自己烧了自己,如果是这样,善人为什么要烧死自己呢,他是受伤后头痛得难以忍受吗,还是白皮松被炸后彻底地失望了吗？一边铲着黑灰和雪搅成的泥土砖瓦,一边流着眼泪。窑场上的胖子也来了,他在大声地骂着善人:死了就死了么,却要把炸下的白皮松劈柴一块都烧没了！狗尿苔听了这话,铲了一锹泥往后一扬,泥片落在胖子的身上,胖子过来踢了狗尿苔一脚,狗尿苔就爬倒在了地上。胖子说:你想干啥？狗尿苔说:你说话难听！胖子说:我就说了,这善人死有余辜！过来又拿脚在狗尿苔身上踢。长宽把胖子抱住,说:你和狗尿苔计较啥呀?！顺手把狗尿苔提起来,一用劲,扔到了那铲起的一堆灰烬边,说:你个碎髅知道个啥,还不给我滚！狗尿苔知道长宽在护他,但他仍是在骂:你才死有余辜！胖子扑不到狗尿苔跟前来,用脚在灰烬堆上再踢了一脚,一团灰泥就飞过来正好砸在狗尿苔的怀里。狗尿苔看时,灰泥里有一个瓷疙瘩,像是块心,他觉得奇怪,这是一块木炭吗,用手掰了掰,没有掰开;是块石头吗,却没有石头的分量呀,颜色发黑,黑里又有着一种暗红。狗尿苔猛地想到了善人在昨后晌说的话:我会把心留给你们的。这莫非就是善人留下的心吗?

人们看着胖子把一团东西踢在了狗尿苔的怀里,以为狗尿苔这下要把那东西再砸向胖子了,就齐声喊:狗尿苔,你别二杆子!但看到的却是狗尿苔这回并没有恼,把那一块东西紧紧地抱在了怀里,流着眼泪在笑了。

狗尿苔说:这是善人的心!

长宽说:善人啥都烧成灰了,哪儿还有心?

狗尿苔说:善人把心留下来了!

长宽说:狗尿苔对善人感情这深的,狗尿苔,那是石头,是炭块子。

狗尿苔说:是善人的心!

大家觉得蹊跷,过来要看个究竟,但狗尿苔抱着那块黑红疙瘩一路往山下跑去。

胖子在说:古炉村尽出些疯子!

狗尿苔一路跑着,在村道里大喊大叫,许多鸟就聚在他头顶上飞,而十几条狗,猫,还有一群红白黄三种颜色的鸡都跟着他跑。那一次他从河滩地里跑回家,这些狗呀猫呀鸡呀连同蚂蚱蝴蝶蜻蜓跟着他跑,那他是得意的,也吆喝着它们,这回他全然不知道在他的头顶上有鸟,在他的身后有这么多狗猫鸡,他一气儿跑回自家院子,回头敲院门时才发现了它们,他就在院门口大声叫着婆,那叫声奇特,说不清是悲是喜,声调全变了。

但是,婆并没有回声,反倒是把院门只开了一个缝儿,一把把狗尿苔扯了进去,院门立即又关了。狗尿苔说:婆,善人烧死了,他留下了一颗心。婆说:啊,啊?却还是把狗尿苔又扯到上房,再把上房门关了。屋里坐着灶火。

灶火说:善人死了?

狗尿苔呜呜呜地哭。

婆搂住了狗尿苔,说:我娃不哭,善人咋就死了,他咋能就死了?!

狗尿苔说:山神庙着了火,烧的啥也没了,就只有善人这颗心。

灶火说:说天话,哪有人烧的啥都没了还会有心!山上人多不多?

狗尿苔说:这就是善人的心,善人给我说过他要留下心的。

灶火说:你是不是吓疯了?

狗尿苔说:你来看么,这是善人的心么!

灶火站起来叭叭打了狗尿苔两个耳光。

婆一下子把狗尿苔又搂住,吃惊地看着灶火。

灶火说:他中邪了,我让他清醒清醒。

婆把狗尿苔拉进了卧屋,反身把卧屋门闭上,说:灶火,娃还小,娃是吓着了。你说,你说。

狗尿苔在卧屋里揉着嘴,嘴唇已经肿起来,他恨灶火没良心,昨天夜里帮他们接走了磨子,又给他灶火吃鸡蛋炒面和萝卜丝汤,他还打我?!他轻轻地念叨着:日你妈,日你妈!婆和灶火还在上屋说话,后来厨房门响,再后来什么声音也没有了,他走了出来,看着婆瓷呆呆地站在院子里的雪地上。

他过去把婆拉回上房里,婆的衣服却湿了,又冻了冰,一走动就咔啦咔啦响。他说:婆,那真是善人的心。婆说:婆信哩。狗尿苔又流眼泪,说着山神庙烧成的惨景,婆说:也好,也好,干干净净地死了也好。婆孙俩把善人的心放在了柜盖上。婆说:善人没儿没女的,死了也没人给烧些纸,你去把婆剪的纸花儿都拿来,就权当给善人烧些纸了。狗尿苔又进了卧屋,把那一沓一沓纸花儿拿出来,婆孙俩就在那儿烧起来。纸花儿一着火就都卷,一堆纸花儿全燃了像开了无数的花,那些剪成的飞鸟、蝴蝶、燕子、蜻蜓后来飞起了纸灰,无声地往上飘,直飘到屋梁上,又缓缓地落下来,而那些剪成的动物,有牛、有狗、有鸡、有猪、有猫,燃起来就又全在动,好像它们全活了,就在火焰里奔跑跳蹦。

狗尿苔说:婆,昨晚上我听到唱戏了,可能那个时候山神庙就着火了。

婆说:哦。那就是天乐吧。

狗尿苔说:天乐?

婆说:善人要走了,天上给他响乐哩。

狗尿苔默默地看着婆,他突然记起了什么,问:灶火走了?

婆说:没走,人在咱红薯窖里。

狗尿苔说:你怎么让他在红薯窖里?

婆没有回答,又把一沓纸花儿燃了,说:今日你再不要出去。

狗尿苔再没有出去。在婆去了杏开家后,他作想着灶火平日对婆待理不理的,对杏开更是恶言相加,这会儿寻到了婆,还要让婆去找杏开,也太那个了吧。他就坐在厨房门口,院门外有人经过或有人来敲门喊叫着婆要借线拐子呀纺线车子呀,便一声不吭,等敲门的人离开了,却对着红薯窖的那个木板盖子咬牙,唾唾沫,低声地骂:闷死了你!

灶火在红薯窖里呆了半天,听到院子里鸡在鸣叫,就掀开了窖盖。一只年嫩的公鸡突然嘎嘎叫着绕起一只母鸡转,它的一只翅膀却几乎扑拉着地了,殷勤地转了一圈又一圈,母鸡的脸就红了,有些不耐烦,但还是卧下了,公鸡立即扑了上去,两个尾巴就那么迅速地左右摆开,只一挨,就分开了。狗尿苔还没看清怎么回事,母鸡就站起来抖身子,抖得很厉害,似乎要把羽毛全抖落掉,然后嘟嘟囔囔埋怨,而公鸡却扯长了脖子在叫。狗尿苔手一挥,把公鸡撵跑了。灶火说:把他的,小的给老的踏蛋哩!狗尿苔回头看见灶火的脑袋从窨洞里露出来,说:你要出来吗?灶火说:你家里是啥窨呀,鸡窝大个洞!狗尿苔说:你嫌不舒服了你回去。灶火说:你说啥,你再说一遍?让你到院门口防备着人哩,你在这儿看鸡踏蛋?!狗尿苔不言喘了,看着灶火,灶火满头满脸的土,像土老鼠,说:没事么。灶火说:天还没黑?狗尿苔说:太阳要能有个尾巴,我给你拽下来。灶火说:花嘴呀你!你婆咋还没回来?狗尿苔说:没回来。灶火说:你去看看,如果她杏开这次不配合,你告诉她,就说我说的,将来红大刀要回来了,她是死是活我可说不准。狗尿苔说:这话你给她说去!灶火说:我就要叫你去说!狗尿苔说:你就会欺负我,她杏开可是贫农,你就不怕她揭发你藏在我家?灶火说:这她不敢,就像你和你婆不敢不让我藏在你家一样。这让狗尿苔来了气,说:你要这么说话,我就出去给榔头队说去!灶火说:行呀,你就去说你和我还把磨子送了出去哩!狗尿苔感觉自己是一条蛇,被灶火掐住了七寸,并把蛇身子捋了一遍,节节骨骨都碎了软沓沓地像垂着一条草绳。灶火的手在窨旁的水桶里抓水瓢,咕咕嘟嘟喝水,一边喝一边哼哼地笑,狗尿苔这阵儿盼望榔头队的人来,来了就把灶火抓了去!真是巧,刚这么想,院门真的就响了。灶火立即连人带瓢都缩进洞去,低声说:把盖子盖好,放上筐篮,放上筐篮!狗尿苔却也是紧张地盖好了窨盖,又在窨盖上放上了筐篮。但是,是婆进来了。

婆进了院子就把院门关了,一扑沓坐在捶布石上,像瘫了一堆泥。

狗尿苔看婆的脸,他要从婆的脸上看婆是高兴着还是愁苦了,婆的脸色煞白,这么冷的天,额颅上都渗着一层汗。婆说:我心咋这慌的,你来摸摸,心要蹦出来呀!狗尿苔近去摸婆的心口,怦怦地跳,里边像是有兔子。说:婆你咋啦?婆却说:你看箱子里还有几颗鸡蛋?狗尿苔进了上房里,一会儿出来,说:还有五颗,我给你煮两颗荷包蛋。婆说:你把鸡蛋藏好,等今日鸡再下一颗了晚上去开合那儿换些红糖。都到啥时候了,屋里咋能没一捏捏红糖呀!狗尿苔说:我不吃糖,能换些盐就行了。婆说:谁说你呀?狗尿苔说:那说谁的?婆说:杏开么,唉,没妈的娃没人照管么。狗尿苔说:又给她呀?!婆却不说了,用嘴努努厨房,狗尿苔也点了点头,却向厨房那儿呸了一口,婆瞪了他一眼,说:你也不生一盆火去,嘴脸乌青的要给我冻出病呀!狗尿苔就在柴草房里寻干包谷棒信子,在火盆上搭个塔形,然后从墙上取火绳先点着,再要燃干包谷棒信子。就在取火绳时,他才觉得已经很久很久没带火绳出门了,也再没人喊着他:狗尿苔,拿火来!他先是点着火绳,再拿一把麦草搭在火绳头上吹,咻,一口就把火吹出焰了,但焰又灭了,再吹出焰,焰还是灭了,这才是怪了,而烟雾腾起来,呛得他连声咳嗽。婆在厨房门口喊:你熏獾哩?!把火盆拿出来点!狗尿苔把火盆端到院子,婆却和灶火在厨房里叽叽咕咕说话。

　　婆说:唉,杏开一见我就给我哭哩,肚子都那么大了,霸槽却再没去看她。这是啥事情吗,也不问一下这娃娃咋生呀,生下来大人吃啥呀喝啥呀谁来伺候呀!灶火说:日娃不管娃,她现在才知道那是个啥人了吧。婆闷了一会儿,说:现在不说那话了。灶火说:不说啦,生个孽障那是她的事,她同意去不?婆说:我给她说了,她说她和霸槽正致气哩,霸槽不来看她,她也不去找他,他就是不稀罕我了,他总得管他的娃吧。灶火说:他是要受活哩哪里是要娃呢。婆就不吭气了,灶火说:她不愿意去?婆说:不愿意。灶火说:这不是她愿意不愿意的事!婆说:我也说了这是灶火让你去的,她说,他灶火现在知道寻我了,他灶火咋不来给我说?灶火说:让我去?让我去就不是好话了!婆说:我也说了,对天布灶火再有意见,救人要紧呀,政训班关了那么多人,有今没明的,他们都有父母妻小,你能忍心看着他们就死在窑神庙?再说,你这一救人,他天布灶火还能另眼看你?灶火说:她咋说的,还是不同意?婆说:她最后同意了,只是担心她一闹,如果政训班的人一跑走,霸槽肯定以为她是伙同你们一块干的事。灶火说:只让她去和霸槽闹么,有了个县联指的女的,她去闹是正常事么。婆说:我是问她,你心里还有没有霸槽?她说:我恨他,可真没了他我又咋办呀?我说:你既然不舍下他,那就要闹哩,闹了才可能把他拉回来。她就同意了。灶火说:这就行了!

　　狗尿苔把火生起来了,端了火盆放在婆脚前,说:婆,霸槽本来和杏开就不好了,这一闹,那更是拉不回他了呢?婆看着狗尿苔,说:哦。灶火说:你少插嘴!拉不回霸槽不是更好吗,霸槽迟早都是红大刀的菜,他不回去了好,免得将来拉回去的是尸体!婆说:灶火,救人就救人,别的事可千万不要干。灶火说:这不是你事!婆说:我再说一句,灶火,晚上你能救出人就好,救不了也就不要硬去干,千万不敢再在村里打起来,你看磨子多惨的。灶火说:好啦好啦。婆说:……那我,你让我办的事我都办了,我和娃天黑到西川村去,牛铃他姑和我算娘家表亲,她病了,我得去一下。灶火说:这不行,你走了我往哪儿去?你先做饭,我在窖里睡一会儿。他不容分说,又钻进红薯窖里,好像还有些生气。

　　吃过饭,天就黑了,而且雪也不再下了。婆又出去到杏开家,带回来消息是杏开去了窑神庙,灶火就把狗尿苔家的斧头别在腰里,婆不让他拿斧头,说,啥都可以拿,这斧头你拿不成,不管是你伤了谁,还是谁伤了你,我这一辈子心里都是个事!狗尿苔就把斧头先抢了过去就往院门口跑,婆便又训狗尿苔,说:你跑啥的,你是让人知道啊!婆的话分明是给灶火说的,意思是你要拿斧头,婆孙俩那就得嚷嚷了。婆从来没有过这么口气强硬过,她给灶火做的是蒸红薯,她仍又拿了一个熟红薯塞到灶火的怀里。灶火发了发恨,把一个棒槌别到了腰里,却对狗尿苔下命令:把他藏在院角包谷秆下的那个布包一定要在他走后拿去霸槽家的后墙角,那里有一堆豆秆,就放在豆秆下。

灶火终于像鬼一样闪出院门,在黑暗里没有了。婆孙俩赶忙关了门,长长地出了一口气,婆说:他总算走了!狗尿苔说:他要再来,咱就再不开门。婆说:不开门。狗尿苔把院角的布包拿来,要看看里边是什么东西,打开了,竟然是一包炸药,炸药包上已装好了导火索。婆孙俩一下子傻眼了。灶火肯定是救了人后路过那里把豆秆点着,然后引爆炸药包的。婆孙俩拿起炸药包就往外走,依婆的主意,炸药包不能放在霸槽的屋后,当然也不能让任何人知道,就扔到村外的涝畔下去。一路跌跌撞撞刚出了巷子,突然听到不远处有人说着话过来,婆忙把炸药包就放在了杜仲树下,急拉着狗尿苔去了三婶家。

86

杏开去了窑神庙怎么见的霸槽,怎么和霸槽吵闹,灶火又是如何摸到了窑神庙外,趁混乱中进了窑神庙去救人,这些,狗尿苔全然不知道。他和婆呆在三婶家,三婶家的炕烧得很热,硬叫他们坐到被窝里说话。但婆说着说着就走神,外边一有动静,她就侧了头听,又听不清,就给狗尿苔说:你听着狗咬啦?狗尿苔说:咬了两声又不咬啦。三婶说:让你给我剪些窗花儿哩,你咋心神不定的,狗咬狗上什么心?婆笑了笑,没再说话,就剪起窗花儿来。但婆竟然剪啥不成啥,剪出的猪狗,猪狗的脸都是人脸,剪了人,人又是长了尾巴,婆说:我这是咋啦?剪刀还把手剪破了。院外就一片狗咬,咬得特别怪异,连三婶都趴在窗台上听,说:怪了,狗咬成这样?!紧接着就有了枪响,喊声哭声厮打四起,三人忙吹了灯下炕,在院子里听动静,一阵杂乱的脚步在院外巷道里跑过,震得瓷缸匝钵垒成的院墙嗡嗡不已。又不敢开门,也不敢搭梯子上院墙头上观看,婆趴在院门缝往外一瞧,低声说:咋是马勺呢,一伙人在撵马勺哩!三婶说:撵马勺?马勺不是被关在窑神庙吗?狗尿苔就说:是红大刀来夺人了!婆制止了狗尿苔,说:你知道啥?!又是一声枪响,子弹好像就从附近打的,声音很脆。三人又跑进上房,婆说:恐怕两派又打开了。三婶说:这是啥世道么,一个村里人你打我,我打你,总要把一村人都死完了不成?!狗尿苔又从上房跑到院子,婆说:你给我跑,挨枪子呀?狗尿苔说:我不出去,从门缝看看。婆扯着他的耳朵又拉回上房,连上房门也关了。

狗尿苔不能出去,但他在屋里坐不住,说:婆,你看见是马勺吗?

婆说:是马勺,一伙人在撵马勺哩。

狗尿苔说:你说马勺能不能跑脱?

婆说:谁知道。

狗尿苔说:马勺要死了。

婆说:把你那嘴闭上!

狗尿苔说这话的时候,马勺正钻在土根家的厕所里。

马勺明堂和灶火是最早从窑神庙里跑出来的,一跑出庙门就被榔头队发现了,几个人围上来,灶火用棒槌打倒了两个,三人就往村道里跑。迷糊领了十多个人看见前面有人跑,也不知道是谁,叫喊着撵过来,马勺回头一看,已不见了明堂和灶火,叫了声:明堂!灶火!没有回应。迷糊在喊:是马勺!马勺又跑,跑了一条巷子,见巷子口又进了一伙人,就往土根家的厕所里钻,厕所里却蹲着一个人拉屎,是土根的老婆,又拧身要走,被土根的老婆拉住了。土根的老婆说:你蹴下,快蹴下。马勺有些疑惑,土根老婆说:别人要批斗你,我不管,要人命呀,那我得护你。迷糊一伙人在巷道里突然没见了马勺,迷糊说:人呢,上天入地了,看厕所里有没有?马勺就蹴下去,土根的老婆提着裤子站在厕所门口,说:迷糊,迷糊,我这里屙哩,你让谁进来?迷糊说,打成啥了,你还屙?马勺跑出来了,你见着没有?土根老婆说:马勺跑了,他狗日的跟土根是对头,他要碰见我,我还想打他哩!迷糊一伙就往巷口跑,和巷口的人会成一群,又去了别的巷子。马勺从厕所里出来,低声说:嫂子,我和土根不是对手。土根老婆说:快走你路!马勺顺着巷道墙根就跑了。

但马勺跑过另一条巷子时,他看见了迷糊那伙人逮住了政训班逃出来的另外三个人,他就爬到一家院墙头,要等着他们过去了再跑出村去。那三个人好像不乖乖走,迷糊就打,打得头破血流,而有人在对迷糊说:不打啦,迷糊。迷糊说:不打他跑呀!那人说:要打你往屁股上打么,你打头要打死他呀?迷糊说:你这是啥话,这是榔头队人说的话吗?你不打死他,他就打死你!把脚后筋挑了,看他还跑不跑?!可能是在压住了逃跑人的腿,逃跑人哭天喊妈的,马勺从院墙头上揭起一个废匣钵,骂道:迷糊,我日你妈!把废匣钵砸了过去。废匣钵并没有砸着迷糊他们,在离迷糊他们还两丈远的地方粉碎。迷糊说:是马勺!一伙人又扑过来。马勺从院墙头翻到房上,在连接的屋顶上飞跑,这条巷的北边住屋里,呆在屋里的人都听见了屋顶上有了瓦在破裂的响声,出来看时,见是马勺跑过,中间是跟后家,跟后媳妇的那条断腿发了炎,腿上脓化成这样,这个晚上疼痛难忍,跟后回来正给挤脓,听见喊声还不知发生了什么事,出来见马勺正向自家房顶跑来,忙拿了铁锨也上了房顶,说:你狗日的还会飞檐走壁!马勺就不敢跑了,从隔壁的房檐上往下跳,咚地掉到后檐的地上。跟后便从房上也下来要去后檐地里,跟后媳妇说:跑让他跑么,你还真去捉他呀?跟后说:他从房檐上掉下去肯定腿要断的,我能捉住他!媳妇说:我寻思还不是你一天到黑打打杀杀的积下孽,你是不让我再活呀!硬拉住了跟后。跟后也就不追了,却在喊:马勺跑了,马勺跑了!

马勺的腿真的断了一条,爬起来往村外跑,后边迷糊他们就撵了来,马勺跑到村东石磨那儿,实在是跑不动了,就势钻石磨盘下。迷糊撵过来没见了马勺,着人往塄畔下去寻,自己就一屁股坐在磨盘上喘气。马勺从磨盘下抱住了迷糊的双腿使劲一扳,迷糊一个狗啃屎跌倒在地,马勺就扑出来骑在迷糊身上,迷糊当然力气大,迷糊又把马勺压在了身下,马勺腿使不上劲,腾出手只捏迷糊的卵子。迷糊说了句:你日你妈的学我哩?!就昏了过去。马勺仍是不松手,牙子咬得嘎嘎嘎响,能感觉到了那卵子像鸡蛋一样被捏破了,还是捏。跑到塄畔下的人听到迷糊尖叫,跑上来,见迷糊像死猪一样仰躺在那里,马勺还在捏着卵子不放,就拿棍在马勺头上打,直打得脑浆都溅出来了,才倒下去,倒下去一只手还捏着卵子,使迷糊的身子也拉扯着翻了个过。

马部长和霸槽提着枪也跑了过来,问是不是灶火?铁栓说:是马勺。霸槽弯下腰看了看,马勺已经死了,说:你一辈子能得很么,你也往出跑?踢了一脚,说:那灶火呢?铁栓说:我们撵到三岔巷,狗日的分开跑啦,秃子金和胖子可能撵的是灶火。马部长叭地又往天上放了一枪,所有人就又往村里跑,马部长却喊道:每个村口都守一些人,不让灶火跑出村子!

灶火在跑散之后,曾去了霸槽的老宅屋后墙那儿,拿火柴点了墙角那一堆豆秆,就和四个政训班的人往南拐子巷跑,南拐子巷窄,可以直接到村北塄畔,跳下去就去后洼地了。四个政训班的人不熟悉地形,跑进南拐子巷后却往右跑,右跑是去了葫芦家,从葫芦家再往前是个死角,根本跑不出去,灶火再叫已来不及了,自个往左跑,一边跑一边听爆炸声。但是,灶火没有听到爆炸声,还心想那炸药包上的导火索潮了吗,还是没安装好?又想,即便导火索潮了或没安装好,而豆秆燃起来那炸药包也会炸响呀,怎么就没动静?这时,后边撵的人全进了巷口,他就从三婶家的厕所边钻进了前边的巷子,前边的巷子里没有人,往前跑了一会儿,到了狗尿苔家院门口,又想着狗尿苔家是安全的,急忙敲院门,院子里没丝毫动静,看时院门上挂着锁,嘴里咕嘟地骂了一句,后退两步,往院墙上扑去,企图抓住墙头翻进去,可几次没抓住,反倒撞落了几个瓦槽沿吊着的冰锥。

　　水皮跟着秃子金撵着灶火,撵着撵着撵丢了,有人说灶火是上了房,从房顶上往西跑了,秃子金领几个人继续从南拐子巷往前撵,让水皮领几个人去了南拐子巷北边的巷道。水皮才跑到南拐子巷北边的巷道口,他妈和半香却在那儿吵架。原来水皮妈和水皮在家里听说灶火来劫政训班的人,水皮就先跑去了窑神庙,水皮妈也随后到了巷道,一发现哪儿有人跑,就叫喊,偏巧半香拉着田芽刚闪过一棵树,水皮妈就尖锥锥喊:这儿有人哪!半香就让田芽顺着墙根跑了,她直直走过去说:是我,你喊啥哩?!水皮妈说:我看见是两个人,咋成了你一个人?半香说:你别眼睛长到了裤裆里瞎说!水皮妈说:你眼睛才长到裤裆里!半香说:哪人呢,人在哪儿?水皮妈就往巷前看去,巷里黑着,说:莫非是个野汉子!半香就骂道:就是野汉子咋,你想拉野汉子还拉不到哩!水皮听见他妈叫喊跑过来,见他妈和半香吵,就说:不是拉野汉子就是护着逃跑的人了!半香就火了,说:水皮你狗日的你记着你说的话,我不是椰头队的人我也是秃子金的媳妇,你把这话给秃子金说去!水皮说:好,好,你横!不理了半香,拉了他妈顺着巷子往前去了。

　　水皮妈说:我明明看见是两个人跑哩,我一喊,却成了她一个人了,这卖×的肯定护着谁跑了。水皮说:不会是天布吧。水皮妈说:看身影子不像是天布。天布也回来劫人了?水皮:乱哄哄的,你快回去。水皮妈说:那你也小心点,如果情况不对就跑啊!水皮说:噢。却看见远远的巷头有人影一扑一扑的,忙猫了腰往跟前去,突然大声叫喊:灶火在这儿!灶火回头猛地看到水皮,扑上去就捂水皮的嘴,水皮咬灶火手,灶火趁势三个指头就塞到水皮嘴里,紧接着整个拳头都塞进去,水皮咬不成也喊不出来。水皮妈一看就破了声地喊,灶火拔出拳头要打水皮妈,水皮却一头顶着灶火,一下子把灶火顶在了院墙上,气都出不来了。灶火拿了拳头在水皮头上捶,身子被顶死在墙上,手得不上劲,往上一举,想着能抓住墙头的瓦或砖头就好了,可墙头还高没有抓到,抓到了瓦楞上吊着的冰锥,咯咔一声,扳下一根,就在水皮后脖颈戳。水皮一扬头,冰锥又戳到一只眼里,水皮应声倒在地上。水皮妈喊了几声见水皮倒在地上,不顾一切扑过来抱住了灶火的腿,灶火怎么打,她就是不松手。灶火拖着水皮妈往前跑了十来步,秃子金领着人全跑了来,几个椰头在灶火身上打,灶火没有倒,还拖着水皮妈往前跑。秃子金手里提了一块砖,走过去极快地在灶火后脑上拍了一下,灶火站在那里不动弹了。秃子金再要去拍第二下,手刚扬起,灶火夸地倒了。秃子金说:我以为你是铜头铁身子哩?!

灶火是被打昏了,椰头队人解了他裤带把他双手朝后捆了起来,拉着去见马部长和霸槽。

马部长和霸槽从村南口回来,县联指和椰头队人抓回了六个人,派人去窑神庙查查到底跑了多少,去的人就来报告一共跑了十个人,抓回来了六个还缺四个。霸槽说:没跑的都老实着?回答是:老实着。又问:朱大柜跑没跑?回答是:他没有跑,一直睡着。得称却跑来,说他在杜仲树下捡了个布包,不知包里装的啥,沉沉的,他不敢打开。他把布包放下,又说:是不是政训班谁的,要带着跑,带不动了扔的。霸槽打开了,是一包炸药。是炸药?!得称先吓得半死,说他拾到了一直还抱在怀里,刚才他还吃了一锅烟。霸槽说:是你捡的?得称说:我和老诚正跑哩,脚底绊了一下,低头一看是个布包,老诚还说把布包藏了,我没给他,说这可能是政训班人的,得交给你,我就拿来了。霸槽说:不是谁让你把布包带回窑神庙吧?得称说:这啥意思,让我带回窑神庙爆炸呀?你不敢这么说,没人给我这炸药包的,我要是知道这是炸药包,给我钱让我拾,我也不拾的。霸槽把炸药包外边的布取下来,那竟是件没了袖子的破褂子,就着火光让大家看这是谁的褂子,八成说:这是灶火的,我认得。霸槽说:狗日的他还带了炸药包哩,他肯定想着把窑神庙后墙炸开劫人哩,或者在村里制造爆炸趁机劫出村,咱多亏发现早,撵得及时,他来不及爆炸就跑了。大家都后怕起来,一哇声骂着灶火。马部长说:看见了吧,他灶火是要把咱们往死哩炸呀,咱还得在村里找,挨家挨户找,坚决不能让他活着跑出村!

又重新兵分几路要去找灶火,秃子金一伙人把灶火抬了过来。灶火还昏着,胖子过去拍了拍脸,灶火还是醒不来。秃子金说:马部长,你背过身去。马部长说:我背过身干啥?秃子金说:哦,不背过身也行,我们从来没把你当女的。就解了裤子掏出东西往灶火脸上尿。马部长火了:拉到背影处!秃子金就拖了灶火往黑影处去了几步,一股子尿浇在灶火脸上,灶火就醒了,发觉自己双手被捆了,面前都是县联指和椰头队人,便破口大骂。霸槽说:你和谁一块进村的?灶火说:还需要更多人吗?霸槽说:你行!这炸药包是你带的?灶火一看见炸药包,眼睛睁大了。霸槽说:是你带的?你狗日的拿石头砸死了黄生生,你回来还要炸死我们?!灶火说:我恨哩!霸槽说:恨谁呀?灶火说:我恨我把炸药弄潮了,火没燃着。霸槽说:火没燃着?!灶火说:就是没燃着,燃着了你狗日的就不在这儿站着了!秃子金踢了一脚,骂道:你以为你要炸谁就能炸了,老天爷都护着我们哩。灶火就呸地唾了一口,日娘捣老子地骂。有人在地上抓了一把泥雪塞他嘴,没塞住,又抓了一把柴草塞,还是塞不住。秃子金说:去厕所铲一锨屎来糊他嘴,看他还骂不骂!霸槽却拦了,说:让他骂么,骂么。灶火却再不骂了。

这一夜里,灶火被关进了窑神庙的西厢屋里,马部长特安排胖子看守他。胖子看守到半夜,又冷又困,披了条被子就靠在那里睡着了,灶火便偷偷地把手上的裤带在墙上磨,竟然就磨断了。出了西厢屋,上殿和东厢屋的人都睡着了,他溜到庙门口,庙门外生着一堆火,有四个人在那里坐着,他就又溜到西厢屋和殿房台阶下那一截院墙根,那里正好放着一个梯子,爬上了院墙。但院墙高,他没办法跳下去,院墙外有一棵柏树,离墙有四五尺,就想扑过去抱住柏树,再从树上溜下去。他估摸着可以,没想扑过去没抱住柏树,咚地掉在地上。庙门口的人突然听到响声,跑过去看时,灶火趴在地上,忙大声呐喊,庙里人全都醒了,县联指的人和榔头队的人跑出来,灶火一瘸一跛往坟地的树林子里跑,就又捉住打了个半死。后半夜还是胖子看守灶火,胖子问:你喝呀不?灶火说:喝哩。胖子说:我给你倒些热水喝。灶火又饥又渴,一保温瓶的水都喝了,就说:胖子,我对不住你。胖子说:咋对不住我?灶火说:我一跑让你头儿训你了。胖子说:你不会跑么,殿房后右角有个水眼道,你不穿棉袄就能钻出去,你却要翻院墙。灶火说:我看你是个好人,你能让我从水眼道再出去,红大刀队回来了我保证没你的事。胖子说:你说话算数?灶火说:我男子汉大丈夫,从来说一不二。胖子就解了灶火手,说:那你先脱了棉袄,然后我再轻轻捆住你手后我就装着去睡,你赶紧去钻。灶火就脱了棉袄,也脱了棉裤,只剩下单褂单裤子,让胖子再把手捆住,但胖子捆时竟捆得更紧。灶火说:松点,松点。胖子突然笑了,说:红大刀为啥弄不成事,都是些猪脑子么,你跑了一次我还能再让你跑第二次?!用绳子又捆了灶火的双腿,灶火才知道上当受骗。这后半夜,穿着单褂单裤的灶火脚手捆着在冷地上躺了,加上喝了一保温瓶水,又全尿湿在裤子里结成冰。

到了天明,马部长听说灶火半夜里还逃跑了一回,来看时,灶火已冻得全身僵硬,拉起来,腿撮在一起立不住,夸地就倒了,倒下去腿还撮在一起,再拉起来让坐到椅子上,又坐不下去,只好让他靠在墙上。灶火的嘴张了几张,说什么听不清。马部长说:他在说啥?胖子说:他说快把他杀了。马部长说:当然要杀的。就对胖子说:今早你想办法要让他能走能跑。胖子说:能走能跑?马部长说:他还要背炸药包么。

灶火是带着炸药来爆炸的,现在却要他背了炸药包自己爆炸,这话很快就传出来了。戴花在窑场做饭,胖子吃了一份,又要了一份说要给灶火吃,戴花说咋还给灶火吃这么好的,胖子就把要让灶火背炸药包爆炸的事说了,末了还说:中午你下山看热闹么。趁机拧了戴花的屁股。戴花吓得浑身哆嗦,吃完饭把一担刷锅水给她家猪担了回来,把这事说给了长宽,长宽忙去说给了面鱼儿老婆,正好婆和狗尿苔在面鱼儿老婆那儿,面鱼儿老婆说:爷呀,这遭啥孽了,还要让人这么死的!哭腔就拉下了。婆脸色苍白,没有说话,拉了狗尿苔就走。

狗尿苔不满意婆一听到灶火要被炸死就走了,在路上埋怨婆不应该走,婆说:是不应该走,可我心慌,怕多呆一会儿就说漏了嘴。她喃喃不已。狗尿苔说:婆,你说些啥,我听不清。婆说:咱那时候去给霸槽报告就好了,这都怪我,怪我,我把灶火害了。狗尿苔说:你报告了,那灶火不是也就被榔头队抓了?婆说:抓是抓,大不了打他一顿,断个胳膊少个腿,现在却要他的命了!狗尿苔也半天没做声,婆却说:真的这要炸灶火呀?狗尿苔说:长宽不是说这是真的吗?婆说:这得救呀,这得救呀,你说还去求杏开不?婆这样问狗尿苔,狗尿苔也忽地醒过来,就说:对,对,这只有杏开能救他。婆孙俩立马回头,就往杏开家去。

杏开家里已经去了好多人,都是来求杏开去给灶火开脱,狗尿苔和婆一去,杏开倒有些火了,说:他灶火英武着去的时候来找我,现在还是为了他来找我,我这成啥人了?!婆赶紧打岔,说:杏开,你急糊涂了!大伙来求你,就是不忍心让灶火死了,如果他在村外别的地方被杀了剐了那也是他命该尽了,可要他在村里,当着大家的面让炸药炸了,谁心里能忍住?你能救他,你就救一回。众人说:蚕婆说得对,灶火真要那样死了,那鬼也是雄鬼,保不住又要在村里闹腾呀!杏开说:他是鬼闹腾哩,活着又不是没闹腾过?众人又说:你是有身孕的人,你不顾及你,咱也要顾及你的娃娃么。杏开说:谁顾及过我的娃娃?我的娃娃还没出世哩,古炉村恨不得把我娃娃捏死!杏开这一说,众人都没了话,有人起身就走,说:杏开不肯救,那就让灶火死吧,反正古炉村的人要一个一个都得死的。婆说:谁说杏开不去救,你们先走,寻着霸槽,我陪杏开一会儿就来。

来劝说的人半信半疑地都出了院门,狗尿苔也跟着出来,出来了,却想着他要去得拿着火绳呀,拿了火绳才可以挤到人窝去,就回家拿火绳去了。

跟后在敲着锣,吆喝着村里人都要到山门下去开会,村人就知道这是要炸灶火了,有去的,也有不肯去的,从杏开家出来的人赶紧去找霸槽。霸槽没有在他的老宅屋里,又去了山门下,政训班的人已经从窑神庙出来,整整齐齐都站在了山门前,而马部长和霸槽就站在大药树底下。要说情的人一见了这阵势,却没有谁肯去给霸槽说了,狗尿苔说:咋不去说呢?那些人就怂恿狗尿苔:你碎娃,你去把霸槽叫过来。狗尿苔就走了过去,说:哥,霸槽哥!霸槽没回应,正和马部长说话,霸槽说:还真的让灶火背炸药呀?马部长说:决定了的事么,你咋啦?今日不是他死,昨日就得咱死。霸槽说:我的意思,反正他快要死了,不给他吃喝,三天不到也就死了。马部长说:杀鸡给猴看,他这鸡就是死了,也得让他把他的炸药包带走。这话你不要说了,你是古炉村的,他背炸药时你不要在场就是。狗尿苔又说:哥,霸槽哥!霸槽抬起头,说:叫啥哩,没看着我们正说话吗?狗尿苔说:我有个事给你说。霸槽说:啥事?狗尿苔说:你吃烟不,我给你点个火。霸槽:去去去,点什么火!马部长说:把火绳拿过来,拿过来,一会儿还要用火绳哩。从狗尿苔手里把火绳夺了过去。狗尿苔说:哥,霸槽哥,那边的人要给你说个事哩。马部长就对霸槽说:杏开又来寻事呀?霸槽说:别听狗尿苔胡吱哇,她还寻我啥事?马部长一把扯过狗尿苔,说:是你把杏开又叫来寻事呀?狗尿苔说:不是我叫杏开,是杏开要来说事的。马部长说:都是你碎髋在里边搅和,昨晚上杏开来闹才有了灶火劫人,是不是故意来闹的?狗尿苔说:这我不知道。马部长说:不知道?!她开始大声地说,好像是要所有在山门下的人都知道,她说:事情能有这么巧,她杏开来一闹,灶火就劫人?!别以为我是傻瓜!狗尿苔一下子就懵了,说:我不知道,我不知道。马部长就喊秃子金,让秃子金把东西拿过来,秃子金正在一边挠着身子,听了跑去窑神庙拿出来的却是一个棒槌,马部长把棒槌扔在狗尿苔面前,说:这是谁家的?狗尿苔说:是我家的。马部长说:这你还老实,你说,你家的棒槌怎么就灶火拿着打人?狗尿苔后悔了,他又是不用脑子就说话了,他恨不得扇自己的嘴,恨不得有个隐身衣立即让自己消失,他看看旁边的石头,他想钻到石头里去。马部长厉声在问:你说,灶火摸进村是不是藏在你家?是不是从你家拿了棒槌?狗尿苔说:我不知道,我不知道。马部长让把狗尿苔捆起来,那个胖子,真的就拿绳子捆住了狗尿苔,狗尿苔大声哭叫:哥,霸槽哥!霸槽掉头去了窑神庙。

当婆领着杏开来到山门下的时候,灶火正被几个人拖了出来,灶火的背上捆着炸药包。灶火已经能走了,但他不肯走,县联指的人用脚踢着他,灶火坐在地上。马部长把火绳扔给了踢灶火的人,那人就吹着火绳,把火头子吹得红红的,说:你不起来,一会儿你就起来了!然后朝众人喊:都闪开,都闪开!人群就呼地往树后跑,那人用火绳点着了炸药包上的导火索。

长长的导火索一燃,哧哧地响,冒着火星,火星是蓝的,像开着一朵花,灶火真的忽地就站了起来。他大声骂着,他骂马部长,骂霸槽,骂秃子金,骂水皮,骂水皮妈,骂胖子,骂县联指,也骂榔头队,他什么都骂,骂得没什么可骂了,就喊:文化大革命万岁!毛主席万岁!马部长说:咦,你还英勇就义啊?!灶火突然就撺马部长,马部长急忙跑,灶火的双手反捆着,又背着炸药包,他没撺上,就又朝县联指的榔头队人那儿跑,县联指和榔头队的人也跑散,马部长在喊:打倒他!打倒他!是胖子一棍磕在灶火的后腿弯,灶火倒在地上,但他又站了起来,这时候,药树后的人都在喊:往莲菜池跑,快往莲菜池跑!灶火这才扭头往莲菜池跑。他在前边跑,后边就跟着所有的人,有县联指的,榔头队的,也有村里人,杏开没有动,她一屁股坐在了地上,婆把她拉了起来。

灶火跑过了支书家院门口,支书的老婆刚从门里出来,端了一盆猪食要去喂猪,猛地见灶火背着炸药包子跑,就说:灶火,灶火!灶火说:离远些,离远些!支书的老婆一盆猪食泼上去,她想把导火索浇灭,但没有浇灭,导火索还在哧哧响。灶火就往前跑,眼看着到了池沿了,咚地一声,炸药包爆炸了。支书的老婆被爆炸的声浪掀倒在地,一个什么东西重重地砸在她的身上,等烟雾泥土全都消失了,县联指和榔头队的人去察看现场,支书的老婆才爬起来,她看见就在她脚下有一条肉,足足一乍半长的一条肉,看了半天,才认得那是一根舌头。

87

劫人事件死亡人数达到了四人,政训班逃跑掉的五人,县联指和榔头队的,以及逃跑又被抓回来的,受伤总共十人。但是,穷凶极恶的灶火总算也死了。马部长和霸槽想起来就后怕,吸取了教训,日夜派人在村里巡逻,又把政训班的人由窑神庙转移到窑场。狗尿苔被捆以后,也随着政训班去了窑场。婆去找过霸槽,说灶火是古炉村人,他要摸进村能藏在她家吗?至于那个棒槌,可能是平日就随便丢在院门口,他是顺手拿走的。她说她家成分不好,遇事躲都躲不及的,哪能参与着去劫人,劫人对她家又有什么好处?

既然把狗尿苔捆过了,又关进了政训班,孩子小,她能不能替换?霸槽说:我也想了,他灶火进村就是寻人也寻不到你家去,可狗尿苔他给马部长招了,说他知道灶火进了村,他在院子里正拿棒槌砸核桃,灶火进来抢过棒槌就跑了。婆叫苦道:这娃咋胡说呀?!霸槽说:马部长嫌他没报告,为了警告村里人,狗尿苔只能在政训班呆一段啦。

狗尿苔是承认了他看到过灶火,是灶火从他手里夺走了棒槌,但他一再强调婆并不知道这事,灶火威胁说不许给任何人说,他才没敢给椰头队说,也没敢给婆说。马部长说那你就付出些代价吧,让狗尿苔去喂猪。窑场上把政训班的全集中在了一个窑洞里,而强行地把天布家、灶火家、四狗家,还有来运和田芽家的猪拉走了,圈养在窑场另一个破窑洞里,已经杀吃了一头,还有三头让狗尿苔白日在那里喂着,晚上就睡在那里。

狗尿苔先在猪窑里哭了一场,想婆,也想牛铃,他盼着婆能看望他,牛铃也来看望他,可婆一直没来,牛铃也没来,就又想,牛铃肯定是不敢来的,而婆一定是椰头队不让来的,婆没来也说明他们并没有追究到婆。一头猪就卧在他面前,一眼一眼看他,他说:是不是我来了婆就不来了,我替了婆的?猪说:啰!狗尿苔说:是真的?猪说:啰啰!狗尿苔就宽心了,擦了眼泪,再不哭。

政训班的人是不能出窑洞的,只有出来吃饭,吃完饭上厕所,而狗尿苔因为要喂猪,狗尿苔是可以自由地出进的。狗尿苔眼快腿勤,别人倒不弹嫌他,还经常有人给他些炒面、红薯片子和柿皮,他便把这些东西放在窑洞里,想婆的时候,拿出来一点吃了。头一天夜里,风呼呼地响,窑洞里只有一堆麦草,狗尿苔就把麦草腾得虚虚的,又掏出一个洞,自己钻进去睡。半夜里迷迷糊糊觉得麦草洞塌了,用手一摸,身子这边一个肉乎乎的东西,身子那边一个肉乎乎的东西,脚一蹬,又蹬着一个肉乎乎的东西,知道是三头猪也是嫌冷,全挤到麦草洞里来了。来就来吧,麦草扑塌下来,零乱地盖在他们身上,他继续睡他的。但是,狗尿苔后来就把猪赶走了,因为猪在打鼾,鼾声像吃食那么响,他就睡不着了。把猪赶走,还是睡不着,猪的鼾声让他想到是这么香!然后便把那些吃的东西藏在麦草堆下边。藏好了,便警告着猪:谁要敢去偷吃,看我怎么收拾你!猪却哼哼着卧到窑洞口那儿,把黄瓜嘴往洞壁上蹭。狗尿苔毕竟是不放心这些馋嘴货了,又从麦草堆里取出了炒面、红薯片子和柿皮,放到了洞壁上那个原本放油灯的小窑窝里,可放在小窑窝里又怕谁进来发现,抓了一把麦草又盖上。

中午是灶上的饭熟了,县联指的人和椰头队的人都去吃饭,他们的饭好,杀了猪有肉吃,那是一人半碗的肉,吃得嘴角往出流油,他们却兴高采烈,说着文化大革命的好处,盼着文化大革命永远地进行下去,也盼着红大刀逃跑出去的人也可以再回来,回来一个打死一个,他家的猪就能名正言顺地吃了!好饭好菜政训班的人是吃不上的,狗尿苔当然也吃不上,他坐在窑洞里往外看,他给猪说:吃啥还都不一样屙屎吗?吃得越好,屙屎越臭!猪就都不往外看,它们的额颅皱着,皱着深刻的纹。狗尿苔立即知道它们犯愁着自己的命运,他不再说什么,把身子背向了窑洞口。

县联指的人和榔头队的人吃过饭了,才开始给政训班的人做饭,狗尿苔就去厨房那儿要给猪端泔水,戴花正刷锅,说:你还没吃哩倒要给猪喂了!要把刷锅水倒到木桶里,狗尿苔说:那刷锅水里有油花花吧?戴花看看四下无人,把半碗剩菜倒在桶里,悄声说:当然有油花花,快提了去。狗尿苔说:我不要油花花。戴花说:咹?狗尿苔说:不能给猪喝油花花水,猪吃猪油吗?戴花说:人都杀人哩,猪还不吃猪油花花?!快提走,猪不吃了你也不吃?狗尿苔就提了桶出来,戴花站在厨房门口了,大声地说:狗尿苔,你碎馓这一喂猪,我就担不了泔水回去喂我家猪了!

狗尿苔把桶提到窑洞,三头猪哼哼哼地就跑过来,狗尿苔说:不急不急。他从桶里捞出了那倒进去的半碗菜,有萝卜,有红薯粉条,竟然还有一片带毛的肉,他把肉上的毛拔了,先吃起来,再把泔水倒在猪食盆里,猪闻了闻却不吃了。狗尿苔说:咋不吃,不想见那猪油花花?他把盆子里的油花花用嘴吹,吹到了盆沿上,他想再吹出盆沿,却觉得可惜,要趴下去自己吸吮,又觉得那个,他说:都背过身去,不要看!猪全背过了身,尾巴在摇,他极快吸吮了那些油花花,再把猪喊过来,说:我知道你们见不得油花花,我把它吹到地上了,现在喝吧。但猪喝了几口,就又不喝了。

这个中午,狗尿苔在展开的麦草里睡了一觉,睡得涎水都流出来,他做了一梦,梦见猪在给他说:我们不吃食了,坚决不吃食了,吃得越多,长得越快,那越是离杀不远了。醒来看猪,猪食盆里的食真的没吃,三个猪全卧在那里。他说:是不吃食啦?猪哼了一下,哼得有气无力。他说:唉,你们是猪么,是猪少得了让人杀吗?猪却突然在窑洞里乱跳乱叫。狗尿苔没有打它们,也没有骂它们,看着它们使性子,可拿眼看着看着,这三头猪竟就是天布灶火和马勺,当下吓了一跳,再看时,猪还是猪,就揉揉眼,觉得自己看花了,却想着了灶火和马勺死了,那天布在什么地方呢,是不是也死了?古炉村的人死了都埋在坟地里的,那马勺没有埋,不知道还在石磨那儿或者扔到了河滩,灶火什么也没留下了,天布看样子死后也难埋在古炉村的坟地里,他们就像这三头猪,都要埋在县联指和榔头队人的肚子里吗?

狗尿苔从窑洞里走出来,不知怎么,总是往中山顶上望一眼,山顶上没有了山神庙,也没有了白皮松,他站在那里要站半天。他越来越想到政训班那个窑洞里去看看,就假装着去上厕所,经过了那个窑洞口,停下来朝里看了一眼。窑洞口看守的就呵斥:看啥哩?!狗尿苔赶紧走过。有时,看守却要他进去提尿桶,没吃饭的时候,政训班的人都得在窑洞里的尿桶里尿尿,狗尿苔一进去,所有人都拿眼睛看他,灰暗的窑洞里,眼光都发绿,就像是夜里的一群狼,看得狗尿苔起一身的鸡皮疙瘩。但狗尿苔过一会儿就又想去政训班窑洞,他给看守套近乎,从厨房里拿了烧着的柴头子来给看守点火吃烟,他说:要不要让我去倒尿?看守说:你咋恁爱倒尿的?狗尿苔说:嫌臭着你么。看守说:是臭,狗日的到底是坏人,尿出尿就是臭!狗尿苔就进去了,他是要看一眼支书的,支书就坐在窑洞角,总是闭着眼,好像一直在睡。狗尿苔咳嗽了一声,扔下一把麦草,麦草里是几片红薯片子。支书一动不动,他提了尿桶要走了,支书却说:吐痰吐到窑外去。

已经是一连着几天了,猪仍是不好好吃食,拉上山时身上还胖胖的,现在都生了绒,脊梁骨暴起来。马部长到窑洞来看过一次,她是准备再选一头猪要杀掉的,但她皱着眉头说:你咋把猪养成这样?狗尿苔说:猪不长肉么,我有啥办法?马部长竟然不嫌脏,蹲下来揣猪肚子,又掰开猪嘴看,狗尿苔就过去拽猪尾巴,猪的四个蹄子蹦起来,马部长掰不住了猪嘴,把手放开了,说:你拽猪尾巴干啥?!狗尿苔说:我让你看猪拉啥屎哩。马部长说:我学过兽医我不知道咋看猪?她走出窑洞,给胖子说:猪太瘦,加上料好好喂几天了再杀!马部长一走,狗尿苔和猪都高兴了,狗尿苔突然想倒立,牛铃会倒立,他一直没学会,他就夸地双手撑地把身子举起来,举起来快要往前掉了,用力往后一摆,身子靠在了洞壁上,他成功了!成功的狗尿苔眼睛往上看,看见了三头猪在比赛着跑,它们在窑洞里转圈子,转着转着,速度慢下来,一个竟身子立直用后腿走路,另外两个也身立直用后腿走路,后来他支撑不住了倒下来,三个猪也支撑不住倒下来,他们倒在一起,他爬起来了它们还卧着,他就给它们扑索着肚子,它们舒服得四腿乍开来,哼哼不已。

狗尿苔说:你们对着哩,不吃就不长肉,不长肉就杀不了。

猪呵呵呵地笑。

狗尿苔说:你们不吃,那我也不吃了,不吃也就该放我了。

猪却用嘴拱狗尿苔,拱得他坐不住,天布家的那头猪还一口噙住了他的耳朵。狗尿苔说:咋啦,不让我走啦?猪立即松开口。狗尿苔说:啊好,啊好,我不走,饿成干柴棒了我也不走。

狗尿苔给猪说着,从小窖窝里取出了红薯片子吃起来,他自己吃一片,给猪吃一片,他嘎嘣嘎嘣咬着响,猪也嘎嘣嘎嘣咬着响,很快把那些红薯片子吃完了。猪还在看着他,并且还跑到小窖窝下往上看,狗尿苔说:没了!把小窖窝上的麦草取下来,说:真的没了。

又是一个晚上,狗尿苔铺好了麦草,让猪睡了上去,然后再抱了一些麦草盖在它们身上,却有一头猪放了屁,他骂道:想屙呀?刚才干啥去了?!那头猪就去了窑洞口,屁股撅着屙了一堆,再反身过来睡下。狗尿苔也就在他的麦草窝里躺下了。这一夜猪没有打鼾,或许它们怕打酣了压根儿没有闭眼,狗尿苔睡了个美觉,却在半夜里又做了一个梦忽地坐了起来。他梦见他还在和猪玩,玩呀玩呀,猪就把鞋脱了,猪的鞋都那么精小,却是皮子做的,他说:让我试试你们鞋。脚刚塞进鞋里就听见一个猪说:咋没见狗尿苔了?他一看,自己竟然已变成了猪。胖子这时进窑洞了,胖子在喊:狗尿苔,狗尿苔!他不吭声,猪都不吭声,胖子没有发现他已变成猪,胖子就在窑洞外喊:狗尿苔不见啦,狗尿苔跑啦!窑场上的人就往路口跑,叫嚷着一定把碎豫捉住,捉住了抽他的脚筋!他和三头猪便在窑洞里发笑,还是天布家的那头猪就开始在窑洞角拱土,把土拱出一个坑,然后把他的那双鞋叼进去又用土埋了。他说:没鞋了我咋能变人呀?猪说:人家捉你哩,你就一直变个猪吧。但是,这时候,那个胖子又进来了,而且还有三个人,他们在说:挑哪一头呢?一个说:压压脊梁,脊梁厚的肥。他们是来拉猪要屠杀的,他和三个猪就缩在窑洞挤成一团,胖子说:拉那个短嘴巴,黄瓜嘴的肯定没肉。他们就过来抓住了他的耳朵,他大声地喊:我不是猪,我是狗尿苔!他的声大得像打雷,窑场上的人都听见,山下古炉村的人也能听见,但胖子根本听不懂他说什么,骂道:吱哇声这大!你吱哇着让村里人知道我们又要吃肉呀?!胖子一脚踢在他的屁股上,也就是这一脚,狗尿苔醒了,醒来他还尖叫着。麦草窝里的猪全跑出来,狗尿苔这才知道他是做梦,一身的汗,猪看着他,他有些不好意思了,说:睡去,睡去!自己回想着梦里事,想:婆说梦是反的,我不会被人杀了的。就裹了被子,一直静静地坐到天亮。

天亮,猪还在睡着,猪一定是看到他再没有睡去就放开了鼾声,太阳光从窑洞口的栅栏里透了进来,它们仍还不醒。狗尿苔就说:起来,起来,瞌睡那么多!他要给猪讲述他梦里的事,要告诉它们人做梦都是反的,好梦不一定是好梦,坏梦却一定是好梦,他又说了一句:你们也做梦吗?

猪翻身起来,都是屁股撅着在窑洞口拉屎,还没来得及回窝里,几声枪

当代文学经典读本 | 300

就响了起来。狗尿苔忙向窑洞外看,县联指的人和榔头队的人都起来了,乱成一团,然后一窝蜂往山下跑,戴花双手是面粉跑了过来,喊:狗尿苔,狗尿苔!狗尿苔推开栅栏,说:咋啦,人咋都跑啦?戴花说:又打仗啦,可能是红大刀又领了县联总的人来了吧。你千万不敢出来,就呆在窑洞里噢!狗尿苔说:啊,又得死人呀!却说:那你呢,那你呢?戴花说:我也藏起来呀,我只担心你叔还在家里。狗尿苔立即想到了婆,说:我得回去,我婆也在家里哩。戴花说:你哪儿都不敢去,两派打仗谁知道谁赢,榔头队要赢了发现你不在,你还想活不?狗尿苔不吭气了,却说:那你也到我这儿,咱就躲这儿!

戴花进了窑洞,臭味却熏得她呆不住,坐在了窑洞口。山下已经呐喊声一片,又是一阵激烈的枪声。所有的鸟都往山上飞,大的小的,白的黑的,落在了窑场,狗尿苔先是在数,数一遍又数一遍,数目老是不投,后来就发现那四只红嘴白尾鸟也在其中,他就嘬了嘴嘤嘤地叫,所有的鸟也都在叫,他就又喊:善人,善人!那四只鸟全转过头来朝窑洞看。狗尿苔说:山下谁打谁了,谁打得过谁?但四只鸟突然长啸一声,起身飞了。四只鸟一飞,所有的鸟全飞,一时像狂风刮起的树叶子,黑压压在半空里盘旋了一圈,忽地无踪无影。

枪声就渐渐地稀了,又响了一声,嘎叭!再也没了动静。

牛铃像一只狗一样往山上跑,他气喘吁吁地跑到窑场的泥池边就跑不动了,坐在那里喊:狗尿苔——!狗尿苔——!

狗尿苔就在这时候闻见了那种气味,那种气味从来没有过这般浓地让他闻到,就像切了一堆葱,呛得他说不出话来。他脑子里第一反应就是又要坏事呀,他痛恨起自己的鼻子,就拿手抓鼻子,把指头塞进鼻孔里搅,企图闻不到这种气味,鼻孔里流出了鼻涕还流了血,但那种气味依然那么浓的闻到,他再抓再掐再用指头塞进去搅,对着牛铃的叫喊,却一时无法应声。

戴花在说:他咋上来了?急成那样,不该是……?狗尿苔立即说:会不会是我婆有了事?

牛铃还在喊:狗尿苔——!哎——狗尿苔!

狗尿苔就出了窑洞,他说:谁打着我婆了?!

牛铃说:完了,完了!

狗尿苔腿软下来,跌坐在地上,说:是谁打了我婆?!谁打了我婆?!

牛铃说:是联指和榔头队完了!

狗尿苔不信,说:完了?!

牛铃说:是县联指和榔头队完了,解放军来打的,解放军都带着枪,把县联指和榔头队人包围在了打麦场上,马部长和霸槽就被捉住了。

哇!狗尿苔从地上跳了起来,他像弹簧一样,没有甩动胳膊,也没有顿脚,双腿就跳起来站直了。他抱住了牛铃,两人一块跳,回头看时,戴花也出来了,三头猪也出来了。戴花还要问什么,牛铃叽叽咕咕给狗尿苔说什么,两人就往厨房跑。

厨房的门锁了,旁边的窗子却没有关,两人就翻进去,锅里还烙着一个馍,热热的,就掰开一人一半,一边拧着吃了几口,剩下的就塞在怀里,从窗子里再爬出来。戴花一直赶过来,说:咋能偷馍吃?牛铃说:他们不会来吃了,咱咋不吃?!戴花说:看熟了没有?狗尿苔说:熟了,熟了。却见山路上跑上来了天布的媳妇,还有灶火的媳妇。戴花说:来人啦,拿了馍快走!但牛铃却又从窗子翻进去,把案板上和成的一大疙瘩面团又抱起,从窗子再出来就跑。

天布媳妇和灶火媳妇是来拉他们家的猪的,狗尿苔要离开窑场时,他看了看猪,猪在给他叫,他从怀里拧了三疙瘩馍扔了过去。天布的媳妇说:有馍哩?厨房里还有啥?就也跑去了厨房,把那里能吃的东西都拿了。戴花在那里叫喊,说拿了东西我怎么交代呀,她全不顾。灶火的媳妇去的晚,没拿到米和面,提了一只锅。

狗尿苔揣着馍跑下了山,直接往家去,院门上却挂了一个笭儿,院门关着。婆!婆!他大声地喊,婆出来把门开了,婆却是双手的血。狗尿苔吓了一跳,说:咋啦婆,你咋啦婆?婆却说:杏开生了!

屋子里哇哇哇地有婴儿哭,哭得像猫在叫春,声音痛苦凄凉。

(选自贾平凹《古炉》,人民文学出版社2011年版。)

【简析】

《古炉》的笔法,是传奇式的,内涵比以往的乡土作品都要饱满,审美的维度也宏阔了。鲁迅写《阿Q正传》,用的是旧小说的白描和夏目漱石式的讽刺手法,贾平凹则有古中国志怪与录异的味道了。若说《古炉》与《阿Q正传》有什么可互证的篇幅,那就是都写到了乡下人荒凉心灵下的造反。这造反都是现代的,自上而下的选择。百姓不过被动地卷入其间。贾平凹笔下的霸槽与鲁迅作品的阿Q,震动了乡村的现实。当年鲁迅写阿Q,不过是展示奴才的卑怯,而贾平凹在古炉村显现的"文革",则比阿Q的摧毁力大矣,真真是寇盗的洗劫。乡间文化因之蒙羞,往昔残存的一点灵光也一点点消失了。这里有对乡下古风流失的痛心疾首,看似热闹的地方却有泪光的闪现。中国乡土本来有一种心理制衡的文明形态,元代以后,战乱中尽毁于火海,到了民国,就只是微光一现了。《阿Q正传》的土谷祠、尼姑庵与《古炉》里的山神庙、窑场,乃乡土的精神湿地,可是在变动的时代已不复温润之调。到了60年代末,只剩下了蛮荒之所。中国的悲哀在于,流行文化中主奴的因素增多,乡野的野性文明向不得发达,精神之维日趋荒凉了。但那一点点慰藉百姓的古风也在"文革"里毁于内讧,其状惨不忍睹。中国已经没有真正意义的民间,确乎不是耸言听闻。从鲁迅到贾平凹,已深味其间的苦态。

霸槽这个形象,是农民造反者的化身。他的流氓气和领袖欲,潜伏在民间久矣。一旦环境变化,便显出大的威力来。《古炉》写到百姓对他的感受,是流寇的再现。他的造反,全无人性。先是烧书,毁掉文物,山门里的石刻、绘画、木雕没有幸免者。再是对异己者的酷刑,对弱小者的迫害。最后是全村卷入武斗之中,民不堪命的场景处处可见。在贾平凹看来,霸槽、开石、黄生生、秃子金等人,大概比阿Q更蛮横、无知和凶残。阿Q没有杀人的冲动,对古老的文明虽然无知,却无摧毁之意。而霸槽的选择是摧枯拉朽,一切旧的依存都烧掉砸掉,将历史置于空无之中。难怪村民说:"狗日的霸槽是疯了,闹土匪啦!"

这样大规模书写乡村社会革命负面作用的,在小说中不多。中国社会的农民问题,是个根本的问题。农民与土地的关系,有历史的文化积淀。那个脆弱的环节一旦被瓦解,灾难就降临了。考察霸槽与阿Q的关系,前者野蛮,后者狡诈。阿Q的革命不过是改变自己的命运,没有做大官的欲望。霸槽就野性极了,希望有权力与位置,而且一身痞气。他说希望各村都有自己的丈母娘,乱世可以谋一官半职。"要是旧社会,就拉一杆枪上山","弄一个军长师长干干"。他戴着军帽,领着水皮在村里急匆匆破"四旧"的样子,与阿Q当年"我挥起钢鞭将你打"的神态,庶几近之。阿Q之举有些可笑,并不能主宰人们的命运,而霸槽等人则不仅下流,更重要的在于改变了乡下的生态,那些神圣口号下的激进选择,一度成为乡村的主旋律,这也是阿Q所做不到的伟业。

鲁迅对百姓哀其不幸、怒其不争的时候,文笔有肃杀的韵味,哀怨是深藏在句式里的。也因此,背景一片冷色。他的笔下几乎没有温情的余辉。后来虽然加入"左联",但对革命队伍新的主奴关系,不是没有警惕。贾平凹对此亦有体验,作为"文革"的受害者,其内心是苦楚的。不过随着年龄的递增,反倒消解了个体的恩怨,能以苍冷的笔墨返观那些无奈的存在,含义则斑斓多姿,有神意的幻影在。《阿Q正传》的背景是灰暗模糊的,儒道释的因素似乎是游移不定的。《古炉》则多是聊斋式的遗响，人与神鬼、上苍之间的对白都映现于此。他们画了一个苍老的古村，看到了民众的灵魂，比如无我、自欺、自恋和奴性。从这两个村子的对比里，我们看到了底色相关的部分。

无疑，现当代文学中是有鲁迅的传统的。台静农、许钦文、聂绀弩都带有鲁迅之风。莫言、张承志、刘恒的鲁迅语境也是深的。贾平凹得其一点，又自寻路径，后来形成了另一种风格。不过中国作家的宿命在于，一旦深入社会的母题，鲁迅的影子便时隐时现。这是一个民族的关口，我们一直没有迈出去。贾平凹不再满足于鲁迅的肃杀，却多了哀凉后的禅意。在人鬼之间，天地之间与生死之间，筑一精神的园地，替那些已死未死的灵魂苦苦地超度。凄凉的乡村生活因了这样的笔触，拥有了一种新造的美色。但是我们细心品察就会发现，他在远离了鲁迅的地方，却与鲁迅的苦境相遇了。

《古炉》人物众多，涉猎问题亦杂。这是一部寓言式的新作。小说对"文革"乡下的描摹，写实与魔幻相见，怪诞和实景为伍。大凡经历了那样的生活的人，读之都有呼应的地方，仿佛也是我们这个年龄的人相同经验的释放，没有做作的痕迹。贾平凹写人事之危，夹着乡情，悲情流溢不已。最纯粹的人性与最黑暗的欲望的碰撞，指示着我们民族的隐痛。狗尿苔是个善良可爱而长不大的丑孩，这个形象在过去很少看到，可以说是继阿Q、陈奂生、丙崽后又一个闪光的人物。一个可以通天地、晤鬼魂的小人物，夹缠在紧张的革命时代里。他的童贞视角映现着现实的悖谬，而一面也有泛神精神提供的逃逸之所。在《阿正Q传》里我们看到了鲁迅的无望喘息，《古炉》在极为惨烈中给我们带来的是黑白的对比，乡下人善良的根性使古炉村还保留着让人忆念的一隅。

《古炉》在情感的底色里有着精神的谶纬式涌动，似乎喜欢对图腾的找寻。贾平凹不惜在最血色的恐怖里，安排了乡下文明的象征者——善人。这个人物写得颇为传神，他身在乡下，对天文地理、世道人心都有精微的理解，像古炉历史的见证者，精神透明而灿烂。善人的精神是维系古炉村精神生活的一个脉息，在其身上甚至有种佛老的意味，不妨说也有巫祝的遗风。布道、行善、诗文与医道皆通，乃古中国文化的象征。这样写他，大概心存一种梦想。那就是在乡下文化中，图腾和周易的传统不可以迷信视之，其中维系着山乡脆弱的文明。连这样的存在都消失的话，中国乡村的命运真的就万劫难复了。《古炉》写到善人对厄运的态度，写他施爱之举，都揪动人心。善人临终前，说唯有狗尿苔可以救村民，其语真是庄子之声。我读到此处，觉出贾平凹的苦心,他在其间布满了自己的期许。在最残忍的画面里,还有温润的梦想在,与巴金《海底梦》《雾》里的温柔憧憬颇为相似。只是后者过于文人的乌托邦气,前者则有古老道义的回响。

在贾平凹笔下,功利之徒都听不到上苍的声音,唯有那些内心宁静者才可以与神灵对语。蚕婆、狗尿苔、善人,在山水与花鸟间可以翩然游走,乃自由的存在。而被世俗欲望缠绕的人,目光里没有颜色。鲁迅笔下的乡民多是麻木者,快慰者极少。贾平凹却在内心保留了一块圣地。他在丑陋之地看流云之美,于污泥里得莲花之妙。这样的美学意念,给人以微末的希冀。他不忍将小说变为荒凉之所,少的也自然是鲁迅的残酷。小说以怪诞和梦幻的美来对抗苦涩的记忆,也恰恰可以看出他的一个苦梦。

这不能不让读者浮想联翩,好似看到了审美的另一扇门的敞开。自从蒲松龄的人狐之变大行其道,我们不太容易超出他的范式。汪曾祺晚年写了聊斋式的系列笔记小说,总体不出其格。但到了贾平凹那里,一个全新的审美意象出现了。鲁迅小说的背后有一股鬼气,那大概是儒道释的怪影,不涉自然性灵。在贾平凹那里,人与鬼、与神、与草木、与鸡狗牛羊,都心灵互感。枯燥的山野间,万物可以舞之蹈之。狗尿苔在一个灰色时代的位置,比阿Q多了精神善意的幻境。这个残疾丑陋的小孩子,不乏童心的暖色。从他和几个可爱的人物中还能够感到乡村社会隐性的美。古炉村比未庄要苍老许多,神秘的地方一点不逊于江南乡下的古风;较之未庄,少了含蓄与雅致,可是多了不是宗教的宗教,不是谣俗的谣俗。这个人造的幻影,也许是贾平凹精神逃逸的象征。他的确不愿意单一地停留在鲁迅式的黑暗里,而把一个缥缈的梦拿来,不过一种苦涩的笑,自我的安慰也是有的吧。

应该说,这是贾平凹对乡土文明丧失的一种诗意的拯救。鲁迅当年靠自己的呐喊独自歌咏,以生命的灿烂之躯对着荒凉,他自己就是一片绿洲。贾平凹不是斗士,他的绿洲是在自己与他者的对话里共同完成的。鲁迅在抉心自食里完成自我,贾平凹只有回到故土的神怪世界才伸展出自由。《古炉》还原了乡下革命的荒诞性,但念念不忘的是对失去的灵魂善意的寻找。近百年间,中国最缺失的是心性之学的训练,那些自塑己心的道德操守统统丧失了。马一浮当年就深感心性失落的可怕,强调内省的温情的训练。但流行的思潮后来与游民的破坏汇为潮流,中国的乡村便不复有田园与牧歌了。革命是百年间的一个主题,其势滚滚而来,不可阻挡,那自然有历史的必然。但革命后的乡村确不及先前有人性的温存,则无论如何是件可哀的事。后来的"文革"流于残酷的人性摧毁,是鲁迅也未尝料到的。《古炉》

的杰出之处,乃写出了乡村文化的式微,革命如何荡涤了人性的绿地。在一个荒芜之所,贾平凹靠着自己生命的温度,暖化了记忆的寒夜。

【思考题】

  1. 你怎样看贾平凹小说里的幻觉表现?这与蒲松龄《聊斋志异》有无相近处?他的小说与古代志怪作品有逻辑的联系吗?

  2. 贾平凹的语言有一种古风。这是民间记忆的表现还是士大夫兴趣的表现?你如何理解他对当代汉语写作的贡献?

  3. 贾平凹与鲁迅的相近处,是思想的暗合还是技巧的暗合?他为何有意重复鲁迅的意象,是故意模仿还是一种精神的巧合?

【拓展阅读】

  1. 郜元宝、张冉冉编:《贾平凹研究资料》,天津人民出版社2005年版。

  2. 南帆:《剩余的细节》,《当代作家评论》2011年第5期。

第二十一章　阎连科

阎连科(1958—　)，中国当代作家，中国人民大学文学院教授。1958年生于河南洛阳嵩县田湖瑶沟。1978年应征入伍，历任济南军区战士、排长、干事、秘书、创作员，第二炮兵电视艺术中心编剧，专业作家。1980年开始发表作品。1985年毕业于河南大学政教系。1991年毕业于解放军艺术学院文学系。主要作品有长篇小说《情感狱》、《最后一个女知青》《日光流年》《坚硬如水》《受活》《丁庄梦》等，中篇小说《年月日》《耙耧天歌》《为人民服务》《风雅颂》《我与父辈》《四书》等，散文集《回望乡土》，随笔集《桎梏》等。中篇小说《黄金洞》和《年月日》分别获得第一届(1995—1996年)、第二届(1997—2000年)鲁迅文学奖，《受活》获2005年老舍文学奖优秀长篇小说奖。作品被译为二十余种语言，在全世界出版发行。

阎连科的作品充满了现实感和批判意识，有一种残酷的美。因为表达的特别和思想的深切，他常常受到批评，是中国最受争议的作家之一。他的一些作品在基本价值走向与审美走向上都有挑战性。其理论著作《发现小说》集中体现了他的小说观，是一种精神的解放。在这本书里，他第一次提出了"神实主义"，用以对抗庸俗的现实主义理论。阎连科在源头上颠覆了上世纪20年代以来的现实主义理论的基石。这里折射着生命体验的结晶和阅读的经验。他对理论概念的设定都是非学院派的，甚至远离哲学与美学的习惯表达。重要的是他鲜活的感受背后那个凝结成的思想。这是自在自为的小说家对身边世界的揶揄，只有阅读这些文字，我们才知道，他何以远离着世俗社会，何以在众声喧哗里找到了一个属于自己的清静之所。阎连科以独立精神走向了一块属于自我的精神绿地。

四书（存目）

（选自阎连科《四书》，台湾麦田出版社2011年版。）

【简析】

　　《四书》的结构很怪，是四本书的衔接，讲的是同一个故事。它的人物安排与情节构思，都在逻辑世界的外面。一个孩子与一群远离故土的知识分子在黄河边劳作的旧事，演绎着精神史中离奇的一页。阎连科没有专心去勾勒那些思想者的内宇宙，他们的价值取向和知识趣味都模糊不清，人与环境的关系成为阎连科凝视的焦点。无数可怜的文人在与噩运相逢，绝境里发生了奇异的故事。小说一开篇就是一片荒蛮的世界，人们被抛弃在没有亮色的地方。作品好似受到《圣经》文本的暗示，不仅有但丁的诗意的缭绕，还带着陀思妥耶夫斯基式的紧张。这是阎连科所说的"零因果"里的真实。人性如何压抑，选择如何怪诞，思想如何虚无，在此历历在目矣。

　　对历史无法进行清醒的艺术处理，是我们的时代知识群落的通病。阎连科意识到，表现什么和如何表现，对当代作家都是一个问题。而对精神存在的秘密打量，我们的流行语言都难以胜任。进行文学叙述的时候，重新刷新自己显得异常重要。《四书》以几个人不同的视角，描述了宗教般的狂热下的悲剧。所有的期待都非对己身的凝视，不过是对外在虚妄存在的穿越的渴望。受难人的选择都不可思议，而"事情就这样成了"。对单调的残酷生活的描述，在以往的作品里只有单调的呈现，而阎连科却把那段生活的时空以突奇的笔触扭碎，渗进另类的思考。那是阎连科对不可能表达的一次表达，抽象的理念与真实的感情体验的组合，把流行的叙述语体拆解了。在最萧索的画面里，诗的流韵往返不已，阎连科在凝固的时空里，以自己的挣扎之姿，显示了惨烈中的美。

　　《四书》的人物名字都很概念，有的仿佛天外来客，有的荒诞得不可思议。人格呢，也不能简单地以好坏为之。以抽象的聚焦来呈现情感的真，较一般写实式的作品有了种玄学般的力量。在灰暗、血色的存在里，高而远的星眨着神秘的眼，上苍的低语也流进泥土的世界。而挣扎者的面孔也以变形的样子出现了。阎连科承认这是一次自我放逐，是的，他真的置身于万难忍受的世界，游走在实有与虚无之间。在隐喻、象征的世界里，怪异的存在却以情感的真而变为精神的另类文体。所有的人物都是一类人的象征——

"孩子""学者""宗教""音乐""作家",都没有被姓氏化命名。他们的家族、背景、社会关系都在因果关系之外,可是心灵与世界对应时的内在意味那么真地流动着,每个人的背后折射的历史,都不是教科书里的语言可以显现的。

小说一再写人的罪感。那不是儒家层面的羞愧,而是上苍面前的自审。那些没有罪的人因为要离开罪名而不得不有罪。《天的孩子》的文本很是特别,以上苍般的使者之口宣布罪恶的赎回只能靠劳作,以创世之举使人走入天堂。那个被赋予神圣之光的孩子,以童年的目光抚摸着罪人的肌肤,且引领着人们走上洗刷罪恶之途。为了外在理念的合理性而牺牲自我情感的合理性,每一种合理的情感表达都成了罪恶的表达。基督说:"凡想要保全生命的,必丧失生命;凡丧失生命的,必救活生命。"《四书》弥漫的气息,就有箴言的意味。我们丝毫不觉得作者故弄玄机。那种心理的真实,是超越我们的情感逻辑的。以一种非宗教式的宗教文本写一段非同寻常的历史,便看到了罪感的缘由。我们从分裂的人格与群体思维里,终于目睹了那些存在之外的存在。

"孩子"是个复杂的人物,他的一切都不在常人的轨道上:天真得不可思议,罪恶得不可思议,死得也不可思议。作者一反过去恶的人的表现。他的童真、自虐、殉身等选择,可能更能窥见人性深处的隐含。小说写到了他对上天的仰慕与顺从,但那神圣之后的变态人生,竟成了农场苦难的导演者。这是人欲的畸形存在,甚至还会引起同情。当他良心发现的时候,我们看到的是其内心柔软的部分,而这时候你会觉得,尘世的曲直凸凹,有时候是在既成的话语中不能捕捉到的。

小说中"作家"这个形象,开掘的是特定时期文人复杂的存在。他出卖过别人,也荒唐地为人所役。后来的忏悔,对自己选择的内责,亦有深意。阎连科处理这样的人物,乃对人性各类色彩的提取。他充分考虑到人的变化的内在性因素,以及恶的存在与良知之间的距离感。"作家"割自己的肉去救别人之举,是生命的滴血的吟哦,痛感中,温存的爱意被唤起来了。鲁迅、莫言都写过类似的主题,但都是主动吃人或被吃。而《四书》却写了"作家"以内戕的办法度己与度人,舍身喂人。一切都调换过来了。阎连科向着生命深处切割的笔锋,唤起了自我颠覆的渴望。以极端的方式正常地活着,这是怎样的人生!

同以往的作品一样,阎连科照样表现出调子的异样与阴沉。惨烈里的曙色迟迟不来,鬼气的天空雪纷纷散落。他知道对付苦海的办法,只能像鲁迅那样,去肉搏着惨淡的黑夜了。书本被剥夺了,便可以独思对之;信念被剥夺时,沉默也是一种反抗;最惨者乃生存空间的丧失,只有以死相对。《四书》里惊心动魄的是那大的死亡之神的舞蹈。所有的存在都在死色里挣扎着。大家要走出那片死亡之地,可身边是看不见的围墙。这让人想起卡夫卡的《城堡》,宿命之网恢恢,而生存之所安在?我在此处,感到了一种无词的言语。

既然要撕裂旧的空间,小说的叙述策略就显得异乎寻常的重要。80年代的先锋小说曾有过各类尝试,传统的写实手段被颠覆到怪诞的语意里,许多场景都有迷宫之意。但到了阎连科这里,上苍式的领悟开始出现。比如"天的孩子"从哪里来的呢?我们似乎并不清楚。他的感情方式和行为选择有天真的一面,未尝没有可爱的地方。他的形象于我们对存在与虚无的领略,可能提供一种参考。所有的选择,都导致残酷与死亡,乃法西斯流音的回转。阎连科设计这个人物,有神奇之笔。比如面对"音乐"这个人物的诱惑,却毫不心动,感情的脉络是反常的。他对那些反抗自己的人,面孔也不狰狞,甚至还有温情。而这温情下,悲剧却源源不断涌来。他自己钉死自己的时候,便把已有的神话粉碎了。小说看似离奇,而真意在焉。

我觉得《四书》最大的变化是语言的自觉。在语言的世界里,有他挣扎的深刻痕迹。他意识到旧的书写方式存在着问题,汉语变为乏味之所时,精神必是枯萎了。那些语言是对未曾有的句式的敬意:以短句拆解八股之文,用生涩口吻颠覆圆滑无趣的语序。阎连科不仅与思想的旧路别扭,更重要的是在与自己的叙事习惯别扭。于是,灰暗的记忆之窗射进精神的光,上帝般的笑意来了。在《四书》里,他不断挣脱旧的语言习惯给自己带来的压迫。他在反抗旧的叙事时空的时候,也在抵抗业已形成的语言逻辑。比如大量运用短句,限制修辞的滥用。比如以简练的半截话留有空白,不让纸面堆满闲语。他使用的词语是血色与灰暗相间的。痛感的词汇与辽远的神秘感并驾齐驱,并且融进《圣经》体的语词,叙述口吻在天宇与地狱里回旋,思想的时空辽阔而耀眼。

如阎连科所述,在这部作品里最大程度呈现了对自我的背叛。当命运不以自己的期许运行的时候,人只能在外在于自己的可怜天地苟活,回到自身的精神之所不过是幻想。《四书》对极端年代的人性丧失的描摹,与天启的神灵是对应的。一面是恶的无处不在的蔓延,一面是爱欲世界的强烈之光的照射。阎连科把人性放置在残酷的环境,以异样的词语拷问着每一个人。这里有行为限制后的无奈,有饥饿的惶恐,加上那个神圣信仰下的人生透视。爱情的偷偷摸摸,思想的告密,人格的出卖,为苟活而挣扎的面孔,都栩栩如生。人类极端情势下的形状与另类可能都陈列于《四书》的画面里了。安德烈·纪德在描述陀思妥耶夫斯基的时候,认为其文本里是无底的深渊,不确切性背后是无休止的精神角斗,这比巴尔扎克的本质主义笔法更有力度。"陀思妥耶夫斯基只是在个人的自我放弃中看到了拯救,想到了拯救。但是另一方面,他也暗示我们,人只有达到忧伤的极限时,他才最接近上帝。"阎连科有意无意地有这样的选择,或者说他气质里的本然不属于巴尔扎克传统,而更接近陀思妥耶夫斯基式的阴冷。他看到了人性洞穴的一丝暗影,在没有颜色的地方,世界可能是更丰富的。

我阅读这本书,一直感慨于阎连科出乎意料的笔墨。小说最后的部分很让人回味,他不仅重新开启了自问的新途,重要的是改写了西洋宗教的母题。西西弗斯神话竟被另一种隐含所覆盖。阎连科在一个神圣的故事里,渗进相反的隐喻。当人们习惯于一种定力的时候,精神就枯萎了。起初的不习惯,可能成为自然。而你还会去礼赞这样的自然,竟不知自己的本原被移植到非本质的世界里。在这一章里,阎连科还展示了世俗社会对精神信仰的侵蚀。这是有感于中国过于实际的一种书写,信仰天幕的星星早已坠落人间,凡俗是何等地吸引人。人们在日常里的乐趣,早已不是去仰望星空了。阎连科这个情怀很少被人提及,反倒被他写什么所迷惑着。他的寓言的多义性,使世人多误解其意。《四书》好像在讽喻历史,实则是在挣扎里处理知性世界的空白。他知道早该有人面对这样的空白。而对自己能否胜任于此,他不是没有踌躇的地方。

阎连科是中国最有争议的作家之一。但他可能是最被误解的作家,或者说,乃是一个"不该有问题的问题作家"。《四书》的问世,使我们看到了小说实验的快感。在阅读他的文本时,则有了王小波式的天外来客般的惊异。他在审美极限的突围里,把人性的诸多可能昭示出来,而且形式的时空完全脱离了旧时代的痕迹,在智性里多了汉语写作罕见的笔墨。他在《日光流年》里写了乡民苦难的歌谣,在《受活》中嘲笑了乡下的现实,而《四书》呈现的则是人、神之间的隐秘,他所说的"神实主义"的内涵,大概就在这里。

【思考题】

1. 阎连科曾说自己是写作的叛徒,乃现实主义的不肖子孙。《四书》在审美上完全不同于以往的小说逻辑,有一种神秘的、不可知的精神之力支撑着一切。你如何看待他的这种审美选择?

2. 在《四书》中，鲁迅《野草》式的意象被放大了，且多了《圣经》式的表达韵致。从作品的维度看，多了一种形而上的冲动。你如何看阎连科这一选择带来的审美效应？

【拓展阅读】

1. 王彬彬:《阎连科的〈四书〉》,《小说评论》2011 年第 2 期。

2. 程光炜:《焚书之后——读阎连科的〈四书〉》,《当代作家评论》2012 年第 5 期。